Os
sonhadores

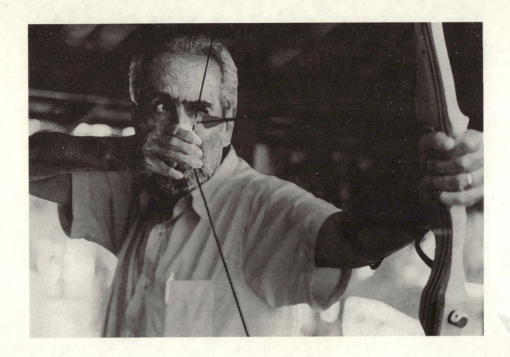

O Arqueiro

GERALDO JORDÃO PEREIRA (1938-2008) começou sua carreira aos 17 anos, quando foi trabalhar com seu pai, o célebre editor José Olympio, publicando obras marcantes como *O menino do dedo verde*, de Maurice Druon, e *Minha vida*, de Charles Chaplin.

Em 1976, fundou a Editora Salamandra com o propósito de formar uma nova geração de leitores e acabou criando um dos catálogos infantis mais premiados do Brasil. Em 1992, fugindo de sua linha editorial, lançou *Muitas vidas, muitos mestres*, de Brian Weiss, livro que deu origem à Editora Sextante.

Fã de histórias de suspense, Geraldo descobriu *O Código Da Vinci* antes mesmo de ele ser lançado nos Estados Unidos. A aposta em ficção, que não era o foco da Sextante, foi certeira: o título se transformou em um dos maiores fenômenos editoriais de todos os tempos.

Mas não foi só aos livros que se dedicou. Com seu desejo de ajudar o próximo, Geraldo desenvolveu diversos projetos sociais que se tornaram sua grande paixão.

Com a missão de publicar histórias empolgantes, tornar os livros cada vez mais acessíveis e despertar o amor pela leitura, a Editora Arqueiro é uma homenagem a esta figura extraordinária, capaz de enxergar mais além, mirar nas coisas verdadeiramente importantes e não perder o idealismo e a esperança diante dos desafios e contratempos da vida.

LAURA HANKIN

Os sonhadores

TRADUZIDO POR CAROLINA RODRIGUES

Título original: *The Daydreams*

Copyright © 2023 por Laura Hankin
Copyright da tradução © 2024 por Editora Arqueiro Ltda.

Todos os direitos reservados.
Nenhuma parte deste livro pode ser utilizada ou reproduzida sob quaisquer meios existentes sem autorização por escrito dos editores.

coordenação editorial: Taís Monteiro
produção editorial: Ana Sarah Maciel
preparo de originais: Sheila Til
revisão: Ana Grillo e Rachel Rimas
diagramação: Guilherme Lima e Natali Nabekura
adaptação de capa: Natali Nabekura
capa: Zero-media
impressão e acabamento: Cromosete Gráfica e Editora Ltda.

CIP-BRASIL. CATALOGAÇÃO NA PUBLICAÇÃO
SINDICATO NACIONAL DOS EDITORES DE LIVROS, RJ

H218s

Hankin, Laura
 Os sonhadores / Laura Hankin ; tradução Carolina Rodrigues. - 1. ed. - São Paulo : Arqueiro, 2024.
 320 p. ; 23 cm.

 Tradução de: The daydreams
 ISBN 978-65-5565-652-7

 1. Ficção americana. I. Rodrigues, Carolina. II. Título.

24-89037
CDD: 813
CDU: 82-3(73)

Gabriela Faray Ferreira Lopes - Bibliotecária - CRB-7/6643

Todos os direitos reservados, no Brasil, por
Editora Arqueiro Ltda.
Rua Artur de Azevedo, 1.767 – Conj. 177 – Pinheiros
05404-014 – São Paulo – SP
Tel.: (11) 2894-4987
E-mail. atendimento@editoraarqueiro.com.br
www.editoraarqueiro.com.br

Para Dave,
que me ajudou a acreditar em segundas chances

1

2018

Todos nós tínhamos um papel. O meu era A Escrota.

Ou, como a emissora que exibia nossa série preferia, para usar uma linguagem adequada a famílias: A Garota Má. Uma vilã dissimulada e com uma sobrancelha que arrasava qualquer um. Um leve arquear e eu transformava até mesmo o insulto mais bobo em um tipo de escárnio que deixaria a pessoa sem dormir. (Minha sobrancelha fez muita ginástica.)

Liana era A Melhor Amiga, acolhedora e verdadeira, a que podia ser engraçadinha, sempre longe do centro das atenções.

Summer e Noah eram Os Astros e Os Pombinhos Que Nunca Conseguem Ficar Juntos. Adolescentes lindos e maravilhosos, praticamente feitos em laboratório para entrarem cantando e dançando em nossos corações. Summer se derretia por Noah – assim como milhões de garotas. Noah era louco por Summer – e milhões de homens eram loucos para que ela completasse 18 anos.

Interpretávamos um grupo de alunos do ensino médio que tinha uma banda. Durante as duas temporadas da série, as aparições em shows e o último episódio ao vivo – que abriria caminho para um filme de sucesso –, as histórias se alternavam entre a carreira musical promissora da banda e o drama escolar, que era tão estéril que a gente parecia viver num mundo onde os bebês eram trazidos por cegonhas.

O nome da série era *Os sonhadores* e, nos 13 anos desde que deu tudo absurdamente errado na transmissão ao vivo do nosso último episódio, tenho tentado deixar o passado para trás. Ainda assim, aqui estou, escondida no meu escritório, morrendo de medo, estreitando os olhos para o link do vídeo que pode me sugar de volta para o caos do qual me esforcei tanto para fugir.

Aliás, agora sou advogada. E estou batalhando para me tornar sócia do escritório em que trabalho. Uso roupas mais sérias, e as pessoas que encontro presumem que sou a versão da vida real da namorada chata da cidade grande que não curte o Natal naqueles filmes românticos de fim de ano. Mas, às vezes, dou uma derrapada no disfarce. Acabo esquecendo e usando a sobrancelha devastadora com um cliente difícil que tem um filho que assistia à série ou uma secretária que era pré-adolescente bem naquela época. Nesse momento tudo se encaixa para eles: a Katherine que responde com paciência a todos os e-mails urgentes que eles enviam às nove da noite de sexta-feira é na verdade Kat, que, durante alguns anos gloriosos e estranhos, foi uma das protagonistas de um fenômeno das telinhas. O interesse deles em mim se renova, e me perguntam por que abandonei Hollywood e se um dia eu voltaria. "Ser estrela de TV não chega aos pés de fusões e aquisições", respondo com um sorriso, e geralmente funciona.

Mas teve uma vez que um homem de negócios de meia-idade insistiu no assunto. "Sabia que aquela Summer Wright ia...", começou ele. Derrubei minha xícara de café no colo do sujeito, e a conversa foi encerrada.

Liana também assumiu um novo papel: A Esposa. O marido dela joga no Texas Rangers e tem batido todos os recordes, mas não entendo nada disso porque não acompanho esportes. Ela fica ótima na arquibancada assistindo aos jogos dele, mais decidida e glamourosa do que era na série. Já nas fotos dos tabloides, com as manchetes especulando quando Liana e Javier vão ter um filho, ela não fica tão ótima.

Mas você quer saber dos Astros. É o que todos sempre querem.

Não falei com nenhum dos dois desde o último episódio e tenho mais o que fazer do que ficar sentada atualizando páginas de redes sociais o dia todo. Ainda assim, não vivo em outro planeta, então eis o que sei:

Noah é o único de nós que não mudou de papel. Aliás, ele ficou ainda mais maravilhoso, com uma indicação ao Oscar no bolso e inúmeros boatos sobre qual será seu próximo grande projeto. Os burburinhos sobre sua vida amorosa também cresceram, agora que ele e a namorada de longa data terminaram. Desejo a ele tudo de pior.

E Summer. A etérea Summer, com seus olhos imensos, que tinha todo o potencial do mundo. Ela é A Que Serve de Lição.

Não quero que o que fiz nas telas no passado defina a forma como os outros me veem, nem que o que fiz fora das telas defina como eu mesma me vejo. No entanto, no momento me vejo encarando o vídeo no celular, com o título "Exclusiva da *Janela da Fama*: Entrevista com Noah Gideon". Meu namorado, Miheer, me enviou durante minha reunião com um cliente, além de algumas mensagens de texto. A primeira foi:

Estão falando de você on-line!

Em seguida:

Ih, a coisa vai ficar feia.

E, por fim:

Compro vinho quando for pra casa.

Enquanto meu cliente falava em um tom monótono, a vibração do celular no meu bolso aumentava – uma notificação atrás da outra –, até parecer que eu estava sentada em um vibrador. Dei uma desculpa e fugi para o escritório, sabendo que *alguma coisa* relacionada a *Os sonhadores* devia ter acontecido. Alguma coisa importante. Provavelmente ruim.

Meu coração dispara. Dou o play.

2

......

2018

Lá está ele na tela do meu celular: Noah, com uma barba bem-feita e olhos azuis vívidos, esparramado em uma cadeira. A entrevistadora – na casa dos 20 anos, toda risonha, magra como eu mesma era antes de abandonar Hollywood e começar a comer pão – se inclina para a frente, quase ofegando de tanta empolgação. Seu entusiasmo não parece afetar Noah. Ele está acostumado a ser idolatrado.

– É *muito* legal poder conversar com você hoje sobre o seu novo filme maravilhoso, *Gênio*! – diz ela.

– Obrigado por me receber – responde Noah.

A entrevistadora indica o pôster atrás deles, de algum filme horroroso criado por computação gráfica que provavelmente vai faturar milhões de dólares.

– Você é a voz de um funcionário de TI que fica preso em um computador que está consertando. É claro que eu quero saber tudo sobre o trabalho de composição do personagem.

Noah dá um sorriso cheio de charme para a jovem.

– Foi difícil, levando em conta que as minhas habilidades tecnológicas só vão até: "Tenta desligar e ligar de novo."

– Aah, tenho certeza que não é verdade!

– Tem razão, não é – diz ele, com o semblante sério. – Também sou bom em colocar coisas pra secar no arroz.

– *Muito* engraçado – elogia ela. – Mas, antes que a gente fale mais sobre o filme, meu eu de 14 anos me mataria se eu não perguntasse sobre *Os sonhadores*.

– Ai, não – diz Noah. – Tem certeza?

– Nós, fãs, ainda não superamos, Noah!

Isso acontece algumas vezes: os entrevistadores lançam uma ou duas perguntas de leve para Noah sobre a série antes de seguir em frente. (Não que eu assista a todas as entrevistas de Noah! Eu tento evitá-las, porque em geral fico furiosa ao ver todo mundo bajulando o sujeito como se ele fosse um deus grego. Mas foram longos 13 anos e, às vezes, eu tenho uma recaída.)

A jovem se vira para a câmera.

– Acho que todos nós concordamos que o último episódio ao vivo da segunda temporada foi um pouco... como posso dizer... conturbado?

– Claro, "conturbado" é uma boa palavra.

Noah sorri como se entrasse na brincadeira. Essa é a estratégia dele desde que a série implodiu. Ele entra na brincadeira enquanto o restante de nós é o alvo dela. Ainda assim, tem coisas que a gente não esquece a respeito de alguém, principalmente se no passado você tivesse sido uma das melhores amigas da pessoa e tivesse uma baita queda por ela. Noah não costuma ficar nervoso – o mundo é gentil demais com ele até hoje –, mas, quando fica, transfere sua ansiedade para o calcanhar. Olho para baixo – a tomada é ampla – e lá está seu pé, batendo no chão.

Tenho certeza de que ele fez um acordo de cavalheiros com a emissora para não falar muito sobre o assunto. Além do mais, todos assinamos algo, muito tempo atrás, que garantia que não diríamos nada que manchasse a marca Atlas, e qualquer fala pública sobre o último episódio que não tivesse sido meticulosamente planejada por um time de relações públicas sem dúvida corria o risco de manchar. Mesmo assim, a entrevistadora vai em frente.

– O que se dizia era que, no fim da última temporada, ia ter um gancho para um filme. Talvez uma redenção pra Kat, um solo pra Liana, um grande contrato da banda com uma gravadora.

Logo depois de sermos escalados, o criador da série mudou de ideia e decidiu que os personagens teriam o mesmo nome de seus respectivos intérpretes. Foi uma jogada de mestre que apagou os limites entre ficção e realidade. Nossos fãs achavam que a gente interpretava versões de nós mesmos. Que eu odiava mesmo a Summer. Que Liana faria qualquer coisa por ela. E que Noah a amava do jeito mais puro e único que existia. Algumas coisas eram verdadeiras. Mas, às vezes, o que acontecia nos bastidores estava bem longe do que a censura teria permitido.

A entrevistadora continua:

– Mas o meu eu de 14 anos ficou mais empolgado com o boato de que você e a Summer iriam *finalmente* se beijar, depois das várias vezes em que isso quase aconteceu. – Ela começa a contar nos dedos. – O quase beijo no baile dos alunos antigos da escola, que a Kat interrompeu! O quase beijo no parque de diversões, quando a Kat trava a roda-gigante! O quase...

– Você sabe todos de cabeça, hein? – interrompe Noah.

– Claro que sei. Teve até um quase beijo meio confuso na transmissão ao vivo, logo antes de a Summer sair do roteiro. E aí a emissora cortou a exibição, então a gente nunca viu o fim da cena! Milhões de telespectadores ficaram arrasados. O tempo que passei em sites de fanfiction tentando superar esse trauma... bom, é constrangedor. Então, *por favor*, fale mais pra gente sobre o que deveria ter acontecido.

Noah engole em seco, ainda com o sorriso estampado no rosto.

– Sabe, hoje em dia eu mal me lembro daquilo. Mas o que eu sei é que serei eternamente grato à série por ter lançado a minha carreira. – Ele muda de assunto como se fosse mestre em fazer isso. – Aliás, posso contar mais sobre *Gênio* e...

– Já, já! Mas primeiro... estamos em uma época de refilmagens. Então, o que acha? Você consideraria voltar pra um reencontro e dar aos fãs o final que eles querem há 13 anos?

O que essa garota está fazendo? Algum assistente deve ter se esquecido de instruí-la a respeito dos assuntos proibidos. Ou isso, ou ela se revoltou em busca de uma manchete, mandou a cautela pelos ares para aparecer na internet e que se dane o acordo de cavalheiros. O relações-públicas de Noah nunca mais vai deixar que ela o entreviste.

– Acho que eu diria...

Ele faz uma pausa de poucos segundos, mas parece durar para sempre. Seu pé bate tão rápido no chão que ele poderia ser o protagonista de um musical da Broadway. Se fosse em outro momento, eu adoraria ver Noah se contorcer, incomodado. Mas não agora, não em relação a isso.

Não, não, não, penso, mesmo já sabendo qual vai ser a resposta. Ele não tem escolha. Essa entrevistadora toda risonha e animada o encurralou. Noah se recosta e solta uma frase casual que vai deixar minha vida muito difícil:

– Se as meninas toparem, eu topo também.

3

. . . . . .

2018

Para surpresa de ninguém, um fã apaixonado já criou uma petição – **Refilmem o último episódio da segunda temporada de Os sonhadores!** – e milhares de pessoas assinaram. No tempo que levo para ler o texto por alto, aparecem mais mil assinaturas.

Já sei que vou me arrepender, mas entro no Twitter: #ReencontroSonhadores já está nos trends. Em meio ao clamor e à empolgação, algumas pessoas postaram GIFs do último episódio desastroso: um zoom lento no meu rosto atônito, Noah com uma expressão de quem está segurando o choro, Liana interrompendo sua coreografia no meio de um giro.

E, é claro, para seguir uma das leis imutáveis da internet – do mesmo nível de "Até os sites que parecem inofensivos estão coletando seus dados" e "Se existe, já fizeram um pornô dele" –, sempre que *Os sonhadores* fica em alta aparece alguém postando um vídeo dos últimos segundos antes de a emissora cortar a transmissão. Ali, na tela, capturada para sempre, a curva dos peitos de Summer aparece por cima de seu gracioso vestido amarelo e reacende o debate on-line: aquilo é uma sombra criada pela iluminação ou é o mamilo dela?

Lógico que nos últimos 13 anos um monte de tarados se voluntariou para resolver o mistério, dando zoom e manipulando digitalmente a pele de Summer com o tipo de devoção que em geral é reservada a detetives caçando assassinos em série.

Vejo o debate on-line – a curiosidade doentia, a preocupação por ela, a opinião ocasional de que *na verdade deveríamos dirigir nossas críticas à Atlas, a empresa que expôs crianças à fama e virou as costas para elas no minuto em que cresceram e demonstraram algum traço de sexualidade!* – até que me sinto enjoada, o pânico ameaçando cortar meu oxigênio. Então entro em reunião com mais um cliente, um engravatado de um banco importante que está sendo um babaca teimoso a respeito de uma exigência contratual. Ele me olha com uma expressão esquisita. É porque estou distraída ou porque ele anda atento às fofocas das celebridades?

Pigarreio, volto do mundo da lua e exponho um plano de como podemos, com mais eficácia, ferrar a companhia menor com quem ele está querendo fazer negócio.

É, eu sei que o mundo corporativo jurídico não é o melhor lugar para uma mulher que está tentando não ser tachada de escrota. Vou ser clara: eu queria salvar crianças e/ou baleias. Mas, embora os empregos sem fins lucrativos e altruístas não paguem bem, eles são os mais difíceis de conseguir. Muitos advogados querem sentir que são boas pessoas por alguns anos antes de passar o resto da carreira defendendo empresas farmacêuticas. Tentei dez cargos altruístas e passei por rodadas de entrevistas só para ser rejeitada em todas. Aí tentei um cargo em uma firma corporativa de médio porte e recebi uma oferta na semana seguinte, então aqui estou.

Além disso, assim que eu virar sócia, as coisas vão mudar. Minha mentora, Irene, a mulher mais experiente na firma, começou a atender clientes que não tinham como pagar no minuto em que virou sócia. Ela garante que vou poder fazer o mesmo e que estou bem perto disso. Logo vou poder usar os recursos da firma para ajudar pessoas que em geral não teriam condições de pagar por nossos serviços. Pessoas que estão tentando começar o próprio negócio e que, digamos, precisam de proteção contra os predadores que tentam tirar vantagem delas. Se eu puder realmente fazer a diferença na vida de pelo menos algumas pessoas a cada ano... é esse pensamento que me leva adiante. Graças a *Os sonhadores*, sei muito bem o que acontece quando não há ninguém pra te defender.

– Bom – diz o cliente, quando termino de falar –, fico feliz por ter a garota má ao meu lado nessa.

Então é fofoca de celebridades. Ranjo os dentes e abro um sorriso enquanto o acompanho até a porta.

Quando volto para meu telefone, tem seis novas mensagens de voz, que escuto debruçada sobre minha mesa, a maioria de jornalistas pedindo declarações. Mas minha antiga agente, com quem não falo há anos, também me deixou uma gravação:

Kat, querida! A Atlas ficou muito interessada nesse reencontro depois de ver a resposta dos fãs. Estão oferecendo uma boa quantia por um contrato de um mês. E isso ainda vai dar uma turbinada na sua marca e pode ser um ótimo trampolim para voltar à TV, ou pelo menos fazer alguns comerciais. Sempre achei que você era a cara da Geico. Me liga!

Não tenho interesse nenhum em dar uma turbinada na minha marca nem em ser a cara de uma empresa de seguros. Então mando uma mensagem de texto para ela.

Lamento, mas no momento isso não é o melhor pra mim. Aliás, agora é Katherine. Obrigada e espero que esteja bem.

Ela responde:

Liana já confirmou que topa e está muito animada, então só estamos esperando você e a Summer. Pelo menos promete que vai pensar!

Eu paro, sentindo que algo me impede de enviar a recusa imediata que sei que deveria. Talvez valha a pena esperar a recusa de Summer também, para que eu não seja a única babaca na história. Não tem a menor chance de ela querer voltar, não depois da forma como tudo terminou. Minhas mãos estão tão suadas que preciso secá-las na saia antes de responder:

Tá legal, vou pensar.

4

2018

Miheer, essa criatura maravilhosa, me oferece uma taça de vinho assim que chego em casa.

– Você está bem? – pergunta ele, no instante em que entro pela porta do nosso apartamento, em Logan Circle.

Não respondo. Só vou até ele e me apoio em seu peito.

– Um dia e tanto, hein? – continua ele.

Solto um gemido gutural, e ele ri e me entrega a taça. Eu bebo tudo sem ligar para gosto ou textura ou qualquer outra coisa para a qual em geral eu finjo ligar, entrelaçando a outra mão na dele.

– Obrigada – digo, e estendo a taça pedindo mais.

– Quando vamos nos mudar para Los Angeles? – pergunta ele.

– Que tal... nunca?

– Pra mim tá ótimo.

Ele sorri, meu namorado magrelo, lindo e confiável. (Se bem que "namorado" não parece a palavra certa depois de três anos juntos.) Nós nos jogamos no sofá, e tudo fica bem *normal*. Temos uma boa TV, cinco plantinhas que ele rega todo domingo e nossa rotina calma e fácil. Em algumas noites da semana, até chego mais cedo, a tempo de jantar com ele. Deito a cabeça em seu colo e ele me faz um cafuné.

– Acha que vai ser estranho se os outros voltarem sem você?

– Não, eu segui em frente – respondo, como se dizer isso com firmeza fosse o suficiente para ser verdade.

Miheer não viu a série na adolescência. Apesar de ter nascido nos Estados Unidos, ele retornou com a família para a Índia quando tinha 10 anos e só voltou para cá depois de começar a faculdade de direito, então perdeu o fenômeno. Ele não fazia ideia da minha vida secreta de estrela mirim até nosso terceiro encontro, quando tive a sensação de que teria algo mais duradouro com ele e decidi fazer logo a grande revelação. Deixei que ele assistisse a um episódio para que pudesse me "entender", mas pedi que não se desse ao trabalho de ver mais do que isso. Ele respeitou minha vontade. Ou talvez não quisesse ver mais porque é adulto e está mais interessado em coisas como direito ambiental do que em um enredo sobre quem vai vencer o concurso de talentos da escola. Ele encara minha breve carreira de atriz como algo banal da minha adolescência, como se eu tivesse tirado um ano de folga depois do ensino médio ou tivesse tido uma fase gótica.

E, graças aos céus, ele nunca me pediu para fingir ser minha personagem enquanto transávamos. Estremeço só de lembrar quantos caras que pareciam normais me levaram para a cama quando eu tinha 20 e poucos anos, criaram um clima perfeito e então me pediram para erguer a sobrancelha e dizer algo terrível. Estremeço mais ainda ao lembrar que, algumas vezes, quando eu estava muito sozinha ou com muito tesão, eu fiz.

– Sabe o que pode ser uma boa distração? – pergunta ele, a mão ainda fazendo carinho no meu cabelo daquele jeito bem amoroso. – A gente viajar no fim de semana. Podemos pegar um belo quarto numa pousada pequena, um desses lugares que parecem decorados pela tia-avó meio doida de alguém.

Miheer não sabe disfarçar. Já estragou mais de uma festa-surpresa para os nossos amigos, sem querer. E a fala meio roteirizada sobre a tia-avó meio doida, o jeito casual demais de sugerir uma viagem, como se tivesse treinado na frente do espelho, tudo isso o entrega. É uma viagem para me pedir em casamento.

Na primeira vez que conversamos sobre nosso futuro juntos, falei que eu precisava de tempo para conquistar meu espaço no escritório. Planejar um casamento que satisfizesse os pais dele, uma viagem até a Índia para celebrar com sua família, tirar uns dias para a lua de mel, tudo isso me deixaria muito atrás dos caras que entraram na firma comigo, rapazes mais novos que não tinham gastado os últimos anos da adolescência tentando ser famosos. "Me dá mais alguns anos", pedi a Miheer, dois anos atrás. Então eu já estava esperando isso. E querendo muito. Quando penso em nós dois velhinhos e passeando juntos pelo mundo, meu coraçãozinho gelado fica ridiculamente meloso.

Mas agora a ansiedade me domina. Miheer acha que não sinto falta dos "dias de glória" nem divirto as pessoas com histórias da série durante jantares porque agora quero ser levada a sério. Ou talvez ele ache que não curto me lembrar do fim – de como fiquei paralisada, boquiaberta, enquanto minha amiga surtava na frente de milhares de pessoas.

É mais do que isso. Não gosto de quem eu era naquela época – não só a pessoa que não ajudou Summer, mas a pessoa que contribuiu para aquele surto, para começo de conversa. Miheer não sabe disso, porque ninguém sabe. E acho que ele não me amaria do mesmo jeito se um dia descobrisse.

Ele me olha, fingindo indiferença, tentando esconder a esperança que reluz em seus olhos. Droga, ele é uma das melhores pessoas que conheço, alguém que *está* de fato salvando crianças e/ou baleias, e não só para poder passar por uma fase de altruísmo antes de entrar nos negócios com tudo, mas por acreditar em causas nobres, como transformar o mundo num lugar melhor.

O problema é que me apaixonei por um bom homem que acha que sou boa também, que me trata com ternura, como se eu fosse digna de um presente assim. Mas agora essa entrevista idiota com Noah ressuscitou algo que enterrei bem fundo em mim: culpa. Como posso permitir que Miheer atrele sua vida alegremente à minha, como posso viajar e comemorar com essa culpa me rondando?

Então finjo ignorância.

– Estou com tanto trabalho agora, acho que não consigo dar uma escapada. – A decepção domina o semblante de Miheer, e eu me inclino para a frente para beijá-lo. – Que tal no fim do mês? É uma ideia muito boa mesmo.

No fim do mês, a ferida não vai parecer tão aberta. Só preciso ficar o mais distante possível desse caos de *Os sonhadores*. Deixar a culpa cansar e voltar para baixo da terra, onde não posso vê-la. Aí, Miheer nem vai conseguir terminar de dizer as palavras antes que eu grite *Sim, mil vezes sim*.

Pego meu telefone e envio uma mensagem para minha agente.

Não preciso pensar. Minha resposta é não.

· · · · · ·

No dia seguinte, chego ao trabalho de cabeça erguida. A Atlas pode fazer o reencontro sem mim, se quiser – eu era importante, mas não era uma Summer ou um Noah (algo de que me lembravam o tempo todo naquela época). Este escritório, esta vida, este é o meu lugar.

Um e-mail de Liana chega algumas horas depois:

Kat! Não vejo a hora de te encontrar de novo... Vai ser mesmo uma experiência muito especial para os fãs! E quem sabe você finalmente conheça meu marido. Ainda não acredito que não apresentei vocês dois. Você vai adorá-lo, ele é incrível.

Eu franzo a testa. Será que ela ainda não sabe que recusei? Ou está tentando me deixar culpada o bastante para mudar de ideia? Respondo desejando sorte no reencontro e sugerindo bem vagamente um telefonema em breve. Ela responde na hora, como se estivesse sentada diante de sua caixa de entrada:

Você é tão engraçada! Agora para de bancar a difícil.

Eu ignoro.

No fim da tarde, nossa recepcionista bate à porta da minha sala e enfia a cabeça pelo vão.

– Katherine, tem alguém aqui querendo falar com você.

– Eu tenho uma reunião em cinco...

– Eu sei – diz ela, o rosto ficando vermelho, o tom profissional e resoluto. – Mas ela está insistindo. Ah! Senhorita, hum...

A visita indesejada a seguiu até a porta da minha sala. Ela passa pela recepcionista, ignora seus protestos fracos e intimidados e se senta na cadeira diante da minha mesa. Noto o short jeans desfiado e o moletom largo. Depois reparo no cabelo louro, quebradiço e ressecado depois de tantos anos de tintura. Minha boca fica seca. Só então me volto para seus olhos imensos como os de uma princesa em um desenho, fixos em mim.

– Kat – diz Summer. – Vamos sair pra beber.

DEVORANDO FOFOCA, 19 DE SETEMBRO DE 2012

TOP 5 MOMENTOS MAIS LOUCOS DE SUMMER WRIGHT!

Com a notícia de que Summer Wright vai para uma clínica de reabilitação (segunda rodada! Tomara que ela esteja bem!), reunimos os momentos mais insanos dessa estrela caótica, dos mais escandalosos aos quase violentos!

5. O Fracasso do Show de Retorno, 2007 – Quem achou que seria uma boa ideia deixar Summer fazer um show ao vivo outra vez? Ela apareceu bêbada, esqueceu a letra da música (não que fosse difícil – qualquer um consegue se lembrar de "me humilha, me humilha, só não vai me dominar", repetido umas 25 vezes?) e tentou compensar com um rebolado que deixou todo mundo sem graça!

4. Namoro e Topless, 2006 – Summer fez algumas demonstrações de afeto PÚBLICAS e BEM EXPLÍCITAS em uma viagem ao México com seu casinho passageiro, o astro de reality show Ryan Delizza. Um conselho para ela: que tal usar a parte de cima do biquíni em um barco se não quiser que as pessoas tirem fotos?

3. O Ataque do Refrigerante, 2008 – Não tem como esquecer o momento em que Summer perdeu a linha e tacou seu refrigerante na cara de um paparazzo. Por sorte, outros paparazzi estavam lá para documentar tudo. Ela destruiu a câmera caríssima do homem, e o canudo do copo acabou acertando o olho do sujeito! Ele entrou com um processo (quem não faria o mesmo?), que terminou em um acordo feito fora do tribunal. A quantia é desconhecida, mas temos a sensação de que era uma vez o resto da grana de *Os sonhadores*.

2. O Quase Casamento, 2010 – É claro que todo mundo ficou estarrecido quando Summer anunciou que iria se casar com seu personal trainer, que ela conhecia havia três longos meses. Só que ficamos MAIS estarrecidos ainda quando, no dia do casamento, em vez de aparecer no local, ela deu entrada numa clínica de reabilitação, deixando duzentos convidados com a tarefa de comer bolo e tentar consolar o noivo.

1. Último episódio de *Os sonhadores*, 2005 – O que mais poderia ocupar o primeiro lugar? Você sabe o que é e você adora. É o momento de loucura que deu início a tudo. Se por algum motivo você vive em um casulo, assista ao vídeo aqui.

5

2002

Não dá para acreditar em certas emoções até que você as sinta. Por exemplo, alguém sentir raiva a ponto de querer matar uma pessoa. Primeiro você não consegue entender como uma pessoa chegaria a isso, mas aí algo ou alguém te faz morrer de raiva e a ideia de assassinato começa a fazer sentido.

Um sentimento em que eu não acreditava até senti-lo foi a satisfação plena, a consciência de estar fazendo exatamente o que deveria. Antes de *Os sonhadores*, eu era uma adolescente normal. Nada de rebeldias que tirassem o sono dos meus pais. (Eles ficavam acordados por conta própria, berrando num volume que dava para ouvir através da parede do meu quarto.) Tirava notas boas, competia em corridas escolares e beijei alguns meninos, com quem decidi não ir mais além, mas era um tipo de vida superficial, só para preencher o tempo até a hora de dormir. Quase doía ouvir o despertador me acordar de manhã. Nos restaurantes, enquanto esperava nosso pedido, eu ia até o banheiro, mesmo que não precisasse fazer xixi, só para ter algo para fazer e porque talvez isso ajudasse a comida a chegar mais rápido e, depois que ela viesse, a gente poderia comer e ir para casa, e eu voltaria para a cama.

Há quem diga que isso indicava que eu estava um pouco deprimida, ao que *eu* responderia... *tem razão*.

O teste para *Os sonhadores* também foi só mais uma dessas coisas que eu fazia para passar o tempo. Eu estava em San Diego, visitando minha tia e a família dela por algumas semanas, em tese para dar uma olhada nas faculdades, mas na verdade porque meus pais me queriam do outro lado do país enquanto concluíam seu divórcio e brigavam para ver quem ia ficar com a louça cara. Minha prima, que era louca por cinema e teatro, me arrastou com ela para um teste de elenco em West Hollywood, apesar dos meus protestos: eu não tinha nenhuma experiência, só uma passagem pelo coro do ensino fundamental. Talvez ela achasse que pareceria boa quando a comparassem comigo. Eu nem tinha uma foto profissional direito, só a que minha tia tirou com sua câmera descartável no jardim dela. Nós a imprimimos em uma farmácia.

A mulher que organizava o teste deu uma avaliada rápida na minha prima e entregou as páginas de uma cena a ela.

– Essa personagem é a melhor amiga, então seja firme, mas divertida. – Ela olhou para mim. – Bom, e aqui estão as partes da protagonista.

Estiquei a mão para pegar as páginas, mas ela não as soltou. Quando ergui o olhar, a mulher me fitava com mais atenção. Então tomou uma decisão sobre a qual passei horas e horas refletindo: se essa pessoa aleatória não tivesse me observado melhor, o que teria acontecido? Será que eu teria me saído mal e nem receberia uma ligação com a resposta ou será que eu teria conseguido o papel de Summer?

– Pensando bem, não. Você vai ler a parte da garota má.

Quando chegou minha vez, entrei em uma sala branca grande, onde um diretor de elenco e um leitor de roteiro estavam sentados atrás de uma mesa com uma câmera. O leitor começou a recitar em um tom monótono as falas.

– Espera aí, não foi isso que a gente concordou em usar pro show – leu o homem.

Fui atingida por uma estranha sensação: nervosismo, talvez. Ao olhar para o papel, meu cabelo caiu no rosto, fazendo cócegas na minha bochecha. Eu o joguei para trás, irritada. O que é que eu estava fazendo ali? Só que meu gesto ao afastar o cabelo foi mais dramático do que eu pretendia, e o diretor de elenco deu uma risadinha. Ergui o olhar para ele e para o leitor e, de repente, a estranha sensação não era mais nervosismo. Era adrenalina.

– Esqueci de te falar – recitei minha parte. – Essa coisa de banda tá sendo legal e tudo mais, mas meu destino é ser uma estrela solo.

– Você vai sair? Logo antes do grande concurso de talentos? E o que a gente vai fazer?

– Foi mal – falei –, mas não existe Madonna e seus amigos. – Eu queria mais que tudo fazer aqueles rostos na mesa rirem de novo, mas, dessa vez, de propósito. O roteiro na minha mão se tornou um tipo de cofre com segredo. Se eu conseguisse girar na direção certa, ele se abriria. Ergui a sobrancelha e dei ao leitor um olhar fulminante. – É só *Madonna*.

O leitor deu uma risada pelo nariz. O diretor de elenco piscou algumas vezes, surpreso, então chegou mais para a frente enquanto eu lia o resto da cena e ia acrescentando tudo em que conseguia pensar: fazia caretas, jogava o cabelo, saía pisando fundo pela sala... Um assalto a banco, eletrizante e cheio de adrenalina: é assim que atuar sempre faria eu me sentir quando fosse bom. Eu estava me saindo bem, fazendo mágica com habilidades só minhas.

Eles me chamaram uns dias depois para cantar e dançar. Minha prima não foi chamada e parou de falar comigo pelo resto da minha estada. Depois, mais nenhuma notícia sobre o teste. Voltei para a Pensilvânia e comecei meu último ano, em que filtrei melhor a minha lista de faculdades, parei de correr e me inscrevi no teatro da escola, deixando todo mundo estarrecido quando consegui o papel de Annie em *Bonita e valente*.

Então, um dia, quando eu estava sentada à mesa da cozinha com minha mãe, ela lendo o jornal enquanto eu folheava um catálogo de roupas, o telefone tocou.

– Não – disse minha mãe, depois que desliguei o telefone e, sem fôlego, repeti a oferta para ela. – Você teria que largar a escola?

– Eles têm um professor no set de filmagem!

– De jeito nenhum. Diz pra ligarem depois que você se formar.

Levei meus documentos de emancipação para o meu pai. Ele os assinou, talvez porque estivesse feliz por mim, mas principalmente para irritar minha mãe. Depois de uma pressão gigantesca minha ("*Papai* está tranquilo com isso! Por que você não pode ser como ele?"), dele ("Você quer mesmo negar à nossa filha a oportunidade de realizar os sonhos dela só porque *você* nunca correu atrás dos seus?") e de algumas pessoas da Atlas (que deram todas as garantias de que iriam cuidar bem da gente), minha mãe cedeu.

Eu me lembro como se fosse ontem do primeiro dia em que encontrei os outros. Liana já estava lá quando entrei para a leitura do roteiro. Era a única pessoa negra na sala e estava destacando suas falas com marca-texto. Usava dois coques no alto da cabeça. Michael, a mente por trás da ideia da série e o responsável por toda a produção, nos apresentou. Liana se levantou, jogou os braços ao meu redor e depois me puxou para sentar ao lado dela. Ficamos ali, conversando baixinho enquanto os adultos andavam de um lado pro outro, arrumando tudo.

– Nem acredito que isso está mesmo acontecendo – falei.

– É sua primeira vez na TV? – Quando assenti, seu rosto redondo se abriu em um sorriso. – Uma bebezinha no ramo! Quantos anos você tem?

– Faço 18 daqui a uns meses.

– Ai, meu Deus, você é muito fofa. Tenho 20 e já estou nessa há alguns anos, então posso te mostrar como as coisas são. A gente nunca deve criar expectativa com série nenhuma. Já fiz dois pilotos que não foram pra frente. Mas com este aqui a gente pode ficar animada.

Ela se inclinou e chegou tão perto que senti até o cheiro de seu gloss de cereja.

– Não olha agora, mas tá vendo aquele cara de óculos, sentado no canto? Aquele é o *Sr. Atlas*. Tipo, o cara que manda na rede toda.

Dei uma espiada. Ele devia ter uns 50 anos. Estava quieto, uma das pernas dobrada sobre a outra, as pontas dos dedos unidas diante do corpo, os óculos apoiados no nariz. Um homem de aparência comum, mas com um campo de força a seu redor que ao mesmo tempo atraía todos os adultos e impedia que qualquer um se aproximasse demais.

– Eu não tinha percebido que o sobrenome do cara que manda é o mesmo do estúdio – falei.

– Oi? – Liana me encarou, escandalizada por eu não ter feito minhas pesquisas. – Tá bom. Então: o pai dele começou tudo, e aí, quando ele morreu, o Sr. Atlas Júnior assumiu o comando e transformou o estúdio de filmes em um império e...

– Michael! – chamou alguém, desinibido e confiante.

Tem pessoas que nasceram para aparecer em um pôster, e esse garoto, com o cabelo louro desgrenhado e adentrando a sala como se fosse um deus concedendo o ar da graça, era uma delas. Ele trazia um exemplar surrado de *On the Road – Pé na estrada*, o que agora talvez eu ache algo pretensioso, mas na época me deixou convencida de que ele era um intelectual.

(Eu gostava de *On the Road* também! Ou... bem... sabia que era um livro considerado genial, então tinha lido com muita atenção até me convencer de que gostava dele.) O intelectual gato e Michael se abraçaram e trocaram tapinhas nas costas. Ele estava dando um abraço no mandachuva da série? Eu morria de medo do homem! Liana e eu nos olhamos, abafamos o riso e nos comunicamos sem palavras: *Gatinho, gatinho, gatinho!*

– Meninas, esse é o Noah – disse Michael.

O rapaz abriu um sorrisinho preguiçoso e cheio de charme para nós duas, aquele que vem acompanhado de um olhar semicerrado – ao que parecia, com o intuito de ser sedutor. E funcionou. Quando ele se sentou ao meu lado, apaguei por um instante.

Summer foi a última do elenco principal a chegar, levada até a sala por um homem gigante e forte, que soltou:

– Não se preocupem, galera, a estrela chegou!

– Pai – disse Summer, espiando por trás dele, constrangida de um jeito meio orgulhoso.

– Desculpa, mas você não pode me repreender por estar todo prosa – falou ele, sorrindo para a filha, que brincava com as mangas de seu cardigã.

Summer tinha braços esguios e uma beleza muito delicada. Ao meu lado, Noah teve um sobressalto, atento. Dessa vez, seu sorriso foi diferente, não o charme sedutor de antes, mas algo meio fora de controle, exagerado.

– Bom te ver de novo – disse ele assim que Summer se acomodou a seu lado, alisando a saia e cruzando as pernas com timidez.

– Vocês já se conhecem? – perguntou Liana.

– Eles nos chamaram pra um teste juntos – disse Summer. – Um... Como é que se chama isso?

– Uma leitura pra ver a química – respondeu Noah, rápido demais.

O pai de Summer riu e bateu no ombro de Noah.

– Não conta essa parte pro namorado dela!

Por um instante, a expressão de Noah desabou, mas ele logo se recompôs.

Fizemos uma roda e nos apresentamos uns aos outros, menos o Sr. Atlas, que recebeu uma apresentação especial de Michael.

– Temos muita sorte de ter o chefe do nosso estúdio aqui, Sr. Atlas, que tornou tudo isto possível.

O Sr. Atlas assentiu.

– Tem muito potencial nesta sala. Estou ansioso pra ver aonde isso vai dar – disse ele.

Sua voz era baixa e firme. Ainda assim, as palavras chegaram a todos, exigindo atenção.

– Acham que ele tem nome? – sussurrou Noah para nós três.

Segurei uma risada.

– Não, acho que ele nasceu como "senhor".

– É Gerald – contou Liana.

Michael estava falando, fazendo um discurso autoelogioso sobre sua visão da série.

– Vamos espalhar alegria – disse ele, por fim. – Dar às pessoas uma sensação de fascínio, a possibilidade de que elas também tenham uma vida cheia de amizades, criatividade e quem sabe até um grande amor. Então... quem está pronto pra começar?

Summer, Liana, Noah e eu nos entreolhamos, a eletricidade deixando o ar carregado. Então começamos.

· · · · · ·

Naquela noite, depois da leitura do roteiro, os três vieram até o apartamento de um quarto que algum funcionário da Atlas encontrara para mim na Barham Boulevard, uma verdadeira ala de astros mirins. "Quanto mais vocês criarem laços, melhor vai ser a série!", tinha dito Michael ao dispensar a gente enquanto ia com os adultos até o bar para criarem laços do tipo deles.

O meu apartamento era o mais próximo e não teria ninguém lá. (Summer ainda morava com os pais, a uma hora e meia dali, enquanto Noah e Liana dividiam quartos com outras pessoas.) Só que o apartamento insípido sugeria solidão e tristeza. E se eles achassem que aquela falta de personalidade refletia a minha? Que eu também não tinha alma? Eu já estava desesperada para impressionar todo mundo.

Para piorar, ainda tinha o problema das paredes. A pessoa que tinha morado ali antes de mim decidiu, por algum motivo bizarro, pintar as paredes de um marrom que parecia lama. A cor sem vida sugava toda a luz do local, o que dava a impressão de que eu tinha me mudado para um pântano tenebroso, e não para a ensolarada Los Angeles.

– Não é bonito, nem tá terminado ou coisa assim – avisei a eles, ao abrir a porta. – Acabei de me mudar.

Eles vieram atrás de mim, largando suas coisas, e Noah se jogou no meu sofá-cama.

– Humm – disse Liana, ao observar as paredes. – Essa cor é... um pouco demais.

– Eu sei. É bem deprimente – falei. O jeito como todo mundo tinha rido na leitura do roteiro quando falei as piadas mordazes me motivou a tentar uma das minhas. – Vocês acham que a pessoa que escolheu é masoquista ou só daltônica? – Eles deram sorrisos educados. Eu devo ter parecido uma babaca, mas não era assim. – Enfim, querem pedir uma pizza?

– Peraí, você pode pintar as paredes, não? Não é contra as regras, é? – perguntou Summer.

– Não – respondi. – Acho que não.

Summer e Noah se encararam, dois sorrisos surgindo em seus rostos, uma comunicação sem palavras acontecendo entre eles.

– Tem uma loja de ferragens aqui pertinho – disse Noah.

Summer pegou minha mão.

– Por favor, deixa a gente te ajudar a pintar? – pediu ela, como se fosse eu que estivesse lhe fazendo um favor, seus olhos imensos cheios de esperança fitando os meus.

– Ué, claro – respondi. – Sério?

– Sim! – Summer apontou para Noah. – Vamos comprar tinta. Vocês duas pedem o jantar.

Eles desapareceram pela porta.

Eu folheei a lista telefônica em busca de pizzarias nas redondezas, uma onda empolgante de independência no ar, enquanto Liana dava uma olhada na minha coleção de CDs.

– Kat. É sério? – perguntou Liana. – Linkin Park e Sum 41?

Foi um julgamento engraçado e sem maldade, apenas a crença dela de que eu tinha potencial para ser mais descolada. Liana abriu sua bolsa carteiro abarrotada e começou a revirá-la, empurrando maquiagens, revistas e um tocador de CD.

– Vamos lá. – Ela puxou um estojo de CDs e abriu o zíper, revelando a coleção lá dentro. – A gente precisa de um pouco de Mariah.

Summer e Noah voltaram depois de meia hora com quatro latas de tinta, alguns rolos e uma lona, sem ar de tanto rir e quase derrubando tudo no chão.

– O que acha de amarelo? – perguntou Summer, seus braços trêmulos do esforço de carregar as latas. – Eu sou louca por paredes amarelas. Mas trouxe outras opções pra você.

– Eu amo amarelo – respondi, ainda que até então não tivesse opinião nenhuma sobre isso.

Começamos a pintar as paredes de branco, cada um com um rolo de tinta, nos apoiando na ponta dos pés, a não ser Noah, que era o mais alto. Dançamos no ritmo da música que Liana tinha colocado e contamos uns aos outros sobre nossas vidas. Falamos sobre nossas cidades (Noah era de Boston e falou *muito* sobre isso), sabores favoritos de sorvete ("laticínio não faz bem para as cordas vocais", disse Liana, "mas chocolate com marshmallow e castanha é uma delícia") e histórias dos nossos testes de elenco. Era assim que eu imaginava que seria a faculdade, e ali estava eu, vivendo isso mais cedo.

– Você é tipo uma noiva muito jovem? – perguntou Liana a Summer, em certo momento, apontando para o anel no dedo dela.

Summer ficou um pouco corada.

– Ah, não – respondeu. – Isto é um anel de castidade.

– Minha nossa! Então você é do tipo eu-escolhi-esperar, só-vou-transar-com-meu-marido?

– A ideia é essa – respondeu ela.

Um breve lampejo de desolação passou pelo rosto de Noah.

Tontos pelo cheiro das tintas, começamos de um modo hesitante a nos apaixonarmos uns pelos outros. Noah se exibiu daquele jeito bobo que fazia as garotas suspirarem, mesmo que não fosse por algo muito impressionante: colocou quatro fatias de pizza na boca só para mostrar que conseguia, tentou equilibrar uma lata de tinta na cabeça. Aos gritos e gargalhadas, pedimos que ele parasse antes de derrubar tudo no chão. Liana desistiu de pintar depois de um tempo.

– Eu vou ser a parte do entretenimento. Não fui feita pra trabalho braçal – declarou ela.

Ela então começou a cantar, usando o rolo de tinta como microfone.

O celular de Summer, um Nokia tijolão, tocou.

– Posso ficar mais uma hora? – sussurrou ela. – Tá bom, tudo bem. – Ela desligou e se virou para nós. – Meu pai está vindo.

Era engraçada a diferença que mais ou menos seis meses podiam fazer: eu era só um pouco mais velha do que ela, e ali estava eu, no outro lado do país, longe da minha família, morando sozinha em um apartamento, enquanto o pai dela ainda vinha buscá-la.

Ele chegou à minha porta fedendo a álcool. Devia ter saído com os adultos que trabalhavam na série.

– Ora, mas olha só isso – disse ele, ao entrar. – Além de todos os seus outros talentos, vocês também pintam? – Nós rimos. – Mas é mesmo – continuou ele. – Aquela leitura do roteiro hoje foi especial. Não tô dizendo que a trama seja *Guerra e paz*.

Em suma, o piloto era: logo antes do grande concurso de talentos da escola, eu saía da banda que Summer, Liana e eu tínhamos formado para poder me apresentar sozinha em um número musical. No desespero, Summer chamava o novo gatinho da escola, Noah, para me substituir. A apresentação deles deixava uma promessa de sucesso no ar, além de muita tensão do tipo "vai rolar ou não vai?", enquanto Liana cedia sua voz firme no apoio. Depois do show, um dos pais na plateia se aproximava. Por acaso, ele trabalhava no ramo da música e queria saber se eles já tinham pensado em tentar uma carreira profissional. Assim que ouvia isso, eu forçava minha volta à banda como um quarto integrante, determinada a prejudicar Summer e assumir meu lugar de direito como vocalista principal, o que nos levava a uma temporada de infortúnios, sabotagem e diversão. Então, é, não era bem *Guerra e paz*.

O pai de Summer continuou:

– Mas vocês quatro, juntos… Bom, não posso prever o futuro, mas estou com um bom pressentimento.

Ele passou um dos braços ao redor de Summer, e ela se aninhou no pai. Mesmo chateada por ter que ir embora, ela o amava.

Senti um formigamento nos olhos diante do orgulho descarado que ele sentia da filha, do entusiasmo com que via tudo aquilo. Quando liguei para minha mãe para contar que tinha me acomodado bem em Los Angeles, ela só tinha dado um suspiro e perguntado sobre a questão das aulas no set. É claro que talvez o pai de Summer estivesse a um passo do exagero, mas eu aceitaria isso sem pensar duas vezes.

Quando o pai de Summer se virou para sair, ela pegou minha mão.

– A gente volta amanhã pra terminar de pintar. Pode ser?

Foi como se ela não percebesse que eu não tinha mais nenhum amigo ali. Foi um modo generoso de me enxergar, pensando em mim da melhor forma possível.

E logo eu não precisaria de mais nenhum amigo, porque tinha os três. Nós quatro nos apaixonamos uns pelos outros enquanto filmávamos a primeira temporada da série. Com muitas pessoas, leva tempo para se criar intimidade. Relacionamentos são construídos colocando um tijolo em cima do outro, devagar, mas com confiança. Nós quatro construímos uma casa inteira juntos na primeira noite, talvez porque tivéssemos sido jogados em uma experiência nova e intensa, talvez porque estivéssemos destinados uns aos outros.

Todos tínhamos falhas: Summer às vezes era arrogante. Liana usava o fato de ser mais velha para provar que era mais sábia. (Se bem que, para ser sincera, em geral ela era mesmo.) Às vezes, Noah ficava irritado com a imagem de bom moço que tinha que passar por ser um ídolo para pré-adolescentes e fazia coisas idiotas para afirmar sua masculinidade, como escalar parte do set onde ele não deveria estar ou flertar com toda corista que passasse na frente dele. Eu era insegura e ficava preocupada que alguém se desse conta de que eu não pertencia àquele lugar e me mandasse de volta para minha vida sem sal. E eu não queria voltar, porque, pela primeira vez, sabia o que era levantar animada da cama e desejar que o dia não terminasse. Estávamos fazendo algo que a gente torcia para que fosse especial, que pudesse nos dar uma pequena base de fãs devotados que, de vez em quando, nos reconhecessem na rua, mas o mais importante era que nos sentíamos vivos. Nosso lugar era uns ao lado dos outros. Não percebemos, mas logo iríamos pertencer a todo mundo.

Filmar a primeira temporada da série foi perfeito. Foi na segunda temporada que tudo foi para o ralo.

6

2018

– Não – diz Summer diante da porta do primeiro bar que escolho, um lugarzinho sofisticado perto do escritório, o tipo que tem coquetéis com bourbon a 15 dólares e um jazz agradável como música ambiente. Ela entrelaça o braço no meu, os olhos brilhando. – Ainda não somos velhas. Aonde podemos ir pra nos *divertir*?

Ao ver minha hesitação, ela abre o telefone e faz uma pesquisa rápida. Logo estamos numa espelunca com chão pegajoso. O lugar é a cara de jovens de 20 e poucos anos que querem encher a cara, com uma mesa para jogos em um canto e um equipamento de karaokê no outro. São cinco e pouca da tarde quando entramos, e lá dentro só tem umas dez pessoas. Summer se senta em um banco no bar. Ela se inclina para a frente e pede dois gins-tônicas. Por sorte, o atendente não nos reconhece. Enquanto espera nossas bebidas, ela brinca com as pontas duplas do cabelo, e percebo que está ficando nervosa.

Eu a observo e tento disfarçar o nervosismo que também revira meu estômago. Não vejo Summer há 13 anos. Bom, não pessoalmente. Embora eu tenha tentado largar o hábito de pesquisá-la no Google, até desistido da empreitada algumas vezes, sempre voltava a procurar, torcendo para que algo tivesse mudado. Quem sabe *dessa* vez, ao digitar o nome dela, o primeiro resultado seja a notícia de que ela fundou uma instituição de caridade, foi chamada para um papel empolgante em um filme e se apaixonou por um homem íntegro.

Até onde sei, ela tem vivido com o que restou do dinheiro daquela época, além de alguns comerciais que fez ao longo dos anos, anúncios degradantes que evidenciam o caso perdido que ela é. A propaganda de um aspirador de pó mostrava Summer vagando por uma casa cheia de lixo enquanto o narrador falava sobre como *este* aspirador conseguia limpar até as piores sujeiras. O aparelho aspirava migalhas de salgadinhos e tampas de garrafa, até sugar Summer, que protestava.

Ela me entrega a bebida e também me observa. Talvez tenha feito suas pesquisas no Google ao longo dos anos, como eu.

– Então, o que veio fazer em Washington? – pergunto.

Summer não combina com Washington. Pelo que sei, mora em Nova York, embora tenha passado um tempo no Novo México e outro em Las Vegas. E algumas vezes em clínicas de reabilitação. Não por causa de álcool, então acho que não tem problema a gente tomar um drinque. Por "exaustão", segundo a versão oficial. "Vício em cocaína" foi o que noticiaram os blogs de fofoca.

– Ficou com vontade de visitar os monumentos? – continuo.

Ela ri sem muito entusiasmo.

– Sentia sua falta, Kat.

– É Katherine agora.

– Quê?

– As pessoas me chamam de Katherine.

– Tá bom, então, *Katherine*. – Ela tamborila no copo. As unhas estão roídas até o sabugo. – Por que não vai voltar pro reencontro especial?

Solto um gemido, então dou um longo gole no meu drinque.

– Não acredito que o Noah abriu essa caixa de Pandora. Onde é que ele estava com a cabeça?

– O Noah só faz o que bem entende e sempre consegue o que quer. Sorte dele, né? O único de nós que escapou ileso da série.

– Liana – digo. – A Liana está bem.

Summer dá uma risada debochada.

– Tá, por isso ela posta tanto sobre o time de beisebol do marido e o tal chá dela pra secar barriga. – Summer mastiga a rodela de limão. – Era pra ter ido muito mais longe que isso.

– Além disso – falo –, *eu* estou ilesa.

– Parabéns.

A porta do bar se abre e um grupo de jovens de 20 e poucos anos entra e se divide entre a mesa de jogos e o karaokê. Dou uma olhada no meu telefone e vejo a enxurrada de e-mails de clientes que eu deveria estar respondendo. Summer pega o telefone da minha mão e o coloca no balcão com a tela virada para baixo.

– Não vai nem disfarçar? – indaga. – "Não, Summer, você também saiu ilesa!"

– Eu...

Ela ri, mas de um jeito frágil e sem alegria.

– Tô brincando. Não precisa vir com esse papinho pra cima de mim. – Ela pega minha mão e acaricia meu polegar com o dela. Summer sempre gostou muito de contato físico. Tocava todos nós de um jeito doce e natural em momentos de tédio ou nervosismo: a mão nas nossas costas, a cabeça em nossos ombros. Mas, dessa vez, ela me olha direto nos olhos. – Na verdade, estou melhor agora. E quero fazer o reencontro. Pra minha redenção. Talvez possa ser um trampolim, sabe? Ia ser bom pra mim.

Um cara liga a máquina de karaokê e começa a cantar desafinado uma música de Whitney Houston para uma plateia cada vez maior. Summer se vira para ver, com uma expressão indecifrável. Então ela diz, tão baixinho que quase não dá para ouvir com a música:

– Não quero entrar pra história como uma piada.

Engulo em seco, meu coração indo parar na garganta.

– Bom. Torço pra que o reencontro aconteça e que possa mudar tudo – afirmo, com cuidado.

– Não tem como acontecer sem você.

– Vocês não precisam de mim.

– Não – começa ela, com frustração. – Não faz isso. Você sempre desmereceu a sua importância na série. Além do mais, se você pular fora, o Noah também vai pular. Ele disse se *todas* nós quiséssemos voltar.

– Summer – digo, balançando a cabeça. – Eu tenho me esforçado muito pra ser uma pessoa normal.

– Dá pra ver. – Ela estica a mão e toca a gola do meu terninho, esfregando o tecido entre os dedos. – Não dizem que os astros mirins param de amadurecer na idade em que ficaram famosos? – Ela solta uma risadinha sarcástica, o hálito com cheiro de gim. – Acho que isso não vale pra você. Está tão adulta agora! Aquele seu escritório mais parecia o set de alguma série sobre uma mulher elegante focada na profissão. – Mais pessoas entram no bar, prontas para aproveitar os especiais do happy hour, e Summer se vira para dar uma olhada nelas. – Provavelmente você gosta de um bom vinho, já planeja a aposentadoria e odeia este lugar, não é?

– Não é bem a minha praia.

– Mas podia ser se você se permitisse. Lembra como a gente perdia a linha? Eu me lembro de umas fugas movidas a álcool na segunda temporada.

Um sorriso se abre em seu rosto. Ela vira o resto da bebida, se levanta e alonga a coluna. Então anda até o microfone enquanto Whitney Houston está acabando e passa por algumas mulheres que conferem a lista de músicas.

– Ei – diz uma das mulheres com a lista. – Nós somos as próximas e... – Ela para no meio da frase ao ver o rosto de Summer. – Ai, meu Deus. É... é você? – Ela cambaleia de leve, a voz ficando estridente. – É verdade mesmo?

Summer pisca para ela.

– Coloca "Um pedido diferente" pra mim?

– Claro! – A mulher dá uma cotovelada na que está a seu lado. – Encontra essa música!

A outra folheia a lista furiosamente em busca do código, então o digita na máquina de karaokê.

Uma onda de reconhecimento vai atingindo os clientes quando começam os acordes animados da canção, e Summer joga o cabelo, pronta para cantar uma de suas músicas solo mais famosas de *Os sonhadores*. Um grito ressoa em um dos cantos do bar. As pessoas começam a se aglomerar na beirada do pequeno palco, algumas com as mãos unidas, em choque.

– O que houve? – pergunta um cara na minha frente à mulher ao lado dele. – O que tá acontecendo? Não estou entendendo.

– *Humm, é, você sabe bem* – começa a cantar Summer. – *Algo mudou depois que a gente se encontrou.*

(Nossas letras não ganharam nenhum prêmio.)

– Quem é ela? – pergunta o mesmo sujeito para a amiga.

– É a *Summer Wright* – sibila ela, antes de gritar para o palco: – Minha rainha!

Summer acena para ela, então rebola e fecha os olhos, cantando. Sua voz é mais áspera agora, mas mesmo assim há algo de magnético na apresentação. Ela ainda consegue manter uma plateia na palma da mão, embora não necessariamente só por causa da potência de seu talento. Talvez seja como ver um trem descarrilar ou ter a consciência de que um acidente de trem está prestes a acontecer, porque esse trem em particular tem o hábito de correr desenfreadamente e sem controle.

– Quem? – pergunta o sujeito, e a mulher solta um rosnado de irritação.

– A estrela adolescente toda certinha de *Os sonhadores*, a série, lembra? – diz ela. O rapaz balança a cabeça. – A que arruinou o último episódio ao vivo? – Outro balançar de cabeça. A voz dela fica mais aguda de incredulidade. – *O escândalo do mamilo?*

– Ela surtou – fala outra mulher, se inclinando para perto deles. – E a gente ficou sem saber o que ia acontecer!

– Foi tipo... – continua a primeira mulher. – Imagina só se *The Office* acabasse do nada logo antes de o Jim e a Pam ficarem juntos e você tivesse que viver sem nunca ter visto isso.

– Acho que eu ia ficar de boa – comenta o cara.

– Ah, tá, não vem com essa, Todd – responde a primeira mulher, virando-se de novo para Summer.

– Cantem comigo o refrão – grita Summer com uma facilidade treinada, como se o tempo não tivesse passado desde que empregamos essa técnica nas nossas apresentações especiais. (Ou talvez ela cante músicas de *Os sonhadores* no karaokê com estranhos o tempo todo.)

Não é uma plateia grande, umas 25 pessoas, mas a energia faz parecer que estamos em um lugar com cem. Ela estende o microfone e a galera canta, extasiada, com a pureza do que eles deviam sentir quando eram adolescentes. Muitos filmam com o celular. Summer estende a mão livre na direção da plateia, e algumas pessoas se esticam para segurá-la e sentir a pele dela só por um instante.

– Eu tô *chorando* – diz uma delas, e é verdade: seus olhos estão cheios d'água.

Talvez essas lágrimas alimentem Summer – conseguir inspirar tanta emoção nos outros é um dom incrível. Talvez não tenha importância que um pouco dessa emoção seja pena ou zombaria, porque é *alguma coisa*. Ser o tipo de pessoa cuja mera presença arrebata alguém e faz a pessoa chorar... Bom, isso dá uma boa compensada nas coisas.

Estou paralisada no banco diante do bar, assistindo. Torcendo para que ninguém se vire e me reconheça. Ansiando por estar naquele palco também.

Summer termina a música e se curva para agradecer à plateia, corada de prazer enquanto as pessoas gritam.

– Canta "Me humilha"! – berra alguém, e alguns dão risada.

Ai, não, pelo amor de Deus. Essa *não* é de *Os sonhadores*, e sim do período estranho e tenebroso logo depois, quando Summer assumiu a imagem de garota má e gravou um álbum com alguns abutres que a encorajaram a ser a versão mais desprezível de si mesma. Se era para ser sensual, ela seria a *mais* sensual, sairia por aí usando a música para declarar que ninguém a impediria de ser SAFADA! Vendeu que nem água, rendeu muita chacota nos programas de TV noturnos e matou qualquer chance que ela tivesse de ressuscitar a carreira.

– "Me humilha"! – pedem mais pessoas e Summer pisca, confusa.

Vejo os ombros dela desabarem e percebo: ela sabe que parte do motivo para aquelas pessoas terem se aglomerado ao redor do palco é quererem estar na primeira fileira caso haja qualquer drama. Estão filmando com os celulares não só porque o momento é especial, mas para o caso de ela cair ou dizer algo ridículo que eles possam postar na internet mais tarde.

Do nada, estou lá de novo, no dia do último episódio: Summer olhando para nós para que fizéssemos alguma coisa, qualquer coisa. Eu não a ajudei 13 anos atrás, mas talvez agora eu consiga.

– *Me humilha, me humilha, só não vai me dominar* – canta alguém na plateia, enquanto uns poucos dão gargalhadas.

Eu me levanto e me embrenho pela aglomeração até a mesa com a lista do karaokê. As mesmas mulheres que estavam com ela antes se adiantam para pegá-la, sem dúvida para procurar a música que Summer não quer cantar, mas eu puxo o caderno primeiro, ignorando os ruídos ofendidos delas. Folheio as páginas com determinação até encontrar o que procuro.

– Acho que já tá bom por hoje – diz Summer, do palco, e alguns vaiam em protesto, recomeçando o coro com o nome da música.

Essa mudança de clima repentina acontecia às vezes com fãs da série na época em que éramos famosos. O que começa com pura empolgação por estar perto de você pode se transformar, de uma hora para outra, em raiva por você não dar o que eles querem.

Teclo o número 3945 na máquina e dou o play. Quando o primeiro acorde soa, a plateia interrompe o coro – será que seu pedido será atendido? Summer reconhece a música na mesma hora e, ao olhar na direção da máquina, dá de cara comigo. Então os cantos de sua boca se curvam para cima. Ela pega mais um microfone de um banco no palco e o estende para mim. O começo da música de um dos nossos raros duetos em *Os sonhadores* continua, e dou um passo à frente para pegar o microfone.

Fico ao lado de Summer no palco tentando ignorar o burburinho de questionamentos na plateia. Não sou tão reconhecível quanto ela, já que fiquei distante dos tabloides por mais de uma década e estou usando um dos meus uniformes de mulher de negócios. Summer canta os primeiros versos, um número acústico folk com nuances de "Landslide" que sempre achei surpreendentemente bonito. Michael tinha pedido que os compositores escrevessem algo com belas harmonias para que Summer e eu cantássemos em um breve momento de paz entre nossos personagens. E assim os compositores fizeram.

As pessoas vão se dando conta de que música é. Gritinhos de êxtase começam a eclodir na plateia.

– Caramba! É a Kat! – berra alguém quando os versos de Summer terminam e está na hora do meu solo.

Minhas mãos suam tanto que tenho medo de o microfone escorregar. Não canto na frente de outras pessoas há anos, só "Parabéns pra você" nas festas de amigos. E, mesmo aí, eu praticamente sussurro para não chamar atenção. Agora, minha preocupação é que eu tenha perdido qualquer habilidade que tivesse, que o nervosismo feche minha garganta e só saia um grasnido.

Mas Summer sorri para mim como fez da primeira vez que cantamos essa música juntas. ("Vamos fazer um dueto!", tinha dito ela quando recebemos o roteiro da semana. "E é tão lindo que mal posso esperar!") Respiro fundo e me jogo, com a empolgação aterrorizante de me atirar de uma altura imensa. Minha voz vacila nas primeiras notas, mas vou em frente, e logo estamos no refrão, nossas vozes subindo em harmonia.

Cantar pode ser algo agradável de duas maneiras quando se faz do jeito certo. Tem a vibração das cordas vocais, uma cadência agradável dentro do crânio. E aí você se ouve do lado de fora, ou talvez ouça sua voz se misturar com outra para fazer algo ainda melhor do que você teria conseguido por conta própria. O prazer em dobro de ouvir e sentir às vezes é insuportável demais de tão grande. E eu nem sou uma cantora *tão* incrível.

Summer e eu nos encaramos enquanto nossas vozes vão crescendo e a plateia está lá e ao mesmo tempo não está. A energia deles alimenta a nossa, mas estou concentrada na mulher diante de mim. Ela ergue as sobrancelhas num convite, e eu assinto, então nos jogamos na dança que acompanhava essa música, algo que, de alguma forma, nós duas ainda lembramos, 13 anos depois, como se estivesse congelada todo esse tempo, preservada com perfeição, esperando que nós a trouxéssemos de volta. A coreografia não é cheia de passos vigorosos, como muitos de outros números nossos, mas sim um balanço lânguido e gracioso. Devíamos estar parecendo duas ridículas: Summer em seu short curto, eu no meu terninho com saia, cantando uma música para adolescentes. Mas não me sinto ridícula. Me sinto completa.

A música chega a uma pausa. Summer usa esse tempo. Vira para a plateia e aponta para mim.

– Gente, deem oi pra minha amiga Kat. Foi mal: *Katherine*. – Olho para ela com raiva, e ela sorri antes de se voltar para o público. – Vocês devem ter ouvido alguma coisa sobre um reencontro especial dos *Sonhadores*. Katherine disse que não quer voltar, mas a gente não tem como fazer isso sem ela, não é?

– É! – grita alguém.

– Kat, você *tem* que voltar!

As pessoas me observam, olhares focados em mim de todas as direções. Tenho motivos para não voltar, mas sei que vou dizer que aceito. Não é só a pura pressão ou a glória que vem quando um bando de jovens bêbados de 20 e poucos anos puxa o celular para tirar uma foto minha. Eu me sinto mais viva agora do que me senti em anos. Além disso, preciso voltar porque Summer quer que eu volte. Porque ceder um mês do meu tempo pode recuperar sua vida arruinada, e foi por minha causa que a vida dela saiu dos trilhos, para início de conversa.

Talvez o truque para lidar com a culpa não seja se afastar o máximo possível, mas correr direto em direção à origem dela. É aí que posso consertar tudo. Então posso voltar para casa, com a consciência tranquila, pronta para dizer "sim" para Miheer e, enfim, seguir em frente.

Além disso, se Summer, Liana e Noah voltarem sem mim, quem sabe o que podem descobrir?

– Então, o que me diz? – pergunta Summer no microfone. – Vai voltar?

Ela tem aquele ar de inocência – os olhos imensos causavam esse efeito –, mas, mesmo assim, não sei se estou me deixando enganar por Summer. Não estou convencida de que os motivos dela sejam de todo inocentes. Só que a pausa na música está terminando, é quase hora do refrão final.

– Tá bem – digo no microfone, incitando um estrondo na plateia enquanto Summer e eu nos damos as mãos e terminamos a música.

VANITY FAIR, FEVEREIRO DE 2004

A GAROTA DOS SEUS SONHOS

Por Chris Matheson

Como explicar o sucesso estrondoso de *Os sonhadores*, uma série de TV boba e previsível para pré-adolescentes e adolescentes que virou uma religião para seus espectadores mais jovens e uma fonte de fascínio meio irônico para os mais velhos? Seria pela tensão narrativa ou pelas tiradas sagazes? Não, parece que essas coisas não existem no mundo de faz de conta da série. E o que falar da evolução do personagem? Infelizmente, os protagonistas passam pelos mesmos ciclos a cada episódio, com uma dedicação interminável. Sem dúvida, o elenco jovem é muitíssimo atrativo, apresentando-se em números musicais a cada episódio com um entusiasmo contagiante (ainda que insípido).

Porém, na minha opinião, o ingrediente mágico é a garota perfeita, a figura central da série, Summer Wright. Ainda que seu nome signifique "verão", Summer evoca a primavera – aquela lufada de ar fresco que vem depois de um longo inverno. Ela é broto, ela é flor. Mas, poesia à parte, olhemos os aspectos práticos. Summer é o arquétipo da queridinha dos Estados Unidos: loira, com olhos imensos e um bronzeado saudável. Feche os olhos e é fácil imaginá-la saltitando, praticando uma coreografia de torcida sob o sol. Meninas de todo o país podem estar pendurando pôsteres do colega dela, o astro Noah Gideon, em suas paredes, mas Summer já recebeu propostas de posar para três revistas masculinas de grande circulação no dia em que completar 18 anos (daqui a apenas alguns meses, a quem interessar). Ela recusou todas, confusa por esse interesse. E aí reside a chave de seu encanto: sua completa falta de noção a respeito do assunto.

"Às vezes", me conta ela durante uma prova de figurinos da segunda temporada da série, cuja produção começa a rodar no mês que vem, "eu penso: 'Sou uma garota do interior. O que estou fazendo aqui?' Eu devia estar atuando na minha comunidade, na produção do teatro local de *Adeus, amor!*"

O interior que ela cita fica a noventa minutos de Los Angeles. Na maior parte de sua infância, sair para se divertir significava ir até Bakersfield para jantar. Os fins de semana eram dedicados à prática teatral (ela começou como a pequena órfã Annie, aos 9 anos) e ir à igreja com a família.

Quando pergunto sobre a igreja, ela brinca com um anel em seu dedo. É um anel de castidade, explica, que ganhou do pai para simbolizar seu compromisso com a fé. Prepare-se para ficar perplexo e um pouco empolgado: Summer Wright é virgem e pretende continuar assim até se casar. Sua vida pessoal se compara à da série, em que os alunos do ensino médio são castos e o casal "será que vai rolar?" que protagoniza a história ainda nem se beijou. A Atlas, que produz e exibe *Os sonhadores*, já foi acusada de ser cruel com astros mirins no passado. Como não lembrar que o estúdio cortou Amber Nielson, estrela do antigo programa de sucesso da emissora, *Garota do poder*, quando ela apareceu em um vídeo cheirando um pó branco em uma boate? Mas Summer Wright jura que seu papel de jovem inocente não tem nada de representação. Ela é um modelo a ser seguido, o que a torna perfeita para os moldes da Atlas.

E o que dizer de seu namorado, um colega do ensino médio que também frequenta a igreja? Será que ele se incomoda com o voto de castidade ou com o interesse incessante em sua namorada? Um rubor sobe às bochechas de Summer, e ela morde o lábio inferior carnudo. "Não, eu tenho muita sorte por ele me apoiar em tudo", diz ela, como se não estivesse ciente dos milhares de homens que trocariam de lugar com ele sem pensar duas vezes, com voto de castidade e tudo.

Quem assiste à série poderia supor que Noah Gideon seja um desses homens. Jovens fãs fantasiam com um romance entre ele e Summer na vida real por causa da química entre os dois na frente das câmeras. "Ai, meu Deus!", hesita a atriz, colocando as mãos no rosto. "Não, Noah e eu achamos engraçado quando as pessoas falam isso! Porque somos os melhores amigos uns dos outros, eu, ele, Kat e Liana." (Kat Whitley e Liana Jackson interpretam de forma prestativa as coadjuvantes principais da série.)

Por enquanto, parece que a fama de Summer Wright crescerá cada vez mais. "Eu gostaria de ficar em *Os sonhadores* o máximo de tempo possível", diz ela, comendo pedacinhos da salada de agrião que um assistente trouxe. "E depois… quem sabe? Talvez um álbum solo. Talvez uma carreira no cinema."

Ainda assim, antes de nos despedirmos, noto um indício de que Summer já esteja a caminho de se tornar maior que a série que a deixou famosa. Enquanto experimenta uma das roupas escolhidas pela figurinista para a segunda temporada, um vestido na altura do joelho com estampa de margaridas, ela sobe a bainha para expor um pouco mais da coxa tonificada e sem pelos, o tipo que deixaria homens feitos de joelhos. "Que tal", diz ela para a figurinista, "usarmos deste jeito aqui?"

7

2018

Um mês depois da minha aventura no karaokê, Miheer me leva até o aeroporto.

Os dias passaram em um borrão, cheios de trabalho e preparativos. Na minha firma, Irene ficou perplexa, para dizer o mínimo, quando avisei que iria tirar uma licença.

– Deixa eu ver se entendi direito – disse ela. – Você quer tirar um mês de licença, justo agora que está tão perto de ser levada em consideração como sócia, e não para fazer algum tipo de treinamento, nem pra atuar como advogada voluntária em alguma região carente, nem mesmo pra ter um bebê, mas pra fazer um musical especial de TV?

– ... Sim – respondo.

– Deus do céu, Katherine! Preciso te desencorajar em relação a isso.

Irene sempre cuidou de mim, indicando outros associados juniores para os clientes terríveis (bom, na maioria das vezes, pelo menos). Ela e a esposa, Leah, convidam Miheer e a mim para jantar uma vez por mês, e sempre ficamos horas lá, fofocando, nos empanturrando e nos dando superbem. Eu a amo.

– Sei que pode ser imprudente, mas preciso ir. Não vai acabar com as minhas chances de sociedade, vai?

– Não. Mas pode... prejudicá-las. Você conhece os caras daqui, eles estão sempre atrás de um pretexto. – Os olhos dela se voltam para a porta do escritório, que está fechada, e depois para mim. – Bando de idiotas.

– Quero mostrar pra todo mundo que estou comprometida, apesar disso. – Seguro com força a beirada da cadeira. Se eu acabar com minha chance de ser sócia, nunca vou conseguir fazer o trabalho para pessoas carentes que tanto tenho tentado. – Me enche de serviço. Vou cuidar do máximo de casos que conseguir antes de sair.

Ela fez isso. Jogou tanta coisa pra mim que precisei passar várias noites em claro. E, nas poucas horas vagas, fiz aula de dança em um estúdio local, para relembrar como movimentar o corpo, saltitando com um bando de adolescentes e senhoras aposentadas.

Nem preciso dizer que Miheer e eu não tivemos tempo para um fim de semana romântico em uma hospedaria pequena. E, nas poucas vezes em que ele falou de sairmos para "um jantar especial" ou "só tomar uns drinques" com um desespero cada vez mais evidente na voz, bom, eu disse que não tinha tempo para nada disso. Eu me odeio por me esquivar de suas tentativas de me pedir em casamento. Mas eu me odiaria ainda mais se aceitasse.

Agora, ele me acompanha até o portão de embarque. Arrasto minha mala de rodinhas e entrelaço a mão livre na dele. Minha palma está suada. Ou talvez o suor seja das mãos de nós dois enquanto pensamos no que me aguarda do outro lado desse voo e o que isso vai nos causar. O cheiro doce de pão açucarado domina o ar, vindo de uma confeitaria aqui perto, e meu estômago ronca.

Em geral, quando estamos juntos no aeroporto, passamos pela segurança e vamos direto até o estande de livros. Escolhemos um romance um para o outro, que temos que ler no avião, sem reclamar. (Sempre pego os suspenses policiais mais repulsivos que consigo encontrar para Miheer. Gosto de ver a carinha fofa de horror dele ao ler os detalhes mais violentos e dou risada sempre que ele pergunta, se lamuriando cada vez mais: "Por que está fazendo isso comigo?" Ele escolhe para mim dramalhões sentimentais sobre bichinhos de estimação nobres que mudam a vida de seus donos, determinado a me ver chorar.) Só que, dessa vez, vou passar sozinha pela segurança.

Nós nos viramos um para o outro no momento da despedida. Ele está usando seus óculos de aro preto, o que o deixa lindo de morrer.

– Boa sorte lá – diz ele. – Você vai deixar todo mundo impressionado.

– Valeu. Eu vou arrumar um ingresso do show pra você, mas, sério, não precisa ir.

– Tem certeza? Quero te dar apoio.

– Vai ser bem bobinho. Não é muito a sua cara.

– Tá bem, vou ver como vai estar o trabalho na época e se dá pra escapar. – Ele estende a mão e aperta a minha. – Ei, vou ficar com saudade.

– Vai ser esquisito ir pra cama sozinha toda noite.

– Como é que eu vou conseguir dormir sem você respondendo seus e-mails de trabalho que nem uma louca do meu lado?

– Vai ter que comprar uma máquina de ruído branco. Talvez colar uma foto do meu rosto estressado nela.

– Se der, manda também uma gravação sua murmurando coisas como "clientes imbecis" e "eu já falei isso umas cinco vezes pra eles" a intervalos irregulares. Ia ajudar muito.

– Pode deixar – respondo, rindo.

Dou um passo à frente e o beijo, abraçando-o. Ele tira um fio de cabelo do meu rosto com delicadeza. Nenhum de nós quer se soltar, mesmo com a fila no portão aumentando a cada minuto.

A gente se afasta com relutância.

– Bom, tchau – digo.

– Só mais uma coisa – diz ele, enfiando a mão no bolso e pegando uma caixinha.

Não, não, não, agora não, penso, enquanto ele começa a se ajoelhar, e então não estou só pensando, mas sim falando em voz alta, e ele para no meio do movimento, seus olhos castanhos ficando cheios de mágoa.

– Não, você não quer se casar comigo?

– Não é... Não é isso que eu... – gaguejo. Ele se levanta, piscando com força como se tentasse não chorar. – Eu quis dizer aqui não, num aeroporto cheio de gente, perto de uma confeitaria...

– Ah, bem. – Ele contrai os lábios. – Sei que não é o lugar mais romântico do mundo. Tentei o mês todo fazer isso em algum local legal, mas você andou tão ocupada que não me deixou escolha a não ser a confeitaria e...

– O problema não é a confeitaria. – Pego a mão dele. – Eu quis dizer *agora* não, quando estou prestes a viajar e ficar fora um mês. Quero poder curtir isso, sem ter que me preocupar em ficar presa na fila de segurança.

Ele recua um passo, e agora *sou eu* que pisco com força.

– Mas você não vê que é por esse motivo que quero fazer isso agora? Estou tentando te dar apoio, mas estou muito confuso. Você fala que não vai voltar pra TV, aí, de repente, recebo um aviso do Google dizendo que você aceitou o convite deles em um bar cheio de estranhos.

– A Summer me coagiu e...

– Você fala que a série não é uma parte importante da sua vida, que eu nem deveria assistir porque você fica constrangida, mas aí larga tudo pra ir pra Los Angeles durante um mês. Eu tô... sem chão e, pra ser sincero, meio que surtando, e acho que só queria saber que você não vai ser sugada de volta pro mundo hollywoodiano e esquecer a nossa vida e...

– Como é que eu posso esquecer você? Eu te amo tanto.

Seu rosto transparece dúvida. Não é de admirar. Acabei de reagir como se ele tivesse me oferecido uma aranha gigante, não um anel de noivado.

Por que não conto tudo para ele? Porque tenho pavor de vê-lo franzir a testa, como se dissesse: *Você não é quem eu pensava*. Porque não quero que ele retire o pedido de casamento por desgosto. E porque agora não é mesmo a hora de abrir meu coração. Estamos em um aeroporto cheio de estranhos, incluindo duas jovens que nos olham com curiosidade, sussurrando uma para a outra. Merda, a última coisa de que precisamos é que algum boato – *Kat Whitley e o namorado brigam FEIO no aeroporto!* – surja na internet. Se o reencontro não sair do jeito que eu espero, vou contar a verdade para ele e rezar para qualquer divindade que me ouça para que isso não mude os sentimentos dele por mim.

– Ei – digo, baixinho, tentando manter um semblante plácido para qualquer bisbilhoteiro. – Saiba que isso não tem nada a ver com você. Você é a melhor coisa da minha vida. Eu só não tinha percebido quanto eu precisava encerrar esse capítulo. Vou em busca disso e, depois, acabou. Me pede de novo no dia em que isso tudo terminar, tá bom?

Ele engole em seco. Então dá um passo à frente, me abraça forte e diz:

– Melhor você não perder o voo.

8

2004

A primeira vez que alguém gritou ao me ver, eu estava em um Walmart na Pensilvânia. Foi duas semanas antes do início da filmagem da segunda temporada da série, e eu estava visitando meu pai em seu apartamento triste de solteiro (minha mãe ficou com a casa no divórcio). Ele tinha convidado uma "nova amiga legal" para jantar com a gente. Enquanto ele percorria a loja atrás do que precisava – mantimentos, velas e... ai, não, ele estava mesmo colocando *camisinhas* no carrinho comigo bem ali? –, fui até o corredor de revistas e fiquei folheando a última edição de *CosmoGirl* para fazer o teste estampado na capa: "**Quem é você em *Os sonhadores*?**"

Tirei Liana.

O grito arrepiante cortou o ar, e quase larguei a revista. Terroristas? Um atirador? Parei de ler, pronta para procurar um esconderijo, então dei de cara com uma garota, talvez de 12 anos, me encarando e tremendo.

– Você está bem? – perguntei, observando-a e procurando um ferimento.

– Você é a Kat! – disse ela. – Ai, meu Deus, ai, meu Deus.

Relaxei os ombros ao perceber o que estava acontecendo.

– Sou eu!

– Os outros também estão aqui?

– Só eu – respondi, e logo entrei no personagem. – E é claro que sou a melhor de todos, então de nada.

Ela riu, os olhos brilhando, e eu sabia que os meus também cintilavam. Minha mera presença tinha feito com que ela ganhasse o dia, talvez até a semana.

Ela ligaria para as amigas naquela noite e diria: *Você não vai acreditar no que aconteceu!* E, por um breve instante, ela seria a garota mais popular do grupo, todo mundo querendo ouvir sobre sua aventura com uma celebridade. E eu só precisei entrar no Walmart para fazer isso por ela. Me senti nas nuvens.

– Quer um autógrafo? – perguntei, já começando a remexer na minha bolsa atrás de uma caneta, enquanto ela guinchava, concordando.

Ela olhou pelo corredor, escolheu um caderno na prateleira e me entregou. Rabisquei uma assinatura cheia de firulas, que eu tinha praticado nos meus próprios cadernos quando era mais nova, sem nunca imaginar que alguém um dia fosse mesmo querer, que fosse tratar um pedaço de papel como um prêmio só porque meu nome estava nele.

Ela me abraçou e saiu correndo para encontrar a mãe. Fiquei olhando depois que ela saiu, acenando até ela desaparecer. Então voltei para a revista, para a descrição de "Liana" nos resultados do teste (*Parabéns, você é a melhor amiga que uma garota poderia ter!*), meu corpo todo agitado, vibrando de adrenalina. Ah, e de algo mais: meu celular. O nome de Summer estava na tela.

Meu rosto se abriu em um sorriso na mesma hora. Ela me ligava toda noite enquanto estávamos em casa, de folga entre a filmagem das temporadas. Ao contrário de Noah e Liana, nós duas não tínhamos irmãos, então brincávamos que éramos irmãs. A gente se falava por horas, trocando histórias das experiências inusitadas que vivíamos agora que estávamos em evidência. Tínhamos subido tão rápido! Nas semanas que antecederam a estreia do primeiro episódio, a Atlas lançou um anúncio com Amber Nielson, protagonista de *Garota do poder* (sobre uma adolescente que fazia magia), conjurando uma tocha e a entregando para nós. No dia em que ela foi filmar com a gente, ficamos todos impressionados. Ela era a maior estrela do canal! Quando eu trabalhava como babá, costumava ver o programa dela com a criança. Amber foi legal com a gente, ainda que meio distante. É claro que a Atlas tirou o anúncio do ar quando ela foi pega cheirando cocaína. Ainda assim, estreamos com números incríveis de audiência, e, dali em diante, crescemos cada vez mais.

Abri o telefone.

– Que bom que você ligou, porque tenho que te contar: uma menina gritou tão alto quando me viu que acho que meu tímpano estourou.

Ela fez um barulhinho de soluço, algo que não era sua risada de sempre, mas eu mal reparei, porque meus olhos correram da parte sobre "Liana", atraídos pela descrição de "Maioria C – Kat": *A gente sabe que ninguém quer ser a Kat. Mas você é, então tem duas opções: abrace sua vilã interior ou tente ser uma pessoa melhor para que, da próxima vez que fizer esse teste, você seja a Summer.*

É incrível como pequenas coisas ruins podem acabar com grandes coisas boas, uma gotinha de corante que tinge um copo de água por completo. Estraga. De repente, só conseguia pensar na pergunta que a garota fez: "Os outros também estão aqui?" Eu tinha sido o prêmio de consolação. Ela ficou animada por me ver, sim, mas preferia ver os *outros*. Porque ninguém quer ser a Kat.

Summer deu aquele soluço esquisito de novo enquanto eu franzia a testa para a página.

– Meu pai morreu.

Aquele teste idiota sumiu da minha cabeça. O Sr. Wright, com sua voz retumbante, que tinha me feito entender o significado da palavra "caloroso", não podia ter partido. Era para ele estar lá no set quando a gente voltasse para a segunda temporada, sempre do nosso lado, animando a gente.

– O quê? Como assim?

– Acidente de carro – ela conseguiu falar, a voz bem baixinha e devastada pelo luto. – Ele estava voltando bem tarde de um bar, dirigindo rápido demais no escuro.

Minha própria incapacidade me deixou paralisada. Como é que se consola uma pessoa quando a pior coisa do mundo acontece com ela?

– Vai ficar tudo bem – falei, como uma idiota de 19 anos que nunca tinha precisado lidar com nada parecido com isso. – Ele está em um lugar melhor.

Eu nem acreditava em Deus, mas Summer acreditava, então achei que era o que eu devia dizer.

– Preciso ir – falou Summer. – Tenho que ligar pros outros. Mas você pode vir pra cerimônia?

・・・・・・

Todos nós fomos: Noah, Liana e eu. Michael também, de terno preto, bem diferente das camisas largas que ele usava quando dirigia as filmagens no set. Até o Sr. Atlas estava lá, sentado quieto em um banco da igreja para prestar seu respeito. Uma Summer que parecia apenas a casca da menina que eu conhecia estava ao lado de uma mulher latina miúda que usava óculos escuros grandes.

– Essa é minha mãe, Lupe – disse ela para mim, quando fui lhe dar um abraço, e a mulher me deu um aperto de mão rígido.

– Obrigada por vir – disse a mãe, com um leve sotaque.

Foi estranho, porque o pai de Summer tinha dominado a primeira temporada com sua risada alta e sua preocupação constante com os interesses da filha, mas Summer quase nunca mencionava a mãe. Eu simplesmente havia concluído que ela fosse tão branca quanto o Sr. Wright.

Do outro lado de Summer estava um garoto bonito e meio sem sal, de terno e com a camisa abotoada até a gola, de um jeito desconfortável. Então aquele era Lucas, o namorado. Noah se apresentou, estendendo a mão, e os dois trocaram um aperto um pouco vigoroso demais, se avaliando.

A igreja estava abafada, o ar carregado de perfume e transpiração. Summer foi até a frente e cantou "Danny Boy", trêmula mas determinada, e o barulho de choro ao meu redor aumentou. O pastor fez um longo sermão, e o irmão do Sr. Wright, um discurso fúnebre. Àquela altura, eu só ansiava por ar fresco e luz do dia.

Porém, quando saímos da igreja, as pessoas tinham se juntado do lado de fora. Havia uns cinco ou seis paparazzi. Eles nos rodearam, rodearam Summer, as câmeras com seus cliques frenéticos, alguns deles gritando o nome dela, pedindo que falasse do pai, perguntando se ela precisaria se afastar um tempo da série. Summer recuou, como um animal que se esquivasse de um chute. O namorado fechou a cara, confuso. Noah pulou na frente dela para bloquear as câmeras.

Mas os paparazzi te cercam por três lados. Assim, quando você tenta se afastar de algum deles, outro consegue a foto. Eles se espalham, trabalham juntos como um exército sinistro e estratégico. Liana e eu nos encaramos, nos dando conta juntas daquela realidade. Em determinado momento, a fama fica tão grande que não tem como se esquivar dela. A gente tinha noção de que esse momento da virada aconteceria. Talvez já tivesse acontecido para Summer. Às vezes, eu recebia o assédio de bom grado, como aquela fã no Walmart que gritou ao me ver. Será que eu estava disposta a aceitar isso também nos momentos ruins, momentos tão tristes quanto aquele? Sim, concluí, durante o clique frenético das câmeras. Era uma troca justa: abrir mão da privacidade em nome da oportunidade de fazer algo que se ama. Ficaríamos juntos e nos protegeríamos. Liana e eu demos um passo à frente e cobrimos os outros dois lados de Summer, que Noah não tinha como bloquear. Se os paparazzi eram um exército, então nós também seríamos.

Houve uma discussão sobre adiar o começo das filmagens da segunda temporada para que Summer pudesse lidar com o luto. Mas, embora ela preferisse isso, os executivos não quiseram esperar. Nossa agenda de lançamento era rigorosa e tínhamos conseguido algo muito raro: impulso. Se tirássemos uma folga longa demais, corríamos o risco de deixar o frenesi morrer.

– O luto é importante – disse Michael, explicando o dilema para mim enquanto comíamos um lanchinho no canto do velório. – Mas você também não vai querer deixar de lado outras responsabilidades e aí, além do luto, ter o arrependimento.

– Você acha mesmo que as pessoas iam parar de ligar pra série?

Ele assentiu, com uma expressão sombria.

– Ou, se Summer insistir em ficar fora muito tempo, a rede pode fazer a idiotice de substituí-la.

Não tinha como a série funcionar sem Summer. O restante de nós ficaria arrasado por perdê-la.

– Não fariam isso – falei, sem saber direito.

– A emissora é um deus cheio de caprichos – respondeu ele, enfiando o resto do sanduíche na boca. Então fixou o olhar em mim, como se me visse pela primeira vez. – Summer confia em você. Aposto que te escutaria se você tentasse abrir os olhos dela.

Quando nós duas nos falamos por telefone alguns dias depois, perguntei como ela estava.

– A semana foi muito ruim – contou Summer, e pigarreou. – Eu, hum…

– Talvez fosse bom você se distrair.

– Você acha? – perguntou ela. Parecia uma criança do outro lado da linha. – Será que você e a Liana poderiam ficar um pouco por aqui? Tenho uma cama pra visitas e…

– É. E voltar ao trabalho pode ajudar bastante. Sabe, aí todos nós podemos ficar juntos, fazer alguma coisa. – Sem resposta. – O Michael falou que seria uma droga se as pessoas perdessem o interesse no programa e a gente não pudesse continuar.

Ela soltou um suspiro resignado e baixinho.

Uma semana depois, estávamos de volta ao set de filmagem.

· · · · · ·

Liana e eu tentamos ajudar Summer fazendo noites de filmes e festas do pijama no meu apartamento. Ela nos dava um sorriso vazio. Durante a primeira semana de retorno aos estúdios, Summer era incapaz de lembrar coreografias mais elaboradas, esquecia a porta do trailer destrancada.

Uma vez, fui buscá-la em seu trailer e havia um buquê de tulipas na cadeira.

– Quem mandou essas flores? – perguntei.

– Não faço ideia – disse ela, pegando-as e passando o polegar nas pétalas. Seus olhos ficaram cheios de lágrimas.

Ela esquecia suas falas. Esquecia de ficar nos lugares marcados. A situação ficou tão feia que chegou aos ouvidos dos superiores. Um dia, antes de começarmos a filmar, Michael foi até onde Liana, Summer e eu nos alongávamos no canto.

– O Sr. Atlas mandou um presente – disse ele para Summer. – Quer que saiba quanto a emissora estima você.

Liana me cutucou, e nós duas nos viramos para ver Michael puxar um diário com uma capa acolchoada verde, com SUMMER em alto-relevo. Era uma coisa linda. E, mais do que isso, havia o *esforço* que o Sr. Atlas fez – de escolher, de gravar o nome dela no diário –, apesar de ser um homem ocupado. (Pensando melhor agora, tenho certeza de que ele deu essa tarefa a algum assistente, mas, na época, fiquei convencida de que ele, o presidente de uma das emissoras mais importantes do mundo, tinha reservado grande parte do seu dia só para comprar um presente para Summer.)

Michael continuou falando, disse que tinha sido dele a ideia de escolherem um diário. A escrita podia ser uma cura, e todos queriam muito que ela se curasse. Eu mal o ouvia. Estava espiando por cima do ombro de Summer quando ela abriu o diário e revelou uma dedicatória do Sr. Atlas: *Para nossa estrela mais brilhante.*

Summer fechou o caderno e o abraçou junto ao peito. Ninguém imaginava o desastre que aquilo traria.

DIÁRIO DA SUMMER, 10 DE JUNHO DE 2004

Querido Diário,

Acho que nunca "entendi" muito bem a ideia de escrever nossos sentimentos em vez de só sentir. Mas talvez eu tenha sentido coisas demais nos últimos tempos. Michael me deu isso ontem, do Sr. Atlas, embora, é claro, ele também tenha tentado levar crédito, fazendo um longo discurso sobre a importância de escrever, dos "poderes de cura" que isso tem, e fez questão de lançar algumas referências à própria escrita importantíssima. Olha só como o fato de ele escrever "Os sonhadores" tinha curado a ferida aberta em tanta gente por causa do 11 de Setembro, etc... Foi mal, estou sendo meio cruel. É um presente maneiro. Acho que Kat e Liana ficaram com inveja, mas eu trocaria com elas, sem pensar duas vezes, um diário por um pai.

Enfim, acho que em tese eu devia escrever sobre a morte do meu pai, mas não sei o que falar, a não ser que eu não sabia que era possível sentir tanta tristeza. Tem um buraco negro enorme no meio do meu universo onde antes tinha um sol. Minha mãe perguntou se quero sair do programa, mas isso seria tipo meu pai morrer de novo, eu desistir de algo que o deixava tão feliz. Foi ele que sempre achou que eu era digna de ser uma estrela. Ele tinha essa certeza desde que fiz meu primeiro solo no coro infantil da igreja, quando tinha 5 anos. Minha mãe deixou meu pai assumir as rédeas e me levar para testes, ensaios, etc... Não é que ela não acreditasse em mim. Era mais por ter medo de que eu me magoasse nessa história. Além do mais, quando eu ficava chateada com isso, meu pai dizia que era melhor deixar que ela ficasse em casa, porque talvez alguém me afrontasse por não ser totalmente "americana", o que quer que isso signifique. OK. Eu sei o que isso significa. (Minha mãe costumava falar espanhol comigo quando eu era pequena. Aí, depois que eu fiz o solo no coro infantil, meu pai disse a ela que isso estava me deixando muito confusa. Foi ele também que falou que eu podia pintar o cabelo de louro, depois que usei uma peruca para uma das peças da comunidade. Disse que eu ficava melhor com aquela cor. As pessoas começaram mesmo a olhar por mais tempo e sorrir mais para mim depois disso, e recebi mais retornos dos testes, mesmo que eu achasse que estava esquisita. Mas agora já me acostumei e acho que seria estranho voltar pro cabelo castanho. Acho que a gente se acostuma com qualquer coisa. Não sei se isso é reconfortante ou apavorante.)

Fiquei tentada a sair da série, como minha mãe sugeriu, quando aquele grupo de homens suados nos cercou do lado de fora da igreja, depois do velório, e no resto da semana, quando eu estava me sentindo péssima e nada do que eu tentava fazia me sentir melhor e todo mundo do programa dizia que, se precisassem me esperar por muito tempo, isso ia acabar com a produção. Fiquei pensando que, talvez, não valesse tanto a pena assim. Talvez eu devesse voltar a ser uma pessoa normal, deixar que escalassem outra garota enquanto eu concluía a escola e me casava com Lucas. Meu pai gostava do Lucas.

Mas meu pai gostava de "Os sonhadores" ainda mais. Além disso, como eu ia abandonar a Kat e a Liana? (Se bem que, argh, a Kat anda bem irritante, tipo dizendo que vai ficar tudo bem sempre que tento falar sobre o assunto e parecendo tão desconfortável que eu mudo de assunto. Então tá, não vou conversar com ela.) E Noah. Não sei se ele mudou ou se eu mudei. Bom, não, não é verdade, eu sei que mudei. Agora sou uma garota sem pai. Mas estou reparando em coisas nele que nunca tinha visto antes. Sabia que ele tem uma sarda atrás da orelha, bem no lugar onde dá pra dar um chupão na pessoa? Sabia... Pra quem eu estou perguntando? Você é um diário. Lamento por Michael, mas isso aqui é meio idiota.

9

2018

Ao acordar na manhã seguinte, o primeiro dia da nossa volta, num quarto de hotel que a Atlas reservou para mim pelo próximo mês, estou tão nervosa que vomito.

O primeiro compromisso não é um ensaio, mas uma coletiva de imprensa, claro sinal de quais eram as prioridades da Atlas. Ninguém espera que a série seja uma obra de arte. Eles esperam que renda manchetes.

Vamos nos encontrar em uma sala perto de onde a imprensa estará reunida. A ideia é nos cumprimentarmos – Liana, Summer, Noah, Michael e eu – e então sairmos juntos, em pelotão, para enfrentar os jornalistas e fotógrafos.

Quando chego, Michael já está lá. Nosso criador. Falar assim faz parecer que ele nos *fez*, o que acho que é o caso. (E também nos arruinou?)

– Kat – diz ele, vindo me cumprimentar.

Está mais rechonchudo do que nunca, usando uma de suas tradicionais camisas largas (essa tem a estampa do pôster de um filme clássico antigo), com o cabelo desgrenhado e o corpo robusto um pouco mais frágil do que era 13 anos atrás. Não sei se o abraço ou aperto sua mão. Nunca tivemos uma relação próxima. Eu era tão ansiosa para cair nas graças de Michael que não conseguia ficar de boa perto dele como Noah ficava. Tenho quase a mesma idade que ele tinha quando criou o programa, trabalho com homens ricos de meia-idade o tempo todo e, ainda assim, quando Michael vem na minha direção, fico nervosa e escolho estender a mão para cumprimentá-lo.

— Aliás — digo, apertando a mão dele —, longe das telas atendo por Katherine.

— Humm — resmunga Michael, então aponta para um cinegrafista às suas costas. — James está fazendo algumas filmagens dos bastidores pra gente lançar, então pareça animada.

Bom, é como dizem por aí: por que não colocar uma câmera na jogada quando se está prestes a ter um reencontro constrangedor e aterrorizante com pessoas que um dia significaram tudo para você?

Assinto para James enquanto Michael continua:

— Cara bacana. A gente trabalha junto em *Desastre no mar*. Já viu?

— Ah, sim. Parabéns pelo sucesso.

Digo isso para disfarçar o fato de não ter sentido o menor interesse em assistir à série mais recente de Michael sobre um grupo de crianças cujos pais trabalham em um cruzeiro e as travessuras que elas aprontam no navio. Não é um fenômeno como *Os sonhadores*, mas já tem respeitáveis três temporadas em um serviço de streaming. Na verdade, "respeitável" é uma boa palavra para descrever a carreira que ele conseguiu construir depois de *Os sonhadores*. Ainda assim, fico me perguntando quanto tempo ele gastou culpando Summer, aonde ele acredita que poderia ter chegado se não fosse por ela.

— Pega um café ou um lanchinho — diz Michael, e aponta para uma mesa com guloseimas. — A imprensa já está se preparando. Vamos sair assim que os outros chegarem.

Ele se vira para uma assistente e fala sobre questões logísticas.

Pego um copo de café, agitada demais para conseguir comer, e então avisto na mesa umas amêndoas saborizadas que Miheer ama, ainda que *eu* jure que elas têm gosto de chulé. Mando uma foto para ele.

Parece que alguém da produção tem o mesmo mau gosto que você.

Ele responde na mesma hora.

Ei!

Meus ombros relaxam de alívio. As coisas entre nós ficaram esquisitas no aeroporto, mas vamos superar.

Meu celular vibra novamente.

Come algumas por mim.

Eu faço questão de continuar com a implicância.

Jamais.

Em seguida ele manda mais uma mensagem.

Boa sorte hoje!

E, um pouco depois:

Não, peraí. Merda pra você? As pessoas falam isso antes do ensaio?

Estou sorrindo, lendo a mensagem dele, quando Liana surge de uma porta do outro lado da sala – um banheiro – e ofega ao me ver. Ela vem rápido até mim, de braços abertos.

– Kat! – diz ela, com um abraço apertado.

Não estou preparada para o tipo de afeição e o estranho ângulo por onde ela chega. Fico paralisada enquanto tento não cuspir o café. Liana foi a única com quem mantive contato nos meses seguintes ao programa ao vivo. Nós duas ao telefone, cuidando uma da outra, até que se tornou doloroso demais falar sobre tudo que perdemos, então nos afastamos. Ela dá um passo atrás e me segura pelos ombros. Seu rosto parece mais repuxado do que na última vez que a vi, como se as bochechas joviais e redondas tivessem dado lugar a algo mais definido e anguloso. Algo natural com o passar do tempo e o envelhecimento ou seria apenas resultado de cirurgias plásticas e uma rotina implacável de exercícios? Liana sempre se dedicou com zelo a qualquer coisa que desejasse, e parece que ela tem se dedicado bastante a ser a esposa gostosa. Apesar da mudança, é bom vê-la, sentir suas mãos em meus ombros. Sinto um nó na garganta. Por um momento, apenas nos encaramos, exaustas. Imagino nós duas nos dando as mãos e saindo correndo dali, parando no bar mais próximo e conversando por horas e horas.

Então ela desvia o olhar.

– Isso foi esquisito. Corri até você feito um velociraptor.

Ela ergue as mãos como se fossem garras e faz uma careta engraçada.

Dou uma risada.

– É, não foi um abraço muito fofo.

– Será que a gente... – começa ela, então toma uma decisão. – É, vamos repetir.

Ela aponta para James, o cinegrafista, que estava filmando nosso momento.

– Espera, sério? – pergunto.

– Quer mesmo que o mundo inteiro veja esse abraço esquisito?

– Ai, meu Deus – respondo. – Tá bom.

Então largo meu café, planto um sorriso no rosto e jogamos os braços ao redor uma da outra como se uma de nós tivesse voltado da guerra para casa. Bem, já que logo vamos mergulhar em ensaios, acho que é válido tirar a poeira das habilidades de interpretação.

– Minha nossa! – diz alguém, e todos se viram, porque Noah Gideon entrou na sala.

Tempos atrás, ele viria depressa até nós, um filhotinho empolgado e desengonçado que corria atrás do mundo, louco para ver o que ele lhe ofereceria. Agora, no entanto, ele se apoia na soleira da porta, um sorriso no rosto ao avistar nós duas.

– Olhem só vocês, meninas – diz ele, balançando a cabeça, os braços cruzados.

Ele usa um suéter cinza justo, e a barba aparada (bem rente mesmo) brilha em seu rosto e lhe dá um ar másculo. Ele é... firme. Não precisa mais correr atrás do mundo. O mundo vai até ele.

O jovem encantado se tornou um homem que encanta. Ele reluz, mas não vou deixar que seu brilho me cegue outra vez. Agora conheço o segredo dele: Noah tem plena consciência do próprio brilho e o usa com um propósito. Ele pode olhar para mim como se eu fosse a única na sala, aí se vira e encara outra pessoa exatamente do mesmo jeito. E não sou mais a garota apaixonadinha que era, sempre ao redor dele para receber só migalhas. Miheer me oferece o banquete completo. (Literalmente: ele é um cozinheiro de primeira.)

Ainda assim, o primeiro amor da nossa vida sempre mexe com a gente de um jeito diferente. Tem uma parte sua, aquela que sente saudade de quem você foi um dia, que nunca vai esquecê-lo. Ele sempre vai ter... uma carga, caso você tenha a sorte ou o azar de revê-lo.

E aí, quando Noah abre os braços, caminho até ele. É um movimento involuntário. Ele me tira alguns centímetros do chão – ai, meu Deus, que irritante ele ser tão forte, o peito sólido e largo sob aquele suéter justo idiota – e aí se vira para Liana.

– Cuidado, nada de me levantar! – avisa ela, apontando para a saia curta.

Ele ergue as mãos como quem se rende e dá um beijo na bochecha dela.

Liana aceita com serenidade – os poderes de Noah nunca a afetaram, ainda mais agora, que ela está casada com um superastro do esporte –, mas vejo de relance a jovem assistente de Michael com o olhar fixado na cena, sua mão indo até o próprio rosto em um desejo inconsciente de que Noah pudesse se virar e beijá-la em seguida.

– Tenho que fazer uma pergunta importante – diz Noah para Liana. – Quando é que seu marido vem até o set pra eu pegar um autógrafo?

– Ah, ele está louco pra vir. Ele queria poder ficar por aqui o tempo todo, mas, com os treinos e a temporada, sabe como é – diz Liana, de um jeito tão fluido que parece ensaiado. Ela pisca. – Na verdade, vamos tirar uma foto pra mandar pra ele!

Liana pega seu telefone e tira uma foto de nós três. Todos sorrimos, então percebo que algo me incomoda. Quando éramos mais novos, Liana era de uma franqueza revigorante. Ela se jogava por aí e falava o que pensava, o que, é claro, talvez aborrecesse as pessoas, mas eu amava. Só que agora ela parece artificial, como uma planta linda que a gente admira de longe, mas que não passa de plástico.

– Fiquei sabendo de você e da Cassie, sinto muito – diz Liana para Noah, enquanto passa pela tela as fotos que tirou e envia uma para Javier.

– Valeu – responde ele.

Cassie Mueller, ex de Noah, é o tipo que vai a todos os eventos badalados e é conhecida por causa do pai famoso, um diretor que ganhou todas as premiações do mundo. Cassie explora a criatividade superficialmente, do jeito que todo filho de gente famosa faz – publicando um livro de ensaios confessionais, trabalhando com fotografia – e está tranquila com isso. Mas, se ela fosse uma mulher qualquer de Dakota do Sul, ninguém abriria espaço em sua galeria para ela.

– Então você está na pista de novo, é? – continua Liana, não muito atenta à conversa.

Agora ela está postando nossa foto no Instagram, digitando uma legenda em que se lê "BFFs REUNIDOS" enquanto mal olha para nós.

– Melhor as mulheres se cuidarem – digo, em uma voz mais seca que o deserto.

Michael chama Liana para ver alguma coisa, e o cinegrafista se vira para eles.

– Ei. – Noah roça a mão na minha e baixa a voz, mantendo uma expressão casual no rosto. – Sei que a última vez que saímos foi... – Espero, em silêncio, erguendo uma sobrancelha e obrigando-o a dizer. – Não foi legal. Mas podemos ser amigos de novo?

Tivemos 13 anos para voltar a ser amigos. Só que ele nunca se deu ao trabalho de entrar em contato para se desculpar ou ao menos conversar. Nesse meio-tempo, viveu feliz o suficiente para dar risada quando os entrevistadores faziam algum comentário mordaz em relação ao programa. Ou em relação a uma de nós.

Forço um sorriso que não chega aos meus olhos.

– Claro. Amigos.

Porém fico pensando: não seria mesmo benéfico para ele ficarmos amiguinhos? Sem dúvida ele foi sugado para este reencontro, mas não tem como a reputação dele sair manchada sendo visto de camaradagem com a gente. Se não parecer que culpamos Noah pela forma como ele agiu depois, ninguém vai poder culpá-lo também.

Conversamos sobre a vida uns dos outros por uns dez minutos, com uma crescente apreensão: Summer ainda não está aqui.

Por fim, Michael se aproxima.

– Alguém sabe da Summer? – pergunta, e balançamos a cabeça. Ele dá um sorriso amarelo, os lábios se retorcendo. – Será que a gente devia apostar se ela vai ou não aparecer?

Ao meu lado, Liana olha para o chão. Noah dá um sorriso, mas sua perna treme de um jeito bem sutil quando ele bate o pé.

Uma assistente toda agitada entra, vindo da sala de imprensa.

– Estão perguntando se houve algum problema – diz ela para Michael, em voz baixa.

– Droga – diz ele, alto demais, e então esfrega os olhos. – Juro por Deus, se ela arruinar este reencontro também...

– Ela vem – digo.

E, como se minhas palavras fossem mágicas, a porta se abre e Summer aparece.

– Oi! – grita ela, e arqueio as sobrancelhas, surpresa.

Ela parece diferente do que estava um mês atrás, quando foi até Washington me convencer a participar do reencontro. O cabelo está cheio e recém-pintado, as unhas estão feitas, a maquiagem foi aplicada com perfeição. Ela usa um vestido leve e delicado azul que a deixa com... Bem, eu não chegaria ao ponto de dizer "um brilho *saudável*", mas é o que parece quando comparado ao estado anterior, como se ela tivesse largado o álcool e começado a correr. Claramente Summer passou o último mês se empenhando ao máximo para se transformar de novo na versão dela da primeira vez que estivemos todos juntos, uma jovenzinha inocente. Mas não há como disfarçar a aspereza na voz, a história que paira sobre ela como uma nuvem carregada.

É muito, muito esquisito.

Ela não se desculpa pelo atraso, apenas entra, tímida, e me abraça apertado. Ela segura as mãos de Liana, que prende a respiração antes de adotar seu sorrisão falso para a câmera e dizer:

– Que maravilha ver você!

– A gente vai se divertir muito – diz Summer.

Ela nos encara, mas não parece que está de fato olhando para a gente, mas sim evitando olhar para outro lugar.

Ao meu lado, Noah pigarreia. Por um breve instante, o sorriso de Summer falha. Então ela se vira para ele.

No momento em que os dois se encaram, é como se quisessem se matar ou arrancar as roupas um do outro. Se esse reencontro acontecesse sem testemunhas, talvez eles escolhessem uma das opções e partissem pra cima. Mas agora eles estão diante da lente da câmera e no centro das atenções de todos. Então, parecendo prender o fôlego, Noah inclina a cabeça na direção dela.

– Summer – diz ele.

– Olá – responde Summer. Ela toca de leve no antebraço dele, os dedos apenas roçando a pele que não está coberta pelo suéter. – Parabéns. Você se saiu muito bem.

Ele não tem como devolver o elogio. Todos nós sabemos disso.

– É ótimo te ver – diz Noah, engolindo em seco.

– Sabe, eu vi *Silvestres* – continua ela, e Noah enrijece, como se estivesse preocupado com o julgamento dela.

Não precisa ficar. Ao que parece, todo mundo ama *Silvestres*, uma melancólica animação de aventura que Noah escreveu (sobre esquilos ou algo assim, não sei, nunca vi). Ganhou o Oscar de melhor animação e rendeu a Noah uma indicação-surpresa de melhor roteiro original. Nem eu, que um dia fui encantada pelo brilho de Noah, poderia imaginar que ele fosse capaz de algo assim. O sucesso do filme fez o status de Noah pular de famoso para respeitado. Ninguém podia alegar que ele era só um rostinho bonito depois disso.

– É lindo – diz Summer, e algo muda no semblante de Noah.

Seus olhares continuam fixos um no outro por mais um instante, que parece durar uma eternidade. Safras inteiras crescem e secam, cidades nascem e morrem. O resto da sala começa a falar sobre *Silvestres*. ("Ah, é, é *muito* bom", "Eu chorei rios, mas também me senti meio que enlevado?")

– Ok, ok – interrompe Michael. – Todos aqui acham *Silvestres* uma baita obra-prima. Agora, Summer, está pronta pra encantar a imprensa?

Ela finalmente desvia o olhar de Noah.

– É claro – responde.

Seu tom de voz é ameno, mas um tom rosado surge em seu pescoço. Os assistentes começam a nos conduzir até a porta. Olho de relance para Noah. Ele está sorrindo como todo mundo, mas os pelos dourados em seu braço, onde Summer o tocou, estão arrepiados, com o de alguém que acabou de ver um fantasma.

· · · · · ·

O barulho da sala de imprensa nos atinge enquanto nos acomodamos em nossos lugares. Michael faz um breve discurso sobre o quanto estamos empolgados por voltar, e então é dada a largada, mãos se erguendo, cliques de câmeras.

Como é reencontrar todo mundo de novo depois de todo esse tempo? ("É como uma reunião de família", diz Liana, o que, tecnicamente, é verdade, caso você tenha perdido contato com a sua família.) Será que Noah pode falar alguma coisa sobre seu próximo projeto? ("Quando eu puder falar sobre isso, você vai ser a primeira a saber", responde ele, lançando um sorriso encantador para a repórter e se inclinando em sua direção como se fosse uma conversa particular. Ela fica vermelha como um pimentão.)

Michael passa a vez a uma mulher de ar presunçoso na primeira fila, e ela se levanta.

– Todos nós aqui lembramos como as coisas terminaram. Sei que todos estão muito animados com o retorno, mas como vocês vão garantir que o que aconteceu da última vez não se repita?

Quando Michael fica desconfortável, seu primeiro instinto é ser cruel. Fiel a isso, ele se inclina na direção do microfone e diz:

– Não se preocupe, estamos cuidando para que, desta vez, as roupas sejam bem mais difíceis de tirar.

Alguns fotógrafos dão risada. Arrisco um olhar rápido para Summer, que colou um sorriso no rosto como se tivesse entrado na brincadeira.

– Ninguém vai ter diário dessa vez, vai? – questiona o repórter seguinte.

– Eu, não – garante Summer. – Não cheguei nem perto de um diário na última década.

– E por que o atraso hoje? – pergunta alguém, implacável. – Não é a melhor maneira de começar, é? Já tivemos algum drama nos bastidores?

Todos os repórteres olham para Summer. Ela é a instável do grupo, então deve ser o motivo do atraso. Seu sorriso vacila. Acho que ela não estava preparada para esse massacre. Meu Deus, é como se a gente estivesse fazendo Summer passar por essa penitência.

Antes que alguém diga algo, eu me adianto.

– Fiquei presa no trânsito. A gente se muda de Los Angeles e esquece que as estradas aqui são um inferno.

Os repórteres assentem com empatia e, por um momento, todo mundo na sala se solidariza, o ódio pelo trânsito de Los Angeles nos unindo. Então um homem na terceira fileira se levanta.

– Mas, falando sério – diz ele. – Programas ao vivo podem dar errado até nas melhores circunstâncias. Dado o histórico, vocês consideraram fazer um especial gravado?

É uma pergunta válida. Fiquei surpresa quando disseram que iríamos ao ar ao vivo outra vez, mas, ao que parece, a Atlas fez uma enquete e descobriu que os espectadores ficaram bem menos entusiasmados com um especial gravado. Eles queriam a empolgação e os riscos da transmissão ao vivo.

– Bom, é pra isso que existem aqueles benditos segundos de atraso na transmissão hoje em dia, certo? – diz Michael.

Summer fica pálida, e noto Liana também olhar de relance para ela. Rápida e plácida, Liana puxa a atenção para si.

– Olha, a gente era um bando de crianças naquela época – diz ela. – Talvez vocês não acreditem, mas o fato é que crianças fazem coisas idiotas, principalmente as que estão sob holofotes. Agora estamos mais velhos. Pode não parecer, mas é verdade. – Ela afofa o cabelo e pisca várias vezes, meio brincando, e então fica séria. – Também ficamos mais sábios. Sabemos o que os fãs querem e vamos garantir que recebam, porque o que seria de nós sem eles, não é mesmo? – Seu discurso é bem persuasivo, e fico me perguntando se ela preparou isso, assim como a fala sobre Javier. – Acredito no profissionalismo dos meus colegas de elenco. Todos nós confiamos uns nos outros, não é?

Nós sorrimos e assentimos rápido, e fico curiosa para saber se o coração de mais alguém está tão disparado que parece que vai sair do peito. Porque, por mais que eu os ame, os odeie e tenha sentido muita saudade deles, eu não confio neles. Nem um pouco.

> FANFICTION.COM, 10 DE JUNHO DE 2005

Tema: *Os sonhadores*
Summer/Noah
Tema: Ouse voar
Por: EscritoraNerd882
Classificação: Adulta

** Oi, pessoal! Já que a gente não conseguiu ver isso, estou escrevendo como eu acho que o programa deveria ter terminado. Sei que é um *slow burn*, mas a relação de Summer e Noah no programa é assim, rs! Me contem se acharam bom, e eu continuo escrevendo!

CAPÍTULO UM

Summer sentou-se na sala de música da escola na tarde da formatura do ensino médio. Ela suspirou e olhou para seu reflexo na janela. Por mais que fosse linda, não tinha namorado. Liana dizia que a amiga era muito exigente. Mas ela não podia evitar o que seu coração tanto queria: o único garoto que não poderia ter.

Noah. Summer via o reflexo dele na janela também, encarando-a como se jamais quisesse desviar os olhos. Mas devia ser só coisa da cabeça dela. Kat tinha dito que Noah não gostava dela desse jeito e que, se tentasse sair com ele, isso com certeza acabaria com a banda.

Mas então ele a cutucou no ombro. Summer não estava imaginando coisas! Seu coração disparou.

– Noah! – gritou ela. – O que está fazendo aqui?

Noah não conseguiu evitar um sorriso. Summer ficava linda quando era pega de surpresa. Estavam prestes a sair do ensino médio e, se ele nunca dissesse a ela o que sentia, se odiaria pelo resto da vida.

Ele se sentou ao lado de Summer no banco do piano.

– Passamos muitos momentos importantes nesta sala ensaiando para *Os sonhadores*, não é?

Ela deu um sorriso triste e tocou algumas notas no piano.

– Acho que agora acabou.

– Então vamos fazer deste último momento o mais importante de todos – disse ele, e a beijou.

Ao sentir os lábios quentes de Noah nos seus, Summer não pôde acreditar que isso finalmente estava acontecendo! Os lábios ávidos de Noah eram ainda melhores do que ela imaginava. Suas línguas se encontraram, deslizando juntas, até que ela se afastou, incrédula.

– Espera, achei que você não gostasse de mim dessa forma!

– Quero fazer isso desde que te conheci. Summer... eu te amo.

Ela ofegou e o enlaçou pelo pescoço.

– Ah, Noah, eu também te amo.

Ele a beijou de novo, com mais ímpeto dessa vez. Noah a tornaria sua naquele instante, naquele banco de piano. Summer levantou a blusa dele para revelar seu tanquinho, que era bem bronzeado e sensual.

Ao ouvir o som alto de passos do outro lado da porta, eles se afastaram. O Sr. Talbot, o professor de música, entrou na sala.

– Ora, olá! Estou só procurando meu clarinete. Vocês

não deveriam estar se preparando para a cerimônia de formatura?

    O Sr. Talbot os encarou, esperando por uma reação, então Summer e Noah saíram da sala, juntando-se à multidão de estudantes no corredor. Antes de se separarem, porém, Noah pegou a mão dela e sussurrou em seu ouvido:

– Ainda não terminamos...

Continua...

COMENTÁRIOS:

SONHOSSEREALIZAM91: CHOREI. Não acredito que a gente nunca vai ver isso!!!!

SRANOAHGIDEON7: Não sei como vc escreveu uma coisa dessa quando a Summer é uma vagabunda, uma escrota que traiu o amor sincero do Noah. Parece que vc não leu as coisas horríveis que ela escreveu sobre ele!! Enfim, tomara que ele esqueça ela totalmente, porque tem um monte de garotas por aí que nunca magoariam o Noah e talvez ele devesse nos dar uma chance.

AVIDAEHASSIM: Escreva o próximo capítulo agora. Preciso que os dois transem.

10

· · · · · ·

2004

Pensando em retrospecto, foi em Nova York que começamos a rachar.

Depois de alguns meses filmando a segunda temporada, a Atlas nos fez viajar até Nova York para gravar um episódio em que fazíamos um teste para um musical da Broadway. No episódio, um diretor de elenco topava com a gente cantando com um artista de rua no Central Park e nos implorava para irmos até o escritório dele. Apesar de nos oferecerem papéis, no fim decidíamos continuar o ensino médio e só pensar em nos tornarmos astros da Broadway *depois* da formatura. Sério, a quantidade de realização de sonhos que acontecia em *Os sonhadores* deixou muitas crianças com a ideia errada de que era muito fácil se tornar uma estrela. Deve ter havido uma geração de pré-adolescentes cantando em público e olhando desesperadamente ao redor para ver se alguém lhes ofereceria um contrato com uma gravadora.

Levar a equipe para o outro lado do país só para fazer um episódio era um gasto astronômico, mas nós valíamos a pena. O Sr. Atlas tinha dito a Michael que *Os sonhadores* era o programa mais importante da empresa, e agora Michael estava tendo várias ideias, entre elas: a gente devia fazer o último episódio ao vivo na segunda temporada! Michael começara a carreira no teatro, e nada se comparava à adrenalina de se apresentar na frente de uma plateia! Ele tinha outra ideia também, tão grandiosa que nem podia nos contar, mas ele prometia que mudaria nossas vidas se fosse para a frente.

Nossos dias em Nova York começaram bem. Quando eu soube qual seria nossa primeira parada, minhas pernas ficaram bambas: nós íamos aparecer no *Top 10*. *O Top 10*, na MTV. Quantas tardes melancólicas não passei em casa, me reconfortando ao ver minhas celebridades favoritas visitarem o estúdio na Times Square e votando nos meus videoclipes favoritos!

Agora, estávamos entrando no estúdio, um atrás do outro, segurando microfones, tentando nos equilibrar em saltos altos. Será que meus ídolos tinham pisado exatamente onde eu estava pisando? Os fãs sortudos sentados no estúdio berravam loucamente. O VJ falou para irmos até a janelona e olhar lá para fora.

– Sintam esse amor! – disse ele.

Lá embaixo, na rua, entre letreiros luminosos e o Planet Hollywood, mais fãs se aglomeravam atrás de uma barricada, erguendo cartazes e acenando para nós.

Eu senti *mesmo* o amor, uma bola gigantesca quicando em todas as direções, vindo até mim e saindo de mim. Sentia amor pelos fãs e por Summer, Noah e Liana. Sabíamos muito bem como apoiar uns aos outros durante a entrevista. Ficamos de mãos dadas, contentes, enquanto o VJ passava um trechinho de um episódio inédito. No vídeo, nossa banda tinha sido convidada para se apresentar no baile dos alunos do último ano, então fomos ao baile, mesmo sendo mais novos. Eu tinha convencido Summer e Liana de que precisávamos usar vestidos simples e combinando em prol da "unidade da banda", só para aparecer com um vestido incrível e roubar a cena. Os fãs no estúdio berraram quando, na tela, Noah falou para Summer que ela ficaria linda mesmo que aparecesse usando uma sacola de papel. Eles riram quando meu vestido de baile ficou enrolado nos fios do microfone e eu tropecei bem na hora de começar a cantar, o que deixou Summer com o solo. (E Liana também estava lá.) Então dançaram junto com o refrão da música, que cantamos em uma harmonia a quatro vozes:

É a grande noite da vida, então viva!
A noite da sua vida, se divirta
Tuuuuudo o que você tem,
Se joga e se arrisca, vem
É a noite da sua vida!

E não tinha importância que eu nunca tivesse ido a um baile e nunca fosse, porque estar naquele estúdio com as minhas três pessoas favoritas colocava as danças do colégio no chinelo. Eu teria pena de qualquer um que acreditasse que o baile era a noite mais especial da sua vida, porque as nossas noites iam ser cada vez melhores.

E podíamos começar agora.

– O que a gente vai fazer de noite? – perguntei, assim que entramos no elevador para voltarmos à rua, depois que a gravação terminou.

– *Wicked* – disse Liana. – A gente tem que ver *Wicked*.

– Ou, saquem só – disse Noah. – A gente vai a um jogo dos Yankees só pra vaiar os caras. – Olhamos para ele sem entender nada. – Não se preocupem, eu trouxe uniformes do Red Sox pra todos nós.

– Não – respondeu Liana.

– E se – começou Summer, baixinho – a gente ficasse passeando pela Times Square?

– Isso é coisa de turista – falei.

– Já estamos aqui. Podemos ver o Caubói Nu e a loja de M&Ms...

– Já fiz isso em excursões e é uma droga, vai por mim.

– Meu pai sempre falou que era bem legal – disse ela.

Nós três nos entreolhamos, vencidos.

– É, vamos sair pela Time Square – disse Noah.

Então, contrariando o conselho de nossos superiores, fomos para a rua e andamos direto até os fãs.

Lá de cima, do estúdio, ver a multidão tinha sido emocionante. Fãs gritando à distância era perfeito. Mas cem pessoas berrando seu nome bem no seu ouvido, tentando tocar em você, é bem diferente. A empolgação, a novidade, tudo isso se quebra e vira ansiedade.

– Sorria e acene – disse Liana, estampando um sorriso torto no rosto, então fizemos o mesmo e depois tentamos forçar nossa passagem pela aglomeração.

Mal conseguíamos enxergar além da parede de pré-adolescentes segurando cartazes com "CASA COMIGO, NOAH" ou usando um penteado no mesmo estilo que Summer usara em um episódio popular. Flashes de centenas de câmeras descartáveis explodiam na minha vista, como se estivéssemos próximos demais de um show de fogos de artifício. Ainda que eu tentasse me sentir grata, para lembrar que era isso o que a gente queria, a claustrofobia me dominou.

– Recuar? – sussurrou Noah.

Nós recuamos, ainda sorrindo e acenando, e nos refugiamos lá dentro. Mandaram um carro nos buscar. Nada de *Wicked*, Yankees, loja de M&Ms ou os diversos museus que eu queria visitar. Acabamos voltando para o hotel.

Ficamos aninhados no meu quarto, um sentimento ambíguo e esquisito tomando conta de nós. Tivemos muita sorte. Mas, ao mesmo tempo, valia a pena abrir mão de tanta coisa? Liana puxou uma garrafa de vodca – tinha 21 anos agora, o que era um divisor de águas – e passamos a bebida entre nós, até mesmo Summer.

Olhei para meus amigos. Summer fitava o nada. Noah e Liana mandavam mensagens em seus celulares. Se isso tivesse acontecido na primeira temporada, Summer teria nos mostrado com meiguice o lado bom da situação. Mas agora ela estava em silêncio, então assumi seu papel.

– Tá legal, isso é ridículo – falei. – A gente ainda pode se divertir hoje à noite. Estamos em uma suíte chique com nossos melhores amigos. Tipo, olha só este quarto.

Apontei para as cortinas suntuosas e a cama gigantesca. Sempre que eu saía de férias com a minha família quando era mais nova, ficávamos em hotéis simples ou no quarto de hóspedes na casa dos meus avós. Teve uma vez, quando esbanjamos *mesmo*, que ficamos no Marriott, um hotel bem qualquer coisa.

– Na verdade, eu tenho que... – Noah ergueu o celular pra gente com uma expressão acanhada. – Michael me convidou pra sair com ele e alguns escritores.

– Sério? – perguntou Liana. – Sobre o que vocês vão falar?

– Coisa de homem? – provoquei, ainda que estivesse com inveja.

Ele tinha muita sorte de ter sido convidado. Eu não queria sair com Michael, mas queria ter sido chamada.

– Ele falou que, se todos nós fôssemos, ia chamar muita atenção – continuou Noah. – E não dá pra dizer não pro Michael, né?

– Tá legal, pode abandonar a gente – falou Liana. – Vamos fazer uma noite das meninas.

Assim que Noah saiu, Liana colocou "Defying Gravity" para tocar, e nós três cantamos, uma tentando superar a outra, fingindo que não ligávamos para quem se saísse melhor.

Mas, uma hora depois, Liana também foi embora – ela estava trocando mensagens com um dos caras do coro fazia algumas semanas e ele a convidara para ir até o quarto dele.

– Tchau, meninas – disse ela, com um sorriso de expectativa. – Vou deixar meu corpo ser idolatrado como ele merece!

Então ficamos só Summer e eu. Ora, estava mais do que bom. Ela pegou seu laptop grande e pesado e se sentou ao meu lado na cama, apoiando a cabeça no meu ombro, seu cabelo fazendo cócegas em mim.

– O que você quer fazer? – perguntou ela.

Tive uma ideia.

– Vamos entrar em uma sala de bate-papo de *Os sonhadores*.

Criamos uma conta falsa e fiz o login.

Um usuário mandou mensagem quase na mesma hora:

I/S/L?

Pensei na nossa idade, sexo e localização de verdade e então, para fazer Summer rir, digitei:

27/M/Alasca

Começamos a escrever várias bobeiras ridículas para os fãs, que não sabiam que éramos nós do outro lado da tela, uma incentivando a outra a colocar as coisas mais doidas possíveis. Duas garotas famosas, na maior cidade do mundo, conversando com estranhos em um bate-papo virtual. Apesar da reviravolta da noite, eu estava mais do que feliz. Digitei mais uma mensagem e mandei:

O que você faria se um dia encontrasse com eles na vida real??

Uma chuva de respostas veio na mesma hora:

Declaro meu amor eterno!

Canto na frente deles pra me colocarem no programa também!

Depende de quando.

O autor do último comentário mandou um link.

– Como assim? – perguntou Summer, então cliquei no link.

Um relógio apareceu na tela, números grandes em contagem regressiva: três semanas, dois dias, cinco horas, dezessete minutos e os segundos que iam passando enquanto olhávamos para eles, sem entender. Então:

– Ah – fez Summer.

O som quase não saiu dela como uma palavra. Foi mais como se ela tivesse levado um soco no estômago enquanto íamos registrando fotos dela espalhadas por todo o site. Três semanas, dois dias, cinco horas, dezessete minutos e alguns segundos até ela completar 18 anos.

– Fecha isso – disse Summer, mas continuei olhando.

A foto que mais se destacava no site era a de uma entrevista descarada da *Vanity Fair* com ela. Summer estava puxando a saia para cima e revelando um pedacinho da coxa dourada, um ar de inocência como quem diz *ops!* ao registrar o flash da câmera.

Debaixo da foto, mais texto de quem quer que tivesse criado aquele site: Se não der pra esperar, é só pegar a versão falsificada. Kat Whitley fez 18 este ano. Coloca um saco na cabeça dela e usa a imaginação.

Summer fechou o laptop de repente, quase prendendo meus dedos.

– As pessoas sabem ser nojentas – disse ela, como se nunca tivesse pensado nisso.

Se ao menos Liana ainda estivesse ali... *Os homens que se danem*, ela teria declarado. Ou talvez: *a gente não devia mais dar pra eles. Boicote já?* Até mesmo Noah, sempre agindo como um cavalheiro indignado a nosso favor, teria mudado as coisas. Mas, do jeito que aconteceu, fomos só duas garotas atiradas no mundo sem nenhuma armadura. E o único inimigo que víamos era uma à outra.

– Não acredito que estão fazendo tanto alarde por causa dessa foto – disse ela e, de repente, sua inocência pareceu repugnante.

– Ah, qual é – falei, sentindo um gosto amargo na garganta.

– O quê?

– Tipo, você tá levantando a saia. É claro que vão fazer alarde.

Ela me encarou.

– Eu estava só ajeitando. Não sabia que iam tirar uma foto.

Mas ela podia ter impedido isso se quisesse, pensei. Summer tinha exigido dar aprovação final em todas as imagens impressas. Dei de ombros.

– Talvez você devesse ser mais cuidadosa.

Suas bochechas coraram.

– Tem muita coisa acontecendo quando você é a peça principal de uma sessão de fotos. Mas acho que você não tem como saber disso.

Ela se retraiu assim que as palavras saíram, surpreendendo-se com a própria crueldade. Nós nos olhamos por um instante, sem dizer nada, e então ela se levantou e se trancou no banheiro.

Fiquei ouvindo sons fracos vindo de trás da porta, tão baixinhos que mal dava para decifrá-los. Choro, talvez? Eu me enfiei debaixo das cobertas, puxando-as até o queixo, ao mesmo tempo querendo me desculpar e dar um tapa nela. Tentei me perder no sono, mas, sempre que fechava os olhos, só me via ao lado de Summer, ela perfeita e radiante, eu grotesca. A versão falsificada. *Coloca um saco na cabeça dela.*

Um pouco depois, ela veio até a cama e se aninhou atrás de mim, de conchinha (ainda que uma voz na minha cabeça sussurrasse que *eu* deveria ficar atrás: eu era maior, ela era delicada).

– Eu não falei sério – sussurrou ela. – Quer que eu vá pro meu quarto?

Balancei a cabeça.

– Fica.

Ela me abraçou ainda mais apertado, e, de alguma forma, acabamos mergulhando num sono inquieto.

・・・・・・

De manhã, fingimos que nada tinha acontecido e nos jogamos nas filmagens. Então, três dias antes de voltarmos para Los Angeles, surgiu uma reunião importante para Michael. Estávamos adiantados na programação, então encerramos o dia de trabalho mais cedo. Noah foi conversar com uma assistente de produção, tocando em seu braço e deixando-a toda risonha, depois veio até nós com a chave do carro dela na mão.

– Vamos fazer trilha – ele nos informou, enquanto dava um tchauzinho para a moça, que já devia estar convencida de que eles se casariam na primavera.

Subimos a toda pelo norte do estado, passando pelas árvores cheias de folhas em tons dourados escuros e bordô. Summer foi no assento do carona, ao lado de Noah, que dirigia. Isso nem chegou a ser debatido. Liana e eu éramos cidadãs de segunda classe no nosso Quarteto Destemido, então a gente ia atrás, ainda que Liana tivesse o melhor gosto musical e devesse ficar no comando do rádio. Summer apenas o ligou em uma estação qualquer que tocava pop. Uma música do Usher estava acabando e deu lugar aos acordes familiares de uma de nossas canções.

– Ah, não, muda – pediu Noah.

– Deixa aí! – falou Liana. Ela acompanhou a música, fazendo uma paródia das vozes de todo mundo. – *Você tem que seguir aquele sonho* – cantou ela, em voz grave, estreitando os olhos que nem Noah fazia às vezes, quando entrava mesmo no clima da música, depois veio uma voz sussurrada e doce quando começou o solo de Summer. Ela fez cara de desdém na hora dos meus versos e jogou seu cabelo com orgulho quando entrou a própria parte. Me dei conta do quanto ela era talentosa, como controlava a voz sem o menor esforço. Tive a impressão de que Liana poderia fazer aquilo pra sempre, sem se cansar, e o espetáculo continuaria a fluir dela. Se eu tivesse que fazer algo assim, precisaria praticar bastante.

– Pô, Michael, me dá um solilóquio – gritou ela para o céu, por cima dos nossos aplausos, quando a música chegou ao fim.

Na maior parte do programa, cantávamos músicas que tocavam no "mundo real", participando de concursos de talentos, testes e assim por diante. Mas, de vez em quando, Michael rompia com a realidade estabelecida e entrava de cabeça no teatro musical. Aí fazia coisas como pôr Summer para cantar uma música sobre seus sonhos e esperanças enquanto andava despercebida pelos corredores da escola ou me colocar em uma grande apresentação em um shopping enquanto eu experimentava roupas. Era óbvio que essas coisas não faziam muito sentido dentro da realidade da série, mas nós (e o público) adorávamos a oportunidade de entrar na cabeça dos personagens. Entre nós, começamos a chamar esses solos, meio que brincando, de "solilóquios", um termo dramático para destacar quanto eram especiais. Nem preciso dizer que Liana nunca fez um. Ela mal cantava alguns versos nas músicas que a gente tocava com a banda. Michael era o maior idiota do mundo por deixá-la em segundo plano. Pelo menos ela teria uma estrofe solo inteira na cena que filmaríamos no dia seguinte, onde todos nos juntávamos a um artista de rua no metrô. Ela vinha se preparando a semana toda e eu sabia que Liana ia arrasar.

Noah estacionou no começo da trilha. Uma montanha se erguia diante de nós, e quase não havia outros carros ao redor nesse dia de semana aleatório.

Nossas roupas anunciavam diferentes níveis de preparo para encarar uma trilha. Eu estava com minha roupa de malhar. Desde que tinha lido o comentário do "saco na cabeça dela", eu acordava cedo toda manhã para correr na esteira da academia do hotel, acelerando dolorosamente enquanto minha respiração ia ficando mais pesada, determinada a não dar mais munição para que ninguém me comparasse a Summer de um jeito desfavorável. Liana usava um conjunto esportivo de veludo com a palavra ANJO estampada no bumbum. Summer estava com seu pijama de florezinhas roxas. E Noah vestia um short esportivo, ainda que fizesse 13 graus. Garoto doido.

Ele deu alguns pulos, quicando no mesmo lugar, então passou o braço casualmente pelo meu ombro.

– Pronta?

Quando ele ficava animado, seus olhos azuis brilhavam de verdade. Tentei relaxar o ombro e deixá-lo confortável para que, talvez, Noah mantivesse o braço ali durante toda a subida. Havia outros caras no programa, que faziam papéis temporários de alguém que estava a fim de uma de nós ou então interpretavam amigos de Noah no time de futebol da escola. Às vezes eles tentavam invadir nosso quarteto, mas nunca conseguiam. Eram membros inferiores da espécie, inexpressivos em comparação ao rapaz que já tínhamos.

Estremeci quando Noah tirou o braço e deu um pulo para ir olhar o mapa da trilha. Então partimos, nossos pés esmagando folhas secas, Noah apontando para diferentes tipos de árvores e pássaros à nossa volta.

– Você sabe muito – comentou Liana.

– Quando era criança, eu queria ser guarda-florestal – respondeu Noah, rindo.

Noah e eu éramos iguais nesse aspecto: vivemos como crianças normais por um tempo, ao contrário de Summer e Liana, que perseguiam o estrelato desde sempre. Ele e eu nos entendíamos.

A trilha ficou mais íngreme. Em poucos minutos, eu estava ofegando. Logo depois disso, Liana parou.

– Ai, droga. Espera um pouco – disse ela, mexendo na meia. – Acho que estou com uma bolha.

Eu me virei para ajudá-la a examinar o pé.

– Estou com frio, então vou continuar – declarou Summer, num tom tenso e determinado.

– É melhor você não ir sozinha – falou Noah para ela, então se virou para nós duas. – Encontro vocês lá em cima?

Sem esperar a resposta, ele seguiu Summer, os dois desaparecendo por entre as árvores adiante.

Liana revirou os olhos.

– Valeu por esperar, pessoal – disse ela.

Dei uma risada cansada.

– Quanta consideração.

Seguimos em frente, devagar.

– O que você acha que a Summer tem – começou Liana depois de um tempo – para as pessoas fazerem as coisas por ela o tempo todo? Tipo, tá, ela é bonita. Mas me diz uma garota nesse programa que *não seja* bonita. E, sem querer ofender, eu tenho uma voz mais bonita e você é uma baita atriz.

– Bom, não sei se isso é verdade – respondi.

Se eu descobrisse que Summer e Noah conversavam sobre os pontos fracos que identificavam em mim e em Liana, ficaria arrasada. Ainda assim, uma pequena parte de mim sentiu alívio por eu não ser a única a pensar nessas coisas.

– Não estou querendo ser escrota – disse Liana. – Eu amo a Summer. E ela está passando por um momento muito difícil. Mas você sabe do que eu tô falando.

– Sei. Será que, se a gente estivesse passando por algo ruim, o Sr. Atlas teria dado um diário pra gente? Tipo, o máximo que eu receberia seria um tapinha nas costas.

– Bom, nós não somos a *estrela mais brilhante*. – Liana riu com pesar. – E ela não tá nem aí pra isso! Outro dia, no trailer, ela derramou café no diário, fez um "ops" e só jogou a parada numa gaveta.

A imagem de Summer deixando o diário despreocupadamente dentro de uma gaveta me deixou possessa. Para ela, o diário não era especial, algo em que o diretor da emissora tinha investido tanto tempo e energia pra encontrar, porque as pessoas davam a Summer qualquer coisa que ela quisesse o tempo todo. Eu me entreguei ao alívio, à catarse, ao falar mal dos outros escondida.

– Às vezes, ela é bem mimada – falei. – Não sei se ela tem noção disso, mas é.

– Sim! Parece que precisa que todo cara se apaixone por ela, mesmo que já tenha um namorado bem lindinho.

Na verdade, eu não achava Lucas tão bonito assim. Ele tinha todas as características que as pessoas costumavam usar para descrever alguém lindo – louro, olhos azuis, braços musculosos –, mas, por algum motivo, o conjunto da obra não era tão completo. Ainda assim, ele parecia o tipo de pessoa que *deveria* ser bonita, então todo mundo tinha decidido que era. (Noah, por outro lado, era uma obra bem completa. Seu sorriso, sua simpatia, o jeito com que o olhar dele mirava a gente como se fosse um holofote, fazendo a pessoa se sentir a mais especial do mundo... tudo isso favorecia o conjunto.) Enfim, nunca reparei muito na personalidade de Lucas e não entendia a devoção de Summer ao garoto. Ela afirmava que o amava. Uma vez, até falou que provavelmente se casaria com ele um dia, mas, em todas as conversas sinceras que tivemos, ela nunca contou de fato o que de tão interessante via nele.

– Tipo – continuou Liana –, acho que o Noah pode estar a fim de você.
– Meu coração disparou. – Ou de mim. – O coração desacelerou um pouco.
– Mas ela sempre dá um jeito de monopolizar a atenção dele e flertar com ele, mesmo sendo comprometida!

Chegamos à última subida até o topo, uma escalada direta. Fui na frente de Liana e agarrei a raiz de uma árvore para me içar, então atravessei mais algumas curvas fechadas e árvores densas e saí em uma clareira, uma enormidade de céu acima do vale lá embaixo. Mas não foi a magnitude da vista do vale que capturou minha atenção.

Summer e Noah estavam uns três metros na minha frente, um ao lado do outro, observando a vista. O som do vento, alto o bastante para encobrir a minha chegada, esvoaçava o cabelo de Noah e açoitava os longos fios de Summer. Mas, em meio àquele turbilhão, seus corpos exibiam uma imobilidade carregada, os ombros subindo e descendo de um jeito imperceptível, as mãos ao lado do corpo e tão próximas que quase se tocavam.

Lentamente, Noah foi aproximando a mão, até entrelaçar os dedos nos de Summer. Não era um toque casual, como o braço que ele passou ao meu redor. Embora olhassem para a paisagem, suas energias pareciam concentradas nas mãos unidas. Noah ergueu a de Summer e a segurou contra o peito e, finalmente, ela virou a cabeça para ele, trêmula, quer fosse pelo frio ou por outro motivo. Ele disse algo para ela, tão baixinho que não consegui ouvir, mas, mesmo de onde eu estava, dava para perceber que não havia nada daquele charme suave que ele costumava usar com tanta facilidade. Ela o encarou, olhos nos olhos.

Liana chegou com tudo na clareira atrás de mim, e Summer e Noah se separaram, sobressaltados.

– Que inferno, Noah, por que fez isso com a gente? – gritou Liana, meio de brincadeira, cambaleando pela clareira. – Meu pé nunca mais vai ser o mesmo!

– Tadinha da Liana – disse ele, pigarreando e se recompondo. – Vai precisar que eu te carregue até lá embaixo?

– Pois parece muito justo – disse ela, com um trejeito de zombaria.

Arrisquei um olhar de relance para Summer enquanto Noah corria até Liana, fingindo que ia jogá-la em cima do ombro e carregá-la por toda a descida. Summer não olhava para ele, mas sim para a mão, uma expressão estranha no rosto, os olhos cintilando. Seriam lágrimas ou só ardência causada pelo vento? Ela estremeceu, secou os olhos e olhou para mim.

– Viu essa paisagem? – perguntou ela. – Vem dar uma olhada!

. . . . . .

Na descida, Summer e Noah foram na frente outra vez, andando com rapidez e leveza, enquanto Liana e eu tentávamos não escorregar pela encosta, tão concentradas que era difícil engajar em qualquer conversa. Um pássaro cinza-amarronzado cruzou nosso caminho, aninhando-se em um galho e soltando um trinado baixo.

– Esse é qual? – perguntou Summer a Noah.

– Uma rola-carpideira – respondeu ele.

– É linda – disse ela, observando-o. – Que engraçado. O que ela teria de carpinteira?

– Não é carpinteira, é carpideira – disse Noah, olhando para Summer como se ela tivesse cometido o equívoco mais fofo do mundo. – É carpideira, que chora, se lamenta.

– Ah, dã – disse ela, andando em silêncio por um instante, depois continuou: – Seria engraçado se uma delas não entendesse que deveria ficar triste, sabe? Que ficasse falando: "Que bela manhã, vamos aproveitar o dia!"

– É – disse ele. – E outra sempre tentaria explicar o trabalho. – Ele empostou a voz. – Tipo: "Não, vamos nos lamentar o dia todo!"

– Lamentar? Não, obrigada!

Eles continuaram nisso durante a descida pela montanha e no estacionamento, brincando sobre pássaros imaginários enquanto a luz do dia ia caindo, até que, para acabar com o assunto, Liana disse:

– A gente devia sair hoje à noite. – Ela pegou o celular enquanto seguíamos na direção da cidade. – Filmei um episódio-piloto com um cara que me falou sobre uma boate maneira em que ele vai de drag queen de vez em quando. Não teria pré-adolescentes por lá pra reconhecer a gente.

Então, ainda usando nossas roupas de caminhada, fomos para uma boate no East Village, onde Liana flertou com o segurança para distraí-lo enquanto o restante de nós entrava no local de fininho.

Em um palco pequeno, uma drag queen usando boá de plumas fazia *lip sync* de uma canção de Barbra Streisand enquanto outras esperavam a vez. Liana pegou uma reta até o bar para pedir bebidas para a gente. Summer, Noah e eu não parávamos de olhar ao redor, maravilhados e rindo de nervosismo. Nenhum de nós nunca estivera numa boate como aquela, um lugar com toalhas de mesa vermelhas, pessoas em trajes cheios de glitter e saltos altíssimos. Eu nunca tinha encontrado uma drag queen, só tinha visto Patrick Swayze em *Para Wong Foo, Obrigada por Tudo! Julie Newmar*. Sei que eu era uma estrela da TV, mas nem de longe era descolada a ponto de estar ali.

Uma das drag queens – que usava uma sombra azul brilhosa e um penteado bem alto – olhou na minha direção, então desviou e depois olhou de novo.

– Não acredito, meninas – disse ela para as duas amigas, e me preparei para o pior.

Tinham visto que eu era menor de idade. Era isso ou iam me expulsar por ousar aparecer ali com roupas de malhar. Mas ela me deu um sorriso incandescente.

– É A Escrota!

– O quê? – perguntei, quando se juntaram à minha volta.

– Você é de *Os sonhadores*, não é? Zsa Zsa Galore... Ela não está aqui hoje, vai morrer de inveja por ter perdido essa... Ela cantou uma das suas músicas.

– Aquela "Eu mereço tudo"!

– E a gente amou de paixão, então agora nós vemos o seu programa.

– Muita obrigada – disse Summer ao meu lado, então elas perceberam a presença dela e de Noah.

– Os queridinhos também vieram! – falou a primeira drag queen. – Fofo. – Então todas se voltaram para mim outra vez. – Faz a sobrancelha.

– E recita o verso da música, aquele "trágico"!

A atenção delas era inebriante. Joguei o cabelo, ergui a sobrancelha e recitei:

– Isso não é mágico, é trágico!

Elas me seguraram pelos ombros, me elogiaram e chamaram todas as amigas. E, ali, no centro das atenções, eu soube o que era ser como Summer ou Noah. Era assim que eu me sentiria o tempo todo caso aquela mulher do teste de elenco tivesse seguido sua intuição inicial e me mandado ler as falas da protagonista, se eu ficasse com o papel de Summer junto com tudo o que vinha no pacote?

Perdi os outros de vista, arrebatada pela onda de atenção, me tornando a melhor nova amiga de cada drag queen a que me apresentavam. Elas colocavam copinhos com vodca e tequila nas minhas mãos. Por fim, me levaram até o palco, me entregaram um microfone e penduraram um boá nos meus ombros. Duas delas se colocaram uma de cada lado, fazendo o vocal de apoio, e cantamos "Eu mereço tudo", meu grande solilóquio da primeira temporada. E eu brilhava, cintilava, orgulhosa e exibida, com um futuro superempolgante e sem limites. Eu me lancei na direção dos aplausos, que, ao menos uma vez, eram só para mim.

Logo antes de entrarmos no último refrão, começou um tumulto na plateia. Estreitei os olhos por causa da luz, desconcertada. Alguém tinha subido em uma das mesas e cantava junto, enquanto algumas pessoas tentavam convencer a pessoa a descer para que não se machucasse. Era Summer na mesa, bêbada e, ao que parecia, insatisfeita por eu ser o foco dos olhares por uma noite que fosse. A atenção se voltou para ela, e alguns clientes da boate puxaram seus celulares para tirar fotos enquanto Noah tentava com delicadeza fazer Summer descer.

– Parem – dizia Liana, para aqueles que tiravam fotos. – Não!

Por um instante, fiquei no palco, tão perto do grande encerramento que eu deveria fazer, só que ninguém mais ouvia. Então me juntei à aglomeração e fui até Noah.

– Summer – gritei. – Desce!

– Ou sobe você!

– Você tá passando vergonha!

Ela arqueou as sobrancelhas, ofendida.

– Não é passar vergonha. Estamos nos divertindo!

– Acho que tá na hora de ir pra casa – falou Noah para ela. – O dia foi bem agitado e é hora de ir pra cama, não acha?

Ela o encarou, então assentiu e deixou que ele pegasse suas mãos e a ajudasse a descer.

Liana se inclinou na nossa direção enquanto Summer tropeçava até parar no peito de Noah e ficar ali.

– Merda, aquele cara falou que tem policiais vindo pra conferir se tem clientes menores de idade – avisou ela.

– Somos astros da TV. Eles não iam nos prender, iam? – perguntei.

– Mas, se isso chegar aos paparazzi... – disse Liana. – E todo mundo está tirando foto! Droga, o que a gente faz?

– Cuidem da Summer – disse Noah para mim e para Liana, e puxou seu celular. – Volto já.

Summer não queria soltar o braço dele.

– Volto já – repetiu ele para ela, com muita ternura, enquanto se soltava.

– Eu fiz besteira? – perguntou Summer a Noah. – Você não pensa mais nisso?

Eu não tinha ideia do que ela estava falando, mas Noah balançou a cabeça.

– Eu sempre penso nisso. Agora fica aqui.

Ela se aninhou em mim enquanto a multidão pulsava à nossa volta.

– Desculpa – murmurou ela.

Eu estava muito magoada com ela, queria seu corpo frágil e idiota longe de mim.

Noah voltou alguns minutos depois.

– Pronto. Michael vai mandar a assistente dele para pegar o contato de todo mundo que tirou foto.

– Você contou pro Michael o que tá acontecendo? – indagou Liana, as sobrancelhas erguidas. *Merda, merda, merda.*

Noah franziu a testa, confuso pela reação dela.

– Ué, contei. E ele falou que os bares costumam ter uma entrada pelos fundos, então vamos pra lá agora, porque ele vai mandar um carro pra buscar a gente.

Seguimos a orientação de Michael. Tínhamos muita prática nisso.

. . . . . .

– O que é que vocês foram fazer lá, pra começo de conversa? – perguntou Michael, quando nos sentamos um do lado do outro na cama do quarto do hotel dele, em vários estágios de sobriedade. – De quem foi a ideia?

Summer, que ainda não estava de todo no controle de si mesma, olhou para Liana e desviou o olhar na mesma hora. Mas isso foi o suficiente para Michael, que a fitou.

– Você é a mais velha, devia ser a mais responsável.

– Desculpa – disse Liana. – Eu não imaginava que ia criar tanto tumulto.

– Foi uma ideia imprudente e burra e...

– Você levou o Noah pra uma boate de strip-tease outra noite! Como é que isso é...

Liana parou de falar quando Michael a encarou. Então ele se virou para Summer.

– Você faz a segunda estrofe amanhã.

– O quê? – indagou Liana, boquiaberta e ultrajada.

– Se o seu bom senso é tão ruim, por que eu deveria confiar em você pra fazer um solo? – Ele apertou a têmpora para se acalmar. – Enfim, já cuidamos do que aconteceu esta noite. Deram sorte, porque minha reunião com o Sr. Atlas tinha acabado na hora em que vocês ligaram. Se tudo der certo, ele nunca vai saber disso.

– Reunião com o Sr. Atlas? – perguntou Noah.

Pela primeira vez, reparei que Michael estava todo arrumado, a barba feita, camisa de botão em vez das blusas largonas. Havia uma garrafa de espumante em um balde com gelo ao lado da cama.

– Sim. Eu ia chamar todos vocês aqui pra contar as novidades. – Ele pu-

xou a garrafa e fez sinal para pegarmos um copo de papel ao lado do balde.
– Eu nem devia dar isto a vocês depois da merda que fizeram, mas, bem...
– Um sorriso surgiu em seu rosto. – Não vamos filmar a terceira temporada quando a segunda terminar.

Qualquer indício de embriaguez que estivéssemos sentindo desapareceu diante da surpresa e do assombro. Não fazia sentido cancelar o programa. Éramos populares, de longe a série de maior audiência da emissora.

– Por que está sorrindo? – perguntou Liana, a voz áspera, abalada pela notícia e por sua punição.

– Vamos segurar a terceira temporada porque, antes, vamos fazer um filme! – gritou Michael, e a rolha do espumante voou.

Liana arquejou e quase deixou seu copo de papel cair.

– *É o quê?* – berrei.

Ai, meu Deus, o *dinheiro* que isso renderia. Todos nós tínhamos assinado nosso contrato com a TV antes de sabermos a proporção que o programa tomaria, então estávamos presos a um salário que parecia empolgante na época, mas que agora, vendo quanto rendíamos para a emissora, começava a parecer pouco. O cachê de um filme partiria de um ponto diferente. Teríamos a chance de negociar uma participação nos lucros. Eu poderia comprar um bom apartamento para mim, quem sabe até uma casa, e fazer dele meu lar, cheio de coisas que eram minhas de verdade. Ou talvez Summer ou Liana quisessem morar comigo e a gente alugasse uma mansão em Hollywood Hills. Eu daria dinheiro para minha mãe para que ela voltasse a estudar, como sempre falava, e talvez finalmente ela ficasse feliz com a própria vida. (Talvez, se ela voltasse a estudar, sua chateação comigo por eu não me formar também passasse.)

– Não é possível – disse Summer. – Não é possível!

Michael deu o sorriso indulgente que ele gostava de dar para nós às vezes, para nos lembrar que era muito mais velho e sábio.

– É possível, *sim* – disse ele, imitando o tom de Summer.

E então todos nos abraçamos, gritando.

– Agora, escutem bem – continuou Michael, enchendo nossos copos de espumante. – Isso pode acontecer de duas maneiras. Estou pressionando o Sr. Atlas pra fazermos uma versão pras telonas. Estamos conversando com uma distribuidora internacional, pra colocarem suas carinhas na China, dublarem vocês em francês. Já sei qual vai ser o enredo. O verão depois da formatura do ensino médio, quando vocês saem em uma turnê pela Europa! Então o último episódio da segunda temporada vai ser a formatura, e finalmente vamos dar aos fãs um beijo entre Summer e Noah pra fazer essa gente encher as salas de cinema.

Summer e Noah ficaram vermelhos.

– Que boa ideia – disse ele.

Michael ergueu um dedo.

– Mas também tem outra maneira. Esta temporada não sai do jeito que a gente quer, vocês continuam fazendo merda como esta noite, e o Sr. Atlas coloca o filme só na TV. Então, se concentrem no trabalho e em serem as estrelinhas perfeitas do Sr. Atlas pelo menos até que todos os contratos estejam redigidos e assinados. Não quero ninguém aqui fazendo nada nos próximos meses pra estragar isso.

– É claro – disse Summer. – Vamos ficar tranquilos.

Mas éramos jovens e éramos famosos. E jovens famosos não conseguem ficar longe de problemas por muito tempo.

LAMAPOP.COM, 1º DE NOVEMBRO DE 2004

NINGUÉM SEGURA SUMMER WRIGHT

Desde a morte trágica do pai, a estrela de *Os sonhadores* Summer Wright vem sendo fotografada passando mais tempo com a mãe, Lupe Wright, e alguns fãs estão se surpreendendo com o que veem. Summer interpreta a jovem norte-americana, linda e loura, como se fosse natural. Mas talvez ela seja uma atriz melhor do que pensávamos, porque sua mãe vem do outro lado da fronteira. E não estamos falando do Canadá. ¡*Ay, caramba!*

"Ah, a Summer não é mesmo loura natural", conta uma de suas amigas de infância. "Fiquei muito surpresa quando vi toda essa coisa de *Os sonhadores*, porque parecia que ela estava escondendo a mãe ou algo assim. Talvez ela tenha pensado que isso a ajudasse na carreira, mas é bem nojento pra mim."

Agora que o pai se foi, Summer está assumindo mais seu lado apimentado. É só olhar essas fotos da jovem fazendo compras usando uma blusa curtinha que é um pouco *caliente* demais! Vamos torcer para que as fãs mais jovens e inocentes de *Os sonhadores* não vejam isso e comecem a querer roupas curtas também.

Por aqui, no Lamapop, estamos apenas preocupados com ela. E ficamos imaginando... se Summer mentiu a respeito disso, o que mais tem a esconder?

11

2018

Depois da nossa coletiva, somos levados a outra sala, maior e bem iluminada, com uma longa mesa retangular, para fazermos uma leitura do roteiro. O lugar cheira a limão e cloro.

Tem mais rostos familiares ali: atores que interpretavam papéis secundários, como o professor da nossa banda e o irmãozinho chato de Summer, nossa coreógrafa e a diretora musical daquela época. Estamos todos nos cumprimentando quando o Sr. Atlas entra e a temperatura do ambiente parece cair uns dez graus.

Com seu terno cinza engomado, ele é o bicho-papão mais comedido que já vi. Cordial mas impiedoso, diziam as más línguas, o tipo de homem que demitiria na hora qualquer um que manchasse a marca imaculada da Atlas. Ele era um perfeito cavalheiro com a gente, mas vivíamos com medo de sua desaprovação. Ele nunca gritava, mas também nunca o vi rir em nenhuma das vezes que ele compareceu a uma leitura de roteiro. Ele apenas nos observava com um franzir de testa, concentrado, então puxava uma rodada educada de aplausos no fim. Era engraçado ser ele a tomar as decisões em relação à programação da Atlas, já que nunca demonstrava o menor prazer pelo que assistia. Ele era o homem mais rico e mais poderoso que eu já tinha encontrado.

Provavelmente ainda é, apesar de a Atlas não ser mais uma emissora imperdível na TV. Seu conteúdo não é cativante como costumava ser e as tentativas da empresa de diversificar a programação têm sido atrapalhadas (por exemplo, um programa sobre uma adolescente negra criado e dirigido por... um homem branco). Mas a Atlas vem ganhando muito dinheiro com cinema: eles entraram na onda de coproduzir filmes de heróis, o que causa um burburinho na internet com rumores sobre elencos cada vez que anunciam um novo projeto. O mais recente é Leopardo da Neve, cujos superpoderes são sua rapidez e conseguir se manter aquecido no frio, ou seja, ele corre sem camisa na neve.

Os últimos 13 anos acrescentaram um leve arqueamento aos ombros do Sr. Atlas. Ele deve estar na casa dos 60 agora, e seu cabelo, antes grisalho, ficou totalmente branco. Nossas colunas se endireitam automaticamente assim que ele vem em nossa direção – *comportem-se bem, crianças!* Ele aperta nossas mãos em sequência, com uma frase gentil para cada um de nós.

– Soube que você fez Direito – diz para mim. – Parabéns.
Para Liana:
– Gosto de ver seu marido jogar. Ele é muito talentoso.
Para Summer:
– Você parece bem.
Mas o homem evita o olhar dela, como se sentisse desgosto. E, por fim, para Noah, com um leve sorriso:
– Que prazer trabalhar de novo com você.

Uma assistente distribui cópias encadernadas do roteiro, escrito pelo próprio Michael, que nem se preocupou em chamar um grupo de roteiristas para ajudar. Nenhum de nós tinha visto o texto, só tínhamos uma noção geral do enredo: se passava em um reencontro da turma do ensino médio, dez anos depois.

Viramos a primeira página e começamos. A série abre com o coro, então Liana e eu entramos, depois Noah. Minha personagem se tornou uma executiva mandona de uma gravadora e usa terninhos poderosos, toda corporativa. (Hum, de onde será que Michael tirou essa ideia?) Liana vive falando do marido, orbitando agora ao redor dele, e não dos melhores amigos, embora a piada aqui seja o sujeito ser um zé-ninguém, tão sem sal que nenhum de nós consegue lembrar seu nome. Noah é um professor de teatro que molda as mentes do futuro. Mas onde está Summer?

Viramos a página. Lá está sua entrada. Ela respira fundo e lê a fala.
– Olá, gente festeira!

Cravo as unhas na coxa quando assimilo tudo: Michael escreveu a personagem dela para ser um caso perdido. Ao estilo aprovado pela Atlas, é claro, com insinuações sobre ela ter passado um tempo "tentando se encontrar", mas nenhuma carreira sobre a qual falar com os amigos. Ela não se embebeda no reencontro, mas vira tantos copos de ponche que tem uma "overdose de açúcar", tenta subir no palco onde a banda costumava se apresentar, cai e bate a cabeça.

Summer lê com hesitação, tentando ser corajosa. *Todos* nós lemos com hesitação. Não temos mais química. É necessário confiar nos seus parceiros de cena para fazer qualquer coisa ficar boa. Mas não sabemos quando nos olhar, como trocar falas em um ritmo natural em um diálogo. Não existe afinidade nem conforto, apenas uma conversa constrangedora e travada.

Pelo menos as coisas dão uma melhorada para o personagem de Summer depois que ela bate a cabeça, porque isso a faz desmaiar, o que proporciona a oportunidade perfeita para uma sequência fantasiosa dentro de sua mente que se passa nos velhos tempos, um remix dos nossos números mais famosos. Quando ela acorda, ela se "reabilita", pede desculpas por causar tanto tumulto, todos nós nos abraçamos e então cantamos e dançamos uma música épica no final. Nada de grandes solos para Liana. Ergo o olhar para ver se ela está enfurecida. Como era de se esperar, sua boca está franzida enquanto ela folheia as páginas do roteiro, embora sua expressão não seja bem de raiva. É quase como se fosse... desespero? Isso já parece um pouco demais. Talvez eu esteja vendo coisas.

Os olhos de Michael disparam pela sala, tentando ver as reações de todos a essa coisa que ele fez, algo que deliberadamente extraiu das nossas vidas. (Liana logo se recompõe e volta a sorrir.) Talvez ele andasse sem tempo para conseguir produzir algo e não houvesse tido a oportunidade de ser criativo. Ou talvez ele quisesse continuar misturando as coisas, como costumava fazer.

Ao fim da leitura do roteiro, o Sr. Atlas puxa os aplausos educados de sempre, fala baixo com Michael por um momento e então vai embora, seguindo para o próximo evento importante em sua agenda. Uma assistente entra na sala.

– Noah precisa sair em alguns minutos – diz ela a Michael. – Outro compromisso.

– Sim, sim, claro – diz ele.

No instante seguinte, ele está distraído por elogios, pessoas exaltando-o daquele jeito hollywoodiano em que todo mundo fica muito empolgado com coisas que são apenas ok. Porque, depois de ouvir o texto em voz alta, não resta dúvida de que *seja* apenas ok, nada além disso. É uma desculpa para uma volta ao passado, com uma pequena dose extra de humilhação para Summer.

E esse é o melhor cenário, se conseguirmos descobrir como recuperar um pouquinho da nossa química. Pela primeira vez, percebo que o pior resultado para Summer não é o reencontro nunca acontecer. O pior é ele acontecer e ser ruim. É mais um constrangimento para se somar aos vários que ela acumula.

Como se a mesma percepção estivesse ressoando em sua mente, Summer fica sentada em silêncio, a testa franzida quando um dos atores secundários tenta elogiá-la. ("Nossa, você ainda é muito boa! Não achei que você seria.")

Meu telefone vibra com uma mensagem de Miheer.

Como estão as coisas?

Respondo na mesma hora:

Olha, li o roteiro e tem potencial... pra ser absurdamente humilhante.

Ele responde com uma carinha emburrada.

Então, beleza. Vou trabalhar como uma condenada para interpretar meu papel o melhor possível. Todos nós vamos ter que trabalhar que nem uns condenados, nos comprometer para valer, e então talvez a gente pelo menos chegue a "mediano", já que não vai ser "incrível". Talvez possamos causar certa nostalgia e algum produtor se inspire e ofereça a Summer uma oportunidade em um projeto melhor e...

– Você esqueceu o beijo? – pergunta Summer, e a sala fica em silêncio ao ouvir a voz dela. – Entre mim e Noah? – Ela ainda fala com meiguice, piscando aqueles olhos imensos.

– Ué, não – começa Michael. – Vocês se dão um belo abraço.

– Ah, só achei que os fãs iam querer isso.

– Claro, mas...

– Achei que, sendo um reencontro de turma dez anos depois, a gente pelo menos fosse se beijar. – A fachada de meiguice começa a rachar um pouquinho. – No mundo real, a gente ia ficar bêbado e transar no banheiro.

Noah dá uma risada, quase sem querer, então pigarreia, enquanto outros ao redor do círculo se entreolham de sobrancelhas erguidas.

Summer sorri para ele.

– Brincadeirinha. Sei que a Atlas ainda não se sente confortável com sexo no banheiro. Mas pelo menos um beijo. – Ela se vira para a ampla sala e diz, como se fosse uma pergunta inocente: – Ou tem algo errado? Não é constrangedor pra ele me beijar, é?

Michael fica corado, porque esse *é* o motivo. Um grande astro como Noah beijar um desastre como Summer – isso não mancha o brilho dele? Todos na sala parecem se dar conta disso, depois que Summer fala. Era uma vaga sensação, mas ela transformou em algo concreto.

– Claro que não – diz Michael para Summer. – Podemos transformar o abraço em um beijo, se todos se sentirem confortáveis com isso.

Há uma mudança na sala. O que ele quer dizer é: se Noah se sentir confortável. E como Noah vai dizer não no meio de toda essa gente? Ele beija estrelas de cinema em filmes o tempo todo. Por que seria diferente com Summer? É só um beijo. Ainda assim, parece algo muito maior.

Arrisco um olhar de relance para Liana. Sua boca está levemente aberta, o olhar indo e voltando entre Summer e Noah, como se o resto da sala estivesse paralisada pelo constrangimento. Liana sempre amou um drama, foi a primeira de nós a ficar perdidamente apaixonada por reality shows.

– Com certeza – responde Noah, como se chegasse à mesma conclusão. – Devemos dar aos fãs o que eles querem.

Summer baixa a cabeça, mas, ainda assim, vejo antes que ela o disfarce: um sorriso de triunfo.

DIÁRIO DA SUMMER, 28 DE OUTUBRO DE 2004

Quando Noah me toca, começo a questionar tudo o que sempre pensei sobre sexo. Nunca me pareceu importante eu não ter feito ainda. Mas agora... Não estamos em um relacionamento nem nada, mas me sinto toda dormente quando ele sorri pra mim. Fico vermelha quando ele roça o braço no meu. Se ele tentasse algo a mais, eu não diria não.

Teve uma noite que me toquei pensando nele. Eu nunca tinha pensado em ninguém específico enquanto fazia isso antes. Eram tipo... situações, talvez? Cenas de filmes em que um homem deseja tanto uma mulher que eles transam na mesma hora, não importam as consequências. Ou de histórias que leio na internet no computador da sala de estar quando não tem ninguém em casa, mas eu não imaginava o rosto das pessoas ou algo assim, só prestava atenção nas palavras.

Mas naquele dia ele tinha brincado mais comigo durante a filmagem, me pegado no colo e me girado do jeito que ele faz com todas nós. E, quando voltei pro meu trailer pra descansar, continuei vendo ele na minha cabeça, o jeito como o rosto dele se abria quando ele sorria, o jeito como o cabelo brilhava na luz, o jeito como ele olhava pra mim às vezes, como se eu fosse a única que ele via, e, sem perceber, de repente eu estava me tocando e foi a melhor coisa que já senti.

Faço isso desde os 13 anos, acho, e, por um tempo, senti muita vergonha. Nenhuma das garotas que eu conhecia falava sobre isso, então conclui que elas não faziam e que eu era uma pervertida. Mas Liana fala disso com a gente o tempo todo. Ela sempre fala: "Como você vai conseguir deixar alguém amar o seu corpo se você não se ama?" Então eu não me acho mais tão estranha. Só que eu ia morrer se falasse o tempo todo disso igual a ela. Liana fala mesmo sobre essas coisas, porque ela é meio piranha.

12

......

2018

Quando chego para o ensaio na manhã seguinte, Michael está conversando com Kyle, seu diretor-assistente muito magro e nervoso. Não há mais ninguém ali.

– Ah, Kat – diz Michael. – Direto pro figurino.

Eu paro.

– Não vamos direto pro ensaio?

– Depois. Primeiro, preciso que vocês todos deem um jeito nesse problema da química. Um passarinho me contou que foi cada um pra um lado ontem à noite depois da leitura do roteiro. Então, hoje, vocês, meninas, vão fazer sua prova de roupa juntas e felizes.

– E o Noah?

– Quer experimentar roupa com o Noah?

– Não! Tenho namorado. – Dava até para dizer que tinha um pré-noivo! – Eu quis dizer...

Ele me lança um olhar que diz que tem pena de mim pela minha estupidez.

– O Noah é um cara muito ocupado, tá bem? Tem coisa mais importante pra fazer.

Beleza. Noah é o astro célebre que foi obrigado a passar um mês com três pessoas com quem não se importa, então vai dedicar o mínimo de energia possível a isso. Eu também deveria estar fazendo coisas importantes – trabalhando em contratos multimilionários, voltando para Miheer e pedindo a mão *dele* –, mas...

– Abaixa essa sobrancelha – continua Michael. – E vai se divertir experimentando as roupas junto com as outras.

Qualquer um que ache que experimentar figurinos é legal é porque nunca fez prova de roupa com Harriet, nossa figurinista, uma mulher alta e de rosto franzido. Tinha uns quase 40 anos em 2004 e o hábito de fazer observações passivo-agressivas a respeito do corpo alheio que deixava a pessoa em uma espiral de vergonha por dias a fio. "Anda entediada no set?", perguntava ela, estreitando os olhos para as minhas coxas na calça capri que escolhera para mim. "Porque tem jeito mais produtivo de ocupar seu tempo do que ficar à toa na mesa do lanche."

Eu me pergunto se ela já parou de humilhar adolescentes. Dizem que sempre fazia elogios e mais elogios a Noah, que não entendia por que Summer, Liana e eu fechávamos a cara sempre que marcavam uma prova de roupas. Ou talvez ela achasse que estava nos fazendo um favor ao nos pressionar para sermos o mais magras possível. Queria nos poupar do escárnio do mundo, nos salvar de nós mesmas. Talvez fosse mais por pena do que por malícia. Não sei o que é pior.

Mas o problema era que Harriet era genial. Ela nos vestia com tanta *clareza* que, só de olhar, você sabia exatamente quem nossos personagens deveriam ser. Como os vestidos de verão que ela deu a Summer, lindos de morrer, delicados e virginais. Liana ficou com as roupas "divertidas" – os vestidos por cima dos jeans de boca larga, as boinas –, para que sua personagem ganhasse mais personalidade do que o roteiro lhe conferia. Bastava um olhar para minhas saias xadrez e já ficava óbvio que eu era a escrota cheia de dinheiro que achava que merecia tudo o que desejasse.

Na segunda temporada, Harriet sabia exatamente o limite entre doçura e sensualidade e foi cautelosa nessa direção. As blusas de Summer ficaram um pouco mais apertadas e as saias, um pouco mais curtas, mas nunca a ponto de alguém reclamar.

Só teve uma vez que Harriet pode ter passado do limite. Durante um enredo em que eu causava uma briga imensa entre Noah e Summer, o que o fazia sair da banda temporariamente, nós três tínhamos um número juntas. Harriet desenhou vestidos combinando em cores diferentes, feitos de couro sintético neon brilhante, com pequenos recortes na cintura. Lembra o vestido da Spice Girl que tinha a bandeira do Reino

Unido? Do collant vermelho da Britney Spears em "Oops! . . . I Did It Again"? Nossos vestidos tinham a mesma pegada. Eram bem justos, mas de gola alta, então talvez tenha sido por isso que Harriet conseguiu aprovação para eles. Nossos espectadores mais conservadores ficaram indignados, mas o episódio acabou tendo uma das maiores audiências que registramos. Naquela primavera, coleções inspiradas por aqueles vestidos esgotaram nas lojas de todo o país. Harriet ficou se achando muito por conta disso.

Harriet voltou para o reencontro, assim como todos nós. Mas, dessa vez, não vou deixar que ela me atinja. Entro no provador de cabeça erguida.

Liana já está lá, dando um golinho em um suco colorido, falando sobre Javier em uma resposta a alguma pergunta de Harriet.

– ... queria poder ficar por aqui o tempo todo – diz ela. – Mas, com os treinos e a temporada, sabe como é.

Espera aí, essas não são as mesmas palavras que ela usou ontem comigo e com o Noah?

Harriet nota minha entrada.

– Kat – diz ela, me dando um beijo no rosto. Seu cabelo ralo está pintado de bordô. – Arrumei uns terninhos de megera pra você.

Vejo no cabideiro que vou usar versões mais chamativas do que costumo vestir no trabalho. Harriet me olha de cima a baixo e contrai os lábios.

– Tem certeza que me mandou os tamanhos certos? Você parece maior do que suas medidas.

Estou vendo que ela não perde tempo. Por sorte, Summer entra com um café com leite de quase 1 litro, e Harriet se volta para ela.

– Ah, aí está você – diz. – Fiquei preocupada com você esses anos todos.

O que é que a gente responde quando as pessoas dizem coisas assim? Fica óbvio que Summer tem muita prática, porque ela faz um breve aceno de cabeça.

– Obrigada. Estou melhor agora.

– Ótimo, que bom – diz Harriet, fazendo um minuto de silêncio pela morte da juventude promissora de Summer. Então ela bate palmas. – Vamos começar experimentando este.

Ela puxa uma cortina para o lado e revela um cabideiro com vestidos familiares de cores coordenadas.

Ah. Merda. O remix da sequência fantasiosa inclui nosso antigo número só com as meninas. E agora os icônicos vestidos com recorte na cintura que usamos estão pendurados à nossa frente.

– Achei que a gente não fosse usar esses vestidos, já que vamos fazer um pot-pourri – digo, com cautela. – Não dá tempo de trocar de roupa e colocar isso, não é?

– Vocês vão usá-los durante todo o pot-pourri – diz Harriet. – Michael e eu já falamos disso.

Olho para as peças, nada convicta, então vejo que Summer exibe uma expressão parecida. Liana nem olha, está postando algum story no Instagram. ("Beleza, time", diz ela para o telefone. "Hora de brincar de se arrumar. Por sorte, desde que comecei a tomar os sucos da Eutêntica, estou amando meu corpo. Agora experimentar roupas é uma das coisas que mais gosto de fazer." Ela vira a câmera rapidamente na nossa direção. "Principalmente quando estou com as minhas meninas!")

– Anda logo – diz Harriet. – Tenho mais o que fazer.

Ela nos indica os provadores, separados uns dos outros por cortinas penduradas no teto. Eu me contorço para entrar no vestido, o tecido gelado e grudento na minha pele, então encolho a barriga e uso toda a minha força para fechar o zíper. Harriet nunca coloca espelhos nessas cabines improvisadas. Você tem que ir até a área principal para ver como está, o que significa que Harriet também vê. Ela toma todas as decisões.

Ainda assim, olho para o meu corpo e, mesmo sem espelho, dá para dizer que o vestido é um desastre. Sinto meu coração afundar. O couro está esticado no limite na parte das minhas coxas. Dou um passo, hesitante, e ele encolhe e enruga. Se eu fizer qualquer movimento de dança, o vestido vai subir aos poucos e deixar minha bunda à mostra. Os recortes na cintura se cravam na minha pele como dedos, pinçando a área entre o osso do meu quadril e minhas costelas e fazendo o excesso de gordura saltar.

Já aceitei que meu corpo não é mais como antes. É uma questão de tempo e idade, sim, mas também de felicidade. Danem-se os padrões de beleza de Hollywood que diziam que eu era um lixo que ninguém poderia amar se não tivesse coxas finas. Miheer me acha sexy. *Eu* me acho sexy!

Falo essas coisas para mim mesma porque, no momento, não acredito mais nelas. Caramba, Harriet vai acabar comigo assim que eu sair. Já estou até vendo: *Se eu fosse aparecer na TV de novo, teria me preparado melhor.* Sinto o pânico na garganta.

– Está pronta? – pergunta Harriet.

– Hum, só um instante – responde Summer.

– Quase – fala Liana.

– Kat? – Harriet puxa a cortina sem avisar e me avalia. Ela contorce os lábios. – Minha nossa. Vem aqui fora e vou ver o que dá pra fazer.

Harriet me conduz pelos ombros até o espelho, onde me deparo com a visão completa e indesejada. Ao me olhar, não quero mais nada além de me enfiar em um avião para voltar à minha vida normal, porque cometi um tremendo erro.

Cinco meses depois do último episódio ao vivo, um blog horroroso chamado Lamapop publicou algumas fotos minhas em Nova York. Eu tinha voltado a morar com a minha mãe e passava boa parte do tempo no sofá ou comendo salgadinhos, arrasada pela tristeza e endividada, deprimida demais para fazer planos para o futuro. Um dia, minha mãe me arrastou até a cidade para um dia só de meninas, na esperança de me dar um sopro de vida outra vez. Eu estava de moletom em um canto, comendo um pedaço de pizza, quando os paparazzi tiraram fotos. O Lamapop me destruiu: *Kat Whitley já não tem a vida dos sonhos. Parece mais que está vivendo em uma pizzaria!* Eu me afundei mais ainda no buraco depois daquilo. Levei meses para sair, para ignorar as críticas e me inscrever em faculdades do Canadá e do Reino Unido, onde eu poderia me apresentar como Katherine, não Kat, e ficar no anonimato.

E agora decido voltar à televisão, na frente de milhares de espectadores, e me expor à crítica outra vez. Visualizo os sócios homens da minha firma me vendo nesse vestido e concluindo que me falta seriedade para dar o próximo passo no trabalho. Imagino Miheer constrangido por mim. E tem coisa pior do que saber que as pessoas que te amam estão com pena de você? É bem possível que eu esteja mandando minha carreira e meu relacionamento pelos ares só para amenizar um sentimento de culpa, para "consertar as coisas" minimamente. Será que a Atlas me processaria por quebra de contrato se eu fosse embora agora ou acharia que a publicidade negativa não iria compensar?

Então Summer puxa a cortina e sai do provador. Nós nos olhamos. Ela deixa escapar uma risada rápida e bruta, quase um rosnado, e minha primeira reação é ficar na defensiva: ela está rindo de mim. Mas, ao prestar atenção nela, percebo que a risada é da situação, porque ela também está tenebrosa na roupa. Diferente de mim, está esquelética, quase abatida, embora com estrias e celulites visíveis nas coxas.

E aí a ficha cai: é claro que ela está horrível. É claro que *nós* estamos! Esses vestidos foram feitos para adolescentes, e não somos mais adolescentes.

– Bom, é óbvio que eles estão... – começo.

– Horríveis? – pergunta Summer, começando a rir de verdade.

– Eu ia dizer "abomináveis", mas "horríveis" também serve.

Harriet faz um "tsc", ofendida.

– Dediquei muito tempo a isso – diz ela.

– Desculpa, Harriet. Eles são muito bem-feitos – diz Summer.

– Só que é impossível esse vestido cair bem em uma mulher de 30 e poucos anos – falo.

Nesse momento, Liana puxa a cortina e sai do provador. Summer e eu a observamos, então nos encaramos e, de repente, algo se desfaz. Estamos gargalhando de novo, mas dessa vez é um riso sem limites, de doer a barriga, o tipo de gargalhada que você não consegue conter nem se quiser.

Porque Liana, escultural e toda malhada, está de arrasar no vestido, ainda *melhor* do que na primeira vez. Quero dizer, ela está ridícula. É uma adulta usando um vestido de couro azul brilhante com recortes na cintura. Mas, de algum jeito, fica bom.

– Que foi? – pergunta ela.

– Minha nossa, Liana – falo, com a barriga doendo.

– O que tem de tão engraçado?

– Tá bem, a gente já entendeu – digo, chiando. – Você é uma gostosa profissional agora.

– Eu malho... – diz ela.

– Olha só isso – diz Summer, e vira todas nós de frente para o espelho, colocando Liana no meio. As roupas parecem inspiradas na história da Cachinhos Dourados: grande demais, pequena demais, ideal. – Dá pra imaginar a gente usando isso na TV ao vivo?

Liana observa nossos reflexos por um longo momento de silêncio enquanto Summer e eu enxugamos as lágrimas. Então ela cai na risada também.

– É, isso não está legal – conclui.

– Por que alguém faria um vestido com recortes de cada lado da cintura? – pergunto.

– Porque as pessoas são uns monstros – diz Summer, e então, por cima do ombro: – Você não, Harriet. Tô falando de quem inventou o conceito.

– Olha isso – digo, fazendo um passo de dança de um lado para o outro. – Olha a bainha subindo até entrar na minha bunda.

Summer se agacha do meu lado e finge estudar com atenção o couro guinchando na minha pele.

– Uau – diz ela, em um tom falso de perplexidade. – É como ver uma cortina subir.

– Hora do show! – diz Liana.

– Linda metáfora – comento. – Esse show não é feito para crianças.

– Não se preocupe – diz Liana, fingindo seriedade. – Arrumei uma solução. É só a gente acrescentar um passo "esticar a roupa" à coreografia. – Ela cantarola a música e gira de um lado para o outro, então sacode os ombros enquanto tenta desesperadamente baixar o vestido de novo. – Vai dar supercerto.

Estou rindo de um jeito que não acontecia havia anos e, droga, talvez Michael estivesse certo em relação a como dar um jeito no nosso problema de química, porque, de alguma forma, o estranhamento entre nós três desapareceu, deixando apenas aquele tipo de intimidade em que as pessoas riem tanto juntas que quase fazem xixi na calça.

– A gente precisa que vocês usem isso – diz Harriet. – Já foi decidido.

– Por favor, eu imploro – falo. – Não pode deixar a gente ir lá fora usando isso.

– Bom – diz Summer –, dá pra deixar a Liana ir.

– Não vou usar isso sem vocês – fala Liana.

– Tá bem – diz Harriet. – Vou falar com Michael.

Ela sai de forma intempestiva da sala, deixando a gente sem ar de tanto rir e um pouquinho sem graça.

– Melhor a gente se acalmar ou vou fazer cocô – avisa Liana.

– Não, isso acabaria com o vestido! – diz Summer, então bate com o dedo na boca com um ar de conspiração. – Na verdade...

– Espera aí, *cocô*? – pergunto. – Eu estava me preocupando só com xixi.

– Esses sucos idiotas que tenho que postar têm muita fibra – diz Liana, o que faz a gente ter outro acesso de riso.

– O problema – falo, enxugando os olhos de novo – é que não acho que a Harriet entenda que a gente merece ser amada mesmo comendo carboidrato. – Liana dá uma gargalhada, e continuo: – Olha que loucura se o Javier ainda amasse a Liana mesmo que ela não ficasse uma tremenda gostosa nesse vestido! Olha que coisa, é possível ser feliz sendo quem a gente é de verdade, em vez de virar a louca da academia e dos sucos verdes, como tivesse passado por uma lavagem cerebral e...

Vejo de relance a expressão brava de Liana. Não há mais qualquer indício de sua risada.

– Foi mal, seus sucos parecem ótimos. Eu não quis dizer que...

– Que passei por uma lavagem cerebral tipo em *Mulheres perfeitas*? – devolve ela, em um tom de desdém. – Acredite se quiser, dá pra ser feliz e cuidar do próprio corpo ao mesmo tempo.

Ela volta para sua cabine improvisada, deixando tudo em silêncio.

Summer faz uma careta para mim. E, simples assim, o feitiço se quebra e a estranheza retorna.

13

2004

Um fim de semana, Liana nos convidou para uma festa em Hollywood Hills de outro ator da Atlas, Trevor. Ele era o protagonista de *Garota do poder*, contracenando com Amber Nielson. *Garota do poder* tinha sido cancelada, mas Trevor havia feito sucesso e seria o astro de uma comédia adolescente que estrearia em alguns meses. Eu não tinha muita certeza de que a gente deveria ir a essa festa depois do aviso de Michael.

– Vai ter um monte de funcionários da Atlas. Você acha que vai acontecer algo indecente? – indagou Liana. – Provavelmente a gente vai ficar ensaiando coreografias.

Summer não poderia ir com a gente. O Lamapop, aquele novo blog horrível e mordaz que tinha começado a ganhar impulso nos meses anteriores (relatando acontecimentos com muito mais rapidez que os tabloides e as revistas semanais a que estávamos acostumados), a acusara de "esconder" a mãe. Em vez de ignorar a publicação, tão absurda e racista, Summer fora obrigada a convidar um repórter para ir à sua casa vê-la cozinhar *tamales* com a mãe para mostrar que não tinha "vergonha de suas raízes". Summer me contou que quase nunca preparavam *tamales* e que Lupe só falava espanhol com a família da terra natal, ao telefone, então Summer mal sabia uma palavra, mas agora estava tentando aprender. Além disso, o tempo em casa seria uma boa oportunidade para ficar com o namorado. Ele vinha se sentindo negligenciado. Tadinho do Lucas.

Eu não estava tão arrasada diante da perspectiva de uma noite sem

Summer. As palavras de Liana durante o passeio na trilha, sobre ela achar que Noah poderia ficar a fim de mim se Summer não monopolizasse a atenção dele, ficavam ressoando na minha cabeça. Eu até saí para comprar um vestido novo e gastei demais em um modelo dourado cintilante curto, com alcinhas finas. (E daí? Eu teria o cachê do filme em breve!)

Alisei o cabelo e passei meia hora me maquiando. Na série, eu nunca podia aparecer muito bonita. Era uma piada cada vez que eu tentava conquistar Noah. Todo episódio, minha personagem chegava ao extremo da escrotidão, sim, mas aí, para compensar, eu precisava ser humilhada de alguma forma: tomar um choque ao tentar sabotar o equipamento de som de Summer ou levar uma fatia de pizza na cara em uma guerra de comida no refeitório. Mas a garota que eu encarava no espelho naquela noite parecia alguém para quem coisas boas podiam acontecer.

Liana nos levou de carro até a festa, buscando primeiro Noah, depois eu. Ela assobiou ao me ver caminhar até o carro.

– É, alguém quer arrumar um namorado hoje.

– Nossa, você tá linda – falou Noah, com um sorriso, e tentei não ficar muito corada.

– Ah, essa roupa velha? – falei, dando um giro para que eles admirassem o vestido.

Quando chegamos, uma jovem – que ou era uma assistente ou uma amiga tão encantada pelo carisma de Trevor que se dispunha a fazer todo tipo de tarefa para ele – conferiu nossos nomes na lista de convidados antes de permitir nossa entrada.

Trevor veio nos cumprimentar sem camisa e com um boné de beisebol.

– Bem-vindos, galera! – disse ele, nos mostrando sua casa.

Não era muito grande, mas era toda decorada e havia umas vinte ou trinta pessoas por ali. A sala de estar tinha janelas que iam do chão ao teto, com vista para as colinas, e uma porta de correr que levava a um deque com piscina. Reconheci outros artistas de programas antigos e novos da Atlas bebendo todas e fazendo outras coisas também. Liana estava enganada quanto à natureza da festa. Trevor reparou na minha expressão.

– Ouça a voz da experiência. Esse é o segredo pra se divertir sendo uma estrela da Atlas – disse ele, jogando um braço ao redor de Liana. – Só vá a festas em casas particulares, onde não tem xeretas nem paparazzi.

Ele nos levou até a cozinha e serviu um rum forte com refrigerante para nós, então deu as costas para mim e Noah e ficou de papo com Liana, que estava cheia de charme para cima dele. (Não era só eu que estava na esperança de que algo acontecesse aquela noite.) Noah e eu ficamos juntos enquanto tomávamos nossas bebidas e começamos a explorar, olhando pôsteres emoldurados que Trevor tinha de si mesmo na sua lamentável estante de livros.

– A coleção é toda de autoajuda e biografias do Marlon Brando? – perguntou Noah para mim.

– Ei – falei. – Talvez ele mantenha o Steinbeck na mesa de cabeceira.

– Eu te desafio a perguntar ao Trevor o que ele acha da temática de *Ratos e homens*.

Éramos tanto os novatos da festa quanto os grandes astros da Atlas, além de sermos as pessoas mais ingênuas dali. Os outros atores nos abordavam para compartilhar sua sabedoria, então davam uma deslizada e pediam para falarmos deles para o nosso diretor, caso ele buscasse participações especiais. Muita gente ali que não estava mais na programação da Atlas ia caindo no esquecimento. Bom, *a gente* era diferente.

Depois da segunda bebida, precisei desesperadamente fazer xixi. A porta do banheiro estava destrancada, mas já tinha gente lá dentro, uma jovem alguns anos mais velha que eu, limpando o nariz.

– Ah, foi mal! – falei, começando a recuar.

Então a reconheci. Amber Nielson. Depois que fora dispensada de *Garota do poder* por causa da foto com a cocaína, ela havia pedido um milhão de desculpas na imprensa, alegando que cometera aquele erro só uma vez, mas, a julgar pelo saquinho de pó que segurava, não fora algo tão raro assim. A Amber diante de mim tinha pouca semelhança com a jovem cheia de vida a que eu assistia na TV quando trabalhava como babá (era estranho me dar conta de que, em algum lugar, uma adolescente tomava conta de uma criança enquanto *me* via na TV e eu nunca mais teria que ser babá) ou com a garota que conheci rapidamente quando filmamos um vídeo promocional com ela. O rímel estava borrado, o cabelo ruivo longo fora alisado ao extremo e a saia estava tão larga na cintura que deixava à mostra a barra da calcinha de um jeito que parecia não ser intencional.

Ela estreitou os olhos para mim.

– Ei, Kat de *Os sonhadores*! – Ela ofereceu o saquinho. – Quer um pouco? – Sua voz era rouca como a de um fumante inveterado.

– Não, mas valeu – respondi.

– Garota esperta. – Ela arregalou os olhos como se me contasse uma história de terror diante da fogueira em um acampamento. – Se não andar na linha, pode acabar que nem eu.

– Sinto muito pelo que aconteceu – falei. – Foi muito ruim mesmo.

– É – disse ela, observando-se no espelho e puxando o cabelo de um lado para o outro como se não conseguisse decidir onde parti-lo. – A merda é que todo mundo estava fazendo umas paradas bem loucas, mas é claro que o Sr. Atlas só soube de mim, então fui o bode expiatório. – Seus olhos encontraram os meus no espelho. A cocaína fizera Amber decidir que eu era sua nova melhor amiga. Ou talvez ela contasse seus problemas com a Atlas para qualquer um. – Você não ia querer aquele homem furioso com você. Ele é tipo um deus implacável. Saiu da linha uma vez, ele se livra de você, como se você não tivesse desperdiçado sua adolescência enchendo o bolso dele de dinheiro.

– Que insensível – falei.

– O pior de todos. É como se ele ficasse com raiva por você ter causado polêmica e, além disso, se ofendesse por você se comportar mal quando ele te encheu de oportunidades. – Ela parou de mexer no cabelo, parecendo satisfeita, e puxou o gloss do bolso. – Enfim, que se dane ele. E que se danem meus colegas de elenco. Foram eles que me entregaram, aposto o que você quiser. Achei que a gente era amigo, mas você precisa se cuidar. Alguém sempre se ferra. Só um alerta pra você.

– Então por que está aqui, na festa do Trevor, com todos eles?

– O Trevor tem a melhor cocaína. – Ela estalou os lábios e correu um dedo pelo contorno da boca para tirar o borrado do gloss. – Vou voltar lá pra fora. Boa sorte, novata.

Ela me abraçou, então parou para me observar antes de sair pela porta.

– Que coisa – disse. – Você é bem mais gata do que parece no programa.

Mandei uma mensagem de texto para Summer enquanto usava o banheiro, ainda me acostumando com meu Nokia novo e todas as suas funções maravilhosas.

Acabei de ter o encontro MAIS ESTRANHO DO MUNDO com a Amber de Garota do poder. A gente precisa conversar!

Ela respondeu rápido:

Mal posso esperar!!! Ai, saudade de vocês. É estranho eu ficar triste por vocês estarem juntos uma noite sem mim? :) :)

Dou um sorriso.

Muito estranho, sua esquisitona.

E ela responde:

A entrevista foi esquisita. Eles acham que minha mãe e eu conversamos em espanhol. Eu sei só umas dez palavras e ela fica desconfortável com isso.

Quando saí, passei por Liana e Trevor se pegando em um canto. Bom para ela. Noah estava lá fora, tomando uma cerveja perto da piscina, com algumas admiradoras encantadas à sua volta. Ele jogou a lata no chão e, triunfante, passou um braço ao redor de uma das moças, então me viu e veio até mim, deixando as puxa-saco para trás sem nem se despedir. Eu nunca o vira tão bêbado. Seu ar de filhotinho empolgado ficava ainda mais evidente.

– Você sumiu um tempão! – disse ele, me pegando no colo e girando. Ele me colocou no chão e apontou para a piscina. – A gente devia nadar! É uma loucura a gente estar aqui numa festa, o clima estar perfeito, mas ninguém cair na água – disse ele, com um leve sotaque de Boston, perdendo um pouco do controle que normalmente lhe permitia soar como se pudesse ser de qualquer lugar.

– Na água? – repeti. – Tá bom, Sr. Boston.

– Eu não tenho vergonha! Acho que a gente devia entrar, e vai ser bem divertido. Outro dia, uns caras do estúdio me levaram a um restaurante que tinha uma piscina bem no meio e ninguém entrava nela. – Ele me segurou pelos ombros, com uma expressão sincera, como se tentasse me fazer rir com a gravidade do assunto. – A piscina era só decoração.

– Que tragédia.

– Não é?! Dá pra imaginar ficar tão acostumado a morar em Hollywood que você acaba nem curtindo a oportunidade de nadar numa piscina que é sua? – O semblante continuava sincero. Talvez eu estivesse enganada sobre ele querer me fazer rir. – Nunca quero me tornar o tipo de cara que se acostuma com as coisas. Sabe? – Ele pegou minha mão e a apertou, olhando bem dentro dos meus olhos. – A gente não pode deixar Hollywood anestesiar a gente pras piscinas, Kat. Não pode.

Não me aguentei e deixei uma risada escapar.

– Não, você tem razão.

– Desculpa – disse ele e soltou minha mão, sacudindo-se para se livrar do que quer que o tivesse dominado, um sorriso tímido no rosto. – Então vem, vamos nadar.

– Não temos roupa pra isso!

– É pra isso que servem as roupas íntimas.

Ele tirou a camisa pela cabeça e puxou o short para baixo até ficar só de cueca sob a luz da lua. Tentei não olhar descaradamente, ainda que meu instinto fosse passar os dedos por seu peitoral, memorizar cada sarda e cada músculo. Então ele pulou na água e emergiu para respirar, sorrindo e tremendo, como um menino tão apaixonado pela vida que ela cedia a seus caprichos.

– Você vem?

– Eu quero, mas... – Amaldiçoei minha decisão de usar um vestido de alcinha com decote nas costas. – ... não estou de sutiã.

– Ah – disse ele, tirando o cabelo dos olhos, enquanto gotinhas de água deslizavam por sua pele. – Droga.

Ele pareceu muito decepcionado, e senti uma estranha alegria. Era *eu* a causa de sua decepção e era eu também que tinha o poder de corrigir isso.

Eu era uma estrela, e estrelas são ousadas. Então, sem me deixar pensar duas vezes, tirei o vestido pela cabeça e pulei seminua na piscina.

– Caramba! – disse Noah, rindo, incrédulo. – Você é maluca!

– E o que você vai fazer quanto a isso? – perguntei.

Ele jogou água em mim, eu devolvi, e nós dois lutamos na água como crianças barulhentas, mergulhando, um pegando o tornozelo do outro. Na borda da piscina, a água ia formando uma poça ao redor do meu vestido delicado. O cloro ia acabar com o tecido, mas era um sacrifício que valia a pena.

Boiamos lado a lado, olhando para as estrelas pálidas lá em cima, o barulho dos outros na festa abafado em comparação às batidas do meu coração. Meu braço roçou no dele, e senti uma agitação no corpo que nada tinha a ver com a água. Virei a cabeça para Noah. Seus olhos se demoraram nos meus seios por um instante, então se desviaram – que cavalheiro! –

direto para cima, interessados de repente em identificar constelações por entre a névoa.

– Que foi? – perguntei, em voz baixa, sedutora.

– Nada – respondeu ele.

– Fala o que você está pensando.

Se alguma coisa fosse acontecer entre nós, o momento era aquele.

– É só que... você não queria que a Summer estivesse aqui?

De repente, a água pareceu muito gelada. Eu tinha me humilhado, igual à minha personagem. Encaixava direitinho: Kat tropeça do palco, Kat leva uma fatia de pizza na cara, Kat pula de topless numa piscina com um cara e, ainda assim, ele não a deseja.

– Não acredito que nunca deixem ela ser engraçada na série – comentou ele. – Ela é *hilária*! Quero dizer, ela também é linda, então entendo por que focam nisso, mas, sabe, ela disse que ver séries de comédia tem sido uma boa distração desde que o pai morreu e que ela queria fazer as pessoas rirem daquele jeito. E eu acho mesmo que *conseguiria*, se dessem uma chance a ela.

Cruzei os braços por cima do peito, uma múmia em seu sarcófago. Ela nunca me contara nada disso, e eu era sua melhor amiga. Pela primeira vez, imaginei Summer e Noah saindo sem mim e Liana: um indo ao trailer do outro ou tomando um café na área externa do estúdio. Talvez Summer até ligasse para conversar com ele de noite, algo que tinha parado de fazer comigo.

Então a verdade me atingiu: se Summer perdesse alguém que amava, eu não seria mais a primeira pessoa para quem ela ligaria. Doce e discretamente, ela me substituíra por Noah, e eu nem fazia ideia.

Ele amava Summer, não a mim, e a pior parte era que eu entendia. Não é que eu não a quisesse com a gente. Sentia saudade dela também. Mas eu a queria ali em um tipo de mundo diferente, um mundo onde ela e Noah prestassem atenção em mim, em vez de um no outro. Um mundo onde eu seria a pessoa favorita, a primeira escolha.

Quando você é jovem e ama uma pessoa, você quer ser essa pessoa e se ressente dela, tudo ao mesmo tempo, e é difícil dar um passo atrás e reconhecer esses sentimentos conflitantes. Eles apenas se tornam um grande turbilhão de emoções que logo pode ser rotulado de ódio.

14

2018

Se fosse um programa de TV, aqui seria a parte da montagem, cenas curtas entrecortadas pra nos mostrar mergulhando em ensaios enquanto nossa primeira semana passa voando. Digo "ensaios", mas, na verdade, a primeira semana é tipo treinamento militar.

Imagine só eu reaprendendo a cantar, atuar e dançar mais de uma década depois de abandonar essas habilidades. Cá estou eu, de camisa de malha e legging, tentando uma combinação de passos rápidos que nosso coreógrafo montou – um giro, um salto, uma série de movimentos em que mãos e pés, em tese, deveriam de algum jeito fazer coisas diferentes ao mesmo tempo.

– Talvez fosse melhor simplificar – diz o coreógrafo, na segunda vez em que quase me dou um tapa no rosto.

Insisto em tentar de novo e de novo. Treino diante do espelho do banheiro na pausa para o almoço, lanço para mim mesma o olhar com a sobrancelha devastadora quando cometo os mesmos erros. (E funciona, me sinto humilhada.) Finalmente, *finalmente*, consigo encaixar a sequência e surfo numa onda de adrenalina até chegar a hora de aprender a próxima coreografia complicada.

Imagine só eu voltando para o meu quarto à noite – Liana, Summer e eu fomos hospedadas no mesmo hotel, mas não voltamos juntas – completamente exausta. Mas é um tipo bom de exaustão. Em casa, depois do expediente, tento esquecer o trabalho até voltar para o escritório. Aqui eu pratico meus passos de dança enquanto escovo os dentes e canto minhas músicas no chuveiro. Estou exausta, mas também... é como se eu despertasse. Toda noite, me aninho na cama e ligo para Miheer. Nossas mensagens de texto continuam bem-humoradas, divertidas e constantes, mas, no telefone, seu quase pedido de casamento invade a ligação, uma terceira presença, pesada, que engessa o papo. Além do mais, ele sempre vai dormir mais cedo do que eu, e agora temos que lidar com três horas de diferença de fuso. Ainda assim, tentamos heroicamente nos falar. Fico perguntando detalhes sobre os projetos dele no trabalho, que novos pratos aprendeu a cozinhar, com quais dos nossos amigos saiu.

– Como anda o roteiro ruim? – pergunta ele. – Melhorou um pouco?

Digo a ele que não, mas que *eu* reaprendi a dar uma pirueta e então explico o que de fato é uma pirueta.

– E como está com os outros?

Respondo que está meio esquisito, mas agradável o suficiente. Porque é um ponto sensível demais para explicar com palavras.

Imagine só Liana, com aquela solidez brilhante dela que não consigo penetrar. Suas redes sociais anunciam a glória de estar de novo com os velhos amigos, ainda que ela passe o intervalo entre os ensaios postando fotos ou fazendo chamadas com Javier, durante as quais ela se distancia de nós em busca de privacidade. Nos meus momentos mais sensatos, imagino que ela esteja se tornando uma daquelas mulheres que ficam tão imersas no relacionamento que esquecem como é sair com qualquer pessoa que não seja o Seu Único Amor. Quando estou na paranoia, temo que ela esteja distante de mim porque desconfia do que fiz naquela época.

Imagine só Noah, sempre saindo para outros compromissos. Ele usa o charme até que todo mundo coma na mão dele, aí seu assistente entra em cena como o vilão, arrastando-o para "sessões de foto para revista" ou "entrevistas". Ele nunca dá detalhes. Talvez, na realidade, Noah só vá para casa descansar ou saia para jantar e beber com supermodelos. Talvez pense que pode simplesmente nos encaixar na agenda enquanto o resto de nós trabalha até dizer chega o tempo todo. Temos sorte só de tê-lo aqui, e é isso que devemos dizer a qualquer um que perguntar. (*Que cara fantástico! É muito gentil da parte dele dar uma passada aqui!*)

– Não me olha assim – diz Michael para mim, uma tarde, depois que volto do almoço e fico sabendo que Noah tirou o resto do dia de folga.

— Ele tem trabalhado como ator nos últimos 13 anos, então não precisa reaprender a fazer tudo como o restante de vocês.

Ora, que interessante.

E imagine só Summer, mantendo seu teatrinho esquisito de inocência. As assistentes de produção a procuram, curiosas, pressionando-a para saber detalhes escandalosos a respeito dos homens mais famosos com quem ela saiu ou do período que ela passou em um reality show onde estrelas decadentes viviam juntas em uma casa por seis meses. (A coisa durou só um mês.) Ela pisca e responde algo genérico, com educação e parecendo inabalável.

Mas um dia, durante uma pausa, eu a vejo vacilar. Vários de nós estamos no lado de fora do estúdio, curtindo o sol. Summer está falando com um ator secundário que participou da primeira versão do programa fazendo um dos nossos professores esquisitões. O bom e velho Scotty, que sempre manda e-mail no Natal com cópia para um monte de gente. Eles não me veem passar por trás deles.

— Então você não tem mesmo ideia de quem vazou isso pra imprensa? — pergunta Scotty, e sinto minha garganta fechar.

Porque estão falando do diário. O lindo diário de capa acolchoada que o Sr. Atlas comprou para Summer, páginas em branco prontas para serem preenchidas com os pensamentos mais íntimos de alguém.

O diário que acabou em todos os noticiários e blogs de fofoca, as páginas escancaradas para que o mundo as examinasse minuciosamente.

Paro de andar, quase paro de respirar, enquanto espero a resposta de Summer, que balança a cabeça.

— Eu era péssima em trancar meu trailer naquela época. Alguém deve ter entrado e pegado.

— Que tipo de monstro... — começa ele. — Bom, sinto muito.

— Obrigada.

Summer lhe dá um sorriso, mais verdadeiro que os outros, e o homem põe uma das mãos no ombro dela de um jeito reconfortante.

— E, olha, se um dia quiser recriar qualquer coisa que escreveu ali, sei ser bem discreto.

Ela recua, surpresa, a mão dele ainda em seu ombro, só que já não é reconfortante, apenas lasciva, possessiva.

– Ah, não. Obrigada.

– Ei, tá tudo bem, sei que gosta de se divertir. Eu também. Então, se mudar de ideia, sabe onde me encontrar.

Ela se enrijece, e ele aperta seu braço, depois vai embora.

Summer fica olhando para a frente, uma veia pulsando no pescoço. Então seus olhos se fixam nos meus quando ela me nota a observando.

– Que foi? – pergunta, cortante.

As lembranças borbulham na minha cabeça, no meu peito: o clique baixinho ao abrir a porta do trailer dela, meu coração martelando enquanto vasculho as gavetas, meus dedos se atrapalhando, fechando-se em volta da capa macia. Por um instante imprudente, penso em confessar tudo, implorar por seu perdão. Mas não posso. Não posso falar nada.

Ela olha para mim por um instante a mais, depois funga e volta para o ensaio. Mas a podridão do diário é inevitável. Fica nela agora, como ficou nos últimos 13 anos. E eu fico ali, fora do estúdio, com o estômago revirado.

Porque fui eu que fiz isso com ela.

TRANSCRIÇÃO: *LINHA CRUZADA*, RÁDIO NPR, 2004

Fiona Savage-Fune: Olá! Bem-vindo ao *Linha Cruzada* da Rádio NPR, onde discutimos questões atuais com pessoas de opiniões diferentes. Eu sou a apresentadora, Fiona Savage-Fune. Hoje tenho a companhia de Carol Donaldson, do *Guia de TV para Família*, e de Mai Rodriguez, do *Essência Feminista*. Bem-vindas.

Carol Donaldson: Obrigada, Fiona.

Mai Rodriguez: É um prazer estar aqui.

Fiona Savage-Fune: Nosso tema de hoje são os padrões de decoro na mídia. Estamos todos cientes do recente alarde que aconteceu quando as estrelas de um programa popular da Atlas apareceram na tela usando roupas que alguns espectadores consideraram inadequadas. Carol, você é uma das vozes mais atuantes nessa repercussão.

Carol Donaldson: A questão é a saúde das nossas crianças. Minha filha pré-adolescente e eu assistimos à primeira temporada de *Os sonhadores* juntas, e o programa trazia mensagens sobre amizade, trabalho em equipe e a importância de conexões emocionais em vez de físicas. A personagem de Summer Wright usa até um anel de castidade, uma escolha sutil na caracterização dela que abriu espaço para uma conversa valiosa entre mãe e filha. Mas meu medo é que tudo isso tenha sido uma porta de entrada para uma segunda temporada sem limites e cheia de luxúria.

Mai Rodriguez: Os protagonistas nem se beijaram, Carol.

Carol Donaldson: Mas a tensão entre eles é nítida! E isso é confuso para minha pré-adolescente. Outro dia, eu a flagrei em seu quarto fazendo carinho no pôster de Noah Gideon.

Mai Rodriguez: Olha, o verdadeiro problema não é o que acontece na tela. É o que acontece nos bastidores. Na minha opinião, a Atlas destrói as adolescentes em nome do entretenimento. A empresa descarta suas estrelas quando elas mostram qualquer indício de que cresceram e estão agindo como adultos. Para ser sincera, o número de ex-estrelas que vão parar em clínicas de reabilitação é assustador. Com certeza você viu o vídeo da Amber Nielson, sob o efeito de alguma droga, sendo importunada por paparazzi.

Fiona Savage-Fune: Vamos ouvir essa gravação.

Áudio de Amber Nielson: Vocês... Não, escuta. Vocês acreditam em universos paralelos? Aposto que tem um universo onde eu nunca fiz um programa na Atlas e sou feliz de verdade.

Mai Rodriguez: Nós, do *Essência Feminista*, temos questionado o presidente da empresa, Gerald Atlas, sobre quando vai começar a cuidar melhor de suas estrelas, mas ele se recusa a falar com a gente.

Carol Donaldson: Não sei o que isso tem a ver com o assunto em pauta.

Mai Rodriguez: A verdadeira indecência é o comportamento da Atlas! Uma após outra, várias estrelas estão se autodestruindo diante do olhar público enquanto a gente devora o caos que essas jovens causam.

Fiona Savage-Fune: Humm... e são sempre as jovens, não é?

Mai Rodriguez: Exato. Mas a gente pode lutar contra isso. É o poder do consumidor, Fiona. Se a emissora não tomar atitudes concretas para resolver o problema, é hora de mudar de canal.

15

. . . . . .

2018

Volto para o ensaio tentando esquecer a conversa sobre o diário de Summer que testemunhei lá fora. Por um curto período, quase consigo. Estamos reaprendendo a canção do nosso encerramento musical, nós quatro de pé, ao redor do piano, cantando em harmonia. Parece algo bem perto de natural. E então, como um relógio, o assistente de Noah corre até Michael, agitado, e sussurra algo em seu ouvido.

— Pausa — diz Michael. — Beleza, o Noah tem que ir.

— Droga. Logo agora? — diz Liana.

— Desculpa, gente — diz Noah, erguendo as mãos, um sorriso gentil no rosto. — Eu queria ficar, mas o dever me chama.

Summer morde o lábio. Sua decepção é evidente.

Estou furiosa. Como é que Summer vai conseguir a redenção que tanto deseja se Noah não levar isso a sério?

Noah anda com arrogância até a porta, e Michael folheia o roteiro.

— Vamos nos concentrar na cena de Summer e Liana da página 32 pelo resto da tarde — começa ele.

— Posso ir? — pergunto.

— Claro, claro, tanto faz — diz ele.

Saio em disparada, correndo atrás de Noah no estacionamento.

— Ei! — chamo na hora em que ele chega até seu carro.

Noah se vira, surpreso.

— Oi — responde ele. — Foi mal, estou meio atrasado para...

– Eu sei que você é muito mais badalado do que a gente agora, mas essa palhaçada de largar o ensaio já tá ficando batida. – Agora que comecei, não paro mais. – Estamos todos *aqui*. Abrimos mão de coisas nossas pra fazer isto! Joguei uma bomba na minha vida e você não pode nem se dar ao trabalho de fingir que isto aqui é prioridade pra você? O que mais é tão importante?

– Eu... – começa ele, então olha para o relógio.

Ele vai embora mesmo assim. É claro. Que filho da...

– Quer vir comigo? – pergunta ele, abrindo a porta do carona.

. . . . . .

No carro, Noah diz:

– Provavelmente, vão te fazer assinar um termo de sigilo quando chegarmos lá, mas vou me adiantar logo e te contar. – Ele olha para a rua à frente. – Eu vou ser o Leopardo da Neve.

Ele está tentando parecer de boa com isso, mas os cantos de sua boca o denunciam, formando um sorriso incontrolável.

Eu me recuso a ficar impressionada.

– Ah. Parabéns.

Mas essa é uma notícia e tanto. Os fãs de quadrinhos amam o Leopardo da Neve, e, por causa de questões de direitos autorais que só foram resolvidos recentemente, nunca houve um filme sobre ele. Desde que anunciaram o projeto do filme, a internet explodiu em um frenesi de especulações sobre o elenco. Noah foi citado, assim como vários Chris, uma vasta gama de gostosões britânicos e basicamente todo mundo com um nome famoso e um tanquinho. Se eu achava difícil evitar ver Noah no noticiário antes, agora vai ficar impossível.

Mantenho um tom de voz casual.

– Você vai ficar conhecido no mundo todo. Está nervoso?

– Bom, *agora* estou. Valeu mesmo. – Ele sai da estrada principal, nos levando por ruas secundárias estreitas. – Eu não tinha muita certeza se devia aceitar.

– Depois que recebe uma indicação ao Oscar, a pessoa fica importante demais pra interpretar super-heróis?

– De agora em diante, faço apenas faroestes cults sobre caubóis angustiados. – Ele balança a cabeça. – Nah, não consigo mais fazer faroeste. Não me dou bem com cavalos.

– O quê? Não acredito.

– É sério. Fiz um faroeste e tentei montar três cavalos diferentes. Todos eles quase me arremessaram no chão.

– O que você fez pra eles? – pergunto, dando uma risadinha, mesmo sem querer.

– Nada! Talvez eles conseguissem sentir que eu me importava com eles?

– Você tentou um quarto cavalo?

Ele balança a cabeça.

– Os produtores tiveram que chamar um dublê de corpo e colocar meu rosto nele com computação gráfica. Uma vergonha que carrego comigo.

– E é por isso que você não sabia se devia fazer *Leopardo da Neve*. Por causa dos cavalos correndo pela tundra.

Ele dá um sorrisinho e empurra meu ombro de brincadeira.

– Não, é por causa do que você falou. É algo que vai mudar minha vida. É assinar um contrato pra virar parte de uma máquina imensa. Mas não dá pra recusar algo só por medo, não é?

– A menos que o medo tenha um bom motivo. – Começo a rir, então levo a mão à boca. – Tipo cavalos.

Ele balança a cabeça e fala baixinho.

– Acho que eu seria maluco se recusasse essa oportunidade.

Por um momento, ele parece quase hesitante, como se tentasse convencer a si mesmo disso. Ah, tá bom. Ele passou a carreira toda fazendo o que fosse preciso para chegar ao topo, ficando amigo das pessoas certas e deixando as erradas para trás sem pensar duas vezes. Só que é bastante inconveniente para ele que essas pessoas deixadas para trás tenham voltado à sua vida bem no momento em que ele chegou ao topo. Bom, ele só precisa aguentar mais algumas semanas com a gente e então vai poder sair com outros grandes astros do seu nível.

– Então é por isso que você anda sumido? – pergunto. – Já começou a trabalhar?

– Estamos filmando um curta pra fazer um grande anúncio – diz ele. – A Atlas vai exibi-lo durante o intervalo do nosso programa ao vivo.

Zero pressão.

Noah para e estaciona o carro em frente a um prédio de tijolos cinza, uma estrutura discreta quase sem janelas que não dá a menor pista do que há lá dentro. Vou atrás dele até a porta.

– Hoje eles querem documentar minha "transformação" – conta ele, abrindo a porta e revelando uma academia, tatames no chão e fileiras de equipamentos reluzentes. Mas não tem ninguém se exercitando. Em vez disso, o local está repleto de membros da equipe de filmagem. – Estamos filmando um treino.

Um homem franze a testa ao me ver.

– Noah! Quem é? Ela não está na lista de pessoas autorizadas.

– É minha amiga – responde Noah, passando um braço ao meu redor. – Não vai contar pra ninguém.

O homem estala os dedos para um assistente. Um termo de sigilo se materializa nas minhas mãos enquanto Noah é levado até a maquiadora. Ela começa a enchê-lo de base e pó compacto. O suor não vai fazer aquilo tudo escorrer depois? Ela faz um gesto para que ele tire a camisa.

– Sem nem me convidar pra jantar primeiro? – pergunta ele, dando uma piscadinha e fazendo a mulher corar quando ele tira a camisa pela cabeça.

Tento me controlar para não ficar boquiaberta. Eu sabia que Noah era sarado. Ele é um astro do cinema. Mas seu peitoral agora está em outro patamar. Que tanquinho que nada: ele agora tem uma lavanderia inteira. Para ser sincera, passou um pouquinho da conta: do atraente para o caricatural, como se ele estivesse deixando de ser de carne e osso para se transformar em um boneco de plástico.

A maquiadora pega uma garrafa e borrifa água em Noah para deixá-lo suado na medida exata, que é: ele está brilhando, mas você ainda vai querer percorrer o corpo dele de cima a baixo com os dedos, em vez de mandá-lo para o banho. Ela dá um passo atrás, estreita os olhos para ele (um balãozinho de pensamento onde está escrito "Para de babar e se concentra!" praticamente aparece acima da cabeça dela) e então pega o óleo de bebê. Noah fica parado enquanto ela dá tapinhas em seu peitoral, o que produz um som esquisito e molhado. Reprimo uma risada.

O diretor da cena se inclina na direção de uma mulher a seu lado, que parece ter sido enviada pela Atlas.

– Devemos cortar a barba? – pergunta ele, enquanto os dois observam Noah ser besuntado de óleo.

– Humm – diz a mulher, o tom sério como se ele tivesse acabado de perguntar se deveriam declarar guerra a um país vizinho. – Se o Leopardo da Neve tem poderes de autoaquecimento, devemos deixar o máximo possível de pele exposta. E isso inclui a pele do rosto.

– Exato. Pensamos igual. – O diretor vai até Noah e a maquiadora. – Muito bem, vamos raspar essa barba bem rápido.

– Ah. – Noah pisca. – Claro. – Ele coça a nuca. – Mas não acham que ela ajuda a deixar o Leopardo da Neve mais rústico?

– Ah, você parece *bem* rústico com ela – rebate o diretor.

– Como se estivesse pronto pra derrubar algumas árvores – diz a emissária da Atlas, entrando na conversa.

– Mas acho que o que queremos aqui é *liso* – acrescenta o diretor.

– E o Leopardo da Neve deixaria as árvores em paz, porque respeita a natureza – afirma a mulher.

Noah pigarreia quando a maquiadora puxa uma navalha.

– Beleza.

Enquanto está sendo tosado, Noah olha para o teto, com o rosto inexpressivo. A maquiadora vira a cabeça dele na minha direção e ele me flagra a observá-lo. Por um momento, há algo de indefeso em seu olhar. Então ele logo dá uma piscadinha, como se dissesse: *Que profissão ridícula, hein?*

Depois que Noah é limpo e espanado o suficiente, seu preparador físico – um cara grandalhão todo tatuado chamado Xander – se apresenta, pronto para pelo menos fingir que está pondo o astro para malhar. Noah começa fazendo abdominal alpinista, e um câmera chega perto para capturar a única gota de suor que rola pelo seu rosto sem pelos. Depois Noah levanta pesos e rosna de um jeito performático.

– Podemos dar mais destaque ao bíceps depois, não é? – pergunta um membro da equipe a outro, que assente.

Enquanto a câmera percorre as coxas torneadas de Noah de cima a baixo e se fixa em seu abdômen, me pergunto se ele se sente desumanizado. O vídeo que vejo em um monitor à minha frente parece *voraz*, do mesmo jeito que muitos vídeos de Summer foram ao longo dos anos.

A equipe de filmagem consegue o que precisa e começa a guardar tudo. Pego minha bolsa, crente que estamos de saída, mas Noah balança a cabeça.

– Agora é que começa o treino de verdade – diz ele.

– Não vou ficar sentada aqui vendo você levantar peso – digo, irritada.

– Eu sei. Você vai me acompanhar.

– De jeito nenhum – respondo.

– Você já está com a roupa – diz ele, indicando as roupas de malhar que usei no ensaio. – Me faz companhia. Vai ser legal.

Fuzilo Noah com o olhar.

– Kat! Kat! Kat! – canta ele, fazendo alguns dos assistentes e seu preparador se juntarem a ele.

Jogo as mãos para o alto.

– Tá bem – digo. – Mas é Katherine agora.

Xander me faz malhar mais pesado do que nunca na vida. Não é de admirar que Noah tenha um abdômen trincado agora. Estou com medo de meu coração sair pela boca ou de escorregar na minha poça de suor e ter uma concussão. Que sofrimento.

– Eu vou matar você – falo para Noah, com o que restou de fôlego depois que Xander nos botou para fazer agachamentos.

– Acho que o Xander vai conseguir isso primeiro – diz ele, resfolegando.

Quando o treino enfim termina, me deito no chão e Noah desaba ao meu lado, nós dois tontos de alívio por termos sobrevivido. Saímos do prédio rindo do quanto vamos estar doloridos amanhã. Noah esfrega a bochecha, distraído, e então esfrega de novo.

– Saudade da barba? – provoco. – Você pode deixar crescer de novo.

– Claro, em dez anos, quando o Leopardo da Neve se sacrificar pela próxima geração de super-heróis, talvez eu consiga deixar uma barba rala crescer.

– Perdão, estou ouvindo uma nota de autopiedade? É difícil ser um astro do cinema?

– É. – Ele faz um muxoxo e então dá um sorriso. – Eu sou muito insuportável? Nah, está tudo bem. Sente só como meu rosto ficou lisinho.

Ele pega minha mão e a coloca em sua bochecha e, sim, a combinação de se barbear, passar óleo e suar deixou a pele supermacia. E quente também. Por um breve instante, ele é o adolescente Noah outra vez, intocado pelo tempo, e eu sou a garota que teria feito qualquer coisa por ele.

Não, droga, não estou aqui para cair em sua armadilha brilhante de novo. Puxo a mão e continuo andando até o carro. Então paro e me viro para encará-lo.

– Ainda estou furiosa com você, sabia? Só porque você ficou comigo hoje, só porque vai ser um super-herói, não significa que pode negligenciar *Os sonhadores*.

Lá atrás, Noah tinha um estilo próprio, o sorriso preguiçoso e o olhar meio oculto pelos cílios. Dava a sensação de *enxergar* a gente de verdade. Agora ele me encara com os olhos levemente semicerrados, uma ruguinha na testa. Parece que seu novo estilo próprio é *ouvir* de verdade. Dá uma raiva. A menos que seja de verdade.

– A gente precisa de você – concluo e, depois de um instante, ele assente.

Acho que vejo alívio em sua expressão, talvez alívio por ser só esse o motivo de eu estar chateada.

– Tem razão – diz ele. – Vou falar com a Atlas e ver o que dá pra fazer.

16

· · · · ·

2005

O mundo pode ter sido privado de um beijo entre Summer e Noah, mas eu vi acontecer tantas vezes que fiquei enjoada, depois que começamos a ensaiar para o último episódio da segunda temporada.

A primeira vez que Michael os conduziu no ensaio do beijo, os dois estavam hesitantes, com sorrisos tímidos que tentavam esconder, o pé de Noah batendo de ansiedade. O programa ao vivo seria realizado em um grande palco, com fogos de artifício preparados para explodir acima do teatro no fim do nosso último número, mas, por enquanto, estávamos em uma sala para ensaiar, com lâmpadas fluorescentes no estúdio, alguns adolescentes de moletom, sem maquiagem e com marcas de acne nas bochechas, como se estivéssemos ensaiando para um musical da escola. Liana e eu estávamos sentadas nos bastidores, prontas para nossa entrada.

– Então – disse Michael. – Vocês vão dizer suas falas e, aí, Summer, você dá um passo à frente e beija o Noah. Noah, você reage como se tivesse ganhado na loteria, beleza?

Os dois assentiram e começaram, um rubor surgindo no rosto de Summer.

– Vou sentir saudade da banda – disse ela. – Mas, mais do que isso, vou sentir saudade de você.

– Vai? – perguntou Noah.

– Porque eu... Bom, eu...

Foi como se todo mundo ao redor prendesse a respiração enquanto

Summer dava um passo à frente. Havia um peso, um desânimo no meu peito. Eu queria que o beijo fosse estranho e decepcionante.

E *foi*. Summer não sabia onde colocar as mãos. Noah ficou rígido. A consciência de estarem cercados por outras pessoas parecia pairar sobre eles, uma sensação de constrangimento a cada gesto. Eles se juntaram por um instante, então se separaram, Noah esfregando a nuca, Summer mordendo o lábio. Senti uma centelha esquisita de satisfação. Engulam essa, tarados da internet: Summer beija mal!

– Vamos de novo? – pediu Summer.

– Acho que vocês precisam ir de novo – respondeu Michael.

– Desculpa, é muita pressão! – falou ela.

– Por quê? Porque é o beijo com que milhões de adolescentes vêm sonhando?

– Tipo isso – respondeu Noah.

– Finjam que estão sozinhos, tá bom?

– Tá – falou Noah, sacudindo os ombros.

Ele e Summer se olharam e... foi tão rápido que quase perdi, mas ela ficou vesga e pôs a língua para fora. Ele soltou uma risada que a fez rir também.

– Tá – disse ela, então repetiu suas falas e foi até ele.

Dessa vez, foi um daqueles beijos em que o resto do mundo desaparece, um beijo em que duas pessoas sentem algo totalmente novo e conhecido ao mesmo tempo. Dava quase para ouvir uma música de fundo, ainda que não houvesse nenhuma. Noah deslizou a mão até as costas dela, puxando-a. Ela se ergueu na ponta dos pés e mergulhou os dedos no cabelo dele.

– Bem melhor – falou Michael.

Então os dois se separaram, com Summer deixando escapar um pequeno suspiro.

Eu desejei que, ao menos uma vez na vida, alguém me beijasse daquele modo, com tanta atenção, com tanta vontade. E desejei, ao menos uma vez, também beijar alguém assim. Não por estarmos no mesmo lugar, não por eu achar que deveria, mas porque algo voraz dentro de mim não ficaria satisfeito até que eu estivesse colada na pessoa.

Ensaiamos de novo e de novo, entrando com a música de fundo, tentando cronometrar a entrada de Liana e a minha. A cada vez, o beijo ficava mais apaixonado, mais audaz. Com mais tesão. Não era mais um daqueles beijos em que a música toca delicadamente – a menos que fosse "Let's Get It On", do Marvin Gaye.

– Gente – chamou Michael. – Vocês não podem ficar se devorando a bel-prazer. Precisamos sincronizar com a Liana.

– Foi mal! – disse Summer.

– Liana, Kat, prontas?

Nós nos levantamos num pulo.

– Ah – murmurou Liana. – Então a gente não vai ficar sentada aqui o dia todo vendo eles se pegarem?

– Que esquisito – sussurrei em resposta. – Achei que fosse essa a nossa função.

······

Naquela noite, depois do ensaio, eu tinha prova de figurino com Harriet. Fiquei lá enquanto ela enfiava alfinetes na minha roupa, reclamando de algum sermão que Michael lhe dera por ela ter adicionado recortes à cintura daqueles vestidos sensuais sem a aprovação dele, de última hora.

– E essa polêmica de nada está ajudando todos vocês, não está? Mas ele tem tanto medo do Sr. Atlas ficar zangado que precisa me repreender de qualquer jeito – disse ela. Harriet me encarou e cacarejou consigo mesma. – Acho que dá pra apertar aqui, tentar te deixar com um pouco mais de cintura.

Olhei direto para a foto em cima da mesa dela, Harriet com a filha, uma menina no começo da adolescência. Harriet a trouxera uma vez até o set de filmagem e nos apresentara. A menina ficara tão impressionada que perdeu a fala. Se Harriet era ruim assim com a gente, eu nem imaginava o complexo gigante que aquela menina ia desenvolver.

– O Michael nunca ia conseguir fazer o que eu faço, mas aposto que consigo aprender o que ele faz – continuou ela.

Por eu ter cara de má e interpretar o papel da megera tão bem, as pessoas vinham até mim para compartilhar as próprias desumanidades. Eu vivia ouvindo sobre problemas de alguém com outra pessoa. Sabia exatamente quem odiava quem e por quê. As pessoas queriam que eu ouvisse e participasse para que elas pudessem sair com a sensação de que tinham se confessado. Ouvi pessoas se virarem contra amigos que pareciam amar, criticar sem dó seus maridos ou esposas, falar mal de parceiros de cena que tinham descrito para a imprensa como "parte da família!". Dava para acreditar que alguém se importava com você tanto quanto a pessoa dizia? Ou todo mundo se odiava em segredo pelas costas? Eu as absolvia e absorvia, examinando todas as formas como alguém podia ser perverso e inserindo isso na minha performance. Mas eu não era assim. Eu era boa, era gentil.

– Tenho certeza de que você conseguiria fazer o trabalho dele sem dificuldade – falei. – Talvez você coordenasse os ensaios com mais eficiência e a gente não teria que passar horas vendo Summer e Noah se engolirem.

Bem, eu era boa e gentil na maior parte do tempo.

Então ela me fitou.

– Química é um negócio engraçado, não é? O que a Summer e o Noah têm... – Ela balançou a cabeça. – É como os vestidos que fiz.

– Como assim?

– Não ultrapassaram nenhum limite, mas flertaram com essa ideia. Se fossem um pouquinho mais em certa direção, seriam recatados e tediosos. Se fossem um pouquinho para a direção oposta, ficariam inadequados. As pessoas não conseguem parar de assistir, porque "e se alguém ultrapassar o limite"?

Quando saí da sala de prova de figurinos, na volta até meu trailer, parei de repente ao ver duas pessoas mais à frente, no escuro. Summer e Noah, perto um do outro, conversando baixinho no ar fresco da noite. Era quase como se o comentário de Harriet tivesse feito os dois surgirem ali. Cheguei um pouquinho mais perto para ouvir a conversa deles, andando pelas sombras entre os trailers.

– Você também sente isso – falou ele e esticou a mão para tocar o braço dela. – Eu sei que sente.

– Noah... – disse ela, mas não afastou o braço.

– E não estou nem aí pro sexo! Se sua preocupação for que eu já fiz, acho legal você estar esperando – disse ele, todo sem jeito. Nunca tinha ouvido Noah falar assim, agitado e aflito. – Eu te admiro por isso. Tipo... talvez goste de você ainda *mais*.

Na escuridão, revirei os olhos.

– Gosta? – perguntou Summer.

– Gosto! Quero que saiba que eu te respeito de verdade. E aí, se um dia a gente fizer... vai ser mais especial. Só quero saber que estamos um com o outro e mais ninguém. Fica comigo.

Por um longo instante, Summer não respondeu. Então se lançou nos braços dele.

– Eu quero – disse ela. – Vou terminar com o Lucas.

Noah soltou uma gargalhada de alegria e fez um carinho no rosto de Summer, que correu as mãos pelo cabelo dele. Ele se inclinou para beijá-la, mas ela o deteve.

– Só preciso de algumas semanas, tudo bem? Não quero que o término com ele faça muito barulho logo antes do programa ao vivo. Ele vai ficar chateado e nossos amigos lá da cidade também, e tenho medo de que alguém vá até os paparazzi e tente causar alguma polêmica idiota. Você viu o que aconteceu com as pessoas da escola que não gostaram de eu ter falado com a imprensa sobre a minha mãe. Vamos deixar passar o programa, assinar o contrato do filme, e aí vamos estar a salvo. Pode me conceder isso?

– É claro que posso – disse Noah, abraçando Summer e se inclinando para beijá-la, dessa vez só eles, num beijo mais ávido e mais longo.

Fiquei imóvel enquanto os dois se acariciavam, as respirações suaves e rápidas, e eu sabia que deveria ir embora, não queria testemunhar o que estava acontecendo, mas não conseguia desviar o olhar enquanto Noah deslizava a mão por baixo da saia dela. Summer gemeu e então afastou a mão dele.

– Para – disse ela. – Ainda não.

– Tá. Tá bem, tudo bem.

– Estou com medo – disse ela. – Isso... me assusta. Acho que a gente pode tentar e acabar se enlouquecendo em três semanas, e aí tudo vai ficar muito estranho.

– Mas você ainda quer tentar?

– Quero.

– Você e eu – disse ele – vamos dominar o mundo.

Um carrinho de golfe soou ao longe, e eles se separaram enquanto o barulho se aproximava. Um assistente de produção dirigia, o Sr. Atlas no assento ao lado fazendo suas rondas pelo terreno do estúdio, indo de set em set para anunciar seu parecer, para decidir quem continuaria a fazer o programa que tinha se tornado seu mundo todo e quem não continuaria. Ele tocou no chapéu para cumprimentar Summer e Noah ao passar, e os dois acenaram com inocência para ele.

– Oi, gente – chamei, surgindo sob a luz do poste. – O que estão fazendo?

– Só repassando uma cena – respondeu Summer.

– É? – perguntei, erguendo minha sobrancelha.

– É, mas acho que já acabamos.

Ela me encarou também, com um semblante plácido, como se não estivesse sussurrando de modo desesperado com Noah no escuro. Ele não teve essa frieza. Seu rosto ficou corado, mesmo sob a luz fraca, com um sorriso bobo, apesar de tentar lutar contra isso. Mas Summer mentia como se acreditasse no que dizia... ou como se fosse natural para ela. Como se ela mentisse o tempo todo.

US WEEKLY

ROMANCE SECRETO?

Fontes dizem que Summer Wright e Noah Gideon finalmente vão dar o beijo que os fãs sempre quiseram ver e estão um pouquinho empolgados demais com isso. Parece que os ensaios para o último episódio (que será exibido ao vivo no Atlas na próxima quarta-feira, às 20h) têm sido bem tórridos! "Acham que a Summer é um exemplo a ser seguido", conta uma fonte, "mas ela basicamente está traindo o namorado diante de uma sala cheia de gente. Não seria surpresa se descobríssemos que tem algo mais rolando entre Summer e Noah por trás das câmeras."

17
......
2018

Na manhã seguinte à malhação surpresa com Noah, mal consigo mexer os braços. Ainda assim, movida a café e analgésico, me arrasto até o ensaio. Michael começa a passar o cronograma.

– E o Noah tem que sair mais cedo, então nós vamos...

– Na verdade – diz Noah, erguendo a mão –, posso ficar numa boa.

Michael ergue a sobrancelha, surpreso.

– Mudei o horário do outro compromisso – explica Noah, depois se inclina para mim e diz, bem baixinho: – Dormir pra quê?

Dou a ele um breve sorriso e o mais ínfimo dos créditos.

Então, mais à tarde, enquanto Liana e eu ficamos sentadas no canto para decorar nossas falas, Noah e Summer vão até o piano para reaprender seu dueto. Essa foi a primeiríssima canção que os dois cantaram juntos, a música que botou a casa abaixo no nosso concurso de talentos da escola.

Eles ficam a um palmo e meio um do outro e, de alguma forma, o espaço entre eles crepita, como se uma cerca elétrica invisível pudesse machucá-los caso se aproximassem.

Ainda assim, Noah dá um sorrisinho relaxado para a pianista como se não tivesse percebido a tensão no ar, e Summer começa.

– *Tem gente que caminha sem rumo pela vida.*

– *Que diz "não"* – canta Noah – *de tantas formas distintas.*

A melodia sobe meia oitava na palavra "tantas" e parece pegar Noah de surpresa, porque a voz dele não consegue acompanhar e sai sem força e baixa. Ele ri e pigarreia.

– Eita, desculpa por isso.

Meu primeiro pensamento, nada generoso, é um "vai se ferrar" para Michael. No fim das contas, Noah precisa ensaiar! Ele pode ser o único de nós que ainda é chamado para trabalhos nas telas, mas não é um Deus do Talento entre os plebeus.

A pianista recomeça a música, e Summer canta seu verso com os olhos colados na partitura. Noah continua sorrindo, mas, dessa vez, ele pensa demais na nota e vai além do necessário. Ele balança a cabeça rápido, então tenta outra vez, e sua voz falha com um breve estalo, como se ele fosse um adolescente passando pela mudança de voz. O papel na mão dele treme, ainda que um pouquinho. Será que, na verdade, o incrível Noah está nervoso?

Liana, que estava fixada no telefone (sem dúvida mandando coisas melosas para Javier), baixa o aparelho e também observa Noah. Ela e eu trocamos um olhar rápido.

Penso em Noah tentando montar três cavalos diferentes numa gravação, até precisar desistir, envergonhado. Ele está começando a ficar agitado por causa dessa nota. E ficar agitado assim só acontece quando você se importa de verdade com alguma coisa.

– Foi mal – diz ele para Summer, baixinho.

– Tudo bem – responde ela. Com uma expressão plácida, focada em sua partitura, ela continua, em uma voz que ouço sem querer: – Estamos todos tentando recriar nossos eus da juventude. Você só foi um pouco longe demais e recriou a puberdade.

Ele deixa escapar uma risada, perplexo.

– Estou lembrando um mês horrível no oitavo ano.

– Tadinho do Noah. – Summer morde o lábio e continua, em tom casual: – Sabe, sempre gostei mais do seu verso do que do meu. – Ele olha para ela. – Essa parte do "de tantas formas" fica melhor numa voz feminina. Então eu troco numa boa se você quiser.

Eles recomeçam com Noah fazendo o primeiro verso e, dessa vez, os dois cantam com perfeição. Summer não diz nada nem se vira para olhá-lo, mas a pele ao redor de seus olhos se enruga. Ela está satisfeita consigo mesma. Eles continuam a canção, alternando as linhas do vocal pelo resto da estrofe (*Meu medo é ser desse jeito, talvez meu grande defeito, mas agora você chegou e, desde então, tudo melhorou*), então Summer se aproxima alguns centímetros de Noah, cruzando aquela cerca elétrica invisível entre os dois bem na hora em que entram no refrão:

Meu destino é dançar e meu destino é gritar
Meu destino é saber o que fica no ar
Na poesia e na canção
Fico feliz por não ter razão
Pois seu destino é rir e é flutuar
Pegue minha mão e nunca se vá
Seu destino é aqui do meu lado
Você está aqui do meu lado.

Se Noah tivesse que cantar com Liana naquela época, ele desapareceria. Mas ele e Summer sempre combinaram muito no que dizia respeito aos vocais.

Agora, com as vozes um pouco mais ásperas, eles se completam tão bem quanto antes. Ouvindo os dois, quase dava para fingir que eles ainda se completavam de outras maneiras também, naquelas que importam: credibilidade, estabilidade, felicidade. Essa ilusão parece inebriar Summer. Ela ergue os olhos da partitura para o rosto de Noah e volta para o papel. Seu corpo se aproxima um pouco mais do dele quando o diretor musical lhes entrega anotações e bota os dois para tentar outra vez. Noah também dá umas olhadas de relance para ela. Não consigo decifrar seu olhar. Perplexidade, talvez, como se ele tentasse encaixar a mulher dos tabloides na que está ao lado dele. Mas o olhar de Summer... Ela parece voraz. Como se devorasse cada sorriso que ele lhe dá, cada risada que arranca dele, e quisesse mais e mais.

Ah, não. Se ela se apaixonar, Noah vai partir o coração dela.

18

2005

No dia seguinte à matéria da *Us Weekly* insinuando um romance secreto entre Summer e Noah, fizemos um ensaio geral para um pequeno grupo de produtores e convidados especiais. Pessoas importantes estavam reunidas ali. O Sr. Atlas se acomodou em seu assento, folheando uma pasta com recortes de jornais e revistas – que algum assistente organizara – enquanto esperava o ensaio começar. Dei uma espiada neles. "**Queda Vertiginosa de Amber Nielson!**", lia-se em uma manchete. "**Quem Será a Próxima Estrela da Atlas?**" Havia uma do editorial da *Essência Feminista*: "**Atlas: Destruidora de Meninas?**"

Entre as pessoas importantes, uma parecia deslocada: Lucas, o namorado de Summer.

– Por que ele está aqui? – perguntou Liana a Summer, quando nós três estávamos sentadas no chão fazendo alongamento no canto da sala de ensaio.

– Ai, nem me fale – desabafou ela, se inclinando para a frente e segurando os dedões do pé, o cabelo caindo no rosto. – Ele anda paranoico, então falei que podia vir hoje.

Ele olhava ao redor da sala, furioso e de cara feia, enquanto assumíamos nossas posições. Eu preferia não ser tão óbvia em relação ao meu ciúme. Mantinha o sentimento escondido e lidava com ele de outras maneiras. Demonstrar tudo diante das pessoas fazia você parecer idiota, além de vulnerável.

O ensaio correu bem, principalmente para um grupo que estava acostumado a fazer várias tomadas até que tudo saísse direito. O número em que eu era a voz principal fez as pessoas rirem na plateia. Até vi de esguelha um sorriso de leve no rosto do próprio Sr. Atlas. Mas, quando chegou o momento do beijo de Summer e Noah, ela se aproximou dele, hesitante, como naquela primeira tentativa constrangedora, então deu um selinho em Noah. Na plateia, Lucas zombou em voz alta. Noah se afastou dela, a testa franzida, os olhos mirando Lucas em um canto, mas seguiu o resto da cena normalmente, e conseguimos vencer os cinco minutos que restavam até o fim.

Depois, tomamos fôlego para nos prepararmos para ensaiar os problemas que a apresentação deixara em evidência. O Sr. Atlas chegou para parabenizar um por um.

– Bem engraçado – disse para mim, e se virou para Liana: – Um entusiasmo de primeira.

Ele deu a Summer um sorriso paternal.

– Tem mesmo algo muito especial acontecendo aqui – disse para ela. – Estou orgulhoso de ver como você cresceu nesse papel e como superou as dificuldades que teve que enfrentar.

Ela juntou as mãos no peito e agradeceu.

Então ele pigarreou.

– E vocês, meninas, todas... estão bem? Estão se sentindo bem? – perguntou ele.

E, por apenas um instante, o homem poderoso de quem nós todos tínhamos tanto medo pareceu ter um pouquinho de medo da gente. A empresa não conseguiria lidar com outra Amber, outra queda vertiginosa, logo agora.

Todas nós assentimos e sorrimos.

– Que bom, que bom – respondeu ele, e foi até Michael, em um canto, para discutir suas ideias mais urgentes.

Summer andou até Lucas e deixou que o namorado elogiasse sua apresentação enquanto ela bancava a modesta. Liana me cutucou, e nós observamos Noah se aproximar deles.

– É – disse Noah. – Você se saiu muito bem, Summer. Embora tenha sido difícil, porque alguns membros da plateia estavam causando muita distração.

– Eu não fiquei distraída – rebateu Summer, esforçando-se para manter a voz estável, mas sem conseguir por completo. – Só que é assustador fazer isso na frente do presidente da emissora.

– É – concordou Noah, desviando o olhar para Lucas.

Ele queria dar um olhar frio, de desdém, mas estava envolvido demais para conseguir.

– Ei, cara – disse Lucas. – Eu só estava assistindo. Não é minha culpa se te deixei desconfortável.

– E por que você me deixaria desconfortável?

– Vamos deixar isso pra lá – disse Lucas, balançando a cabeça, um modelo de autocontrole, e passando um braço ao redor dos ombros de Summer.

– Pois então – falou Summer.

Noah a interrompeu, fuzilando Lucas com o olhar.

– Não, sério: por quê?

– Porque você tem inveja de mim. É óbvio.

Noah deu um sorriso de escárnio.

– Eu tenho inveja de *você*? Estou prestes a me tornar um astro do cinema. E você? Está fazendo o quê da vida?

– É, um astro do cinema pra garotinhas de 12 anos. Muito maneiro.

Eles começaram a fazer uma cena ridícula, estufando o peito e se aproximando cada vez mais um do outro. Talvez eles achassem que pareciam dois *homens*. Na verdade, pareciam dois garotinhos.

Liana segurou minha mão com força.

– Eita, vai dar ruim! – sussurrou ela em meu ouvido.

– Você sabe o motivo da inveja – disse Lucas.

– Gente – chamou Summer, o tom de voz ficando mais agudo. – Para com isso.

Do canto, o Sr. Atlas e Michael se viraram para ver a cena.

– Por causa do seu trabalho ridículo ou do seu carro podre? – vociferou Noah.

– Não. Porque eu tenho a Summer e você, não.

– Tem certeza? – perguntou Noah.

O rosto de Lucas se contorceu. Ele deu um passo adiante e empurrou Noah, que cambaleou para trás e em seguida avançou, querendo revidar, o que fez todos no elenco de apoio soltarem um arquejo de surpresa.

– Parem! – gritou Summer, entrando no meio dos dois.

Eles se afastaram. Nenhum deles queria machucá-la.

– Que isso, Noah?! – sibilou ela. – Qual o seu problema?

– Sai da minha frente, Sum – disse Lucas.

– Senhores – chamou o Sr. Atlas, a boca contraída até formar uma linha fina. Seu tom de voz estava baixo como sempre, mas, mesmo assim, a sala toda ficou em silêncio e até os dois brigões se viraram para ouvir. – Sou o dono desta sala. Na verdade, sou o dono deste terreno todo e abomino violência nos meus sets. Então, se querem se agredir, vão ter que levar essa disputa para a propriedade de outra pessoa. – Ele olhou para Lucas. – E vou pedir que não acerte o rosto dele. Apostei muito dinheiro na boa aparência de Noah e ela precisa ser exibida na TV semana que vem.

Noah fitou o chão e murmurou um pedido de desculpas.

Summer pegou o braço de Lucas.

– Vamos dar uma volta.

Ela nem olhou para Noah ao sair.

Com uma expressão desolada no rosto, Noah ficou observando os dois. Michael e o Sr. Atlas foram até ele.

– Desculpa – pediu. – Eu não queria... Ele é um...

– Olha, todos nós já quisemos dar um soco na cara de um idiota – disse Michael.

O Sr. Atlas inclinou a cabeça em uma breve concordância, embora a ideia de vê-lo dar um soco em alguém fosse risível. (Ou ele nunca apelaria para a violência, pois estava muito acima disso, ou já tinha dado ordens para seus capangas se livrarem de vários corpos em um rio em algum lugar, sem nunca ter sujado as próprias mãos. Eu não saberia escolher a opção certa.)

– Não deixe esse garoto te hostilizar. – Michael bateu no ombro de Noah. – Ele é um zé-ninguém. Você é um astro.

DIÁRIO DA SUMMER, 18 DE ABRIL DE 2005

É engraçado como os sentimentos que a gente tem por alguém podem desaparecer de uma hora para outra. Passei muito tempo colocando o Noah no pedestal do cara perfeito, que não fazia nada de errado. Mas agora eu vejo que ele é humano como qualquer pessoa. E, às vezes, ele é realmente um pé no saco. Será que eu conto mais? E por que não?

Número um: ele é egoísta. A única coisa que importa é o que ele quer. E ele não está nem aí para como isso pode fazer os outros se sentirem.

Número dois: ele finge ser superatencioso. Faz aquele olhar cheio de emoção durante uma conversa pra você se sentir especial, mas será que está mesmo ouvindo? Ou só está concentrado em franzir a testa de um jeito sensual? Sempre pensei: "Ah, o Noah é um cara normal, não é um narcisista que busca atenção o tempo todo, como tantas celebridades. É que ele é tão lindo e maravilhoso que todo mundo decidiu que ele deveria ser famoso!" Mas, na verdade, ele se acha O ASTRO, o herói, quando, às vezes, deveria se dar conta de que nem tudo diz respeito a ele. Ele não é o único homem do planeta. Quero dizer, quem é que fala coisas como "Você e eu vamos dominar o mundo"? E, depois, brigar com o Lucas na frente de todos?? O que leva a...

Número três: o jeito machão, como se precisasse provar que ele é um Grande Homem, ainda que trabalhe em um programa idiota para pré-adolescentes. Provavelmente ele achou que estava abafando, brigando daquele jeito, mas na verdade foi patético. Se as garotas que adoram tanto o Noah vissem aquilo, aposto que muitas arrancariam o pôster dele da parede.

Enfim, ele está me irritando, e agora tenho outra perspectiva dele. É óbvio que vou continuar tratando o Noah como sempre tratei. Não quero ficar nessa série idiota pra sempre. Sou uma atriz bem melhor do que as pessoas pensam e posso chegar mais alto, mas só se usar as cartas certas, se fizer esse filme e deixar todo mundo de boca aberta. (Credo! Quantos clichês eu acabei de usar em uma frase só?) A última coisa que eu quero é mais drama. Vou continuar a ouvir as histórias dele cheia de admiração. Mas agora eu sei.

19

......

2018

Naquela noite, eu me esparramei na cama e liguei para o número de Miheer para nossa chamada de sempre. Ele pareceu estranho ao atender o telefone.

– Você está bem? – pergunto. – É só cansaço?

– Eu... hã... li uma matéria sobre você.

Ele me manda por mensagem, e ligo o viva-voz enquanto abro a matéria. Sob a manchete **"Noah Gideon Partindo Para a Próxima?"**, tem uma série de fotos: Noah e eu saindo da academia. Na primeira, estamos rindo. Nas outras, estamos nos encarando, ele segurando minha mão em seu rosto.

– Ai, meu Deus – digo. Esqueci como é horrível ser seguida por paparazzi. De alguma forma, esses abutres talentosos e implacáveis capturaram um dos breves momentos em que um velho sentimento se reacendeu, antes de eu despejar meu ódio gélido em cima da faísca. – O que está acontecendo nessas fotos é que estou dando uma bronca no Noah por ele ser um babaca. Porque é isso que eu penso dele.

– Não quero bancar o ciumento. É só que, bom, o cara é um astro de cinema.

– E você está trabalhando pra proteger o meio ambiente, o que, para mim, é bem mais sexy.

– Valeu – diz ele. – Mas você está meio... radiante.

– A gente estava malhando. Deve ser o efeito da endorfina.

Ele meio que dá uma risada, mas então fica em silêncio por um instante.

– Mas é mais do que isso. Você está iluminada de um jeito diferente de quando está em casa.

Eu examino a foto. Ele tem razão.

– Se é verdade, não é por causa do Noah. É por causa... – gaguejo, e então me dou conta. – Estou me dedicando a um compromisso aqui de um jeito diferente de quando estou no trabalho. – Humm, "compromisso" provavelmente não foi a melhor escolha de palavra. – Acho que está sendo uma folga interessante do estresse do escritório.

– Interessante em que... Espera, você não está em dúvida em relação ao escritório, está?

– Não, claro que não!

Tenho falado com Irene com frequência, respondendo perguntas que surgiram dos clientes que não querem trabalhar com mais ninguém, só comigo. E tem uma coisa que eu amo nisso, que é ser vista como competente, uma tomadora de decisões, mais do que um corpo agindo de acordo com os caprichos alheios.

– Tá bem – diz ele.

– Além disso, estou em Los Angeles, onde a gente é obrigado a comer muitas sementes, espirulina e essas porcarias todas. Talvez isso esteja me fazendo parecer mais radiante.

Dessa vez, ele dá uma risada de verdade.

– É claro, as comidas oficiais de Los Angeles. Desculpa ficar inseguro com isso. Acredite se quiser, não estou acostumado a namorar celebridades.

– Acho muito difícil que eu conte como celebridade. E, por favor, não precisa pedir desculpa. *Eu* é que peço desculpa.

Depois que desligamos, entro no e-mail do trabalho com o intuito de falar com Irene. Não posso me deixar ser tão engolida por esse mundo de *Os sonhadores* quando o mundo real me aguarda lá em casa.

Mas já tem um e-mail dela para mim na caixa de entrada.

Cara Katherine,

Esse artigo de tabloide a seu respeito causou uma comoção e tanto no trabalho hoje à tarde. Tenho certeza de que é uma distorção grotesca da realidade; foi o que eu disse para todo mundo. Mas você deve saber que esse tipo de história não favorece a reputação da firma nem a sua. Não dê aos homens da empresa a desculpa que buscam para diminuírem o respeito por você, ainda mais quando está tão perto de se tornar sócia. Se houver mais alguma coisa que você possa fazer de longe para demonstrar seu compromisso, eu a aconselharia a levar isso em consideração.

Merda. Esfrego os olhos, pensando. Eu tinha me dado um dia a mais em Los Angeles no fim da viagem para arejar a mente. Agora, remarco minha volta para um voo noturno que sai logo depois do final do espetáculo. Respondo à mensagem de Irene com a novidade, além de me oferecer para pegar trabalho remoto e agradecer por ela cuidar de mim. Rezo para que seja suficiente.

Depois disso, tentar dormir é inútil. Chuto os lençóis e desejo poder me virar e me aninhar em Miheer, tirar nossos pijamas e fazer algo que nós dois fazemos muito bem juntos. Estou com saudade dele. Tenho medo de que ele e minhas chances de sociedade estejam escapando por entre meus dedos. E, para coroar, acho que me sinto solitária.

Eu não esperava voltar e sentir toda a magia da nossa primeira temporada juntos. Mas o constrangimento, a sensação de que todo mundo tem estranhos critérios ocultos, a paranoia e a culpa que fecham minha garganta sempre que olho muito para Summer... Tudo isso está me afetando.

Acendo a luz e pego meu telefone para dar uma olhada nas redes sociais. Minha agente me obrigou a fazer uma conta no Instagram logo no começo disso tudo e designou sua assistente para administrá-la. Algumas vezes por semana, ela me manda uma foto e a legenda para que eu aprove, respondo com um joinha e ela posta. Minha conta segue todos os integrantes de *Os sonhadores*. Summer quase não posta nada e, em geral, coloca legendas enigmáticas. Noah recebeu permissão para ficar longe do Instagram, esse nojento sortudo – ele é tão famoso que dar um tempo das redes sociais só faz as pessoas ficarem mais interessadas nele. Liana posta o tempo todo: selfies cheias de filtro, promoções de produtos como influencer, fotos dela e do marido se olhando com carinho e, agora, toda a narrativa de um universo alternativo sobre nossa nova aventura com *Os sonhadores*, onde voltamos a ser os melhores amigos uns dos outros na mesma hora. Olho para a selfie que ela postou de nós duas fazendo caretas engraçadas para a câmera e algo saudoso dentro de mim deseja que a gente estivesse mesmo se divertindo tanto juntas.

Ela posta uma foto nova enquanto ainda estou em seu perfil. Ela usando o roupão de banho do hotel, com um batom bem vermelho e fazendo um olhar sexy para o espelho. A legenda diz: "Amando o trabalho, mas com saudade do meu amor!"

Curto o post, paro, então mando uma mensagem para ela:

Você também está acordada, né?

Depois de um momento, ela responde.

Rs. Meu corpo está cansado, mas não consigo dormir.

Respiro bem fundo e mando mais uma mensagem.

Eu também. Quer vir pro meu quarto saquear o frigobar?

Aparecem três pontinhos na tela, depois eles somem. Ela vai dizer não. Então:

Número do quarto?

Dez minutos depois, ela bate à porta. Em vez do roupão, está de vestido longo e suéter. Talvez eu também devesse ter colocado uma roupa decente, no lugar do short e da camiseta superlarga que uso para dormir.

– Bem-vinda ao meu lar – digo com zombaria, em um tom formal.

– É lindíssimo – diz ela, levando a mão ao peito como se fingisse observar o lugar, impressionada. – Parece muito com o meu.

– Que coisa – respondo, então me agacho no frigobar. – Beleza, o que vamos beber na conta da Atlas?

Ela se esparrama na poltrona da suíte, em uma postura que deveria ser de tranquilidade, mas não convence.

– Me surpreenda.

Giro a tampa de uma garrafinha de uísque e sirvo nas canecas de café fornecidas pelo hotel, entregando uma a ela.

– Sabe, queria pedir desculpas pelo que falei outro dia, na prova de figurino. Espero que você saiba que eu não quis dizer...

– Eu também fui escrota. – Ela dá um gole e então, olhando com indiferença para a xícara, pergunta: – E aí, o que tá achando da Summer?

– Acho que ela está bem. Ela dança pra caramba, ainda que a voz esteja um pouquinho diferente e...

Liana se inclina para a frente, e seu tom de voz demonstra urgência.

– Não, eu quis dizer... tipo... mentalmente. Emocionalmente.

– Ah. Não sei.

– Pra ser sincera, eu esperava que ela fosse... caótica. Tipo uma máquina de drama ambulante, mas ela parece mais estável, não é?

– Acho que sim – respondo.

– É, ela está se saindo bem.

Nós duas soltamos um suspiro meio aliviado que estivemos prendendo por mais de uma década.

– Fico feliz – diz ela. – Mas ela está *total* flertando com o Noah.

– Então não fui só eu que reparei!

– Eu fico tipo "Garota, relaxa". Além disso, ela não vai conseguir usar aqueles truques de novo com ele! Não depois que ele e todo mundo leu o diário dela!

– Talvez não sejam truques. Só espero que ela não pense que ele pode ser a solução pros problemas dela.

Viro o resto do uísque da minha caneca e abro outra garrafa do frigobar.

– Então... o que está acontecendo de verdade? – pergunta ela, me observando. – Por que me chamou pra te fazer companhia à meia-noite?

Em seu muro reluzente e firme, Liana está abrindo uma janela. Dou um passo na direção dela.

– Relacionamento à distância é complicado. Você é praticamente uma especialista. Tem alguma dica?

– Só as de sempre. Comunicação aberta e envio de muitos nudes.

– Morro de medo de fazer algo assim depois de ver como todo mundo enlouqueceu por causa do que houve naquele último episódio.

– É – concorda ela, e ficamos em silêncio por um momento. – Alguma vez você desejou que a gente tivesse ficado famoso tipo sete anos depois? O mundo ficou mais gentil com meninas sete anos depois.

– As crianças que trabalham pra Atlas agora não sabem como se deram bem – respondo.

– Elas que se danem. – Ela sorri para mim, e ficamos ali, juntas, por um momento, sem dizer nada, quase confortáveis.

Eu me inclino para a frente.

– Como você soube que estava pronta pra se casar com o Javier?

– Uma revista nos ofereceu uma grana pra fazermos fotos exclusivas do noivado. E eu queria um carro novo.

Eu a encaro, sem saber o que dizer.

– Brincadeira – diz Liana, mexendo em sua aliança, que tem uma pedra preciosa gigante. – Sei lá. Eu amava o Javier. Estar com ele era a coisa mais empolgante da minha vida. – Ela observa o brilho do diamante na mão. – Eu estava entediada, muito entediada, e aí, quando estávamos juntos, eu mal conseguia respirar.

– Que engraçado.

– Por quê?

– É bem o oposto de mim e do Miheer. Fazíamos parte do mesmo grupo de estudos na faculdade de Direito. Só começamos a sair depois, quando já morávamos em Washington, mas foi assim que nos conhecemos. Eu estava muito estressada o tempo todo, e aí, em algum momento, percebi que, sempre que ele e eu estudávamos juntos ou apenas conversávamos nos intervalos, ou quando ele sorria pra mim... era só nessas horas que eu *conseguia* respirar.

– Como ele é? – pergunta ela.

E aí conto tudo sobre ele ser inteligente e discreto, digo que já o conhecia fazia um semestre inteiro quando um dos amigos dele soltou que ele tinha feito um intercâmbio no exterior com uma bolsa de estudos concorridíssima. Falo que, se ele quisesse trabalhar no setor privado, a essa altura provavelmente seria podre de rico, mas, em vez disso, ele escolheu o caminho nada sexy e nada lucrativo da preservação do planeta. Conto que ele tem uma risadinha boba que sai sempre que algo muito engraçado o pega de surpresa, o que sempre me faz gargalhar também. E explico que ele simplesmente... cuida das pessoas que ama. (Em contraste com Noah, que cuida de si mesmo. Se bem que, para ser sincera, ponto para ele por ter dito ao pessoal do *Leopardo da Neve* para esperar enquanto vem trabalhar com a gente.) (Não falo nada disso em voz alta.)

– O Miheer provavelmente vai ser o melhor pai do mundo – falo. – As crianças vão atrás dele como se ele fosse o flautista mágico.

Liana inclina a cabeça, prestando mesmo atenção em mim, e, de algum jeito, meio que estamos nos conectando, então sigo em frente.

– Se bem que isso aí é outra caixa de Pandora – digo. – O pai dele já era bem velho quando teve o Miheer e morreu quando ele estava com 20 e poucos anos, então Miheer queria que tivéssemos filhos logo, mas, se eu quiser tentar uma sociedade no trabalho, principalmente depois de tirar um tempo pra este reencontro...

Aceno com a mão vagamente.

– É um grande passo – pondera Liana.

– Você parece estar se saindo bem com o "que se dane a pressão, vamos fazer isso no nosso tempo". Deve ser horrível, com todas essas revistas e as manchetes idiotas.

Ela segura a caneca com mais força, olhando para ela.

– Na verdade, a gente vem tentando. Estamos tentando há um tempo.

Eu e minha boca grande de novo.

– Sinto muito mesmo.

Ela me dá aquele olhar de *para de ser idiota* do qual eu vinha sentindo falta nessa versão nova e de unhas feitas de Liana.

– Tudo bem. Tenho feito um bom trabalho em dar a entender que somos muito ocupados e fabulosos e ainda não pensamos nisso. – Ela balança a cabeça. – Lembra como era ser adolescente e ter pavor de engravidar? Bom, talvez não, acho que você não andava por aí transando tanto quanto eu. Sendo *meio piranha* que nem eu.

– Sinto muito por estar sendo difícil.

– Vamos continuar tentando.

– Estou aqui se quiser conversar sobre isso.

– Obrigada. – Por um instante, parece que Liana vai dizer algo mais, mas ela contrai os lábios e se levanta. – É melhor eu ir deitar e descansar pro ensaio de amanhã. Estou me sentindo muito mais relaxada agora. Isto ajudou muito.

Ela me dá um abraço rápido, ainda tenso e forçado, mas um pouquinho melhor. E então vai embora.

20

2005

Eu não era mais a primeira pessoa para quem Summer ligava quando algo ruim acontecia, mas ela era a primeira pessoa para quem eu ligava.

Durante os preparativos para o programa ao vivo, descobri que meu pai ia se casar de novo. Minha mãe estava arrasada ao telefone – mais do que eu esperaria, levando em conta o tanto que eles gritavam um com o outro.

– Ele está trocando a gente por um modelo mais novo e mais radiante – disse ela, fungando, então se recompôs. – Eu não deveria ter dito isso. Ele não está trocando você. Ele te ama muito.

– Vocês brigavam o tempo todo. Você não *gosta* dele.

– Eu só queria que ele permanecesse triste mais um tempinho. – Ela ficou em silêncio por um momento. – Estou com saudade de você.

Imaginei meu pai com uma família mais jovem e mais bonita. Eu queria dizer que entendia o tipo de rejeição que ela sentia, mas, dominada pela emoção, acabei falando:

– Vamos fazer um filme. Vai rolar muito dinheiro. Você sempre disse que queria voltar a estudar. Eu poderia... eu poderia bancar isso.

– Meu amor – disse ela, as palavras carregadas de emoção. – Isso é muito gentil. Mas é melhor você usar esse dinheiro na sua educação.

– O filme vai ganhar continuações. Vai ter mais dinheiro.

– Bom – disse ela, e deu pra notar o sorriso se abrindo em sua voz em meio às lágrimas. – Talvez eu compre alguns cadernos, só pra ter.

Assim que liguei para Summer e contei o que tinha acontecido, ela me perguntou onde e quando queria me encontrar com ela (na entrada do estacionamento, dez minutos) e se ela deveria levar Liana (sim).

– Quero comprar um carro – contei, quando as duas terminaram de me abraçar. – Bem extravagante.

Eu vinha rodando com um bom carro, digno de uma dona de casa privilegiada, porque era o que a Atlas tinha arrumado para mim na minha chegada.

Só que agora eu queria *ostentar*. Queria algo que fizesse as pessoas virarem a cabeça para me ver passando.

Então nós três entramos em um táxi e fomos até uma concessionária. Liana encheu o vendedor de perguntas para garantir que eu saísse com um bom negócio. Summer sorriu com educação para vários clientes que se aproximaram e tentaram impressioná-la. Vimos carro atrás de carro em uma faixa de preço sensata, mas nenhum era o que eu queria.

O vendedor nos observou e então disse:

– Eu tenho mais uma opção.

Ele trouxe um BMW conversível vermelho. Ficamos boquiabertas. Nem importou que o preço fosse 40 mil dólares. Entreguei meu cartão de crédito.

Entramos no carro – Liana correu para o banco do carona e Summer seguiu com elegância para o banco de trás – e eu, na mesma hora, baixei a capota. Colocamos música pop nas alturas, cabelos ao vento, gritando e correndo pelas estradas, os ressentimentos se desprendendo e ficando bem para trás. E, só de estar ali, já bastava. Não, *mais* que bastava ser jovem, promissora e feliz com minhas amigas.

– Estou com fome – berrou Summer. – Que tal um hambúrguer?

Agora eu estava sempre com fome.

– McDonald's! – entoou Liana. – McDonald's!

Eu não podia comer um lanche enorme e gorduroso como aquele, principalmente não tão perto do programa ao vivo. (*Coloca um saco na cabeça dela.*) Mas talvez eu me permitisse algumas batatinhas.

Entramos no drive-thru animadas, ainda curtindo. Quando uma voz robótica nos perguntou o que queríamos, respondi com a afetação de uma estrela de cinema antigo:

– Sim, querida, vou querer uma Coca-Cola diet.

Summer se inclinou para a frente e fez uma imitação aceitável de Katharine Hepburn, embora seus acessos de riso atrapalhassem.

– Uma porção grande de fritas e um hambúrguer seriam absolutamente ótimos, por favor.

– E aí, gatinha – disse Liana, com uma voz arrastada. – Me vê os melhores nuggets que você tiver.

Ainda estávamos rindo quando viramos na curva da janela de entrega e vimos os paparazzi.

– Boa noite, rapazes – disse Liana, lhes dando um sorriso enquanto eu pagava e esperava a moça à janela aprontar nosso pedido.

Havia só uns caras. E daí que flagrassem a gente se divertindo à beça com um lanche do McDonald's?

– O que vocês pediram? – perguntou um deles, puxando conversa, a câmera já fazendo os seus cliques.

– Alguma coisa pra jantar – respondi.

– Estão se divertindo? – perguntou outro, enquanto nos filmava. Seu tom era simpático, como um pai orgulhoso fazendo um vídeo caseiro.

– É claro – respondeu Liana, passando o braço ao meu redor. – Eu amo essas meninas.

A atendente se distraiu com a presença das câmeras. Em vez de pegar nosso ketchup, ficou acenando e fazendo caras e bocas para as lentes.

– Summer, aqui! – Summer deu um sorriso radiante. – Você e o Noah estão tendo um romance secreto? – gritou o terceiro sujeito, um cara de meia-idade ganhando a vida tentando descobrir se dois adolescentes andavam transando.

A expressão de alegria de Summer vacilou enquanto a moça finalmente me entregava a sacola com os pedidos.

– Summer, o que seu namorado acha disso? – gritou o cara que tinha sido tão paternal antes.

– Beleza, hora de ir embora – falei.

Então, do nada, mais homens apareceram. Aconteceu tudo muito rápido. Sério, aquilo era um esquadrão de paparazzi? *Alerta máximo, três jovens comendo batata frita em Melrose, mandem todos os carros!*

Eles se amontoaram à nossa volta como gafanhotos, bloqueando nossa passagem. Aqueles homens tinham experiência e estavam competindo pela foto perfeita, aquela que lhes renderia alguns milhares de dólares. Ou então iriam nos provocar para fazermos algo que rendesse muito, muito mais para eles. Era assim que colocavam comida na mesa, sustentavam suas famílias. Por um breve momento, me perguntei se algum deles tinha sonhado em fotografar belas paisagens, tirar foto de algo que realmente tivesse importância. Talvez eles nos odiassem como nós os odiávamos, odiassem o sistema que os tornava nossos parasitas. Mas nós também dependíamos deles, não é? A gente queria aquilo.

Um sujeito deu a volta até meu lado, entre o carro e a janela do drive-thru, e ficou cara a cara comigo.

– Kat, tem certeza que é boa ideia comer isso aí? – perguntou ele, apontando para a embalagem de batata frita.

Estávamos muito expostas e muito encurraladas.

– Sobe a capota – falei para Liana, enquanto tentava dar a ré.

Mas... Caramba, também havia mais deles atrás da gente. Liana procurou, frenética, pelo botão da capota e o apertou com força enquanto, no banco de trás, Summer se encolhia para fugir das câmeras.

Os homens chegavam mais perto. Ouvimos o barulho de algo raspando, como unhas em um quadro-negro, na lateral do carro. A fivela do cinto de um deles fez pequenos arranhões na pintura vermelha novinha do veículo em que eu tinha acabado de gastar uma grana. Os homens batiam nas janelas, gritando para olharmos em sua direção, para abrirmos o vidro e falarmos com eles um pouquinho. Para sorrirmos como boas meninas.

Summer choramingou.

– Esses caras são malucos – disse Liana.

O baque surdo de punhos veio do teto. A qualquer momento, eles conseguiriam arrebentar a capota, suas mãos desceriam para agarrar nosso pescoço e reivindicar nossa posse. Onde eu estava com a cabeça para comprar um carro conversível tão chamativo? Eu deveria ter comprado uma minivan. Ou um tanque.

Aquele massacre era como se estivéssemos dirigindo numa tempestade e parássemos em um lugar mais alto para esperar, porque, se continuássemos, algo muito ruim poderia acontecer. Mas aquilo ali não era um fenômeno natural, algo que vinha dos céus. Esses homens nos tratavam como se devêssemos algo a eles só porque tínhamos ousado sair de casa para tomar uma Coca diet.

— Summer, você está bem? — perguntou Liana.

Olhei para trás e vi Summer tremendo no banco, segurando um moletom por cima da cabeça. Não dava para ver seu rosto, mas sua respiração saía em arquejos agudos.

Um baque no capô chamou minha atenção. Um dos sujeitos tinha subido ali e estava a apenas alguns centímetros do vidro que nos separava.

— Olhem pra cá, meninas — gritou ele, apoiado no para-brisa, a câmera em um ângulo que capturasse nós três.

Acionei o esguicho do para-brisa, molhando o sujeito, e depois liguei os limpadores para que ele precisasse recuar. Ele limpou o rosto, estupefato, e então gritou para mim:

— Sua vaca!

A raiva me dominou, junto com o pânico.

— Sai, porra! — rosnei.

Engatei a marcha e pisei no acelerador, sem dar opção para aqueles homens a não ser sair da frente. Avançamos devagar a princípio, depois mais rápido e, quando saí do estacionamento para a rua, Liana abriu a janela e se inclinou para fora, o dedo do meio na direção deles. Aceleramos pela rua de novo, como tínhamos feito meia hora antes, só que dessa vez a capota ficou. Eu não sabia se algum dia voltaria a baixá-la.

......

Liana e eu fomos chamadas ao escritório de Michael na manhã seguinte, antes do ensaio. Chegamos com a visão meio turva, mas tentando disfarçar a ressaca. Ela havia dormido no meu trailer depois que deixamos Summer no dela e nós duas tínhamos bebido à beça para apagar as lembranças do drive-thru. Michael nos mandou sentar e acessou um link no computador.

— O Lamapop postou algumas fotos de vocês no McDonald's ontem — disse ele.

— Foi muito assustador — comecei a falar, com uma ideia nascendo. Michael era um adulto de verdade. Ele saberia o que fazer. A Atlas tinha muitos recursos e era obrigação deles nos proteger, não era? Talvez a empresa pudesse soltar algum tipo de declaração pedindo que os paparazzi fossem mais delicados, lembrando a eles que ainda éramos jovens.

Porém a cara fechada de Michael era para nós, não para a situação. Ali, no site do Lamapop, estampada na tela, estava a manchete: **"Sonhadoras ou Garotas-Pesadelo? As Estrelas da Atlas Nada Boazinhas!"** Abaixo, havia uma foto que mostrava Liana e eu no banco da frente. Nós parecíamos... doentes: os olhos arregalados, minha boca escancarada, fios de saliva visíveis enquanto eu berrava para o homem que tirava fotos nossas. Atrás, via-se Summer encoberta pelo moletom, então não dava para enxergar seu rosto, só os ombros tensos. Uma segunda foto mostrava Liana erguendo o dedo do meio para as câmeras.

– Tem vídeo também – disse Michael, colocando um onde eu aparecia gritando para o paparazzo sair, porra.

Eu odiava o Lamapop com todas as minhas forças. Poucos meses antes, saíam notícias sobre a gente uma vez por semana, talvez, nos jornais e nos tabloides. E esses veículos tinham espaço limitado, então só publicavam as histórias mais importantes. Mas graças àquele blog horroroso, as filmagens eram notícia quase imediata, a máquina era sempre mais e mais faminta.

– A gente sente muito – falei, o rosto ficando quente. – Eles meio que nos atacaram.

– O que vocês acham que o Sr. Atlas achou disso? – perguntou ele.

– A gente não fez nada errado! – falou Liana. – Eles arranharam o carro novo da Kat. O teto está todo marcado. E ela *acabou* de comprar!

– Vocês deveriam ter ignorado e não respondido – falou Michael. – Como a Summer fez.

– Então a gente deveria cobrir a cabeça com um moletom e ficar sentada lá enquanto um bando de homens destruía o carro? – rebateu Liana. – Alguém tinha que tirar a gente de lá!

– Com certeza não é pra ficar xingando os caras! – falou ele. Então apertou as têmporas. – Vocês não são essenciais, está bem? As pessoas não assistem ao programa por causa de vocês duas. A atração aqui é a Summer. Eu poderia fazer esse filme todo só com ela e o Noah. Não *quero* fazer isso, é um saco, mas, se continuarem fazendo esse tipo de merda, vão acabar me deixando sem opção.

Senti meu estômago revirar. Eu não queria ser expulsa do paraíso. Além disso, eu não tinha como bancar isso, não depois das compras e das promessas que tinha feito. Pisquei para conter as lágrimas, constrangida, querendo mais do que nunca que Michael não me visse chorar, mas aquelas lágrimas não eram do tipo que dava para secar sutilmente. Senti o nó fechar minha garganta, meu nariz começar a escorrer.

– Ai, cara, não... – falou ele, suspirando. – Eu só queria que vocês fossem mais como a Summer.

Liana ergueu as sobrancelhas ao ouvir isso, mas contraiu os lábios com força.

– Tirem uma hora, se recomponham e se aprontem pro trabalho – disse Michael.

– Vamos fazer isso, a gente promete – falei, soluçando. – Esse programa é a coisa mais importante do mundo pra gente.

– Então comecem a agir de acordo – disse ele, levantando-se e nos guiando até a porta.

Ao encontrarmos a luz do dia na área externa do estúdio, Liana balançou a cabeça.

– *Eu só queria que vocês fossem mais como a Summer* – disse ela, puxando um lencinho da bolsa e me entregando. Assoei o nariz com um ruído alto e desagradável, acabada e triste, enquanto a meu lado Liana se empertigava e crescia com uma fúria genuína. – Beleza, então a gente leva a culpa toda pela bagunça que você fez, Michael? Não teria tanto paparazzi lá, pra começo de conversa, se a Summer não estivesse com a gente. E a gente estava tentando protegê-la!

– É muito injusto – falei.

Liana chutou uma pedrinha, que saiu quicando pelo chão.

– Mas o Michael tem razão. Não sou essencial – continuou ela. – Ele nem me deu um solo, ainda que eu fosse *arrasar*. Eu sei que ele está com raiva de mim por causa da boate drag, mas eu me desculpei várias vezes.

– Você já pediu uma música a ele?

– Claro que sim! Acho que ele não me dá nada porque sabe que as pessoas veriam que sou mais talentosa que a Summer e isso mandaria pelos ares o mundo de fantasia que ele criou, onde ela é a estrela da escola e eu não sou ninguém.

– Você é, sim, e...

– Não, eu sou a cota. E, como ele tem certeza de que esse é meu único propósito, quando ele concluir que já deu, pode simplesmente escolher outra menina negra e me substituir, que nem a Tia Viv, de *Um maluco no pedaço*, e ninguém vai dar a mínima. Ou talvez ele não precise mais de elenco negro nenhum, agora que a Summer também faz parte das "minorias".

Eu a abracei apertado, enquanto um carrinho de golfe passava por ali. Ela se afastou e se empertigou.

– E o pior de tudo – falou ela – é que a Atlas prendeu a gente direitinho e eu nem posso fazer teste pra outros trabalhos em que eu tenha um papel interessante. Eles são nossos donos até que a gente se torne maior do que a nossa utilidade para eles.

– Vamos pedir pro Noah conversar com ele – falei. – O Michael ama o Noah. Eles têm esse lance de código secreto dos homens.

Michael sempre convidava Noah para sair com os rapazes, contava piadas para ele, ouvia suas sugestões no ensaio, coisas que nunca fazia com a gente.

– Você acha?

– Acho. Aposto que, depois do último episódio, quando o Michael estiver surfando na onda do sucesso, o Noah pode dar uma de astro e falar tipo "Quero que a Liana faça um solo no filme". Não, não só um solo. Vamos arrumar um *solilóquio* pra você.

Ela me encara, atenta.

– E ele faria isso?

– Claro que sim. Posso sondar com ele se você quiser.

– É? – perguntou ela.

Assenti, convicta de que eu era alguém que fazia a coisa certa. Eu podia ter inveja, claro, mas, no fundo, era uma boa amiga.

– Tá bem – falou ela. – Quero dizer, sim. Sim, eu sinceramente ficaria muito feliz com isso, mais do que com qualquer coisa no mundo.

– Então, beleza. E acho que a gente deveria se comportar muito bem no futuro próximo.

Segui à risca a primeira parte do plano. Naquela tarde, no intervalo do ensaio, falei com Noah.

– Cara, lógico – disse ele. – Aposto que o Michael nem se ligou ainda.

Porém, a parte do "se comportar muito bem" durou uns dois dias, até

Trevor (com quem Liana andava saindo casualmente) nos convidar para uma festa particular de estreia do novo filme dele.

– O Trevor falou que vai ter astros do cinema de verdade lá – disse Liana.

O ensaio tinha passado para o palco onde faríamos o último episódio ao vivo. Liana e eu descansávamos numa fileira de cadeiras da plateia: duzentos assentos com uma ampla área aberta nos fundos para mais gente se amontoar. No palco, Summer executava uma música solo.

– Dizem que o Denzel Washington é tio do ator coadjuvante e que talvez vá à festa – anunciou Liana.

Ela me deu um doce de alcaçuz do pacote que estava comendo. Separei as tiras, mastigando uma de cada vez em pedacinhos bem pequenos. Se eu levasse um bom tempo comendo, talvez conseguisse me convencer de que tinha feito uma refeição de verdade.

– Não podemos – lembrei.

– *Denzel. Washington.* Se ele nos conhecer e gostar de nós, tem ideia de quanto isso pode ser bom pra nossa carreira? Não dá pra gente ficar neste programa aqui pra sempre. Além do mais, tenho 22 anos. Já era para eu poder sair de casa e ir a uma festa.

– A gente deveria ser mais como a Summer, lembra?

Ela soltou um grunhido de frustração e, sem perceber, roeu uma das unhas. No palco, um holofote apontou para o cabelo de Summer, fazendo-o reluzir. Ela virou o rosto todo para a luz, radiante. Era claramente uma jovem a um passo de algo grandioso. Do estrelato, talvez, ou do amor verdadeiro. Hoje sei que o *algo* que vinha em sua direção não era nenhuma dessas opções. Era o desastre.

Liana e eu olhamos para ela.

– Ou – disse Liana – a gente vai, mas toma cuidado. Entramos, saímos, tomamos um drinque, só pra conhecer o Denzel. E vamos nos certificar de levar a Summer com a gente.

DIÁRIO DA SUMMER, 23 DE ABRIL DE 2005

A verdade sobre sexo é que ele não tem nada de especial. Você espera e espera por Alguém Especial, aí um dia você simplesmente decide fazer e não é mais virgem. E não se sente nem um pouco diferente. Achei que seria o Noah. Por um tempo, eu quis que fosse ele. Mas o Noah não é o único homem no mundo, mesmo que ele acredite que seja.

Ontem à noite fomos a uma festa, só nós, as meninas, seguindo um plano todo complicado pra evitar os paparazzi. (Perucas, porta dos fundos, telefonema pra passar uma dica de que estaríamos em algum lugar do outro lado da cidade.) Liana me perguntou se deveria convidar o Noah e eu falei que não. Era para o Denzel Washington estar lá, mas ele não foi. E, parando pra pensar agora, é claro que o Denzel Washington não iria. Então a gente meio que ficou decepcionada logo de cara, mas aí começamos a beber e nos divertir. Ainda que o Denzel não estivesse lá, nessa boate particular maneira as pessoas sabem ser discretas, então ninguém se importaria se fôssemos menores de idade, porque estávamos na lista de convidados.

Nós três nos perdemos umas das outras conforme íamos curtindo mais a festa. Eu só queria dançar, beber e não pensar na pressão do programa ao vivo. Eu estava dançando sozinha, então um garoto (um homem? ele era mais velho, talvez quase 30) começou a dançar comigo. Ele era bonitinho, o cabelo castanho cacheado, e me queria muito. Dava pra sentir quando se esfregava em mim. A gente tentou conversar, mas o barulho não deixou.

Não sei se ele me reconheceu do programa. Às vezes, parece que o mundo todo sabe quem a gente é, mas, na verdade, um monte de adultos normais provavelmente não nos conhece, porque é só um programa idiota que em tese deveria ser para pré-adolescentes. Esse cara não falou nada sobre "Os sonhadores", só perguntou se eu estava me divertindo, e, então, depois que a gente dançou um pouco, se eu queria ir para algum lugar mais calmo, pra gente poder se ouvir.

Tenho me esforçado muito pra viver de acordo com essa chatice de "ser a Summer perfeita", mas é exaustivo. Ao menos uma vez, eu quis não pensar, só seguir os instintos do meu corpo, ir com ele até um beco atrás da boate. Então foi o que fiz. E ele não queria conversar de verdade. Só me empurrou contra a parede de tijolos e me beijou. Eu estava naquele nível perfeito de bebedeira em que você sabe o que está fazendo, mas não parece que está tomando decisões: as coisas só acontecem e você vai na onda. Ele pegou minha mão e pôs dentro da calça dele. E, quando ele disse que tinha camisinha, eu fui em frente.

Doeu um pouco. Talvez menos do que eu esperava, porque eu estava bêbada. Mas foi excitante, apesar da dor. Como se eu e ele fôssemos as únicas duas pessoas que importassem no mundo por aqueles poucos minutos enquanto acontecia. E eu nem sabia o nome dele, só que nunca mais ia vê-lo de novo, então, de certa forma, foi como se _EU_ fosse a única pessoa que importasse no mundo, até que ele estremeceu, saiu de mim e jogou a camisinha no chão.

— Então — disse ele. — Quer que eu pague uma bebida pra você?

— Não, tudo bem — falei e voltei lá pra dentro sem olhar mais pra ele.

Não contei pra ninguém o que aconteceu, nem pras meninas. <u>Com certeza</u>, nem pro Noah. Meu segredo. Foi tão fácil do jeito que tudo aconteceu. Talvez, em breve, eu faça de novo.

21

2018

Quando chego ao estúdio de ensaio com meu café, uma multidão de paparazzi maior do que o normal aguarda do lado de fora do prédio, estreitando os olhos por causa do sol forte. Só tinham aparecido alguns a cada dia, mas agora deve ter uns quinze ou vinte deles.

O que está acontecendo? Alguma coisa antiga surgiu, um segredo ou um escândalo finalmente veio à tona, muito bem escondido por mais de uma década, apenas para arruinar vidas e reputações agora? Minha garganta fica seca. Eles viram as câmeras para mim, os olhos brilhando, as bocas abrindo, um frenesi surgindo. É agora. De alguma forma, todo mundo sabe do diário. Fico paralisada quando eles avançam, olhando para mim.

Não, olhando para além de mim: tem um homem descendo de um carro. É alto e lindo, com braços tão definidos que poderia quebrar um tijolo só com as mãos. Isso ou acertar uma bola de beisebol e mandá-la por cima da cerca com uma regularidade impressionante. Javier Torres, marido de Liana, dá um sorriso reluzente para a multidão, e meus batimentos cardíacos voltam a um ritmo mais normal. Graças a Deus.

A energia dos paparazzi é diferente com Javier. Em geral, os fotógrafos ficam felizes de nos ver porque podemos ajudá-los a ganhar dinheiro, é claro, mas eles não são fãs do nosso trabalho. Já com Javi, eles querem a foto *e* um autógrafo.

– Aqui! – gritam, torcendo para que ele lhes dê um sorriso e também os cumprimente com um soquinho, bata um papo.

Seus olhos se fixam em mim, e ele se aproxima.

– Kat, não é?

Sem aviso, ele me dá um abraço, e as câmeras pipocam. Ele projeta uma sensação de estrelato amistoso. Nada dessa coisa humilde de "ah, quem, eu?". Ele sabe que é muito especial.

Entramos juntos no prédio, passamos pelo vigia, que assente para mim de modo sonolento e então fica maluco ao ver o astro do beisebol.

Quando Javier entra na sala de ensaio, Liana olha duas vezes ao vê-lo, piscando incrédula por um instante, antes de dar um grito.

– O que você está fazendo aqui?

– Quis fazer uma surpresa pra minha bela esposa – diz ele, e Liana o abraça.

Porém reparo que o abraço parece tão estranho quanto da primeira vez que ela me abraçou. Ele também está rígido, como se ambos interpretassem um papel para nós ou, talvez, um para o outro.

– Puta merda! – grita Noah.

Ele vem correndo, todo fanático, e é até fofo vê-lo tendo a mesma reação de tanta gente ao encontrar Javier. No fim das contas, todos nós ainda ficamos arrebatados ao encontrar pessoas famosas.

– E aí, cara – diz Javi.

Summer fica para trás, um sorriso delicado no rosto, nada impressionada.

– Sei que você provavelmente quer sair com sua mulher – diz Noah para Javier. – Mas não quer sair comigo também?

– Vai com calma, Noah – alerta Liana. – Tá tentando roubar meu homem?

– Foi mal – responde ele, sorrindo.

– Tá legal, tá legal – fala Michael, um copo gigantesco de Coca diet na mão. Ele não curte muito esporte, então não está surtando como tantas outras pessoas no momento. – Ótimo te ver aqui, Javier, mas vamos fazer a cena, pode ser?

Javier se senta na cadeira que um assistente materializou ali para ele.

Hoje, pela primeira vez, vamos ensaiar a parte em que Summer "consome muito açúcar", cai do palco e bate a cabeça. Essa queda humilhante é uma desculpa para a sequência fantasiosa e também um rumo estranho para a personagem. Naquela época, era a minha personagem que precisava ficar constrangida ou ser colocada em seu devido lugar. Summer tinha seus momentos esquisitos e vulnerabilidades, como qualquer garota, mas, apesar de tudo, era a personagem dela que deveria representar um ideal. Agora, Michael está basicamente pedindo que ela banque a bêbada (ou doidona), e isso não se encaixa, não nesse cenário. Todos nós já a vimos desse jeito, é claro, mas em vídeos granulados da mídia sensacionalista ou em posts questionáveis no Instagram que mais tarde foram excluídos. A Summer Desgarrada da Vida Real não se encaixa na Summer de *Os sonhadores*, mas Michael está forçando a barra. Até aqui não houve problemas, porque estávamos aprendendo as músicas e as coreografias e a maior parte delas faz parte da sequência delirante, no fim das contas, em que Summer escolheu interpretar sua personagem como era antes. E, quando desperta do desmaio, ela se "reabilita", então essa parte também foi tranquila.

Só que, nas cenas antes da pancada na cabeça, Summer cai dentro do ponche do reencontro sem nenhum motivo, só para ter uma "overdose de açúcar" e ficar fora de controle. Ela sobe no palco onde a banda contratada pelo comitê do reencontro deveria se apresentar (eles ficam presos em uma nevasca e ainda não apareceram), faz um discurso inflamado sobre os velhos tempos e então tropeça em um cabo elétrico.

O texto é preguiçoso, mas, nas mãos certas, a cena poderia ficar bem divertida. Só que as mãos de Summer não são as certas para isso. Ainda assim, ela baixa o roteiro e se embrenha pelas emoções, tentando entrar no jogo.

– Eu pegaria mais leve no ponche se fosse você – falo, na personagem, erguendo uma sobrancelha.

– Só se vive uma vez! – responde ela, fingindo encher a cara com o copo vazio que usamos como adereço. Ela limpa a boca. – Ei, quanto você acha que tem de açúcar nisto aqui?

Liana semicerra os olhos para o próprio copo.

– Sabe, meu marido é cientista. Aposto que sabe dizer o teor exato de glucose ou sei lá o quê!

Javier ri, e Liana não consegue evitar um olhar para ele, levada pelo momento.

– Acho que ninguém precisa ser cientista pra saber que tem bastante açúcar – emenda Noah.

Summer joga o copo longe e começa a escalar o "palco" (que no momento está indicado com fita adesiva no chão da nossa sala de ensaio).

– Lembram quando a gente se apresentava aqui? – pergunta ela. – Os dias de glória e...

– Para – diz Michael, e saímos das personagens. – É pra ser constrangedor. *Você* se sente constrangida.

– Foi mal – diz ela, esfregando os olhos. – Eu sei. Vou recomeçar.

Recomeçamos e tentamos outra vez e mais outra. Summer não parece disposta a admitir a derrota, mas está se contendo, e a interpretação sai meio artificial.

– Só... – diz Michael, por fim. – Esquece essa coisa de precisa ser adequado a todas as idades por um instante. Manda a cautela às favas, tá bem?

Dessa vez, Summer vai com tudo. Ao vê-la escalar o "palco", o rosto corado, os olhos meio fechados, posso jurar que ela está mesmo sob o efeito de algo.

– Lembra quando a gente... – gagueja ela, então dá um soluço. – Foi mal. Lembra quando a gente se apresentava aqui? – Pela sala, todo mundo se remexe, alguns assistentes dão risada, como se fosse esperado isso deles, mas é algo desconfortável, mais como um riso de escárnio. – Era *tããããão* legal.

A fala seguinte é de Noah, então olho para ele esperando a cara de *oh--oh!* que ele tem feito nessa cena. Mas sua expressão está tensa. Triste. Ao lado dele, Liana morde o lábio. Ela olha outra vez para Javier, mas agora ele mira o telefone, sem prestar atenção ao redor.

– Noah! – instiga Michael.

– Foi mal – responde ele, e entra no papel. – É, é quase tão legal quanto se sentar, não é?

Summer finge que vai descer, então cai de um jeito ridículo e se estatela no chão. Parece real demais. Tenho a sensação de estar vendo a Summer que ela foi ao longo dos anos em que não nos falamos, a Summer que ela tem o potencial de voltar a ser se esse reencontro não sair do jeito que espera. Para onde ela vai se isso for um fracasso? O que é que vai fazer com o resto da própria vida?

– Bem melhor – diz Michael, e ela ergue a cabeça do chão, tirando o cabelo da frente do rosto para fitá-lo.

– É sério? – pergunta ela, mas sua voz está carregada, como se Summer estivesse à beira das lágrimas.

– É – responde ele.

O restante de nós fica quieto. Amber, de *Garota do poder*, lampeja em minha mente. A cobertura zombeteira que os tabloides fizeram de sua primeira overdose. A zombaria que precisaram deixar de lado na cobertura da segunda overdose, porque foi a que a matou.

Eu nunca dava opinião nos ensaios naquela época. Era Michael quem mandava ali, e eu só queria cair em suas boas graças e permanecer nelas. Mas, nesse momento, tenho a mesma sensação de quando trabalho com um cliente que cisma com algo que não vai acontecer. Meu trabalho – o qual passei anos exercendo, no qual sou mesmo muito boa – é acabar com a enrolação e fazer o que precisa ser feito.

Então as palavras simplesmente saem da minha boca.

– É evidente que isso não está funcionando. – Todos param e olham para mim, surpresos. Michael franze a testa. – A Summer nunca perdeu o controle na série. Isso não se encaixa na história.

– Kat, não tenho tempo de explicar o que é um roteiro pra você no momento – diz ele. – Mas vai dar certo se todos vocês se comprometerem de verdade.

– Estou só comentando. E se o motivo for ela estar nervosa?

Uma das características de Summer nos primeiros episódios era que ela ficava adoravelmente tímida, arregalando os olhos de medo quando era dominada por uma crise de pânico antes de subir ao palco.

– Não sei como isso daria certo – diz Michael.

– Eu posso beber o ponche rápido demais porque estou nervosa por estar perto do Noah de novo – diz Summer.

– Sim! – concordo. – Isso tem mais a cara da personagem, não uma mulher festeira com esse papo de "Só se vive uma vez!", mas uma pessoa normal que precisa manter as mãos ocupadas.

– Mas como vou bater a cabeça? – pergunta Summer, curiosa de verdade.

Hesito.

– Talvez você precise fazer xixi depois de tanto ponche – diz Liana, a voz estranhamente rouca. Ela pigarreia. – Mas está tão cheio de gente que você só consegue chegar ao banheiro cortando caminho pelo palco, onde você tropeça no cabo elétrico.

Nós quatro, atores, contemplamos a ideia – ainda não é o ideal, mas é bem melhor do que temos agora.

– Não – fala Michael. – Não gostei.

– Eu entendo por que você escreveu do jeito que escreveu – diz Summer para ele. – Mas eu voltei para interpretar a personagem. Eu dou conta, tenho trabalhado muito sério e...

– Quem é o roteirista aqui? – questiona Michael. – Na última vez que conferi, era eu. Agora, vamos do começo e, Summer, tenta fazer algo entre os dois extremos que você fez.

Summer, Liana e eu murchamos, então voltamos a nossas marcações.

Noah interrompe.

– Michael, na verdade, eu acho que o argumento delas é válido.

Michael solta sem querer um grunhido de frustração, porque ele *tem* que dar ouvidos a Noah. Apesar de todo o papo de ser o roteirista, não é por causa dele que os fãs vão ficar sintonizados no programa. Ele precisa manter seu astro feliz.

– Tá bem – diz ele. – Vou dar outra olhada e *considerar* uma mudança. – Ele se levanta de repente. – Já estamos quase na hora de qualquer jeito, então estão todos dispensados e depois vemos isso.

· · · · · ·

Saímos todos juntos do ensaio, nós quatro e Javier, que está falando com Liana em voz baixa, dizendo que eles deviam voltar direto para o hotel (e partir para a ação com tudo, imagino). Dou uma olhada no meu telefone: uma mensagem de Miheer perguntando como está o ensaio. Começo a responder, mas sou distraída porque, à minha frente, Summer toca a mão de Noah com delicadeza.

– Obrigada pelo que você fez lá. Te devo essa. Talvez um jantar?

Noah se vira para ela bem na hora em que abrimos a porta que dá no estacionamento e somos atingidos pelo rugido dos paparazzi. Ah, sim, esqueci que Javier tinha nos transformado na atração mais imperdível da cidade. Todos sorrimos e acenamos.

– Liana e Javi, aqui!

– Liana e Javi, deste lado!

Naquela época, quase ninguém gritava o nome de Liana. Ela ficou mais famosa do que nunca com o marido. Os dois estão de mãos dadas. Javier dá um sorriso, mas seus olhos correm de um lado para o outro. Ele está... nervoso?

– Liana – grita uma mulher com um microfone, forçando passagem até a frente do tumulto. Liana se inclina em sua direção, pronta para responder a qualquer pergunta sobre como é bom estar junto do marido. – Algum comentário sobre a gravidez da amante do Javier?

22

2018

Liana franze a testa, o rosto congelado em uma máscara de incredulidade. Summer, Noah e eu nos viramos uns para os outros. Estou surpresa (se bem que estou *tão* surpresa assim? Era óbvio que tinha algo estranho), mas não temos tempo para ficar conjecturando o que está acontecendo.

Javier dá um passo à frente, dirigindo-se à imprensa.

– Minha esposa e eu pedimos que nos deem um pouco de privacidade nesse momento – diz ele, uma resposta ensaiada que sai com tanta facilidade que tenho certeza de que ele sabia que isso ia acontecer, se não agora, muito em breve.

A expressão de Liana vai mudando para algo parecido com fúria, e os repórteres avançam, prontos para devorá-la. Caramba, essa traição deve ter sido um soco no estômago. Mas, além de tudo, está acontecendo da pior maneira possível para alguém que se orgulha de estar sempre um passo adiante. Liana pratica, trabalha muito e apresenta certa imagem de si mesma. Porém, no momento, o mundo está vendo o chão sob seus pés desaparecer. Essas fotos vão sair em todo lugar, e Liana ainda está com as roupas de ensaio, a testa brilhando de suor, e não sabe o que dizer. As câmeras vão se deliciar com isso.

– A gente tem que tirar ela daqui – digo para Summer e Noah. – Não é?

– É – responde Summer.

– Vocês levam a Liana – diz Noah no meu ouvido. – Vou distrair todo mundo.

Noah dá passos largos até o meio do tumulto, indo na direção de Javier e se colocando na frente de Liana, enquanto Summer e eu chegamos por trás dela.

– Javier! – diz ele. – Mas como assim, cara?

As câmeras se viram para Noah. Summer pega a mão de Liana.

– Vem com a gente? – pergunta ela, e Liana assente, grata e atordoada.

– Achei que você fosse um cara maneiro! – continua Noah, encarando Javier, mas sem ao menos encostar nele. – Eu te respeitava.

A possibilidade de uma briga muda temporariamente o foco das atenções, o que permite que a gente escape. Valeu, Noah, por ser um exibido. Corremos rumo ao meu carro alugado, e então a represa se rompe e uma onda de esperança me inunda: talvez eu tenha sido muito dura com Noah, talvez ele tenha mudado. Mas não há tempo para pensar muito nisso. Tem um homem com uma câmera apoiada no capô do meu carro.

– Vamos no meu – diz Summer, e mudamos de direção, abrimos as portas do carro dela e pisamos fundo.

O silêncio reina por alguns minutos. No banco de trás, Liana parece em choque.

– Ei – digo com delicadeza. – Quer voltar pro hotel?

Ela faz um movimento brusco com a cabeça.

– O Javier sabe qual é o meu hotel. E, se ele for lá, os paparazzi vão atrás.

– Beleza, vamos pensar em outra coisa – respondo, e Summer assente, dando seta e virando à direita, em vez do caminho costumeiro para a esquerda.

Liana começa a fazer um som desamparado, no limiar entre risos e lágrimas.

– Vocês foram com tudo – diz ela. – Vocês duas, praticamente me jogando nos ombros e me levando embora, o Noah se esgoelando com Javi.

– Ué, sim, estamos do seu lado – respondo, e então ela começa a chorar de verdade.

Estico a mão sem jeito para trás e dou tapinhas em seu joelho enquanto ela se apoia na porta do carro, o rímel escorrendo pelo rosto.

Summer e eu nos entreolhamos.

– Será que a gente não encontra um lugar com uma sala particular? – pergunto. – Ou, sei lá, um parque enorme?

Mas Summer parece já ter um destino em mente. Ela vira na autoestrada, segurando o volante com tanta força que os ossos esticam sua pele.
– Aonde estamos indo? – pergunto.
Ela engole em seco, olhando direto para a frente.
– Pra casa.

. . . . . .

Pouco mais de uma hora depois, Summer sai da autoestrada, segue pelo centrinho de uma cidade (lojas tampadas com tábuas a cada poucas fachadas) e estaciona na entrada de uma casa modesta.
Sua expressão é melancólica. Summer abre o portão na cerca de arame e atravessa o jardim empoeirado e com um limoeiro todo retorcido, feito uma sentinela solitária.
– Deve ter... – murmura ela, virando um lagarto de cerâmica pintado com cores vívidas no degrau da frente e revelando uma chave ali embaixo. – Bom – diz ela, ao destrancar a porta do lugar onde cresceu –, entrem.
As duas coisas que me chamam a atenção quando vejo a sala de estar são: (1) o sofá florido tenebroso, comprido e baixo e (2) a quantidade imensa de fotos de família na parede. Estão todas muito próximas, mal dá para ver o papel de parede atrás: o casamento dos pais de Summer, os dois se abraçando. As fotos escolares de Summer da época em que a conheci. Fotos dela em produções teatrais da cidade, seu cabelo castanho comprido. O pai com ela nas costas, a mãe a segurando ainda neném. Mas não tem nada recente, como se tudo o que aconteceu depois que *Os sonhadores* foi ao ar tivesse desaparecido em um vazio.
Summer está absorvendo a situação toda, assim como eu. Ela também está hospedada no hotel – é bem mais perto –, e temos trabalhado tanto que ela provavelmente ainda não teve oportunidade de vir até aqui para fazer uma visita.
Liana passa direto por nós e se joga de cara no sofá com um baque.
– Ai, meu Deus – diz ela, a voz abafada pelo tecido. – Não era tão confortável quanto eu achei que seria.
– Foi mal – fala Summer.

– Álcool. Por favor.

– Minha mãe não é de beber, mas vou dar uma olhada.

Summer se vira para ir até a cozinha, e vou atrás dela.

– Cadê sua mãe? – pergunto, enquanto ela vai direto até a despensa e vasculha por entre enlatados e sacos de farinha até encontrar uma garrafa de vinho.

– Visitando a irmã.

A resposta é concisa. Desde que passamos pela porta, ela fica mexendo os ombros de um jeito esquisito.

Summer serve o vinho em três copos grandes para nós, e dou um gole, hesitante. Aff, é açúcar puro. Mas Liana não dá a mínima. Ela o vira enquanto Summer e eu nos sentamos uma de cada lado no sofá.

– Quer conversar? – pergunto, colocando a mão em seu joelho. – Você deve estar em choque.

Liana limpa os lábios.

– Eu já sabia.

– Oi?

Liana se levanta e começa a andar de um lado para o outro na sala, como se pudesse fugir de seu pesar.

– Ele me prometeu que a notícia só viria à tona depois do reencontro ir ao ar. Deve ter sido por isso que ele apareceu hoje. Ela avisou que iria até a imprensa e ele queria estar comigo nessa hora. Mas eu já sabia.

Summer afunda no encosto do sofá, observando a movimentação frenética de Liana.

– Desde quando? – pergunto.

– Desde... sei lá... Ele me contou algumas semanas antes daquela entrevista do Noah? – Ela faz uma imitação da voz de Javier (que, na verdade, acaba sendo muito boa: ela é supertalentosa até em seus piores momentos). – *Eu estraguei tudo, amor. Fiquei tão sozinho sem você na estrada.* – Ela para diante de nós e aperta as têmporas. – Tenho certeza de que não é a primeira vez que ele dorme com outra mulher, só que é a primeira vez que engravida uma. Ou talvez seja a primeira vez que ele engravida uma e quer ter a criança, já que *eu* não consigo dar um filho pra ele. – Ela olha para Summer, a voz amarga e dura. – É, ainda por cima, parece que eu sou infértil.

Summer mexe nas pontas duplas do cabelo.

– As pessoas superestimam a ideia de ter filhos. Eles cagam, choram e acabam com a sua vida. Foi o que ouvi dizer, pelo menos.

Liana a encara por um momento. Nós duas encaramos: esta é a Summer que veio atrás de mim em Washington, não a versão estranhamente ingênua de si mesma que ela tem apresentado nos ensaios. Então Liana chora mais ainda ajoelhando no chão.

– Beleza – falo, indo para perto dela e dando tapinhas hesitantes em suas costas. – Precisa de um advogado? Tenho ótimas indicações.

Ela funga, mas não responde, e eu a encaro, boquiaberta.

– Você não vai ficar com ele, vai? – indago.

– Ele acha que a gente não deve se separar – responde ela. – Podemos ser pais *junto* com essa mulher. Porque nós dois formamos um casal poderoso. E, se a gente se divorciar, as pessoas vão continuar interessadas nele, só que ninguém mais vai se importar comigo. Ele está me fazendo um... – O choro a faz soluçar. – ... favor.

– As pessoas também vão se importar com você! – rebato.

– Vão fazer uma cobertura de um mês pra mim, no estilo *força, mulher*, depois todos vão me deixar de lado. – Ela balança a cabeça. – Você não sabe como é. Ele não é só meu marido. Ele é meu sustento. Achei que voltando aqui... talvez eu pudesse lembrar a todos que eu existo além dele e isso ia me ajudar a descobrir o que fazer.

Ah, isso explica os posts superanimados no Instagram, o desespero por Michael ter feito a personagem dela gravitar ao redor do marido.

– Mas claramente não está dando certo – continua Liana. – Vou desistir do reencontro.

– Quê? Não! – falo, entregando um lencinho a ela.

Ela assoa o nariz ruidosamente, se encolhe no chão e estende as mãos para pegar outro lencinho.

– Pra que continuar? Fazer backing vocal pra vocês e falar do meu marido, enquanto o público sabe da minha humilhação? Não, valeu, tô fora!

– Vamos pedir pro Michael mudar o enredo do marido pra você – falo.

– O Michael não vai fazer nada por mim – responde Liana, que está exausta, detonada, o rosto puro desânimo. – Além disso, estou triste demais.

Summer tinha ficado quieta até então, mal se pronunciando, apenas observando. Mas agora, em um movimento repentino, ela desce do sofá e se ajoelha na frente de Liana, aninhando o rosto dela nas mãos.

– Para com isso – diz. – Você não vai desistir por causa desse homem. E também não vai ficar com ele.

– Não sei quem eu sou se não for a esposa dele – fala Liana. Sua voz é baixinha e cheia de amargura. – Além de ser só motivo de chacota.

– Bom, bem-vinda ao clube da chacota.

– Você não é...

– É claro que eu sou – continua Summer. – Meus términos, minhas decisões ruins e meus momentos constrangedores foram estampados em toda capa de revista, e é uma coisa horrível. Todo mundo com quem você conversa espera que você caia no choro, se pergunta como é que você ainda aparece em público. A maioria acha que você merece toda e qualquer humilhação, porque *eles* nunca se colocariam em situações tão ruins. As pessoas boazinhas dizem que você é muito corajosa. Mas não se trata de coragem. Você não quer aparecer em público. Você queria só poder se enfiar na cama. Não *em cima*, mas *dentro* dela. Você quer abrir um buraco no colchão e morar ali. Mas você se levanta e vai lá pra fora de novo, porque não tem escolha.

– Eu sei quem você é se não for a esposa ele – digo. – Você é a Liana Jackson, que sempre foi a mais talentosa de todos nós. – Olho para Summer. – Sem querer ofender.

– Não ofendeu – diz ela para mim, então se volta para Liana. – Não deixe que ele tire *isso* de você, junto com tudo o mais.

Liana olha para Summer por um instante em silêncio. Então ela se inclina para a frente e puxa Summer para um abraço, um abraço de verdade, sem vaidade nem encenação. Summer a abraça bem apertado, até que Liana vira o rosto para mim.

– Ah, vem aqui você também.

E eu vou, nós três engalfinhadas no chão, molhadas pelas lágrimas e pelo ranho de Liana, um bolo de mulheres no chão. Não sei quem fala primeiro. Talvez a gente fale ao mesmo tempo, e logo estamos repetindo aos sussurros: ah, como a gente sentiu saudade uma da outra.

23

......

2005

Os últimos dias que antecederam o programa ao vivo foram turbulentos. Liana se encrencou com Michael outra vez por causa da festa com Denzel Washington, da qual ela foi embora com Trevor. Eles estavam indo para a casa dele quando foram parados pela polícia. Os paparazzi apareceram bem a tempo de tirar fotos dele soprando no bafômetro com Liana ao lado.

– Eu não fiz nada errado! – disse ela para mim e para Summer em nosso camarim, enquanto trocávamos o figurino depois do último ensaio.

O resto do dia foi um misto de coisas: trabalhar músicas, últimas provas com Harriet. E Liana foi chamada no escritório de Michael para mais um sermão.

– O Trevor falou que dirigia bem e eu confiei nele. Não era *eu* que estava ao volante – nos contou ela.

– Não fica na defensiva – disse Summer, em nosso camarim. – Vai lá e pede desculpa. Fala que o Trevor mentiu pra você. O Michael não vai fazer nada com você, não com o programa ao vivo sendo amanhã.

Liana lhe dirigiu um olhar penetrante.

– Pra você é fácil falar.

Ela deu meia-volta e saiu. Quando a vi depois, ela não quis falar sobre o que houve no escritório de Michael. Só quis ir para casa dormir. Todos fomos para casa mais cedo naquela noite e tentamos dormir, os nervos à flor da pele e as expectativas a mil.

O dia do programa ao vivo nasceu claro e quente. Acordei uma hora antes do despertador e fiquei na cama, o coração martelando no peito. Milhões de pessoas já tinham visto eu me apresentar, mas aquele dia era diferente. Não havia margem para erro, nada de gritar "corta" e tentar outra vez. Eu não queria fazer besteira. E se o meu desempenho ruim fizesse o Sr. Atlas decidir que a gente não merecia ir para as telonas? Ou, pior ainda, e se eu fosse cortada do filme e tivesse que assistir de longe ao seu sucesso estrondoso?

Evitei laticínios a semana toda, porque isso podia atrapalhar minhas cordas vocais, e peguei uma banana no café da manhã em vez do leite com cereal que eu costumava comer. Me alonguei por uma hora, aquecendo o corpo todo. *Você está preocupada*, disse a mim mesma, *mas vai ser ótimo*. Ainda assim, os piores cenários surgiam na minha mente: eu torcendo um tornozelo durante a coreografia, eu esquecendo as falas. O pior cenário de verdade, aquele que acabou acontecendo, nem passou pela minha cabeça.

Summer, Liana e eu estávamos sentadas lado a lado, caladas, enquanto fazíamos cabelo e maquiagem, nos transformando nas versões mais brilhantes de nós mesmas. A cabeleireira passou tanto a chapinha no meu cabelo que quase dava para ouvir os fios crepitarem. Depois enfiou uma peruca na cabeça de Liana, porque não sabia o que fazer com ela. A mulher mal mexeu no cabelo de Summer, apenas o penteou e borrifou algo enquanto murmurava elogios.

Nossas conversas foram fragmentadas, porque não conseguíamos nos concentrar, nossas mentes já voltadas para o palco. Falamos sobre a comemoração que a Atlas planejara para nós depois do programa, sobre quem conhecíamos que estava na plateia. Meus pais haviam cruzado o país para estar aqui depois que comprei as passagens para eles (embora obviamente não tivesse comprado uma para a noiva do meu pai). Os de Liana tinham vindo da Geórgia com seus irmãos e um monte de tias e tios.

— Minha mãe está no camarote dos diretores — disse Summer. — E o Lucas também.

— Vai conseguir manter o Lucas longe do Noah na festa? — perguntou Liana.

— Espero que sim. Vou precisar que vocês duas interfiram.

Pelo que parecia, Summer e Noah tinham feito as pazes depois da briga dele com Lucas, embora desde então ela estivesse mais contida em seus beijos no ensaio, como se tentasse despistar todo mundo. Eu queria perguntar o que rolava entre os dois, mas não sabia se ela diria a verdade. Além disso, eu queria que ela me contasse sem eu ter que perguntar. Era o tipo de coisa que deveria ser revelada para uma amiga. Mas talvez agora eu fosse só uma pessoa convocada para "interferir", ainda que ela não me confiasse os detalhes da história.

Uma assistente de produção enfiou a cabeça pela porta.

– Prontas? Está na hora.

Nós nos reunimos em uma área grande nos bastidores: o elenco, Michael, figurinistas, maquiadores e assistentes. Uma energia inquieta e vibrante dominava o ambiente. O que acontecesse na hora seguinte teria o potencial de nos levar às alturas ou nos arruinar. Integrantes do coro tremiam. Assistentes se atrapalhavam com suas pranchetas. De longe, vinha um rugido constante: o som dos fãs prontos para nos ver, nos celebrar, nos devorar.

– Sei que devem estar nervosos – gritou Michael. – Mas espero que estejam animados também. Essa é uma chance de mostrar pra todo mundo do que vocês são capazes. Se apoiem, e vamos fazer algo tão incrível que a Atlas não vai ter escolha a não ser nos lançar logo nas telonas.

Uma TV no canto estava sintonizada no *Show da Noite*, sem som. Estavam fazendo uma cobertura do "antes do programa", como se fôssemos o Oscar ou o Super Bowl. A aposta de Michael valera a pena: fazer o último episódio ao vivo tinha atraído mais atenção do que se fizéssemos do jeito normal.

Havia meninas pré-adolescentes no auditório usando blusas com nossos rostos, se esgoelando e acenando para a câmera, os dentes com aparelho à mostra. Mas elas não eram as únicas lá. A câmera capturava adolescentes mais velhas à vontade em seu *fandom*, muitos pais (alguns claramente entediados, mas muitos tão animados quanto os filhos) e pessoas na casa dos 20 e dos 30 que pareciam não ter filho nenhum. A gente tinha crescido tanto e tão rápido. Dava para falar o que fosse de Michael, mas os instintos dele eram imbatíveis. Ele sabia criar algo colossal.

Summer encontrou Noah e segurou sua mão.

– Está pronto? – perguntou ela.

Pensei no que Harriet tinha falado sobre a química deles. O público queria que fosse a mais forte possível sem virar algo perigoso. Summer entrelaçou os dedos nos de Noah e roçou seu polegar no dele como se fossem dois gravetos e Summer estivesse atiçando a chama entre eles, uma que tinha o tamanho certo. Seu anel de castidade reluzia sob a iluminação no teto.

– Estou pronto – disse Noah, e ergueu a mão para colocar uma mecha de cabelo atrás da orelha dela. – A gente vai arrasar.

De alguma forma, os dois eram as únicas pessoas calmas ali.

– Mais dez minutos – avisou o diretor assistente, a voz trêmula.

– A coisa tá boa – disse Michael para ninguém em particular, tentando dominar a própria inquietação. – Ouvi dizer que tem uma fila de mais de um quilômetro lá fora, as pessoas passaram a tarde debaixo do sol, só na esperança de conseguirem entrar.

Um assistente entrou correndo na sala e sussurrou algo no ouvido de Michael, que o encarou, sem entender por um instante. Então ele fez um movimento brusco de cabeça, e o assistente aumentou o volume da TV.

Todos se viraram ao ouvir aquele som inesperado. O programa tinha voltado do intervalo direto para os dois âncoras no estúdio, ambos com expressões solenes.

– Bem-vindos de volta – disse o homem. – Lamentamos por interromper a cobertura do último episódio da temporada, mas temos o dever de informar uma nova história sobre um escândalo que pode abalar *Os sonhadores* momentos antes do início da transmissão ao vivo.

A mulher assentiu.

– Agora podemos confirmar que o blog de entretenimento Lamapop teve acesso ao diário particular de Summer Wright.

24

2018

Liana bebe a garrafa de vinho quase toda pelas horas seguintes, enquanto nos atualizamos sobre nossas vidas nos últimos 13 anos. Vez ou outra, ela tenta servir mais para mim e para Summer, e eu ajudo um pouquinho, apesar de o doce fazer meus dentes doerem. Summer recusa.

– Merda, desculpa – diz Liana, sem filtro nenhum, sua franqueza voltando em boa hora. – É coisa da reabilitação?

Summer balança a cabeça.

– Nunca tive problema com bebida, só com cocaína. E, de vez em quando, com ecstasy. Mas quero reduzir meu consumo de álcool enquanto estou aqui. Tô tentando ser profissional. Não se preocupa.

– Eu tenho me preocupado muito – diz Liana, os olhos marejados outra vez. – Ao longo de todos esses anos.

– Você podia ter falado comigo – diz Summer.

– Eu sei. Fiquei tão... chateada com o contrato do filme e, depois que superei isso, pareceu tarde demais. Você não tem ideia de quanto me martirizei, de quanto queria ter voltado no tempo e feito tudo diferente. – Ela seca os olhos e fala mais devagar para que as palavras saiam menos enroladas, o que enfatiza ainda mais sua emoção. – Eu teria te procurado logo em seguida. – Ela balança a cabeça, depois pega a garrafa, bebe o restinho e se levanta, cambaleante. – Preciso do meu sono de beleza – anuncia. – Agora mais do que nunca.

– Podemos dormir aqui? – pergunto a Summer, e ela assente.

Então nos colocamos uma de cada lado de Liana e a levamos até o quarto da mãe de Summer. Ela coloca Liana na cama com delicadeza e acaricia seu cabelo. Apago a luz, e voltamos para o corredor na ponta dos pés.

— Vamos apagar também? — pergunta Summer, me flagrando encarando-a. — Que foi?

— Por que não tem sido você mesma nos ensaios?

— Não sei do que você está falando — responde ela.

Ergo minha sobrancelha devastadora, e, depois de um instante, ela joga as mãos para cima.

— Tá bem. Talvez eu esteja tentando fazer um bom trabalho e ser a pessoa de que todo mundo gostava antes do diário acabar com tudo. É tão errado assim?

Balanço a cabeça, e Summer entrelaça o braço no meu, com um pouco da nossa velha e fácil intimidade física. Ela não parece perceber que a menção ao diário me deixou rígida e descansa a cabeça no meu ombro.

— Vamos dormir.

Ela me leva até o outro quarto da casa. O dela. Abrimos a porta, e volto no tempo.

Vou direto para o começo dos anos 2000. Paredes rosa, uma delas com uma pequena cruz pendurada. Tem até um pufe verde peludo. Há um quadro de cortiça com fotos — meu próprio rosto, mais jovem, sorri para mim. No canto, tem uma cama de solteiro com um edredom cheio de babados. Summer se abaixa e puxa a cama de baixo.

Ando pelo quarto e paro para olhar a estante de Summer. Tem um porta-CDs cheio de música pop, e a madeira está coberta de adesivos que às vezes vinham nas revistas de adolescentes naquela época, adesivos com fotos das celebridades. Dou uma olhada em Amber e Trevor de *Garota do poder*, além dos integrantes de várias boy bands que a gente era obrigada a amar por ser uma adolescente de 13 anos.

— Sua mãe nunca quis se mudar?

A casa é pequena e está em mau estado, não é o tipo de lugar onde as pessoas imaginem que a mãe de uma estrela da TV more.

— Ela não aceitava meu dinheiro. E aí as clínicas de reabilitação custaram caro, então não tinha mesmo dinheiro nenhum pra dar a ela. — Summer dá de ombros. – E, depois, sair daqui seria como perder meu pai de novo. A relação deles era complicada, mas eles se amavam muito.

– É como se fosse um museu. Ela podia fazer excursões – brinco, mas Summer não ri.

– "Siga por aqui para ver o quarto da minha maior vergonha" – diz ela, baixinho, fazendo um gesto com o braço.

Está tudo coberto por uma fina camada de poeira. O cheiro enjoativo de sabonetes e cremes velhos empesteia o quarto. O ar parece mais denso aqui – ou talvez eu esteja com dificuldade de respirar por outro motivo: porque a culpa e a ansiedade fecham minha garganta.

Summer treme como se estivesse com frio. Sem me olhar, ela diz:

– Ela foi visitar a irmã de propósito. Eu disse que estava vindo pro reencontro, aí ela aproveitou para programar uma viagem de um mês pro Texas.

– Eu... eu sinto muito – digo, e ela entra de vez no quarto, encarando as paredes.

– Ela me ama, sei que ama. Só não suporta olhar pra mim. É difícil demais encarar o desastre que eu virei. Ela foi me buscar quando saí das clínicas de reabilitação. E posso ficar aqui sempre que precisar de verdade. Mas acho que ela nunca mais me olhou nos olhos depois que o diário veio à tona.

Quando cheguei em casa depois do final desastroso, minha mãe me acolheu de braços abertos. Enquanto me abraçava e eu chorava em seu peito, dava para sentir os "eu te avisei" borbulhando, mas ela engoliu todos eles. Nunca me repreendeu ou perguntou sobre o dinheiro que prometi para seus estudos. Ela me disse para ficar o tempo que precisasse.

– Eu só queria entender – diz Summer. – Por que alguém iria querer me sabotar tanto assim? Acho que, em parte, é por isso que não consigo deixar tudo isso pra trás. Você tenta e trabalha muito, aí vem alguém e... – Ela deixa a frase no ar.

De costas, se eu estreitar os olhos, ela ainda parece a adolescente que era dona deste quarto. Mas, quando ela se vira, é a adulta que eu destruí. Ela puxa para baixo as mangas do moletom largo e esfrega os braços, tentando se aquecer. Suas pernas magras ficam arrepiadas, mal cobertas pelo short jeans desfiado.

– Preciso contar uma coisa – falo.

Ela encontra meu olhar, um último momento de ingenuidade. Um último momento em que ela gosta de mim, talvez até me ame. Mas então vê a expressão no meu rosto, e não tem mais volta.

– Ah. – Ela ofega, compreendendo tudo. – Foi você que entregou o diário pra imprensa.

25

2005

– Normalmente, não expomos o conteúdo do diário particular de uma pessoa – começou o âncora do *Show da Noite*. – Contudo, dado o nível de hipocrisia, nos sentimos na obrigação de compartilhar.

Claro. Com certeza eles só queriam ser o primeiro programa de TV a noticiar a história. Talvez até estivessem em conluio com o Lamapop: tráfego para o blog em troca de um furo exclusivo para a TV.

A mulher na bancada, uma loura com luzes grossas nos cabelos, que brilhavam sob a iluminação do estúdio, estava quase quicando de empolgação, apesar da expressão solene.

– Summer tem uma reputação angelical, mas, no fim, ela não é assim tão casta. Seu diário está repleto de injúrias sobre o que ela chama de "este programa idiota", e nenhum dos colegas de elenco é poupado. Aviso aos pais: parte da linguagem a seguir pode ser um pouco inapropriada. De acordo com Summer, Kat Whitley é "irritante" e Liana Jackson é "meio piranha".

As pessoas se voltaram para nós, querendo ver nossas reações. Liana engoliu em seco.

– Como assim, Summer?

– Eu... – disse Summer, perplexa, segurando-se em uma cadeira, os nós dos dedos cada vez mais brancos.

O âncora prosseguiu:

– Mas ela reserva as palavras mais cruéis para Noah Gideon. Esperávamos que eles ficassem juntos e, por mais que Summer tenha se apaixonado por ele em algum momento... tampem os ouvidos, crianças, ela fala sobre se tocar enquanto pensa nele... agora ela parece odiar o rapaz, pois dedicou uma página inteira a listar os seus defeitos.

– Isso não é verdade – disse Noah. – Isso é palhaçada. Eles estão inventando! – Ele se virou para Summer. – Não é?

– É, eu não sei do que eles estão...

– Ao que parece, Noah Gideon é egoísta, patético e, nas palavras dela: "Ele deveria se dar conta de que nem tudo diz respeito a ele. Ele não é o único homem do planeta. Quero dizer, quem é que fala coisas como 'Você e eu vamos dominar o mundo'?"

– Sinceramente – disse a âncora –, fico surpresa que isso venha dela.

– Como eles sabem que falei isso? – perguntou Noah, a voz baixa e trêmula. – Você contou pras pessoas?

– Não – disse Summer. – Não contei pra ninguém.

– Mas a maior bomba é... Apesar de sempre alegar o contrário, ela não é virgem. Embora publicamente ela fale como "sexo" deve ser especial, de acordo com o furo do Lamapop, cito: "Na semana passada, ela mandou ver em um beco com um cara de quem nem quis saber o nome."

– Preciso dizer, Erin – falou o âncora. – Você pode estar surpresa, mas eu, não. Tinha aquela ladainha sobre ser um exemplo, mas dava pra saber que havia algo errado e...

Michael fez um barulho estrangulado, desligou a TV de repente e cercou Summer. A sala ficou em silêncio.

– Como é que você deixou isso acontecer?

Todos olhavam para Summer. Ninguém se virou para mim, enquanto o tempo passava mais devagar e meu coração martelava no peito. Vozes na minha cabeça berravam para que eu dissesse alguma coisa, mas também para que fugisse e me afastasse o máximo possível dessa teia de eventos que eu tinha desencadeado.

Eu não deixei o diário de Summer vazar para a imprensa. Eu o escrevi.

· · · · · ·

Summer usou o diário uma vez e depois o jogou em uma gaveta acumulando poeira. Liana me contou isso durante a trilha que fizemos. Pouco depois disso, Summer e eu tínhamos marcado de nos encontrar no trailer dela antes do almoço. Assim que cheguei, recebi uma mensagem dela no celular.

Chego em 15 minutos!! Foi maaaal!

Girei a maçaneta do trailer – porta destrancada, como sempre – e entrei. Peguei uma revista na mesa dela, mas então meus olhos pousaram na cômoda. Com o coração acelerado, me aproximei e comecei a vasculhar as coisas que Summer tinha descartado. Eu só queria segurar o diário, sentir aquela capa linda, imaginar por um instante que o Sr. Atlas *me* considerava digna de um presente como aquele.

A primeira gaveta que abri estava cheia de grampos, presilhas de borboleta e um bolo de cartas de fãs, do tipo fofinhas e decoradas com estrelas e corações por menininhas que a amavam. A segunda gaveta tinha mais cartas de fãs, mas essas eram perturbadoras, escritas em garranchos e enviadas por homens mais velhos. Alguns afirmavam que dariam dinheiro por sua virgindade, outros prometiam esperar por ela. Por que Summer guardava essas cartas em vez jogá-las logo no lixo? Ainda assim, uma vozinha na minha cabeça se perguntava por que nenhum tarado escrevia para mim.

Empurrei as últimas cartas de lado, e lá estava: aquele caderno verde lindo. Passei os dedos pela capa macia, traçando o nome de Summer em alto-relevo. Eu o abri, minha garganta se fechando. *Para nossa estrela mais brilhante.* Tinha apenas uma entrada, com a data de mais de um mês antes, e o resto das páginas estava em branco, todas elas cheias de possibilidades. Caramba, até nossa letra era parecida, só mais uma coisa que me fazia querer chorar por eu ter chegado tão perto de ser ela. Eu não tinha intenção de ler o texto, mas aí vi meu nome. Ela tinha me chamado de irritante.

Quando Summer abriu a porta do trailer, cheia de sorrisos e pedidos de desculpa, o caderno estava enterrado na minha bolsa.

Comecei a usá-lo como meu próprio diário. Não com muita frequência. Afinal, eu não podia pegá-lo sempre que sentia vontade de escrever alguns pensamentos. Só o usava na privacidade do meu trailer ou do meu apartamento, pegando-o com a maior discrição possível. Eu não queria que ninguém me visse com ele e contasse para Summer, ainda que, provavelmente, ela não fosse ligar muito. Talvez até tivesse me dado o diário de presente se eu pedisse. Summer era generosa de várias maneiras e doava de bom grado as coisas que não queria, mantendo apenas o que tinha importância para ela: atenção e amor, como tinha com Noah, como recebera na boate em Nova York, quando não tivera a decência de permitir que uma noite fosse só para mim, quando roubei seu lugar de centro das atenções.

Eu não queria que ela me desse algo. Eu queria pegar algo dela.

Teria devolvido se Summer comentasse que o diário tinha sumido. Arrancaria as páginas que tinha usado e o colocaria discretamente na gaveta dela. Mas ela nunca reparou que ele não estava mais lá.

Naquela época, eu não tinha me dado conta de como seria fácil alguém ler minhas anotações e achar que tinham sido escritas por Summer. Mas a letra redonda e graciosa era bem parecida. E eu não a mencionava no meu texto por causa da culpa ou, talvez, porque não parecia certo falar mal dela em seu diário. Ou talvez porque me aprofundar muito em como era Ser A Kat teria me lembrado de que o nome na capa não era o meu, de que eu tinha pegado algo que ninguém pensara em me dar. Que eu não era, no fim das contas, a estrela mais brilhante mencionada na inscrição. Enfim, escrevi sobre meus sentimentos, meu amor por Noah e minha desilusão com ele também e, de algum jeito, os pormenores de quem eu era não vieram à tona. Mas escrever me acalmava e me dava um segredo que não magoava ninguém.

Ou assim deveria ser. Como ele tinha ido parar na imprensa?

Pensei na última vez que eu tinha escrito algo nele, o dia em que perdi minha virgindade numa festa porque precisava me sentir desejada e impulsiva. Eu estava de ressaca, com manchas de sangue na calcinha a manhã toda, dolorida e sensível cada vez que me mexia. E, pela primeira vez, eu tinha quebrado minha regra. Eu precisava escrever naquela mesma hora para processar os sentimentos e me tranquilizar de que o que tinha feito era certo. Enfiei o diário na bolsa e escrevi no nosso camarim, durante minha pausa, enquanto Summer e Liana ensaiavam uma cena na qual eu não aparecia. Furtiva e curvada em minha cadeira, eu estava tão perdida em pensamentos que nem ouvi a assistente de produção me chamar para o palco. Ela veio até a porta, me procurando, e levei um susto. Enfiei o diário de volta na bolsa e a joguei em uma pilha de coisas nossas no canto. Fiquei tão distraída com os preparativos para o programa ao vivo que não pensei em pegar o diário quando cheguei em casa.

Merda. Eu nem tinha certeza de que tinha fechado a bolsa direito. O diário podia facilmente ter caído e ficado exposto no chão para qualquer um que passasse por ali. O camarim era só meu, de Summer e de Liana. Atores secundários e membros do coro tinham o próprio camarim, menos chiques, e nem ousavam invadir o nosso. Os homens também ficavam longe. Trabalhávamos para a Atlas, e ninguém queria ficar com a reputação de mal-intencionado, alguém que, por acaso, entrava no camarim de estrelas adolescentes na esperança de flagrá-las trocando de roupa. (Por tudo que a Atlas nos fez passar, pelo menos a empresa nos protegia nesse aspecto. Outras jovens, em outros sets, não tiveram tanta sorte.) Mas, de todo jeito, muita gente transitava pelo nosso camarim, desde cabeleireiros e maquiadores até figurinistas e, de vez em quando, uma assistente de produção, enviada para pegar qualquer coisa que a gente deixasse para trás sem querer. Talvez alguma delas tivesse visto a capa verde com o nome de Summer gravado e houvesse decidido ganhar uma graninha fácil. Alguém que trabalhasse muitas horas e ganhasse pouco, para quem um contrato cinematográfico não mudaria em nada sua vida, seria só mais do mesmo. Para alguém assim, o diário poderia ser uma mina de ouro, uma oportunidade de enfim descansar, escapar de diretores autoritários berrando ordens, de catorze horas de trabalho por dia, de ir para casa às duas da manhã só para estar de volta ao set pouco depois de o sol raiar. Para fugir dessa vida, bastava apenas arruinar uma adolescente.

● ● ● ● ● ●

Amaldiçoei minha estupidez e minha falta de cuidado. Abri a boca para confessar. E então Michael voltou a falar.

– O Sr. Atlas vai vetar o filme.

Ai, meu Deus, eu tinha ficado tão distraída no meio da mágoa enorme e da vergonha, desesperadamente tentando lembrar o que tinha escrito (quando perdi a virgindade, tive a sensação de estar usando aquele homem, mas, ao ouvir os âncoras falando, pareceu mais que o homem me usou), que nem pensei nas consequências.

– Michael... – começou Summer.

Ele se virou para ela, um olhar furioso, e praticamente cuspiu:

– Eu devia ter vergonha de apostar minha carreira em uma adolescente medíocre!

Summer deu um passo para trás, como se ele tivesse dado um tapa em seu rosto.

– Eu... eu não escrevi essas coisas. Não sei como isso aconteceu, mas não é... Eu mal usei aquele diário!

Summer se virou para mim e Liana em busca de apoio. Liana virou o rosto. Os olhos de Summer se fixaram nos meus.

Se eu colocasse tudo para fora naquele momento, a ira de Michael se voltaria toda para mim. E eu era descartável. Ele já tinha dito. Aquilo seria ruim para Summer, claro, mas a gente não tinha como fazer o filme sem ela, isso se o filme fosse sair. Eu, por outro lado... Michael se livraria de mim num piscar de olhos. Eu seria a vilã de verdade, não apenas na tela, mas também na vida real, a garota que tentou ferrar a estrela e recebeu o que merecia. Veria meus melhores amigos alçarem voos mais altos sem mim, enquanto eu, afundada em arrependimento e dívidas de cartão de crédito, diria aos meus pais que não conseguiria dar a eles o que prometera. Eu precisava descobrir como amenizar a situação, como inocentar Summer sem me colocar na fogueira. Tinha que ter um jeito, mas, na confusão do momento, não consegui *pensar*, não consegui evitar que o choque me deixasse atordoada. Uma vozinha, condicionada depois de meses ouvindo confissões cruéis, encontrou um caminho em meio ao caos, falando baixinho mas firme, como o Sr. Atlas fazia. *Todos aqui estão pensando só em si mesmos*, sussurrou ela. *Não seja a única tola a sacrificar tudo por outra pessoa.*

Então, só balancei a cabeça, impotente, para Summer, como se eu não tivesse ideia do que estava acontecendo.

– Odeio ter que interromper, mas precisamos sair e começar o programa. Tipo, agora – disse o diretor assistente.

– Merda! – falou Michael, claramente sem clima para uma conversinha motivacional antes do programa.

Então Harriet, entre todas as pessoas, entrou em cena e bateu palmas com seriedade, chamando a atenção de todo mundo.

– Escutem aqui. Isso é ruim. Mas pode não ser tão ruim quanto achamos. Vão lá e façam o melhor programa que puderem. Façam algo tão bom que não permita que a Atlas cancele vocês. Summer, faça melhor do que todo mundo, tá bem? Vamos dar um jeito nisso tudo depois.

Bendita Harriet, pensei pela primeira vez. Aquela era a solução. Todos nós íamos fazer nossa melhor apresentação da vida. Depois do programa, assim que eu organizasse minha história direito, falaria com Michael. Não, com o Sr. Atlas! Diria a ele que eu sabia que Summer não tinha escrito aquelas coisas, que eu tinha visto o diário dela com apenas uma página escrita e que, depois, ele tinha desaparecido. (Eu deixaria de fora a parte que revelava que tinha sido eu a escrever aquilo.) Sentia pavor dele, mas o encararia por Summer. Liana e eu poderíamos interceder publicamente a favor de Summer, dizer que estávamos na festa com ela e que ela nunca foi para beco nenhum com ninguém, que isso claramente era armação de algum fã maluco ou algum assistente pessoal invejoso para destruir uma garota inocente. A gente ia superar essa.

— Summer, vai ficar tudo bem — falei, correndo para o lado dela.

Porém ela olhou para algo atrás de mim, sem nem mesmo me escutar, se livrou do meu toque e foi até Noah, que estava com o semblante atordoado, o peito subindo e descendo com a respiração pesada. A multidão se juntou ao redor deles, tirando-os da minha vista, e não consegui ouvir nada do que disseram.

— *Agora* — chamou o diretor assistente.

Noah disparou porta afora, atravessando a aglomeração de gente e seguiu até sua marca inicial, que ficava do outro lado do palco, distante de todo mundo. De alguma forma, Summer, Liana e eu seguimos a multidão pelo corredor que levava até nossa entrada. Toda a adrenalina, os corpos suados, tudo dava uma sensação quase violenta, a empolgação se transformando em algo agourento. Na multidão, uma mulher abriu caminho. Era a mãe de Summer. Eu não sabia como tinha chegado aos bastidores, mas veio em nossa direção.

— Aquela é a minha *filha* — berrou ela para um homem que tentou barrá-la.

— Mãe! — gritou Summer, correndo até ela em busca de conforto.

Lupe a abraçou por um momento. Então segurou Summer pelos ombros e lhe deu uma bofetada. Ao ver isso, o segurança que a deixara passar deu um passo à frente e puxou a mulher, protegendo a estrela.

— Você partiu meu coração — disse Lupe para Summer, enquanto o segurança a empurrava para trás. Ela ergueu os olhos para o teto, em direção ao céu. – Sei que também partiu o coração do seu pai.

Summer levou a mão ao rosto, desconcertada, enquanto o segurança conduzia a mãe dela corredor afora e a banda começava a tocar a música de abertura no palco. Os olhos de Summer estavam vermelhos e anuviados pela confusão.

– Ei – falei para ela, que levou um susto e olhou para mim. Ver a dor em seu rosto foi devastador. – Faz a melhor apresentação que você puder. A gente vai consertar isso depois, eu prometo.

Summer assentiu para mim sem dizer nada e pigarreou. Ela fechou os olhos, respirou fundo e endireitou a postura. Estampando um sorriso inocente no rosto, ela se virou e correu para a luz.

26

2018

Agora, conto a verdade para Summer.

– Eu não entreguei o diário pra imprensa. Eu peguei de você e escrevi coisas minhas nele. – Seus olhos estão enormes, abrindo um buraco a ferro e fogo em mim. – Fui descuidada e levei o diário pro set, aí alguma assistente deve ter pegado e decidido ganhar dinheiro com ele. Me desculpa, de verdade. Eu voltei pra fazer o que puder pra te ajudar.

Ela me dá as costas e se apoia na mesa no canto, com os ombros tensos.

– Eu ia falar com o Sr. Atlas depois do programa pra tentar ajeitar as coisas pra você, mas... – Ela ainda está quieta. – Mas não importa. Eu deveria ter me posicionado.

Algumas vezes ao longo dos anos, imaginei como seria esse momento e achei que talvez ela riria. *Mas que mal-entendido bizarro!* Só que isso nunca ia acontecer. Fico esperando, e os sons da casa rugem em meus ouvidos.

– Diz alguma coisa – imploro. – Grita comigo, me dá um tapa. É por minha causa que tudo deu tão errado pra você. É por minha causa que o mundo todo achou que você tinha mentido sobre o lance de ser virgem e...

– Eu menti sobre ser virgem – diz ela, tão suave que, de cara, acho que entendi errado.

– Quê?

Ela se vira para mim, um músculo pulsando no pescoço. Exceto por isso, está mortalmente parada. Em suas veias, não corre sangue, corre fúria.

– Senta aí – diz ela. – Você vai escutar tudo o que fez comigo.

27

. . . . . .

SOLILÓQUIO DA SUMMER

Quando pequena, eu era uma menininha normal que sonhava em assinar um contrato maravilhoso para fazer cinema. Na sequência, eu me arrumaria toda e sairia para o jantar mais chique possível. Eu me esbaldaria em lagostas bem vermelhas e bolo de chocolate amargo, além de provar um pedacinho de cada aperitivo do cardápio.

Porém, quando o contrato maravilhoso para o cinema esteve ao meu alcance e eu já não era nem menininha nem normal, a coisa que eu mais fantasiava em fazer no momento em que a tinta secasse era terminar com Lucas.

Acho que sempre gostei de contar histórias para mim mesma. Eis como foi a de Lucas, a princípio: ele era o garoto mais bonito da igreja. Eu era o anjo mais doce que cantava no coral e que cativou o coração dele. Viveríamos felizes para sempre. Mas aí eu transei com ele. Foi na semana seguinte à que meu pai morreu, quando eu precisava sentir alguma coisa além de tristeza e estava furiosa com Deus por ter levado a pessoa que eu mais amava. Bastou uma vez para mudar tudo. Mesmo enquanto estávamos no meio do ato, eu já sentia o conto de fadas se desfazer.

Conforme o programa de TV foi crescendo, Lucas foi ficando com mais raiva. Às vezes, ele gritava comigo, dizia que eu o levara a pecar e agora ia esquecê-lo. Como ele podia confiar em mim quando eu mentia para todo mundo sobre ser casta? Talvez as pessoas merecessem saber quem eu era de verdade. Eu falava que ele não tinha nada com que se preocupar.

Mentir é como nadar. Na primeira tentativa, você abre a boca e acha que vai se afogar. Mas, com a prática, você faz sem nem pensar muito. Meu namorado tinha razão para não confiar em mim. Eu tinha me apaixonado por outra pessoa e não podia acreditar que um dia sequer cogitara me casar com Lucas quando existia Noah.

Começou com as flores que apareciam como num passe de mágica no meu trailer depois que meu pai morreu. Eram tulipas amarelas, tão vibrantes em contraste com o resto do mundo, que agora era cinza. Muita gente tinha me oferecido coisas, desde um diário até um ombro para chorar, e era como se dissessem: *Está vendo o que eu estou fazendo por você? Quando você for a maior estrela do mundo, lembre-se de que eu estava aqui quando você era só uma estrela em ascensão!* Mas as flores não tinham bilhete.

Tentei mantê-las vivas o máximo possível, passando-as de uma bancada para outra no meu trailer para que pudessem receber a quantidade ideal de sol. Quando enfim murcharam e não tinham mais salvação, quase chorei. Mas, na vez seguinte em que voltei para o meu trailer, as tulipas tinham sumido, substituídas por um vaso de margaridas. Elas também eram amarelas, minha cor favorita.

Nas duas vezes, as flores chegaram numa terça-feira. Então, na terceira semana, dei meia-volta depois de sair do meu trailer bem a tempo de ver Noah desaparecer lá dentro, com um buquê de girassóis na mão. E, embora até aquele momento a coisa toda parecesse um grande mistério, vê-lo só confirmou algo que eu nem sabia que sabia.

Liguei para ele naquela noite. Já tínhamos nos falado ao telefone, mas quase sempre em alguma conferência com você e Liana ou para discutir coisas práticas.

– Eu descobri – falei, quando Noah atendeu o telefone.

– Não sei do que está falando – disse ele, e então aconteceu uma coisa muito estranha.

Sabe como é quando certas pessoas conseguem imaginar algo com muitos detalhes? Tipo... você fala para pensarem em uma maçã e algumas delas conseguem ver até as gotinhas de água brilhando na casca? Eu nunca fui assim – sempre formei só a ideia da maçã em si, nunca um quadro completo de verdade. Mas, quando Noah falou, só de ouvir sua voz, consegui ver seu rosto como se ele estivesse bem ali, do meu lado.

– Obrigada. Os girassóis são meus favoritos até agora.

Sua voz transbordou de entusiasmo.

– São lindos, não são? Posso te contar a melhor maneira de mantê-los vivos mais tempo, mas só se você quiser, porque afinal você não pediu pra...

– Me conta – pedi, e só fomos desligar uma hora e meia depois.

Na noite em que voltamos da nossa viagem a Nova York, aquela em que ele me dissera no topo da montanha que eu era a garota mais incrível que ele já tinha conhecido, liguei para ele outra vez. Quando ele atendeu, percebi que eu não tinha uma desculpa para ligar. Ele falou meu nome e eu entrei em pânico, disparando:

– Eu estava pensando nos pássaros!

– As rolas-carpideiras? O que tem elas?

– Bom. – Fiz uma pausa. – O que você acha que aconteceria com a feliz se um dia ela passasse por uma coisa muito ruim?

– Que tipo de coisa?

– Tipo... perder algo que fosse importante pra ela. Acha que isso mudaria sua essência? Será que faria com que ela perdesse a parte bonita, esperançosa e feliz que tem dentro de si?

Ele ficou pensando. Retorci o cabo do telefone no dedo, deitada de costas na minha cama e imaginando-o deitado na dele.

– Não – respondeu ele. – Acho que ela poderia ver o mundo com mais clareza sem perder essa parte valiosa de si mesma.

– Você acha?

– Acho. Talvez fosse difícil por um tempo, mas aquela parte bonita dela seria forte o bastante para voltar.

Será que o edredom dele era macio? Qual seria o cheiro dos lençóis dele? A mãe de Lucas lavava os lençóis dele a cada duas semanas. Aposto que Noah lavava os próprios lençóis, talvez a cada dois meses. Ele era homem, mas não era desleixado, não era do tipo que passaria o *ano* dormindo em lençóis cheios de farelo. Se tivesse alguém dormindo com ele, Noah lavaria os lençóis com mais frequência, por ser atencioso. Não gostei de imaginar outra pessoa dormindo ao lado dele.

– Acho que você tem razão – falei. – É como... como se tivesse um tempo pra ser triste, mas também um tempo pra ser estupidamente otimista, apesar dos pesares.

– Estupidamente otimista, apesar dos pesares – repetiu ele. – É, é isso.

Começamos a conversar quase todas as noites, o telefone grudado na orelha, ele na linha esperando até que eu adormecesse. Ele sempre esperava, nunca dormia primeiro. Será que ele me esperaria de outras formas também? Às vezes, a gente falava mais sobre os personagens dos pássaros, inventava uma jornada para eles, mas Noah também me ouvia quando eu falava do meu pai. Ele nem mesmo tentou fingir que entendia como era porque seu cachorro ou seu avô tinham morrido, nem falou nada sobre serem os planos de Deus. Ele ouvia e me contava do que ele se lembrava do meu pai: que ele era engraçado, que tinha uma luz e que eu tinha o mesmo tipo de luz, então era como se meu pai continuasse por aqui.

Todos nos viam como astros e eram ofuscados por nosso brilho. Mas nós dois brilhávamos do mesmo jeito, e isso, de alguma forma, se anulava e permitia que nos enxergássemos como éramos de verdade.

Você já se apaixonou assim, de um jeito que parece... sagrado? Às vezes, quando ele ia para algum lugar de carro sem mim, eu ficava louca de ansiedade. E se ele morresse em um acidente de carro e eu não estivesse ao lado dele? Mas nada podia acontecer até que a gente assinasse o contrato do filme. Porque, se Lucas descobrisse, poderia contar para a imprensa que eu não era virgem, e Michael tinha avisado que um escândalo poderia botar tudo por água abaixo.

Quando eu transasse com Noah, sabia que seria do jeito que tinha que ser. Eu não achava que conseguiria esperar muito, mas talvez não tivesse problema. O sexo pode ser uma linda expressão de amor, mesmo que a pessoa não seja casada. Eu argumentava comigo mesma: nossos corpos foram feitos por Deus. Então, ao nos adorarmos, estaríamos também adorando Deus! Fazia todo o sentido. Como eu não tinha percebido isso antes?

Além do mais, a gente se casaria um dia. Os paparazzi tentariam entrar de qualquer jeito no casamento. A *People* e a *Us Weekly* iam nos oferecer centenas de milhares de dólares por fotos exclusivas, mas a gente não ia querer, porque não estávamos fazendo aquilo por dinheiro nem fama. Mas, se a gente negasse e fechasse o portão na cara deles, os sujeitos mandariam um helicóptero sobrevoar a cerimônia e tirariam as fotos que quisessem lá de cima. Talvez a gente só devesse fugir juntos, deixar o programa e todo mundo para trás.

Teve uma noite em que quase contei para Noah o verdadeiro motivo de não poder terminar com Lucas. Tínhamos passado o dia todo nos beijando no ensaio, e eu estava louca de desejo por ele. Depois, lá fora, ele me puxou de lado no escuro.

– Não consigo... Desculpa, mas não consigo parar de pensar em você. E sei que você também sente isso. Fica *comigo*.

Às vezes, eu tinha a sensação de que estávamos tão conectados que ele conseguia ler meus pensamentos, então não fiquei surpresa quando, assim que pensei em sexo, ele começou a falar disso também.

– Acho legal você estar esperando. – Havia hesitação em sua voz, até mesmo desespero. – Eu te admiro por isso. Tipo... talvez goste de você ainda *mais*.

Embora doesse, fazia sentido. Eu tinha aprendido a lição desde pequena: meninos não gostam de meninas defloradas. E Noah, mesmo sendo o melhor dos meninos, ainda era um menino. Talvez eu nunca tivesse que contar para ele. Eu era uma atriz muito boa. Quando finalmente acontecesse, eu poderia fingir que era minha primeira vez. De certa forma, seria. A primeira vez que escolheria fazer por amor, não por tristeza.

Então menti para Noah também. Era que nem nadar.

· · · · · ·

Nos bastidores, antes do programa ao vivo, todos estavam respirando bem fundo para lidar com a ansiedade, mas eu não precisava. Até que Michael mandou o assistente aumentar a TV e foi tudo pelos ares.

Quando os repórteres mencionaram o diário, só consegui lembrar que eu tinha escrito algo sobre o meu pai tentar me deixar mais branca. Ai, não. Será que isso ia manchar a memória dele? Eu me sentia bem confusa sempre que pensava nisso, mas sabia que ele acreditava de verdade que tudo o que tinha feito era só para facilitar minha carreira. Eu já estava pensando em ligar para o meu agente e escrever um comunicado, aí os repórteres disseram que eu tinha chamado Liana de piranha.

Talvez isso já tivesse passado pela minha cabeça uma ou duas vezes, mas, pensando bem, tinha sido por inveja. Ela podia sair com quem quisesse sem causar um problema nacional. Mas eu tinha certeza de que nunca tinha escrito aquilo. Eu só tinha usado o diário uma vez. E os repórteres continuavam a falar, e eu fui ficando com a sensação de estar me... desprendendo do mundo.

Porque muitos pensamentos no tal diário pareciam *mesmo* com os meus. Eu também fantasiava com o Noah. E tinha ficado com raiva depois que ele arrumou aquela briga idiota com Lucas na frente de todo mundo. A briga fez Lucas surtar.

– O que ele quis *dizer* com "Tem certeza?"? – perguntou Lucas naquela noite, dirigindo a toda velocidade para casa. (Será que Noah alguma vez ficou com medo de eu estar no carro sem ele e morrer em um acidente e ele ter que viver sem mim?) – Se eu tenho certeza que tenho você?

– Por favor, vai mais devagar – pedi. – Por favor.

De repente, ele deu uma guinada para o acostamento da estrada às escuras, desligou o carro e deu um soco no volante.

– Eu *não* tenho certeza, Sum!

– Não – falei, a pancada seca do punho dele fazendo eu me encolher. Era tipo um conto de fadas que eu nunca tinha lido, um conto de fadas às avessas, onde o belo príncipe perde a pele e se transforma em uma fera. – O Noah só... tipo... tem uma obsessão bizarra por mim. E não quero que ele se chateie antes do programa ao vivo, porque pode arruinar tudo pra todos nós.

– Talvez seja bom que arruíne. Não gosto do que esse programa está fazendo com você.

Alarmes dispararam na minha cabeça. Tentei falar com ele com o máximo de doçura possível, como a garotinha que ele tinha conhecido no coro da igreja.

– Mas não sou só eu. Tanta gente depende disso. Kat, Liana, todo mundo que perderia o emprego. Preciso fazer isso por eles.

Mesmo assim, ele continuou alterado.

– Você é uma atriz muito boa. Como posso confiar em você? Tem ideia de como é ruim ver todas as revistas do país falando sobre sua namorada beijar outro cara?

– Por favor, confie nisso – falei, e o beijei.

Ele ficou imóvel por um instante. Então gemeu e suspirou na minha boca, me beijando, com a língua azeda. Ele soltou seu cinto de segurança e depois soltou o meu.

Deixei que ele me levasse para o banco de trás, me agarrasse e entrasse em mim. Encarei isso como tomar uma injeção: dói um pouco a curto prazo para deixar a vida melhor no futuro. Eu atuei para ele, imaginando o tempo todo que fosse o Noah.

Ali, nos bastidores, vendo os âncoras na TV, cravei as unhas nas palmas das mãos, como tinha feito enquanto Lucas se mexia em cima de mim. Havia detalhes no diário que eu não tinha contado a ninguém. Será que eu tinha escrito durante o sono, como se estivesse sob um feitiço e levantasse da cama para extravasar minhas meias-verdades, meus semipesadelos? Não, alguém estava tentando me sabotar. Ficaram me observando para escrever uma versão da minha vida e vender para a imprensa, e eu não fazia ideia do porquê.

Ser famoso tem esse lado terrível, não tem? Você ocupa a mente das pessoas mesmo quando não quer. Você nunca vai conhecer todas as pessoas que estão pensando em você, querendo te possuir ou te arruinar.

Mal percebi os olhares de todos, os sussurros escandalizados, só fui abrindo caminho pela multidão até chegar ao lado de Noah, minha mão buscando a dele, meu coração disparado.

– Por favor, me diz que nada disso é verdade – disse ele, seus olhos azuis assustados e examinando os meus.

– Eu não escrevi essas coisas, eu juro – falei, enquanto a multidão nos cercava e o diretor-assistente mandava começarmos o programa.

– Mas elas são verdade?

– Não! – Apertei a mão dele com força. – Eu não te odeio. – Ele ainda me encarava, o rosto pálido e magoado, querendo acreditar no que eu dizia. – Eu... eu te amo. – Eu vinha me segurando, precisava esperar até estar totalmente livre para contar a ele. Eu gostei do som daquilo, então falei outra vez: – Eu te amo.

– Você me ama? – perguntou ele, a esperança espiando por trás das dúvidas.

– *Essa* é a verdade. Acho que você é o amor da minha vida.

– Agora! – gritou o diretor-assistente.

– Vamos conversar sobre isso depois do programa. Mas, por favor, confia em mim.

– Eu também te amo – disse Noah. – Eu te amo muito.

Ele me deu um último olhar, então correu para sua posição.

Fui flutuando até meu lado do palco, quase em um estado de fuga. Ninguém por quem passei parecia surpreso. Era como se tivessem recebido a confirmação de algo de que sempre tinham desconfiado. O tapa da minha mãe disparou uma buzina na minha cabeça. Precisei colocá-la em um compartimento pequenininho dentro de mim para abri-lo depois que o programa terminasse. Naquele momento, as coisas estavam acontecendo com a Summer do Diário, não com a Summer da Vida Real.

A Summer da Vida Real não tinha perdido Noah. Então ela ia ficar bem.

Eu já tinha sido impulsiva antes, claro – com coisas inofensivas, como decidir que seria divertido pintar seu apartamento todo, e coisas estúpidas, como na noite em que fomos à boate de drag queens e fiquei tão feliz por não ser o centro das atenções ao menos uma vez que passei da conta e bebi demais. Mas, ao longo das duas temporadas na TV, eu tinha aprendido a manter meus verdadeiros sentimentos à margem e sorrir para as câmeras. Então ia ficar tudo bem. Minha voz saiu limpa e forte, os passos de dança fluíram com facilidade. O público não sabia o que tinha acontecido, ainda não.

Saí correndo do palco por alguns minutos na parte de um solo de Noah. A maquiadora retocou minha maquiagem, evitando me olhar e saindo de perto assim que terminou. Reparei no Sr. Atlas nos bastidores, me encarando. Ele devia estar sabendo de tudo, alguém devia ter corrido ao camarote VIP para sussurrar a terrível notícia no ouvido dele.

Ele tinha recebido Noah e a mim em jantares de família na mansão dele, junto com a esposa e os filhos, algumas vezes. Não contei para você e Liana porque eu sabia que ficariam com ciúme. A inveja de vocês me fazia sentir tanta culpa, era tão óbvia. Mas ele sempre falava sobre grandes planos para o futuro da franquia e quanto estava orgulhoso de nós, quase como se tentasse ser um pai substituto. Meu próprio pai teria confiado em mim nessa história toda, então talvez o Sr. Atlas também confiasse.

Corri até ele.

– Sr. Atlas, não sei o que o senhor escutou, mas não escrevi aquelas coisas, eu juro. Alguém roubou o diário de mim depois que o usei pela primeira vez. Estão inventando isso tudo.

Ele cerrou o maxilar. Estava na penumbra, mas um holofote desenhou um arco pelo palco, e a luz nos banhou por alguns instantes. Eu me encolhi diante da expressão em seu rosto normalmente plácido. Aversão. A intensidade dela me deixou apavorada. Ele desviou o olhar. Claro, porque mal podia olhar *para mim*. Porque não acreditava em mim. Porque ninguém acreditava, a não ser Noah.

– Apenas vá lá e veja se consegue permanecer vestida – disse ele, e se afastou.

Corri de volta para fazer meu solo. Faltava pouco agora para que tudo acabasse. O solo terminou, e Noah voltou ao palco, o programa se direcionando para o beijo e a última música. Só que tinha alguma coisa estranha. Ele não me olhava nos olhos.

Mas minha falha fatal é que eu sempre me volto para a esperança. Não importa que o mundo sempre ria de mim, não importa que eu sempre estrague tudo. Cada vez que vou para a reabilitação, acredito que vou me ajustar. Cada vez que cheiro uma carreira de cocaína, acredito que vai ser só uma. Noah tinha me levado de volta à esperança depois que meu pai morreu, então, ali no palco, ainda que ele olhasse para um ponto acima do meu ombro em vez de para mim, acreditei que a gente ia ficar bem.

Na televisão ao vivo, estupidamente otimista, apesar dos pesares, dei um passo à frente para beijá-lo. E ele desviou.

Pousei com um baque em seu peito. E, no momento antes de me separar dele e tentar seguir em frente, vários pensamentos se chocaram na minha cabeça.

Primeiro: confusão. Eu não sabia o que tinha mudado, só que ele tinha escolhido a verdade do diário em vez da minha. Bem, a versão do diário era tão diferente? Eu *tinha* manipulado pessoas, deixando-as no escuro para que eu pudesse manter o holofote para mim. Eu tinha quebrado minha promessa para Deus e falhado em permanecer casta para Noah. Agora, ele sentia tanta repulsa que não conseguia nem fingir que queria me tocar.

Depois: todas as outras mágoas que eu tinha enfiado em uma caixinha na minha mente foram libertadas. Você e Liana não terem nem se importado em me defender; Michael confirmando que, sem meu apelo doce e virginal, eu não era mais talentosa do que qualquer garota que ele pegasse no coro; o Sr. Atlas deixando claro seu desgosto. E minha mãe. Depois que eu tinha transado aquela primeira vez com Lucas, eu tinha corrido até o porão e lavado meus lençóis na configuração mais quente possível enquanto minha mãe estava fora. Eu me ajoelhei e rezei para que ela não voltasse para casa antes do fim do ciclo da máquina. Ela havia me avisado que eu estava seguindo um caminho perigoso, chorou por causa daquele artigo da *Vanity Fair* com a minha foto ajeitando a saia, e eu não tinha escutado. Ela nunca iria me perdoar, não é?

Por fim: raiva. Eu vinha carregando o programa nos ombros, namorando um cara que eu odiava por causa do contrato do filme, tentando andar na linha com todo o cuidado. Em outro mundo, talvez eu estivesse na faculdade, indo a aulas que me interessavam e tentando entrar pra uma irmandade, mas em vez disso eu vinha me dobrando mais e mais. Uma pessoa normal tinha certa responsabilidade com a família, os amigos e os chefes e já podia se sentir bem pressionada com isso. Mas eu devia algo a milhões de pessoas. Mulheres que eu nunca tinha visto me diziam que suas filhinhas estavam no hospital e que as pequenas viviam por *mim*, sua heroína, e era melhor que eu não as decepcionasse. Você e os executivos me disseram que eu não podia dar um tempo depois que meu pai morreu, porque o programa poderia ser cancelado e todos perderiam o emprego. Eu me empenhava muito para ser a garota perfeita que todo mundo queria que eu fosse, de algum jeito: exemplo para pré-adolescentes, objeto de desejo para homens, amiga prudente para garotas da minha idade, e mais, e mais, e mais, vinte eus diferentes em uma só.

Mas quantas pessoas desses milhões se importavam de verdade com o meu bem-estar? Quando foi preciso, ninguém saiu em minha defesa. Ninguém deu a mínima para mim além do que eu podia fazer pelos outros.

Liana surgiu no palco, você logo atrás dela, a música de fundo para o número final começando a tocar.

– Gente! Não precisamos acabar com a banda no fim das contas! Abriu um espaço inesperado no Festival de Música de Roma e querem a gente lá.

– É – disse você, revirando os olhos do jeito de sempre de sua personagem quando fazia algo gentil contra a sua vontade. Mas você falou com um ardor esquisito, quase hiperativo. – Meu pai mexeu uns pauzinhos e conversou com os organizadores do show. Mas vocês têm que me deixar voltar. É parte do acordo.

– A gente não ia querer que fosse de outro jeito – falou Noah, forçando as palavras a saírem.

– E eu fico com o maior solo – disse você.

– Bom – falei, atordoada, enquanto a música aumentava. – A gente vê o que pode fazer.

Noah começou a cantar o primeiro verso da música:

– *Quando estamos juntos, nada pode nos deter.*

Em seguida, era eu, minha voz um fiapo do que costumava ser:

– *Não existe eu, somos nós: eu, você, você e você.*

Então Liana:

– *Porque, com amigos, a vida é mais leve.*

E você:

– *Pode até tentar, mas não vai dar pra negar.*

Todos nós juntos:

– *E somos amigos pro resto da vida.*

E aí entrou o coro, os dançarinos secundários encheram o palco, e Noah não esticou a mão para pegar a minha, o que ele faria nessa parte da coreografia.

"Veja se consegue permanecer vestida", tinha dito o Sr. Atlas.

Bom, ele que se danasse. Que se danasse todo mundo. Se estavam todos tão preparados para que eu fosse uma vagabunda, então eu ia dar a eles uma vagabunda. Toda essa preocupação com a minha castidade camuflava um desejo: as pessoas queriam que eu estragasse tudo para poderem dizer que sempre souberam que eu faria isso. Eu tinha dado a elas exatamente o que queriam por anos, então daria isso também.

Eu sabia nossos passos de dança normais e animados de cor e salteado, mas eles eram feitos para uma versão de mim que tinha morrido. Olhei para meu corpo, o corpo que tinha causado tanto problema, e então comecei a passar as mãos nele, de cima até embaixo. Balancei o quadril como se estivesse em uma boate, a garota mais safada da pista de dança. Já que Noah não chegava perto de mim, eu me virei para você. Eu me esfreguei contra a lateral do seu corpo, uma punição por não fazer nada ao ver Michael e minha mãe acabarem comigo. Você ficou paralisada, assim como alguns membros do coro.

Cantei em um grunhido ofegante. Liana cantou ainda mais alto para tentar me encobrir, então me virei e comecei a dançar com ela também. Ela me afastou por reflexo, tropecei e, por pouco, não caí no chão. Por um instante, isso quase enfiou algum juízo na minha cabeça. Estreitei os olhos para a plateia: os fãs murmuravam, confusos. Mas então vi Noah se virar como se fosse sair do palco. Ele simplesmente ia embora, deixaria tudo para trás.

Então eu me endireitei e dancei sob o foco de luz para o *grand finale*.

Não fazia sentido o mundo ter tanto interesse no meu corpo e no que eu fazia com ele. Era só um corpo – claro, era um corpo bonito, mas, ainda assim, só mais um no meio de seis bilhões de outros. Talvez, se as pessoas pudessem vê-lo, o mistério acabaria e elas me deixariam em paz. Comecei a desabotoar meu vestido. Eu ia tirar a roupa toda, mostrar tudo a todo mundo bem ali, sob a luz branca e dura.

Só que as câmeras e Liana não deixaram. O câmera cortou quando eu mal tinha desabotoado o vestido. Liana me derrubou no chão logo depois que deixei um seio à mostra, então as pré-adolescentes horrorizadas e seus pais ávidos na plateia só conseguiram um vislumbre rápido dele. Bati com a cabeça no chão do palco e mordi a bochecha por dentro. Minha boca se encheu com o sabor amargo do sangue enquanto alguém nos bastidores jogava um cobertor em cima de mim para esconder meu corpo, como se faz com cadáveres.

O arrependimento veio logo em seguida, depois que fui arrastada para fora do palco e entrei em uma longa reunião com meu agente, Michael e o Sr. Atlas, onde eles deixaram claro que era o fim de *Os sonhadores*. Um assistente nos interrompeu para dizer que já havia mais homens alegando ter transado comigo, caras com quem eu tinha falado uma vez em uma festa ou que nunca tinha sequer visto na vida. Depois da minha atuação, ninguém ia acreditar se eu negasse. Então, para que tentar?

Ainda assim, havia uma pessoa com quem eu queria me acertar. Saí correndo no escuro até o trailer de Noah, sem fôlego. Eu ia me desculpar, contar qualquer coisa que ele quisesse saber, fazer qualquer coisa para dar um jeito nas coisas entre nós. Fui desenrolando a história enquanto corria:

ele me perdoaria. A gente fugiria juntos e viveria no meio do mato, onde ninguém iria nos incomodar mais.

A uns cinco metros de sua porta, quase colidi com Liana no escuro.

– Mas que droga – disse ela. – Summer? O que está fazendo?

– Sai da frente, preciso falar com o Noah.

Ela agarrou meu braço e bloqueou meu caminho.

– Qual é o seu *problema*? Por que você foi fazer...

– Me larga, preciso falar com ele. – Meus olhos se encheram de lágrimas. – Porque ele é o amor da minha vida e...

Então o rosto dela se transformou.

– Ah, não. – Ela tentou me abraçar, mas me desvencilhei. – Eu... eu não entraria ali se fosse você. Ele está com uma pessoa.

Eu não tinha percebido que era possível me sentir ainda pior do que já me sentia.

– Quê?

– Uma garota do coro – disse ela, baixinho. – Acho que você não vai querer ver isso. Mas, Summer...

Ninguém dava a mínima se Noah transasse naquela noite. Ninguém teria dado a mínima se *Noah* fosse parar num beco com uma garota desconhecida, porque ele sempre tinha sido livre para fazer o que quisesse. Para ele, estava tudo certo me julgar, mas, se a gente vivesse num mundo onde Noah recebesse cartas constantes de mulheres de meia-idade implorando por sua virgindade, onde repórteres bizarras sempre perguntassem sobre sua castidade, destruíssem a convicção dele de que pertencia a si mesmo, será que ele teria se saído melhor? Eu duvidava muito, ainda que o amasse. Havia agora um abismo intransponível entre nós.

Não esperei para ouvir o que mais Liana tinha a dizer. Eu me virei e saí correndo em direção a um futuro de ridicularização e arrependimento, em direção a novos empresários, que extrairiam a pior versão de uma jovem de 18 anos assustada e traumatizada, em direção a substâncias que me ajudariam a esquecer o vislumbre de conto de fadas que eu quase tinha alcançado. Corri para o mais longe possível de *Os sonhadores*.

TRANSCRIÇÃO: *HORA DA IDIOTICE COM HERBIE*, 2005

HERBIE: Estou aqui com Noah Gideon, astro de *Os sonhadores*. Digo: ex-astro de *Os sonhadores*. Sei que você está aqui para falar do seu novo single, mas, cara, aquele programa ao vivo foi épico.

NOAH: É, foi... uma coisa e tanto.

HERBIE: A Summer Wright surtou e começou a tirar a roupa como se trabalhasse num clube de strip-tease, não na Atlas. O que passou pela sua cabeça?

NOAH: Eu, hum, acho que apaguei nessa hora.

HERBIE: Aposto que você não é nem de longe o primeiro a apagar ao ver os peitos da Summer Wright.

NOAH: Haha, talvez.

HERBIE: Por favor, diz que a Summer deixou você mandar ver antes de ela perder as estribeiras.

NOAH: Foi mal, Herbie, não sou do tipo que sai contando tudo.

HERBIE: Ah, olha só esse sorrisinho convencido. Você mandou ver mesmo. Ouvintes, vocês escutaram isso? Essa é a voz de um homem que transou com a Summer Wright. Conta pra gente, ela era tão louca na cama quanto é na vida real?

NOAH: *[Rindo]* Vamos falar do meu single antes que eu arranje um problema.

28

2018

Fiquei de coração partido por causa de Summer um milhão de vezes nos últimos 13 anos. Mas agora, quando ela termina de falar, ele se despedaça totalmente, talvez até de um jeito irreparável.

– Nunca contei isso tudo pra ninguém – diz Summer. – Ninguém entenderia.

Estico o braço para tentar alcançá-la, mas ela recua e aponta um dedo com fúria para mim.

– Não fica achando que isso significa que eu te perdoo.

– Eu não acho – respondo, absurdamente triste por tudo. – Sei que você provavelmente nunca vai conseguir me perdoar. Aceito qualquer punição que você queira me dar. Mas, mais do que isso, eu quero te ajudar com o motivo que fez você voltar. Vou te apoiar do jeito que for para que você se saia bem no programa.

Ela desvia os olhos dos meus, e sou tomada pela desconfiança. Penso em como Summer olha para Noah nos ensaios, de um jeito penetrante e ávido. Como se estivesse sempre ciente de onde ele está.

– Espera aí. Isso tudo é por redenção? Ou você também voltou por causa do Noah?

– Eu também voltei por causa do Noah – responde ela. Por um instante, vejo acontecer: os dois se libertando das camadas de ressentimento que nutriram na última década e voltando um para o outro como os jovens maravilhosos que foram um dia. Mas, em um tom de voz duro,

Summer completa: – Pra acabar com a vida dele como ele acabou com a minha.

Solto uma risada, mas então percebo que ela está falando sério.

– Porque ele se afastou de você? – indago.

Claro, isso foi horrível e, claro, ele tem sido um escroto desde então. Mas que se dane! Na última semana, comecei a ter certa esperança de que ele vinha se empenhando para dar um jeito nas coisas, assim como eu. É como se ele fosse o time de futebol horroroso da minha cidade natal: sempre me decepciona, mas existe um senso de lealdade intrínseco e estranho que não me deixa parar de torcer por ele.

Ela me encara com incredulidade.

– Você nunca assistiu a *Silvestres*? – pergunta Summer.

– O filme que ele escreveu? Nunca vi filme nenhum dele. Tentei ficar o mais distante possível de todos vocês.

– Ah – diz ela, e dá uma risada vazia e impotente, daquelas que facilmente viram lágrimas. Ela se recompõe, seca os olhos e começa a seguir para a sala de estar. – Bom, vem.

A sala de estar pode ser um pouco antiquada, mas a televisão de Lupe é bem atual.

– Minha mãe gosta de ver os programas dela – diz Summer ao ligar a TV, rolar a lista de filmes disponíveis pela tela, escolher *Silvestres* e dar o play. – Senta aí.

– Já é quase meia-noite. A gente não deveria ir...

– Você vai assistir.

Surge uma floresta na tela em um estilo de animação antigo. A cena ganha vida com todas as criaturas silvestres que vi nos anúncios que passaram na TV: alguns esquilos engraçadinhos e falantes, um rebanho de cervos apáticos, um urso grandalhão mas bondoso. Um bando de pássaros voa por ali. As criaturas vivem em paz e harmonia enquanto se preparam para a chegada do inverno. Não entendo por que Summer parece chateada, por que está estreitando os olhos para o filme.

Então um pássaro com olhos enormes e brilhantes chega voando para se juntar ao resto do bando.

– Que bela manhã! – trina ela. – Vamos aproveitar o dia!

– Puta merda – digo. – É você.

Ela assente, melancólica.

Seguimos assistindo, e um pássaro menino (dublado por Noah) voa para encontrar a menina e tenta explicar que eles eram rolas-*carpideiras*, não carpinteiras. Ela não dá ouvidos e continua animada e tagarela, uma luz brilhante em meio ao bando taciturno, não importava quantas vezes o menino exasperado tentasse explicar aquilo para ela.

– Por que somos feitas para lamentar se a vida é tão empolgante e bela? – diz ela, animada, descrevendo círculos no ar, fazendo um arco até o céu e dando um rasante rente ao chão, o rosto cheio de alegria. Um pássaro macho mais velho, a figura paterna do bando, balança a cabeça com indulgência e manda o menino incomodado deixá-la pra lá. Ela vai acabar aprendendo.

Então, um dia, uma tragédia se abate sobre o lar dos silvestres. Uma tempestade atinge a aldeia pacífica das criaturas, destruindo as provisões que tinham guardado para o inverno longo e gelado. Todos os grupos de animais têm subtramas interligadas, mas os pássaros são os principais. O bando se abriga do vento terrível, então o pássaro menino percebe que a menina não está ali. Ela ficou fora tempo demais enquanto o vento mudava, acreditando que seria uma grande aventura. Quando o pássaro paternal vai em seu resgate, é atingido por um galho de árvore bem diante dos olhos da menina.

E, naquele momento, ela muda. Ela finalmente "entende" o que o menino explicara, que o destino dela era lamentar. O vento terrível a carrega para longe de casa, e ela sai em uma jornada de perigos e tristezas depois que abrem seus olhos para o mundo. Nesse meio-tempo, na floresta, o pássaro menino percebe que a única maneira de reconstruir tudo é ter esperança, como a menina tinha. Ele voa para encontrá-la e levá-la para casa. Seguem-se várias desventuras, mas, no fim, eles se reencontram – ele ajuda a salvá-la, embora ela também tenha se salvado, e os dois voltam para a floresta com a compreensão de que lamentar faz parte da vida, mas não é só isso que existe. Há tempo para se lamentar, mas também para se alegrar, e um tempo para ser estupidamente otimista, apesar dos pesares. (Eu já tinha ouvido essa frase antes, "estupidamente otimista, apesar dos pesares", não tinha? Ah, sim, já tinha visto isso tatuado no braço das pessoas ou transformado em uma arte bem bonita no Instagram.) No fim, é o novo amanhecer de uma primavera e os pássaros voam para o céu, sobrevoando as árvores que florescem, e estou aos prantos no sofá cheio de calombos da mãe de Summer.

Summer desliga a TV no meio dos créditos, cortando a linda trilha sonora original do filme, cantada por Noah (um hino meio folk, meio *bluegrass*), e a sala fica em silêncio, a não ser pelo meu choro. Sem dizer nada, ela vai até a cozinha e volta com um copo de água em cada mão. Pego um deles e bebo direto, depois seco a boca.

– Ele deu um final feliz a vocês – observo.

O filme é uma confirmação de que Noah amava mesmo Summer, não só com a luxúria de um rapaz, mas com uma compreensão real de quem ela era.

– Mas não me deu crédito. – A voz dela está grave e falha, por raiva ou cansaço, ou as duas coisas. São quase duas da manhã, e a única luz no cômodo vem de um relógio digital na lareira. – A gente bolou essa história toda dos pássaros juntos, quando ficava até tarde no telefone. E aquela fala, "estupidamente otimista", que virou a referência do filme, fui eu que falei pra ele. Sabe quantas entrevistas o Noah deu pra falar sobre "como ele tinha tido essa ideia genial"? E a resposta sempre era: "Ah, minha família costumava fazer trilha. Quando eu era criança, queria ser guarda-florestal!" Não teve uma única vez que ele mencionasse meu nome ou o fato de que, uma noite no telefone, eu disse: "Ei, talvez um dia a gente possa transformar isso em filme." Sabe onde eu estava quando ele foi à cerimônia do Oscar? Na clínica de reabilitação. Ele nunca me ligou pra pedir permissão ou pra saber se eu queria dublar a menina, nem mesmo só pra me avisar. Eu tive que ver isso durante nossa "maratona de filmes em comunidade". Passavam filmes indicados a prêmios e que não envolvessem bebidas ou drogas, porque a gente não podia ir ao cinema por conta própria. – Summer mexe no cabelo, e fios quebradiços saem em seus dedos. Ela os joga no tapete. – É por causa desse filme que todo mundo ama o Noah. E a ideia foi minha.

Pego a mão dela. Sua palma está pegajosa e rígida. Ela permite que eu a segure, mas não segura a minha.

– Eu sinto tanto – digo a ela. – Por isso e por tudo que eu fiz. Eu faria qualquer coisa pra voltar no tempo e mudar tudo.

– Mas não dá. Nenhum de nós pode voltar no tempo, não tem como.

Ela descansa a cabeça na almofada a seu lado no sofá, o rosto virado para o teto e estampando derrota e exaustão.

Eu me recosto também, tentando pensar no que dizer, mas minha cabeça está pesada, meu raciocínio está lento por causa do cansaço. Não sei quando comecei a pegar no sono, mas, em algum momento, percebi que Summer tinha entrelaçado as pernas nas minhas no meio do sofá. Eu me dou conta disso só por um instante, e talvez ela não tenha percebido nada, mas logo, logo nós duas nos entregamos ao sono.

29

......

2018

Na manhã seguinte, acordamos com Liana de pé ao nosso lado, gritando:
– Ninguém pensou em colocar um despertador pra tocar?

Summer e eu erguemos a cabeça, sonolentas, os cabelos desgrenhados, resquícios de baba no queixo e as roupas amarrotadas do dia anterior. Ai, meu pescoço. Estou velha demais para dormir num sofá. Vou passar dias sem mexer a cabeça direito.

Summer solta um grunhido, e eu olho para o relógio digital na lareira. São 10:02. O ensaio começou às nove e meia. E estamos nos arredores de Bakersfield. Eu me levanto num pulo.

– Temos que sair neste minuto! – avisa Liana.

– Droga – diz Summer, ao registrar a hora. – Eu não faço nada direito.

Sua aversão por si mesma é como um suéter velho e familiar que ela veste com facilidade, um que ela passou muito tempo usando nos últimos anos.

– Ei, não – repreendo-a. – Estamos atrasadas pro ensaio um dia. Não é o fim do mundo.

– Quando sou eu, sempre é o fim do mundo – rebate ela, tão mordaz que Liana ergue as sobrancelhas.

– O que foi que eu perdi ontem à noite? – pergunta ela.

– Nada – respondemos em uníssono, então começamos a jogar água no rosto e procurar café nos armários da mãe de Summer.

– Sua mãe tem Gatorade? – pergunta Liana, com um gemido.

– Por que minha mãe teria Gatorade?

No carro, olho de relance para Summer, que morde o lábio, arqueada para a frente no banco, segurando o volante como se fosse o pescoço de um inimigo. Ela está correndo, o rádio nas alturas, um rap sem criatividade nenhuma saindo dos alto-falantes.

Liana olha seu telefone no banco de trás e faz barulhinhos estranhos.

– O que você está fazendo? – pergunto.

– Lendo o que andam dizendo na internet sobre mim e Javi.

– Pode parar.

– Preciso saber o que estão falando!

– Você não tem uma relações-públicas? Ela não pode ler pra você?

– Ela trabalha pra nós dois – responde Liana. – E quer que a gente fique juntos. E é uma escrota petulante, então estou ignorando as ligações dela.

– Beleza, *eu* vejo então – falo. – Me dá seu telefone.

Tem gente com pena, o que não surpreende, e pessoas postando corações partidos e deixando claro que estão com raiva de Javi. Leio para Liana só os mais gentis, que falam que ela merece coisa muito melhor, e escolho não ler em voz alta aqueles que dizem que ela era um peso morto na relação, então não era de surpreender que Javi a tivesse traído.

Mas também... semicerro os olhos para a tela. Tem tanta coisa sobre Noah ter tomado as dores dela e confrontado Javier.

Issooooo, é ASSIM que um aliado faz! Amei ver isso!

Bom, funcionou: ele distraiu a imprensa. Mas talvez tenha feito isso bem demais. Agora ele é tão parte da história quanto Liana e Javier.

As fotos que os paparazzi tiraram de Liana não são muito lisonjeiras, embora Noah esteja ótimo nelas, os músculos salientes, cada centímetro do herói de ação que ele vai viver e está prestes a ser revelado. Paro em uma foto em particular. Algum fotógrafo arrojado capturou o momento em que Noah me disse que ia distrair a imprensa. Ele está se inclinando, a boca na minha orelha, e seguro seu braço. Parece assustadoramente íntimo em meio ao caos, e uma subcategoria de fãs já se aproveitou disso.

- É a cara da Kat, sempre apaixonadinha pelo Noah.
- Meu Deus, vocês acham que ela vai tentar roubar ele da Summer como sempre fazia no programa?

- KKKKKK É óbvio que ele não ia ficar com a Summer na vida real, ela é o caos em pessoa.
- A Kat não tem namorado?
- A irmã da amiga da minha amiga viu os dois brigando no aeroporto, então TALVEZ NÃO TENHA MAIS. Enfim, eu shipparia Kat/Noah, ia ser tipo Draco/Hermione.

Isso são os fãs sendo fãs, penso, mesmo com medo de que, talvez, eles estejam percebendo uma pontinha de verdade. Enquanto estou de olho nisso, Summer para no estacionamento e pisa no freio de repente, o carro fora das marcas da vaga. Então ela sai correndo para a sala de ensaio, e Liana e eu nos apressamos atrás dela.

Quando entramos, o coro está repassando alguns passos de dança, nossas posições diante deles evidentemente vazias. Noah está com a aparência ótima e reluzente ao vir andando até mim.

– Opa, teve festinha ontem à noite? Por que não fui convidado? – Olho para ele, e sua expressão muda. – Ei, você tá bem? – começa ele, então Michael vem para cima de nós segurando sua onipresente Coca diet.

– Têm ideia do desperdício colossal de tempo e recursos que é ter que esperar vocês? Estamos aqui nessa perda de tempo há duas horas!

Liana e eu nos preparamos. Já tínhamos sido alvo das explosões de Michael. Mas ele não está gritando com a gente dessa vez. Seu alvo é Summer.

– Desculpa – diz ela. – Meu telefone descarregou à noite, aí o alarme não tocou e...

– Voltou a usar? É isso que está acontecendo?

– Não joga a culpa nela – diz Liana, dando um passo à frente. – Ela ficou me consolando por causa do Javier e...

Mas Michael não pega leve.

– Ou foi simplesmente pura preguiça e falta de comprometimento? E já não basta você fazer isso sozinha, agora tem que arrastar as outras também nessas suas aventuras?

Michael está tão aborrecido que fica vermelho. Sem querer, me pego imaginando que ele vai infartar e, nesse instante, os berros cessam, a fala dele fica enrolada e Michael desaba no chão.

30

· · · · ·

2018

Logo na esteira do colapso de Michael vem a confusão sobre quem deve acompanhá-lo ao hospital. Meu instinto diz que nós quatro deveríamos ir na ambulância com ele, como se fôssemos os filhos e ele, o pai que nos faz competir para cair em suas graças. Mas ele vai sem nós, apenas com um assistente trêmulo como acompanhante. Quando o colocam na ambulância, ele já conseguiu se sentar, atordoado mas vivo, graças a Deus.

Ficamos todos por ali, inúteis, retorcendo as mãos e falando em sussurros. Por que as pessoas baixam o tom de voz quando acontece alguma tragédia? Falar mais baixo não vai mudar nada, mas, mesmo assim, sussurramos.

Depois de meia hora, o diretor assistente, Kyle, recebe uma ligação e então convoca a todos.

– Foi um ataque cardíaco brando. Ele vai ficar bem. – As pessoas suspiram de alívio, até aplaudem sem muita emoção. – Vamos pedir que alguns fiquem, mas a maioria deve ir para casa descansar. Obviamente isso foi traumático, então, por favor, não deixem de se cuidar.

Ele manda para casa o pessoal do coro, assistentes de produção e todo mundo abaixo de determinado nível. Eles vão embora em bandos, preocupados, enquanto o Sr. Atlas entra com alguns representantes da corporação Atlas prontos para se reunirem com nossa equipe de superiores, nós quatro e alguns dos atores secundários mais importantes.

– Beleza – diz Kyle, dando uma olhada para conferir se todos já foram mesmo embora.

Ele é um homem gentil e apreensivo, quase um garoto, mais jovem que a gente, e é óbvio que está surpreso por sua nova responsabilidade. Michael não contrataria um suplente com muita experiência, já que gosta de estar no comando de tudo. É a cara do Michael: contrata uma pessoa inexperiente para poder orientá-la quando, na verdade, só não quer ser desafiado.

– Sr. Atlas?

O homem entrelaça os dedos, sentado em uma cadeira.

– Michael vai ficar bem – diz o Sr. Atlas. – Mas precisa permanecer no hospital por um ou dois dias para ser acompanhado e depois terá que descansar e se recuperar por mais alguns dias.

Ninguém quer fazer a pergunta, para não parecer insensível e egoísta, mas estamos todos pensando nisso. Por fim, Summer ergue a mão.

– O que isso representa pro reencontro?

– A gente devia adiar, não é? – pergunta Liana. – Já que a ideia é ir ao ar em duas semanas e o Michael vai estar fora metade desse tempo, não? A gente não quer fazer papel de idiota...

Um dos representantes da corporação se posiciona.

– Adiar vai ser difícil por causa dos patrocinadores que já compraram espaço.

– Mas com certeza eles vão querer que o programa seja *bom*, não? – pergunto, embora logo perceba que provavelmente ficarão satisfeitos com um desastre, contanto que as pessoas assistam.

– Não podemos adiar – diz Noah. – Não vou ter disponibilidade. – Ele olha rápido para o Sr. Atlas.

– Sim – diz ele, quase para si mesmo. – Talvez seja um bom momento para dar uma boa notícia. – Ele se levanta. – Acredito que todos aqui nesta sala compreendem a natureza sigilosa do que vou dizer.

Ele vai até a cadeira de Noah, coloca a mão em seu ombro como um tio orgulhoso. Nesse meio-tempo, mal olha para Summer, ao lado de Noah. Na verdade, mal reconheceu a presença dela nesse tempo todo desde que voltamos. Ainda com raiva por ela ter estragado seu programa mais lucrativo, ofendido demais pelos pecados dela.

– Precisamos manter a data do programa ao vivo. Noah vai fazer uma turnê de divulgação logo em seguida. Porque vamos anunciar, durante a exibição do reencontro, que ele vai ser o Leopardo da Neve.

Noah sorri com educação para o grupo. Olho para Summer, que acaba de saber da novidade. Seu corpo fica imóvel, ao passo que o restante da equipe e do elenco explodem em aplausos e gritos, alguns se levantando para dar tapinhas nas costas de Noah. Imagino o que deve estar passando na cabeça dela: vai ser impossível evitá-lo. Ele desaparece em meio à aglomeração de gente animada, enquanto Summer, Liana e eu permanecemos em nossos lugares. Liana bate algumas palmas, porém a ressaca não a deixa se levantar.

No bolso, meu telefone vibra. Miheer. As pessoas estão ocupadas ao redor de Noah, querendo saber detalhes, então me retiro e corro para o corredor, o medo se avolumando em meu estômago. Miheer ainda está no horário de trabalho, não é hora do nosso telefonema de sempre.

– Oi, não posso demorar muito, está dando merda geral aqui. Mas o que houve?

– Eu vi as fotos de tudo que aconteceu com a Liana. Ela está bem?

– Não sei. É bem horrível.

Ele se solidariza com a situação dela, então dá um suspiro entrecortado ao tentar se forçar a continuar. Em geral, o mero som da voz dele aplaca qualquer ansiedade em mim, mas hoje não.

– O que mais está rolando? – pergunto, embora eu tenha certeza de já saber o que é.

– Também vi uma foto sua e do Noah e a conversa sobre ela.

– Ah.

– Eu não fico procurando muito, mas minha mãe, logo ela, me ligou preocupada. Acho que minha prima comentou com a irmã da minha mãe, que falou com ela e... Estou tentando não me deixar afetar. Nunca passei pela experiência de ter que lidar com gente aleatória na internet dando pitaco sobre meu relacionamento, sabe? Odeio ser um babaca desconfiado e ciumento, mas fiquei pensando, ainda mais depois de como as coisas ficaram entre a gente no aeroporto... Ele não é o capítulo que você precisava encerrar, é?

– Não, eu juro que ele não é o motivo pra eu ter voltado.

– Tá bom. – O alívio transborda pela voz dele e, por um instante, acho que vamos ficar bem. Mas então ele continua: – E odeio até perguntar, mas, só pra parar de ficar paranoico... Nunca aconteceu nada entre vocês, não é?

Apoio a cabeça na parede de azulejos fria. Seria tão fácil dar a resposta que o tranquilizaria, mas não posso fazer isso. Posso ter omitido coisas, mas não vou mentir para ele.
Engulo em seco.
– Só uma vez.

31
. . . . .

2005

Na noite do episódio ao vivo, a atenção ficou toda voltada para Summer, para a contenção dos danos e para as negociações frenéticas. Liana, Noah e eu fomos orientados a ficar por ali – nada de ir a nenhum restaurante com nossos familiares, que estavam preocupados –, tanto para evitar mais publicidade negativa quanto para o caso de os superiores precisarem de nós. Mas estavam todos esgotados demais com Summer para ligarem para a gente, então, em estado de choque, fugimos para o trailer do Noah com uma garrafa grande de tequila, que a gente tinha pensado em usar na comemoração.

– Não vai mais ter filme – falou Liana. – Não é? Não tem como a gente fazer um filme depois disso.

– É – falei, tentando não chorar. Estávamos *todos* tentando não chorar enquanto bebíamos da garrafa, passando-a entre nós. Noah mal tinha falado uma palavra. – Não tem como mesmo.

– *Os sonhadores* acabou – disse Liana, andando de um lado para o outro no trailer, então deu um chute de frustração em um dos gaveteiros do Noah. – Ela ferrou a gente.

– O que a gente acabou de fazer... foi a última vez que vamos interpretar esses personagens juntos – falei. – Provavelmente é a última vez que vamos atuar juntos. Ai, meu Deus.

Eu estava furiosa comigo mesma. Mas, conforme a tequila queimava minha garganta e afrouxava meus braços, fui ficando cada vez mais furiosa com Summer também. Como é que ela podia não ter segurado a onda? Eu tinha dito para ela que a gente ia dar um jeito. Ela tinha transformado meu erro – um erro covarde e podre, sem dúvida, mas que dava para desfazer ou administrar – em algo muito maior, um segredo horrível que eu teria que guardar. Eu já sentia a culpa me rondando, inevitável.

O telefone de Liana começou a tocar. Ela olhou para a tela.

– Meu agente. Já volto.

Noah lia as notícias no laptop. Tinha se deitado na cama, olhando quase catatônico para o texto. Eu me aproximei e sentei na beirada. Eu tinha causado a dor dele e talvez pudesse fazer algo para ajudar.

– Você está bem? – perguntei. Ele deu uma meia risada. – Desculpa, quero dizer, é claro que nenhum de nós está bem.

– Ela é uma atriz bem melhor do que eu pensava. – A voz dele saiu sem emoção.

– Beleza, olha aqui. Você não pode acreditar no que foi escrito no diário. Eu estava com a Summer naquela festa, e ela com certeza não transou com ninguém em beco nenhum e...

– Talvez não, mas isso tem alguma importância agora? A Summer que eu achei que conhecesse nunca teria ferrado a gente assim. Além disso, tem um monte de caras que já estão dizendo que... – Ele se sentou, esfregando os olhos. – Olha, não sei de tudo, mas sei que a Summer é uma mentirosa. E ela acabou com o programa sozinha.

Eu não tinha como argumentar contra isso.

– Eu fui tão burro! Fiquei tão fascinado por ela que nem olhei pro lado nos últimos meses, mesmo com garotas melhores por aí, que não vivem num drama o tempo todo. – A mão dele se arrastou até a minha na cama, roçando meus dedos. – Garotas como você.

Eu me virei para encará-lo, e então sua boca já estava na minha. Ele devia saber desde sempre, conscientemente ou não, que eu não o rejeitaria. Eu era a que lhe dava segurança, a que oferecia conforto e conselho e afagava seu ego, e era disso que ele precisava depois de uma noite tão terrível. Finalmente estava acontecendo. Eu estava conseguindo o que queria e só tinha custado a destruição da Summer.

Tentei me perder no beijo, no jeito com que ele me puxou para a cama e veio para cima de mim. Eu estava bêbada, igual à vez em que transei com o cara que eu nem conhecia, e me perguntei quando eu iria transar sóbria, sem ter que minimizar minhas inibições com álcool. Quando a sensação seria mais do que mero instinto animal. Quando seria amor.

Porque eu amava Noah, sim – ou, pelo menos, tinha amado –, mas aquilo ali era apenas uma sombra do que eu tinha fantasiado, suja e errada e triste. E talvez eu nunca tivesse amado *Noah* de verdade, mas sim o que ter a atenção dele representava: a prova de que eu tinha tanto valor quanto Summer.

Sim, eu deixei a coisa seguir, deixei ele desabotoar minha calça e deslizar os dedos para dentro de mim, pensando que talvez, se eu o beijasse com mais força, a sensação seria a que eu sempre quis.

A porta do trailer se sacudiu, e nós dois nos separamos, os rostos vermelhos, as roupas desgrenhadas, e nos sentamos, eu fechando freneticamente a calça, quando Liana entrou.

– Aquele *desgraçado* – dizia ela. – Ele vai me deixar e... – Ela parou e absorveu a cena diante dela. – Estou interrompendo alguma coisa?

– Não – respondi.

– Só matando o tempo – falou Noah.

– Hum-hum. – Ela contraiu os lábios. – Bom, podem continuar "matando o tempo". Eu vou dormir. Esta foi a pior noite da minha vida.

Liana pegou as coisas dela e saiu do trailer antes que a gente pudesse protestar muito. Lá fora, agora eu sei, ela deu de cara com Summer e escolheu protegê-la da verdade plena sobre a companhia de Noah. Devia ter suposto que nós todos já tínhamos sofrido o suficiente naquela noite.

A porta bateu atrás dela, deixando apenas nosso silêncio constrangedor. Noah se inclinou na minha direção outra vez, mas recuei.

– É melhor eu ir também.

– Qual é, não vai – disse Noah. – A gente ainda tem essa tequila toda.

Ele lançou aquele seu olhar, o ar de vítima, e senti vontade de chorar. Porque eu podia ter transado com ele. Mas saberia o tempo todo que ele queria que eu fosse a Summer. E a verdade é que eu também desejaria estar com outra pessoa. Alguém que eu ainda não tinha conhecido, que ia me querer não como uma distração, mas como eu mesma.

(Anos depois, a primeira vez que Miheer e eu transamos, corados, acanhados, devagar, foi no meio da tarde. A luz entrava no meu quarto pela cortina branca e macia, e a gente não tinha bebido nada. *Isso*, pensei, várias e várias vezes.)

– Desculpa. – Se eu continuasse com Noah, na manhã seguinte ia me sentir muito pior do que já me sentia. Tínhamos acabado com a ilusão. – Estou exausta.

– Beleza.

Ele se virou para o outro lado e deu outro longo gole na tequila. Fiquei ali, sem jeito, querendo que falássemos mais alguma coisa: para reafirmar que significávamos algo um para o outro, mesmo depois de tudo; para prometer que, não importava o que acontecesse, tentaríamos nos apoiar enquanto o mundo desabava sobre nós, ávido por drama e detalhes.

Mas ele tinha se virado para o laptop e navegava pela página do Lamapop, com a manchete **"Segredos Sexuais Sórdidos de Summer"** estampada na tela.

– Que tal a gente tomar café amanhã cedo? Eu, você e Liana – convidei, mas ele não respondeu.

Saí pela porta, e aquela foi a última vez que nos vimos em 13 anos.

32

2018

Miheer fica calado por um instante depois que conto tudo.

— Então você tem mesmo assuntos inacabados com ele – conclui.

— Acho que ele é parte do todo. Mas não foi por isso que...

— Que você parou tudo que a gente estava construindo juntos pra fazer esse programa idiota?

A raiva me domina.

— Não é idiota.

— Estou citando uma frase sua! Você diz o tempo todo que o programa é idiota!

Pode ser, mas eu sou a única que tem o direito de falar assim.

— Você não estava lá. Não fez parte disso e não chegou nem a assistir, então não tem como entender.

— Tem razão. Eu não entendo. Estamos juntos há três anos e, pela primeira vez, sinto que não sei quem você é! Eu só...

Ele se detém, e sinto meu estômago afundar.

— Você só o quê? – pergunto, cautelosa.

Ele suspira.

— Tem muita coisa rolando aí, e eu preciso deixar você se concentrar.

— O que isso quer dizer?

A voz dele fica severa e formal.

— Acho que essa é uma conversa importante, e devemos esperar pra nos falar cara a cara.

– Miheer, não.

– Você me pediu que não te pressionasse com a questão do noivado enquanto você estivesse fora. Agora sou eu que peço isso a você.

– Mas... mas eu te amo.

– Eu também te amo. – A voz dele fica rouca. – É por isso que essa merda toda acaba comigo.

Miheer só fala palavrão em momentos extremamente difíceis. Depois que ele desliga, fico olhando inutilmente para o telefone por um momento. Já era a chance de ele me pedir de novo em casamento no instante em que isso tudo acabasse. É mais provável que termine comigo no minuto em que eu entrar pela porta.

Meu telefone vibra de novo. Será que é ele? Quase machuco o pescoço outra vez ao baixar a cabeça rápido para o aparelho. Mas é uma mensagem de Irene:

Está ficando bem difícil segurar as pontas para você.

Em seguida, mais uma mensagem:

E talvez eu seja a última pessoa que deveria lhe dar "conselhos sobre homens", mas, se trocar o maravilhoso do Miheer por algum saradão de Hollywood, vai cometer o maior erro da sua vida.

Bato a cabeça contra a parede, curtindo a pontada de dor que isso me causa. As minhas conquistas aqui se resumem a fazer Summer me odiar e a literalmente causar um infarto no cara que comanda o programa. Estou com raiva de tudo, mas principalmente de mim mesma, por derramar fluido de isqueiro na minha vida normal e atear fogo nela.

Quando volto à sala de ensaio, zumbindo de raiva, as pessoas ainda estão dando tapinhas nas costas de Noah, parabenizando-o pelo trabalho que conseguiu conquistar por rir do restante de nós junto com o mundo, por roubar as ideias de Summer e transformá-las em um filme que todos amaram, por ser amiguinho dos caras no poder e sempre, acima de tudo, se colocar em primeiro lugar.

Cara, como fui burra ao achar que ele tinha mudado! Ora, só porque ele me levou para malhar? Porque se jogou na frente das câmeras no lugar de Liana? Preciso lembrar que Noah está a serviço de Noah. E hoje em dia é legal ser um defensor das mulheres, ser um cara "do bem". Os homens estão começando a ser cancelados por seu mau comportamento. Aposto que ele viu a chance de ficar acima da média. Provavelmente ficou radiante por poder gritar com Javier e estampar seu nome nas manchetes. Quanto arrependimento ele sentiu em relação a tudo nos últimos 13 anos? Olhando para ele agora, todo vaidoso e bronzeado, o tanquinho delineado pela blusa fina, é óbvio que a resposta é: absolutamente nenhum.

– Então não vamos adiar o reencontro – diz o Sr. Atlas quando o clamor ao redor de Noah por fim diminui. – Kyle vai assumir aqui e manter comunicação constante com Michael para implementar as orientações dele. Kyle, gostaria de dizer algo?

Kyle se levanta. Parece abjetamente aterrorizado.

– Beleza, gente. Tirem o resto do dia de folga e vamos nos organizar e voltar amanhã prontos pra ir com tudo! – Soa estranho, como um menino interpretando um discurso inflamado de *Coração valente* em sua primeira tentativa na aula de teatro. – Hum... sei que vamos fazer um programa incrível e estou honrado por ser seu novo, ainda que temporário, líder. Hum... e...

O Sr. Atlas dá tapinhas no ombro dele.

– Obrigado, Kyle.

A sala é dominada pelo guincho de cadeiras sendo arrastadas, a agitação de pessoas juntando suas coisas. Noah vai direto até o Sr. Atlas. Nesse meio-tempo, vários integrantes da equipe ficam por ali, esperando a oportunidade de puxar o saco do Próximo Grande Astro de Cinema Mundial.

Liana, Summer e eu continuamos sentadas. Liana se curva e pega sua bolsa do chão com um grunhido.

– Vou voltar pro hotel e começar a lidar com essa zona toda. – Ela se levanta e nos dá um sorriso fraco. – Mas obrigada pela noite de ontem. Não sei o que eu teria feito sem vocês duas.

Liana se encaminha para a porta enquanto Summer pega as próprias coisas, se afastando de mim sem me olhar duas vezes.

Dou uma corrida atrás dela.

– Espera!

Summer se vira, e não há gentileza em seu olhar. Já mandei minha vida pelos ares para dar um jeito na dela. Então, tem que valer a pena. *Tem* que valer. Pigarreio, olho ao redor e então pergunto:

– Quando você disse que queria acabar com o Noah... Que tal uma mãozinha?

33

......

2018

Mais uma vez, Summer está ao volante, me levando para algum lugar. Pegamos trânsito até chegarmos a um trecho da estrada abençoadamente vazio. Então abrimos as janelas e vamos contornando os desfiladeiros, acelerando rumo ao mar, até que Summer estaciona em um trecho da praia menos movimentado, mais selvagem e rústico. Ela pega um boné de beisebol no porta-luvas e o coloca, puxando a aba para baixo, uma tática de camuflagem rápida para desestimular os outros a se aproximarem.

Há pessoas dando uma corrida e outras sentadas na areia. Um casal mais velho joga uma bolinha para seu cão hiperativo. Mas, no geral, temos privacidade, uma coisa rara e linda. Eu me enrolo com mais força em meu casaco enquanto o vento marinho sopra à nossa volta. Summer tira os sapatos, deixa-os na areia e caminha até onde as ondas se desfazem na areia. Já está com água no tornozelo quando tiro meus sapatos e vou até ela.

— Aaah, que gelada! — digo, quando uma onda bate nos meus dedos.

Ela continua encarando o horizonte, imóvel. Está acostumada a se resignar diante de um mundo que lança todo tipo de infortúnio na direção dela. A água gélida do mar não é nada, ela machuca só o corpo — e Summer abriu mão de ser dona dele há muito tempo.

— Você não vai me ferrar de novo — diz ela.

Não sei se é uma pergunta — seu tom de voz é monótono —, mas balanço a cabeça mesmo assim.

— Uma vez já foi bem ruim — digo.

– De qualquer modo, isso não vai acertar as coisas entre a gente.

– Eu sei.

Não tenho expectativas de que ela vá conseguir me perdoar. Mas talvez, um dia, consiga me olhar sem tanta raiva e tristeza. Se é assim que ela quer ajuda, que assim seja. Além do mais, também tenho um bocado de raiva do Noah. Minha oferta não é tão altruísta.

– Beleza, você manja de direito. *Silvestres* é em parte ideia minha... Não é o tipo de caso que se sustente em um tribunal, é?

– Talvez no tribunal da opinião pública. Mas, em um tribunal de verdade, não.

– Foi o que pensei. – Ela mordisca a unha do polegar. – Então quero fazer o Noah sentir algo por mim de novo. – Uma gaivota passa acima de nós. – Venho tentando sozinha, mas não sei se está dando certo. Você é observadora. O que acha?

– Ele parece que está sempre... ciente de você. Como se soubesse onde você está nos ambientes.

– Isso é bom, mas não o suficiente. Você podia descobrir o que ele está pensando e sentindo. Falar bem de mim.

Mais uma vez, estou a serviço dela, mas agora eu mereço. É para pagar uma dívida.

– Qual é o objetivo disso?

– Quero que ele se abra comigo. Se eu conseguir ficar sozinha com ele, vou deixá-lo relaxado com uma ou duas bebidas e depois fazer com que fale sobre *Silvestres*... Quero uma gravação do Noah admitindo que o filme foi ideia *nossa*, de nós dois, e que ele nunca me procurou pra falar disso. Conheço uma repórter. Ela sempre me tratou bem. Se eu conseguir o áudio, ela vai publicar a história logo antes do programa ao vivo. Quero que isso seja divulgado do mesmo jeito que o diário foi, só que, dessa vez, ele é que vai subir no palco se perguntando se o mundo vai se virar contra ele. Quero que ele faça o episódio acreditando que gosto dele. E então, quando chegar a hora do nosso beijo, eu é que vou me afastar.

Ela estremece enquanto fala, me olhando nos olhos e então desviando para o horizonte, louca para que eu ache o plano bom, mas ao mesmo tempo fingindo que minha opinião não importa. E o que eu acho desse grande plano? Tenho... minhas reservas. Mas ela precisa muito disso.

– Beleza – digo. – Eu falo com o Noah.

– Ótimo. – Os olhos dela ficam vermelhos. Summer finalmente esfrega os braços para se esquentar. – Eu só... Você acha que alguém vai se importar? – Sua voz vai ficando baixinha, e preciso chegar mais perto para ouvir por cima do vento e das ondas. – Tenho medo que ninguém dê a mínima. Que isso talvez não tenha importância. Qualquer idiota pode ter uma ideia, bolar um enredo e uma fala memorável, mas o Noah é o único que poderia ter escrito aquele roteiro.

– Você não é uma idiota.

– É a única coisa de valor que eu já criei ou pensei, mas não fiz nada com isso. Fui para a reabilitação. Ele é que transformou em algo especial.

– Ei, isso não é verdade. – Eu a viro para mim. Ela parece tão frágil, cabisbaixa, com rugas nos olhos. – Não é a única coisa de valor que...

– E o que mais, então? Fala uma só coisa que eu fiz nos últimos 13 anos.

Eu hesito, e ela ri com sarcasmo.

– Outro dia você me perguntou por que eu estava tão diferente. Por que venho tentando ser como era antigamente? Porque foi a última vez que eu fui *boa*. A última vez que as pessoas ficaram impressionadas comigo. – Sua voz falha, mas ela vai em frente. – O Noah não vai sentir nada por mim agora. Uma pessoa que é só uma piada, acabada e derrotada, que vive furiosa, amarga, triste e é só uma sombra do que deveria ter sido, que não consegue passar um dia neste mundo sem que os outros achem graça dela ou, pior, sintam pena. – Summer limpa o nariz na manga e pisca para tentar afastar as lágrimas, ainda que seu rosto ameace desmoronar. – Não é o tipo de mulher pra quem Noah Gideon daria bola.

Eu a puxo para um abraço. Provavelmente ela tem razão. O resultado mais provável desse plano desastroso e mesquinho é que ela se apaixone por Noah outra vez, enquanto ele só vai sentir pena dela.

Summer resiste ao meu abraço a princípio, mas depois relaxa em meus braços, o corpo pesando contra o meu, trêmulo e soluçante, suas lágrimas molhando meu ombro. Ainda bem que o destino, a sorte e um retorcer desagradável dos meus lábios me impediram de ser a garota no centro das atenções. Eu não teria sobrevivido. Quem conseguiria sobreviver?

– Ei, por favor. Você tem que saber que é digna de amor do jeito que você é.

— Você parece minha terapeuta — diz Summer.

— Ah, você está fazendo terapia! Que ótimo — falo. Ela se afasta e franze a testa para mim, e eu recuo. — Não porque você precise tanto assim. Acho que todo mundo deve fazer terapia.

— Você faz? — Ela espera um instante, o rosto inchado e exausto. — Sei. Bom, eu faço há anos e já experimentei meditação guiada e coquetéis de antidepressivos. Tentei várias igrejas e igreja nenhuma. Me disseram um milhão de vezes que sou digna de amor do jeito que eu sou, que preciso me olhar bem no espelho, que preciso ser mais madura e seguir em frente. Mas de que vale ser uma pessoa mais madura quando ninguém mais precisa mudar? — Ela trinca os dentes e entra mais um pouco na água. — Vou seguir em frente quando todo mundo também tiver que se olhar no espelho.

— Já falou isso pra mais alguém além de mim?

— Não. Quanto menos gente no meio, melhor. A Liana já tem muita coisa pra resolver. E não quero que você conte pra ninguém. Sei que as pessoas contam tudo pros parceiros quando estão em um relacionamento sério e...

— Não se preocupa, isso não vai ser problema.

Ela estreita os olhos para mim.

— Ah. O Miheer não sabe, não é? Do diário e de você cavar minha cova?

— Eu... eu não queria mudar o que ele sente por mim. Se bem que acho que mudei, de qualquer forma.

Se ficar pensando muito na conversa que tivemos no telefone, sou capaz de chorar um oceano maior do que o que tenho diante de mim.

— Você também destruiu as coisas pra si mesma — diz ela. — Não só pra mim.

— Tomara que isso te traga algum conforto — respondo, enfiando meus dedos dos pés na areia.

— Ei — diz ela, olhando para o mar, a voz bem sincera. — Você tem que saber que é digna de amor do jeito que você é.

— Tá, tá.

— Talvez você devesse fazer terapia...

— Para de deboche, ou desisto de te ajudar.

Um sorrisinho aparece em seus lábios. Não há perdão para mim. Mas há uma aliança entre nós.

34

2018

Na manhã seguinte, temos nosso primeiro ensaio com Kyle na direção. O começo não é muito promissor. Estamos tentando fazer a cena que causou tanto problema para Michael, aquela em que Summer bate a cabeça. Michael não reescreveu nada antes do infarto – não dá para saber se ele tinha intenção de mudar algo ou se planejava nos enrolar até que fosse tarde demais.

– Hum, tá – diz Kyle. – Então, eu falei com o Michael hoje de manhã. Os médicos disseram para ele não se sobrecarregar. Ele acha que ia ser muito estressante fazer mudanças a essa altura, então disse pra seguir em frente com a cena já escrita.

Nós quatro nos entreolhamos, mas fazemos o que Kyle manda: seguimos para nossas posições, Summer mais uma vez finge virar o ponche, a mulher festeira caricata. Ao passar por mim para subir no palco, ela sem querer tropeça no meu pé.

– Foi mal.

– Tudo bem, vamos fazer de novo – diz ela, então para do nada. – É isso. Você me faz tropeçar.

Eu entendo na hora.

– Ah, dã. Um pouquinho da clássica sabotagem da Kat!

– Isso mesmo!

Kyle inclina a cabeça, confuso. Noah esfrega o queixo em seu novo estilo *estou prestando atenção*, observando Summer, embora ela nem esteja olhando para ele.

Summer está focada na inspiração que teve, as peças do quebra-cabeça à sua frente. Ela fala atropelando as palavras, como se tivesse que descrever sua visão antes que desaparecesse.

– Talvez a coisa toda seja sabotagem da Kat. Tipo, se eu sei que há boatos sobre mim quando estou indo pro reencontro do ensino médio, fico muito nervosa e quero que tudo dê certo.

– Mas eu estou com inveja e quero manter você fora da jogada – falo.

– Então você me enche de ponche e me faz tropeçar, pra que eu pareça ainda mais descontrolada do que estou.

Nós sorrimos uma para a outra, quase sem ar, como se tivéssemos acabado de participar de uma corrida. Sabemos que é bem clichê, mas também é perfeito.

– Isso fica... hum, bem diferente do roteiro – observa Kyle.

– Do roteiro que não está funcionando – rebate Liana.

– Acho que a ideia é bem maneira – fala Noah. – Pior do que está não vai ficar.

Kyle retorce as mãos, sem saber como lidar com essa rebelião simpática e entusiasmada. Além, é claro, do respeito a Noah, que não pode ser descartado como se fosse uma diva instável ou um zé-ninguém, como o restante de nós.

– Bom... tá bem. No que estão pensando?

A hora seguinte é pura magia: nós quatro improvisamos e atuamos, damos ideias, dizemos sim uns para os outros e quase reescrevemos essa parte toda do roteiro. Mudamos uma coisinha, ela tem ligação com outra, então precisamos ajustar também.

– Não quero que meu lance seja só falar quanto eu amo meu marido – diz Liana.

– Acho que o Michael queria que isso fosse cômico – começa Kyle. – Por causa do Javier, sabe?

– Estou sabendo – diz Liana, e o fuzila com o olhar.

– Bom, é, hum... acho que não é mais tão engraçado.

– A gente pode inventar outra coisa – digo.

Então ficamos bolando algo para isso também. Liana lista várias sugestões e nos faz rir, Summer dá ideias para ela. Quando ficam indecisas demais, eu corto o papo furado e decido. A mudança que fizemos para Summer a faz relaxar. Ela está cativante e gloriosa no papel, os anos quase sumindo enquanto ela se transforma outra vez na garota que todos amavam. Não parece mais algo forçado.

Entregamos um laptop a Kyle para que ele vá anotando o que dizemos, depois Noah dá uma olhada nas anotações e as aprimora. Se ele não tivesse um rosto tão bonito, será que teria se tornado professor de inglês ou então um daqueles roteiristas seguros e sérios que são respeitados na indústria, mas desconhecidos fora de Hollywood? Ele não é mais o garoto que anda por aí exibindo livros clássicos com capas surradas. Sua inteligência é mais discreta, mas também mais competente.

– Tem certeza? – pergunta Kyle, enquanto Noah digita uma nova fala para Liana.

– Ei, temos um roteirista indicado ao Oscar aqui. – Passo um braço ao redor de Noah, que cora de leve, dando uma olhada de relance para Summer. – Temos que aproveitar o talento dele.

· · · · · ·

Durante uma pausa, vou até Noah. Ele está esparramado, bebendo uma garrafa de água, e dá tapinhas na cadeira ao lado dele ao me ver.

– Oi – diz ele, enquanto tomo um gole da minha garrafa. – Nada contra o Kyle, mas o Michael deveria colocar você pra dirigir também.

Quase cuspo minha água só de imaginar.

– Que foi? – pergunta Noah.

– Não sei se você percebeu, mas provavelmente ele não dá ouvidos a uma mulher desde a professora do terceiro ano.

– Tá bem, tá bem. Só quis dizer que você é boa nisso. Deve ser uma potência no escritório de advocacia.

Levo um instante para entender o que ele acabou de dizer, porque meu primeiro pensamento é: *Eu não trabalho em um escritório de advocacia, do que você está falando?* Então, é claro, pensar na minha vida normal quase me faz surtar. Não, se concentra em ajudar a Summer.

Noah fica em silêncio e volta a olhar para Summer, que está revendo alguns passos de dança com o coreógrafo para refletirem o novo rumo que demos à personagem dela. Noah a observa com uma expressão intrigada, como se não conseguisse decifrá-la.

No centro da sala, com o cabelo preso em um rabo de cavalo todo suado, ela estica um braço, mexe o quadril devagar e então executa um giro rápido e um salto. Ela sempre foi a melhor dançarina entre nós todos. Pegava os passos logo e investia tanta energia neles que, às vezes, parecia um borrão em cena e, outras, exibia um controle quase hipnótico. Ela balançava o corpo como se dissesse a cada parte individual o que fazer e elas obedecessem, extasiadas, tão arrebatadas por seu carisma como todos os espectadores do programa.

– A Summer está mandando bem, não é? – pergunto.

Ele leva um susto, mas quase não deixa transparecer.

– É. É, é bom de ver.

– Acho que eu estava preocupada... com base em tudo o que sai na imprensa, que ela fosse ser instável ou infeliz. Mas passamos um bom tempo juntas, e ela não é. – Olho para ele, nós dois atuando ao fingir casualidade. – Vocês já tiveram a chance de se ver fora dos ensaios?

– Nah – diz ele. – Com o *Leopardo da Neve*, a vida está muito ocupada. Estão um pouco chateados por eu ter cancelado alguns compromissos do curta por causa do reencontro.

– Humm. Bom, nós agradecemos. A gente estava falando disso outra noite.

– Você e a Summer?

Assinto.

– Quer saber por que a gente se atrasou de verdade pro ensaio naquele dia? Ficamos até tarde da noite em uma conversa franca e perdemos a hora. A gente perde a noção do tempo conversando com ela, sabe?

– Sei – diz ele, o joelho subindo e descendo, a voz suave. – Sei, sim.

Summer termina sua série de passos, faz uma pequena reverência e então, eufórica, olha para nós. Noah e eu sorrimos para ela com o mesmo olhar bobo no rosto.

35

......

2018

No dia seguinte, Kyle decide nos deixar no comando total. Ele senta em sua cadeira de diretor e assente, pensativo, para o que fazemos, como se nos desse permissão, mas sabemos que ele está atuando tanto quanto nós. Durante as pausas, ele se concentra na tela do celular, olhando o Twitter ou o Grindr.

Repassamos as mudanças que fizemos no dia anterior, e fica evidente que todos nós *ensaiamos*. Sem combinarmos nada, cada um decorou suas novas falas. Claro, é difícil – faz um dia que as reescrevemos! –, mas é também divertido e cheio de ternura. E, quem sabe, um pouco inapropriado e talvez deixe as coisas óbvias demais, mas eu amo.

Continuamos no roteiro. Passamos da parte do sonho, cheia de alegria, e então seguimos rumo ao final, mesmo sem termos ensaiado essa parte direito até agora. Ninguém quer interromper a magia que criamos.

– Summer! Você está bem? Ai, graças a Deus – diz Liana, enquanto Summer "acorda" do desmaio.

– Me desculpa – digo, improvisando com base na nova sequência de eventos que inserimos mais cedo. – Eu queria ser o centro das atenções, mas não se isso significar que você vai entrar em coma.

– Estou bem – garante ela, se sentando.

Mesmo no roteiro que estamos elaborando, ela se recusa a dizer que me perdoa.

Chegamos ao momento em que Summer e Noah devem se abraçar –

Michael não escreveu nada sobre um beijo entre eles, embora tivesse dito que faria isso, e Summer sai da personagem.

– Na verdade, eu... – começa ela a dizer, tímida – ... escrevi algo que achei que a gente podia tentar. – Ela puxa duas folhas dobradas da bolsa, o papel timbrado do hotel que sempre ficava na mesa de cabeceira, sua caligrafia espalhada por toda a superfície. – Não sei se é bom.

Noah engole em seco. Pega um dos papéis da mão dela e o desdobra. Vejo Liana se encolher, talvez já prevendo o constrangimento por tabela caso a cena seja ruim.

– Você estava lá, dentro da minha cabeça – começa Summer.

– Você esteve na minha nos últimos 13 anos – responde ele, então os dois decolam.

É uma cena curta, não mais do que um ou dois minutos. Ainda assim, Summer capturou alguma coisa. Um sentimento. Arrependimento, mas também a esperança de que segundas chances talvez sejam possíveis. A voz de Noah falha. Eu estou prendendo o ar. E, então, é hora do abraço.

Há uma camada de suor na testa de Summer por causa da agitação da dança na parte do sonho. Fios de cabelo se soltaram do rabo de cavalo dela. Noah os tira de seu rosto. Ela ergue os olhos para ele, a respiração entrecortada, e ele não a abraça. Ele a puxa para si e cola os lábios nos dela.

Às vezes, os críticos enaltecem a química de um casal de protagonistas de algum filme ou série que vi e não tenho a menor ideia do que estão falando. Claro, tem casais de protagonistas que se divertem juntos, tem outros que embarcam em suas cenas de sexo com um entusiasmo e tanto, mas, na minha opinião, nenhum deles chega nem perto de superar Summer e Noah. Quando se olham nos olhos, eles parecem esquecer por completo que tem mais gente ao redor. Talvez seja porque os conheço pessoalmente, mas sinto a tensão de cada movimento entre os dois.

E agora eu sei o que se passa na cabeça de Summer quando ela leva as mãos ao rosto de Noah, colocando-se na ponta dos pés, apoiando-se nele. Summer beija Noah como se esse beijo fosse salvar sua vida e, de certa forma, se tudo sair como o esperado, talvez salve mesmo. O beijo, o que ele representa e o jeito como Summer vai negar isso a Noah, tudo tem ajudado Summer a sair do fundo do poço do desespero e dado a ela algo a que se dedicar. Mas, para Noah, que não sabe de nada disso, todas as emoções no abraço dela – a vingança, a raiva, o triunfo – devem parecer paixão. Devem parecer amor.

Ao meu lado, diante da cena, Liana agarra minha perna e a aperta. Esse deveria ser o momento em que o coro todo entra no palco e executamos um final poderoso, mas pedimos para eles não virem hoje. Então o pianista começa a tocar a música final, mas ninguém canta, aí o pianista vai parando, e Summer e Noah continuam entrelaçados.

– Gente, isso ficou ótimo – digo, e Noah dá um passo atrás.

Ele pigarreia.

– É, a passagem toda parece promissora.

– Kyle, tem alguma observação? – pergunto.

– Há – diz ele, piscando rápido. – Achei que foi muito... uau. Eu cresci vendo o programa, então achei muito maravilhoso.

Dou um sorriso para ele. Por isso Kyle ficou ansioso o tempo todo: ele é nosso fã! Como parece que não há mais nenhuma observação, eu me viro para os outros.

– Eu, particularmente, achei que, Noah, você ficou hesitante demais no começo do dueto – digo. – E, Liana, aquela fala hilária na página 6 é boa demais, a gente precisa garantir que ela não fique perdida.

– Beleza.

– Mas acho que devemos manter a cena que a Summer escreveu do jeito que está.

– Ah, se devemos – concorda Liana. – Eu não sabia que você tinha esse talento todo.

Summer fica vermelha. Talvez esteja atuando para Noah. Mas eu acho – e torço para isso – que ela está maravilhada de verdade com o elogio.

O telefone de Liana toca, e olhamos para ele: o nome de Javier está na tela. Em um ato de comunicação tácita, Summer e eu erguemos as sobrancelhas para Liana: ela quer conversar sobre isso? Liana acena com a mão no ar: não, ainda não sabe o que fazer, então vamos nos concentrar no ensaio, está bem?

– Não sei se mais alguém pensa assim – diz Summer –, mas não faz mais sentido que eu seja o vocal principal de "Borboleta", faz?

– Não – respondo. – Não com o novo rumo da personagem.

Summer cantou essa música – um bom e velho solilóquio! – no episódio em que ela estava sendo excluída por colar em uma prova, algo que não tinha feito (ela nunca faria!), apesar de eu espalhar boatos sobre isso. É um hino que fala sobre não ligar para o que as pessoas pensam de você, com a sugestão sutil de querer que os outros vejam quem você é de verdade. (*Vão tentar me deter, vão tentar me calar. E eu posso ir embora ou posso ficar, ser borboleta e me transformar.*) Michael deu um novo propósito à música, que funcionava quando Summer aparecia como a mulher festeira. É seu maior solo nesse reencontro e uma de suas músicas mais icônicas no programa. Mas parece menos relevante agora, com a personagem dela sendo tímida.

– A gente podia reescrever a letra – diz Noah, batendo com um lápis nos lábios.

– Acho que a Liana podia cantar – observa Summer.

Liana lança um olhar confuso para ela.

– Não. Sério? Não faz isso só porque está com pena de mim no momento. Nem se atreva.

– Não estou fazendo! Faz mais sentido pra sua personagem. E você sempre mereceu um solo.

– Mas aí você não vai ter um grande número só seu.

Summer sorri com desdém e esfrega o ombro de Noah.

– Eu tenho o nosso dueto. E várias outras coisas também.

Quando Summer retira a mão, Noah olha para onde ela estava.

– Vai pelo menos tentar? – pergunta Summer.

Liana hesita por um bom momento, então assente para que o pianista comece.

É uma música pop animada, uma precursora de "Firework", da Katy Perry, começa mais lenta e mais baixa, então acelera e cresce até chegar a um refrão vibrante. Summer sempre a executou com o poder feminino que a música demanda, cantando de todo o coração e seguindo à risca a batida.

Mas Liana vai muito além. A letra simples já não parece *boba*. Parece a única forma possível de expressar sentimentos tão grandes, como se Liana destilasse suas emoções na metáfora da borboleta porque, se tentasse falar sobre elas de forma mais direta, talvez desabasse.

Assistimos deslumbrados à apresentação. Noah fica boquiaberto e balança a cabeça no ritmo, mas parece fazer isso sem nem perceber. Uma lágrima rola pelo rosto de Summer, ainda que, em tese, a música não seja tão triste. Mas Liana entrega tudo de si. Interpretar uma música é uma tremenda tábua de salvação para ela, não é? Acho inconcebível que ninguém tenha lhe dado uma oportunidade de fazer isso antes. Para mim, cantar traz uma sensação boa, mas, para ela, é uma forma de lidar com a montanha-russa que é a vida, de validar a tristeza, de transformá-la em algo que *conecta* você com outras pessoas, não em algo que te diminui. Meu Deus, o tanto que deixei a dor me diminuir nos últimos 13 anos...

Noah mexe o joelho, apenas alguns centímetros, e encosta no de Summer durante a apresentação. Talvez ele esteja tão absorto na música que nem tenha reparado no gesto. Ou talvez a música seja a desculpa perfeita para algo que ele já queria fazer.

Summer endireita a coluna. De esguelha, ela percebe meu olhar e ergue os lábios em um meio sorrisinho. Então voltamos a observar Liana.

Diante dos nossos olhos, Liana canta a letra simples que fala sobre ser uma borboleta, e fica claro para todos nós que ela é uma estrela.

36

2018

Mais alguns dias se passam enquanto consolidamos o trabalho e voltamos com o coro. Todos ficam surpresos com as mudanças, mas observam e se engajam – alguns até perdem suas deixas por estarem envolvidos demais no programa. Kyle fala com Michael toda noite e nos passa as orientações dele pela manhã. Nós as ignoramos solenemente. Tenho para mim que Kyle não está comunicando a extensão das nossas alterações. Talvez ele seja um jovem ansioso que a gente colocou em uma situação bem complicada. Ou talvez Kyle saiba que Michael daria um fim ao nosso experimento se descobrisse a verdade e queira nos dar a chance de que isso dê certo. A Atlas envia um representante que fica no ensaio uma ou duas horas toda tarde, para garantir que estejamos progredindo. Nesse período, focamos nas partes que não foram modificadas, enquanto Kyle se posiciona com ar de carrasco e nos obriga a repassar o remix várias e várias vezes.

Por fim, a menos de uma semana da apresentação de verdade, descobrimos que Michael já está bem o suficiente para voltar. Ele quer começar com um ensaio geral para avaliar em que pé estamos e o que precisamos trabalhar durante o tempo limitado que nos resta.

Chego ao estúdio ao mesmo tempo que Summer.

– Como você está? – pergunto a ela.

– Ah, nervosa.

– É.

– Mas – ela me dá um olhar astuto – falei com o Noah ontem na hora em que fomos embora. Vamos sair esta noite. Pra "botar o papo em dia" sozinhos. Vou conseguir esse áudio.

Michael entra como um rei que retorna, e todos na mesma hora o bajulam, saindo correndo para pegar uma cadeira para ele. Vou para o corredor e me alongo, e um homem vem em minha direção. O Sr. Atlas.

– Katherine – me cumprimenta, inclinando o chapéu para mim.

Sério, ele saiu direto de uma foto em preto e branco. Ele é a única pessoa nesse reencontro que me chama pelo nome, como pedi. O restante continua me chamando de Kat. Em algum ponto, eu parei de me importar.

– Ah! Não sabia que o senhor viria hoje.

– Bem, temos passado por uma combinação e tanto de eventos. Nossa audiência vai ser maior do que esperávamos. Estou tornando isso minha prioridade máxima.

Os assistentes de produção organizam uma fileira de cadeiras para os espectadores importantes. Kyle se senta em uma delas, claramente apavorado, observando Michal de soslaio. A garrafa térmica com chá treme tanto em suas mãos que a tampa é a única coisa que impede que as pessoas perto dele ganhem uma queimadura de segundo grau.

Na cadeira ao meu lado, o telefone de Liana se acende com uma mensagem de texto de Javier e, em seguida, mais uma:

Amor, por favor, vamos conversar?

Ela vira a tela do telefone para baixo. Digitei um milhão de mensagens parecidas com essa para Miheer e as excluí, tentando respeitar sua vontade de dar um tempo.

Nós quatro nos juntamos.

– Beleza – digo, em voz baixa. – Eles vão ficar... surpresos com o que fizemos. Mas, se a gente se apresentar bem o suficiente, não vão ter escolha a não ser reconhecer que esse roteiro é *bom*. Então, coragem.

– É isso aí – diz Noah.

Summer assente, os lábios franzidos, enquanto Liana cantarola para fazer um aquecimento de última hora nas cordas vocais. Nós quatro apertamos as mãos. E então começamos.

O programa tem um começo bem normal. E então chega a hora de Summer entrar.

"Olá, gente festeira!", era o que Michael a fazia gritar em seu roteiro. Em vez disso, a multidão se abre e lá está ela, no meio, corada.

– Oi, pessoal – diz, toda inocente e nervosa. – Ah, como é bom estar de volta.

Não vou olhar para Michael. Não vou olhar para o Sr. Atlas. Eu me jogo de cabeça no programa, assim como os outros estão fazendo, e seguimos em frente, surfando na adrenalina, atentos e cheios de energia e com uma conexão incrível entre nós.

Tem algo de transgressor no que criamos. Fazer de Summer alguém mais inocente, do jeito que era naquela época, causa uma dissonância cognitiva no público. Se ela surgisse como um desastre total, eles poderiam rir e se sentir superiores a ela. Chegando doce e tímida, como se os últimos 13 anos nunca tivessem acontecido, fará a mente deles entrar em pane. Será que ela é assim de verdade e fomos injustos? Ou, se for mesmo o caos que aparece nos tabloides, quem é o responsável, quem é cúmplice em sua queda até o momento? Somos todos nós?

Liana se destaca de uma forma que nunca tinha feito. Embora eu evite olhar para Michael e o Sr. Atlas, sem querer vejo de relance algumas pessoas na plateia enquanto Liana canta "Borboleta", e elas estão inclinadas para a frente como se estivessem prestes a cair da cadeira.

Noah some no fundo do palco. Ele tem coisas mais grandiosas em andamento, então não precisa estar sob os holofotes aqui e, tenho que admitir, mesmo relutando, que isso é bem generoso de sua parte. Ele está se divertindo, voltando a mostrar um pouco daquela energia pueril que costumava ter, mas, acima de tudo, está nos pondo em foco, sendo encantador, mas não espetacular. Bom, a não ser pelo beijo e pela cena que o precede, escrita por Summer. Isso, sim, é espetacular.

Eu me saio bem no meu papel. Não vim aqui para fazer o mundo exigir meu retorno como atriz. Sou competente, como sempre fui. Até chegarmos ao final, quando Summer acorda e eu me desculpo com ela. Contenho as lágrimas enquanto ela me abraça. Claro, não minto para mim que Summer me perdoou e ela também não vai dizer isso. Mas é muito bom estar em seu abraço.

O último acorde da música final soa, nossas vozes triunfantes se mesclando, o estúdio de ensaio tomado pelo nosso som. É tão incrível e bom.

Eles *têm* que perceber isso. Com essa versão, Liana vai tornar impossível que a ignorem, tão gigante e esplendorosa que Javier nunca mais vai poder diminuí-la. Summer vai conquistar sua redenção, junto com a vingança pela qual tanto anseia, e talvez a redenção em si seja tão doce que ela decida que é o suficiente e não precise se vingar no fim das contas. (Por que estou pensando desse jeito? Eu quero acabar com o Noah!) E eu vou poder ir para casa depois de ter feito o que vim fazer e ver o que me resta lá.

Nós nos curvamos, e então o silêncio impera. Por fim, olho para Michael, que está rígido em sua cadeira. Todos olham para ele. A seu lado, o rosto de Kyle está verde.

– Mas – diz Michael, bem devagar – que porra foi essa?

– Não grite, não se estresse – murmura seu assistente.

– Não estou gritando! – Ele aperta a têmpora com o dedo. – Estou perguntando com toda a calma do mundo o que é que eles pensam que estão fazendo com o meu programa.

Tudo bem, isso não é de todo inesperado. Ninguém diz nada, então pigarreio.

– A gente sabia que você queria bolar alternativas pro que não vinha funcionando, mas a gente não queria interferir na sua recuperação, então trabalhamos juntos para...

– Para fazer isso não ter nada a ver com *Os sonhadores*? *Os sonhadores* é pra ser divertido! É pra deixar as pessoas felizes, beleza? – A voz de Michael começa a ficar mais alta.

– Calma – sussurra seu assistente e, com muito esforço, Michael respira fundo, baixa o tom e continua.

– É pra fazer as pessoas rirem e baterem os pés no ritmo da música. Não é pra elas quererem se afogar!

Michael quer proteger o que escreveu, mas quem manda de verdade aqui é o Sr. Atlas, a pessoa cuja aprovação vai fazer a diferença, então ainda há uma chance. Ainda bem que ele veio. Ele está vendo Michael vociferar, esperando o homem cansar.

– E nem me venham com essa troca de quem canta o quê. O público não vem pra ver outra pessoa cantar a música da Summer.

Ao lado dele, Kyle assente, tentando parecer solícito, e diz:

– Hum, hum.

Michael se vira para ele.

– Kyle, você está demitido.

– A culpa não é do Kyle – diz Summer.

– Ah, tenho certeza de que é culpa de todo mundo, mas, infelizmente, não posso demitir nenhum de vocês quatro.

– Michael, a gente botou muita pressão nele – afirma Noah.

– E um bom diretor não deve se deixar ser pressionado!

Kyle lentamente recolhe suas coisas e começa a ir embora. Noah bate em seu ombro.

– Olha, cara – diz ele, bem baixo –, vamos manter contato. Vou dar um jeito nisso pra você.

Liana olha para baixo. É como se tivesse uma pedra no meu estômago. O Sr. Atlas ainda não se pronunciou. Noah tenta mais uma vez, com um sorriso amigável no rosto.

– Mas, olha só, podemos tentar encontrar um meio-termo. Deixar a coisa leve, mas...

– A criatividade é ótima, mas vocês não são os roteiristas do projeto. O Michael é. – Como sempre, a voz suave do Sr. Atlas tem certo peso e emudece todos nós. Embora ele fale com tranquilidade, percebo a tensão em seu corpo. Nossas mudanças também o aborreceram. – Devo lembrar que vocês todos assinaram um contrato como *atores*. Atores seguem o roteiro. – Ficamos imóveis feito crianças levando um sermão, e ele continua: – Há muita atenção voltada para esse reencontro e não é hora de arriscar. É hora de dar ao público o que eles querem ver. Entendido?

Todos nós assentimentos, sem dizer nada. E temos escolha? Esse tempo todo, a gente já devia saber: a máquina Atlas sempre vence.

– Ótimo – diz o Sr. Atlas.

Michael bate palmas.

– Temos muito trabalho a fazer, então vamos voltar para o momento em que Summer entra.

Nós recomeçamos. O elenco de apoio evita nos encarar.

Summer entra e agita os braços, mas seus movimentos são vazios.

– Olá, gente festeira!

37

......

2018

Depois de um resto de ensaio deprimente, no qual jogamos fora tudo a que tínhamos nos dedicado tanto e voltamos à declamação mecânica das falas escritas por Michael, saímos do estúdio lado a lado, cabisbaixos.

Ficamos em silêncio até que Noah diz:

– Um amigo meu é dono de um bar que não fica muito longe daqui e tem uma sala privativa. Querem ir?

Espero encontrar uma boate requintada, mas o bar em questão é um restaurante mexicano – um mexicano de Los Angeles que está em alta e oferece coquetéis elaborados de mezcal, mas é aconchegante e receptivo. Quem dera se a gente pudesse ficar na parte da frente, com as janelas enormes, as paredes pintadas com cores vibrantes e grupos de amigos se divertindo. Em vez disso, andamos rápido até a sala nos fundos, que tem uma iluminação mais tênue, e nos sentamos numa ponta da mesa grande. Um homem com uma camisa artisticamente desbotada e um enorme sorriso no rosto chega carregando quatro copinhos e uma garrafa de tequila.

– Meu chapa!

Ele dá um tapinha nas costas de Noah, que o apresenta: Hector, o dono do local. Eles trocam amenidades, enquanto nós três viramos nossas bebidas e esperamos os dois terminarem. Hector nos serve mais uma dose e bate papo com Noah por um tempo desconfortavelmente longo. Summer vira a segunda dose.

– Vou pedir que um dos meus melhores garçons cuide de você e dessas lindas moças – diz Hector.

Não demora muito, um garçom surge com uma cesta de batatas fritas e molho, além de quatro taças de um coquetel de tequila que ele afirma ser o "favorito da nossa mixologista", e anota os pedidos da rodada seguinte.

Todos nós nos jogamos nas bebidas e apenas olhamos para as batatas – que estão com uma cara ótima: brilham da fritura e têm um toquezinho de sal –, porque a voz de Harriet na nossa cabeça e nossos antigos complexos entram em ação. Depois do ensaio desastroso, eles nos impedem de ser o tipo de gente que consegue comer batata frita de graça em um bar. Até Noah fica só olhando, o que evidencia uma mudança nele. Antigamente, ele comia tudo o que queria. Mas agora *Leopardo da Neve* deve ter enfiado algumas ideias nada saudáveis em sua cabeça também. Além disso, todas as suas roupas são feitas sob medida (algum estilista parece ter incinerado sua coleção de bermudas esportivas largas). Quanto mais Noah se torna o maior gostosão das telonas, mais está sujeito à mesma pressão que o restante de nós sofre desde o início.

Noah e Liana estão em um papinho desanimado sobre como ele conheceu Hector quando interrompo.

– É muito frustrante saber que a gente podia ser muito melhor.

– Se a gente não precisasse afagar o ego do Michael? Sim – responde Liana.

Nossas ideias serem rejeitadas não deveria ser algo tão ruim assim. O Sr. Atlas tem razão. Não somos nem roteiristas nem diretores. Somos o rosto, a voz e o drama, e eu entendo essa parte. Claro, a gente ouve histórias sobre sets de filmagem idílicos onde todo mundo *colabora* para valer e, se um dia alguém me desse um filme para dirigir, eu seguiria por esse caminho. Mas a maioria dos projetos não opera dessa forma.

Ainda assim, *Os sonhadores* está muito atrelado a quem somos. Nossos personagens levam nossos nomes, pelo amor de Deus, então como é que não temos o direito de opinar em nada a respeito deles?

De alguma forma, não consigo mesmo acreditar que vamos desistir sem lutar. Não tinha me dado conta de que eu era tão idealista e tola.

– Não consigo parar de pensar que tem que ter um jeito de fazer esse pessoal entender – começo.

– A gente não vai ganhar, porque eles são homens poderosos. E homens poderosos fazem o que bem entendem – diz Liana. – Porque homens são um lixo. Sem ofensa, Noah.

Ele solta algo que fica entre uma tosse e uma risada.

– Entendo por que pensa assim. Me avisa se eu puder pagar alguma penitência em nome do meu gênero.

Ah, Noah não tem ideia de quanto a gente vai fazê-lo pagar. Claro, fui envolvida pela magia de trabalhar com ele nos últimos dias, mas o Sr. Atlas e Michael foram de grande ajuda ao me lembrar que isso não é o mundo real.

Summer está quieta de um jeito inquietante, bebendo mais rápido e com mais vontade do que a vi fazer nesse tempo todo desde que voltamos. Ela não disse que estava pegando leve na bebida para manter o profissionalismo? Ela vira seu coquetel de tequila de uma vez só, como se fosse um universitário entornando uma cerveja goela abaixo, então pega a metade que restava da minha.

– Na verdade, eu ia beber – falo.

O garçom volta com uma bandeja de copos.

– Pode levar essa batata – diz Liana para ele, que põe a cesta toda na bandeja sem pensar duas vezes.

Afinal, isso aqui é Los Angeles.

Ficamos ali em silêncio mais um tempo. Liana pega seu telefone e rola a tela de mensagens de Javier, as mesmas que tem ignorado. Começa a digitar uma resposta – um coração, sério? –, então me pega bisbilhotando.

– Que foi?

– Me diz que não vai ficar com ele. Você não pode fazer isso.

– Desculpa, mas a vida é minha.

Ela me fuzila com o olhar e volta a digitar.

– Mas... – começo.

– Por que não bota ordem na sua casa antes de julgar a dos outros? – rebate ela. – Não ouvi você falar do Miheer a semana toda.

Sinto meu coração afundar no peito, e Noah se mete.

– Beleza, quero propor um brinde. – Ele ergue seu copo. – Sei que a gente está se sentindo um lixo agora. Isso é um saco. Mas um brinde a nós, que demos o nosso melhor.

Liana e eu brindamos com ele, mas Summer primeiro leva sua bebida aos lábios e dá um longo gole, depois estreita os olhos e ergue seu copo.

– Ah, é, um saco – diz ela, imitando a voz de Noah, mas lhe dando um tom grosseiro e indiferente. – Que pena. Enfim.

Nós três trocamos olhares, confusos.

– Hum... – diz Noah.

Ela põe o copo na mesa com força.

– É claro que pra você é só um *saco*. É só uma parada de descanso nas belas férias que são a sua vida. Você pode ir lá e dizer qualquer fala medíocre que o Michael tenha escrito pra você e vai ficar tudo bem, porque você é o Leopardo da Neve. Aliás, tem um monte de super-heróis idiotas, mas esse aí se supera.

– Olha, vamos com calma – digo, colocando a mão no braço dela, que se livra do meu toque.

– Só estou comentando. Puxa vida, ele consegue ficar aquecido no frio, então está sempre correndo pela neve sem camisa? O Homem-Aranha é que ele não é.

Liana beberica seu drinque, os olhos indo e vindo entre Summer e Noah, como se assistisse a seu reality show favorito.

– Eu sei que não é arte de alto nível – diz Noah, em voz baixa. – Mas é uma oportunidade incrível.

– Bem, nem todo mundo tem oportunidades incríveis. Pra alguns de nós, esta é a última chance. Você não tem ideia do que é a sua vida toda ser definida por isso, porque esse programa te deu só um começo. – Ela fala cada vez mais alto, as bochechas ficando vermelhas. – E digo mais: nem é porque você tenha um talento incrível que a gente não tem. A Liana canta melhor, a Kat atua melhor e eu danço melhor, então, sério, você é melhor em quê? Seu poder de super-herói não é você ficar aquecido no frio. É você conseguir escapar de qualquer coisa ileso.

– Summer... – começa ele.

– Guarda essa ladainha de "que pena" pra você. Eu não quero ouvir.

Ela olha ao redor, buscando o garçom, então empurra a cadeira para trás e sai da sala em direção à barulheira da entrada.

O rosto de Noah está pálido.

– Isso foi... hum. – Ele engole em seco. – Melhor eu ir atrás dela.

Liana ergue uma sobrancelha.

– No meio de um bar lotado?

– Eu vou – digo. – Fiquem aqui.

Quando chego à área principal do restaurante, Summer está tomando tequila com estranhos no balcão, uma multidão começa a se formar e pessoas sacam celulares e comemoram quando ela lambe o sal em sua mão, ergue o braço e grita. Um pop mexicano moderno retumba nas caixas de som. O lugar estava cheio quando a gente chegou, mas agora está lotado. Uma garota muito magra, de 20 e poucos anos, vira uma dose ao lado de Summer, joga os braços ao redor dela e sussurra algo em seu ouvido.

Summer hesita, mas a garota a pega pela mão e a tira de vista. Passo pelo meio da multidão, me livrando das pessoas que querem tomar uma dose comigo também.

– Não... Foi mal... Não – repito, até chegar ao banheiro.

A porta está trancada, e eu a esmurro.

– Tá ocupado! – grita a garota, cheia de risinhos.

– É a Kat. Me deixa entrar.

– Ai, meu Deus, a Kat de *Os sonhadores*? – A porta se abre. Ela está segurando um cartão de crédito, as bordas cheias de pó branco. – Melhor noite do mundo! Quer um pouco?

No banheiro, Summer olha para a prateleira acima da pia onde está a cocaína que a garota estava partindo. Ela olha para o pó como quem não sabe se corre até ele ou para longe dele, então ajo por instinto: jogo tudo para fora da prateleira, e o pó se dissipa no ar. A garota solta um grito estrangulado, estendendo a mão inutilmente, como se pudesse refazer as carreiras.

– Tinha uns cinquenta dólares de coca aí!

Faço minha expressão mais perversa e a olho de cima a baixo.

– Some daqui agora.

Ela engole em seco e então se vira para a porta.

– Você me deve cinquenta dólares – cospe ela, antes de desaparecer.

A porta se fecha atrás dela, transformando o barulho lá de fora em um leve zumbido.

– Obrigada – diz Summer, baixinho, sem me olhar nos olhos. – Eu ia... Não sei o que eu ia fazer.

Ela desliza pela parede até o chão do banheiro. Eu me agacho ao lado dela. (Não vou me sentar. Provavelmente dá para uma pessoa pegar umas cinco doenças diferentes nesse chão, e não estou bêbada a esse ponto.) Ela olha fixo para a frente.

– Eu estraguei tudo. Fui burra e impulsiva e fiquei com raiva. Não tem como ele se abrir comigo de novo. – Ela finca as unhas na palma da mão. – É claro que eu não ia conseguir me segurar só mais uma noite.

– Vou conseguir pegar o áudio – digo.

Ela me encara, os olhos injetados.

– Vai?

– Vou. Foi por isso que você me deixou te ajudar, não foi? Pra que eu assuma o controle quando você precisar descansar. Volta pro hotel, bebe uns três litros de água e vai pra cama.

Ela assente, tira o cabelo do rosto, então diz em um tom de voz baixo e envergonhado:

– Acho que preciso que alguém fique comigo.

– Vou mandar uma mensagem pra Liana.

Pego meu telefone e digito:

Encontra a gente no banheiro. Leva a Summer pro hotel e toma conta pra ela não ter uma recaída? Por favor.

Summer se levanta devagar e se encara no espelho, o rosto sofrido, os olhos sem brilho.

– Odeio isso – diz ela para seu reflexo. – Odeio que nunca tenha fim. Nunca chega um dia em que a gente sabe que, dali em diante, vai ficar tudo bem.

Coloco a mão nas costas dela, hesitante, e sinto sua respiração acelerada. A porta se abre. É Liana, meio sem fôlego.

– Vem aqui, meu amor – diz ela para Summer, colocando os braços a seu redor, e Summer descansa a cabeça no ombro de Liana. – Eu e você vamos ver um filminho esta noite e falar sobre como o mundo é um lixo, está bem?

– Tudo certo? – pergunto baixinho para Liana.

– Sim, já chamei um Uber.

Ela se vira e leva Summer embora.

Eu me olho no espelho, o coração disparado, e tento bolar um plano. Dane-se, vou no improviso.

Volto pelo bar até a sala privativa, onde Noah está na mesa tomando uma cerveja.

– Você está bem? – pergunto para ele.
– Ela está?
– Vai ficar. Foi só um dia difícil pra todos nós.

O barulho da música lá fora também faz um zumbido aqui, apesar da porta, e o chão vibra sob meus pés no ritmo do grave pesado. Não é o lugar ideal para tentar gravar um áudio secreto, ainda mais com o garçom entrando e saindo, interrompendo qualquer possibilidade de alguém abrir o coração.

– Vamos sair daqui.
– Boa ideia.

Noah se levanta e deixa dinheiro na mesa, uma gorjeta generosa para o garçom.

– Quer ir pra sua casa? – pergunto. Ele hesita, então pressiono mais. – A noite já foi bem dramática por si só. Acho que a gente deveria ir pra algum lugar sem outras pessoas em volta.

Ele passa as mãos pelo cabelo e fecha os olhos com força.

– Talvez a gente devesse ir pra cama dormir e...
– Por favor? Não posso ir pra casa agora.

Nós dois nos encaramos. Será que ele acha que estou dando em cima dele, querendo concluir o que começamos tantos anos atrás? Bom, se isso fizer Noah se abrir, ótimo.

Ele é o primeiro a desviar o olhar.

– Claro. Vamos nessa.

38

2018

Noah mora em uma casa cinzenta e fria em uma colina de Silver Lake: paredes de concreto entrecortadas por janelas imensas, uma daquelas residências que parecem mais arte moderna do que um lugar onde as pessoas tomam café da manhã e fazem cocô. Não é enorme, mas é fantástica. Ele destranca a porta e me conduz para dentro de sua ampla sala de estar, que tem um quê de apartamento sofisticado de homem solteiro. No meio da sala, fica um sofá de couro com mesas de metal em cada ponta.

– Tem algo pra beber? – pergunto.

– O que você quer?

– Podemos continuar na tequila.

Ele vai até um carrinho de bar e serve duas doses de tequila com gelo enquanto olho ao redor. Há um toca-discos num canto, uma janela grande e uma parede personalizada, verde-escura com um padrão de folhas e nozes em preto. Tudo combina muito bem e lembra um pouquinho um set de filmagem.

– Esse lugar é bem moderno – comento.

– É, minha casa é mais moderna que eu. – Ele aponta o toca-discos com um leve sorriso no rosto. – Não ouço discos. Acho que não sei nem ligar isso aí.

– Comprou para se inspirar a ser diferente?

– A Cassie escolheu este lugar e, quando me mudei pra cá, no ano passado, ela contratou um designer como presente. Estava cansada da aparência de república de universitários da minha casa antiga. Eu falei pro designer que gostava de música e natureza, aí deu nisto aqui.

– Fiquei triste quando soube que vocês terminaram – digo.

– Pois é. Ela é uma boa pessoa. Mas a gente chegou naquele ponto em que ela precisava saber se a gente ia se casar ou não e eu não tinha muita certeza, então...

Noah balança a cabeça, dá um gole na bebida e vem me entregar o outro copo. Agora que estou aqui, sozinha com ele em sua casa, tomo ciência de sua presença de uma nova maneira: como ele é *grande*, como é vital. Quando ele me entrega o copo e eu o pego, nossos dedos se tocam por um instante. Estamos tentando desvendar as intenções um do outro – talvez a nossa própria intenção. Sei o que aconteceu da última vez que o ego de Noah foi ferido e ele precisou de uma distração. E pode ser que eu compreenda o comportamento dele, porque, cada vez que penso na dor que me espera em casa, também fico ansiosa por uma distração.

Então Noah solta o copo, e dou um golinho mínimo, tentando me manter atenta para fazer o que prometi a Summer. Ando pela sala de estar em direção à cozinha.

– Estou fazendo um tour por conta própria – brinco. – Vou chutar e dizer que você mal usou qualquer coisa que tenha aqui também.

– Isso aí – responde ele, enquanto despejo a maior parte da minha tequila na pia. – Fico muito tempo fora da cidade filmando, sabe?

Quando volto, ele está sentado no sofá. Eu me sento também. Perto, mas não *tão* perto, então ergo meu copo.

– Tem refil?

– Eita, beleza. Preciso correr pra te acompanhar.

Ele vira o resto de sua bebida.

Pego o telefone e finjo mandar uma mensagem.

– Vou só ver como estão a Liana e a Summer.

– Claro. Você me conta o que elas falarem?

Dou uma olhada rápida na mensagem que já recebi de Liana, que diz que colocou Summer na cama, mas vai ficar no quarto com ela, só para garantir. Então abro o aplicativo de gravação de voz e o aciono, depois coloco o telefone do meu lado no sofá de couro, com a tela virada para baixo.

– Acho que elas estão bem – digo. E então contemplo sua parede personalizada. – Você sempre foi da natureza, não é? Lembro que uma vez você disse que queria ser guarda-florestal quando era criança. Foi quando levou a gente pra fazer trilha.

– Aquele dia foi legal.

Ele estreita os olhos para o próprio copo vazio.

– Eu finalmente vi *Silvestres* – conto, e ele olha para mim, cauteloso. – É excelente. Chorei à beça, óbvio.

– Valeu.

– Eu não tinha percebido... Aqueles pássaros são você e a Summer. São os personagens que vocês fizeram juntos, não é?

Ele se levanta e vai encher o copo outra vez.

– É – diz ele, em um tom de voz baixo, quase inaudível, enquanto a tequila cai no copo.

Não faço ideia se o gravador conseguiu captar do sofá. Pego o telefone e vou até ele.

– Você sabia disso? – pergunta ele. – Eu achava que fosse uma coisa particular.

– Não, eu me lembro de você e da Summer inventando aqueles pássaros.

Ele assente com uma expressão indecifrável.

– Não foi a Summer que inventou a personagem da rola-carpideira?

– Foi. Na trilha – responde ele.

Talvez isso já baste, mas ainda é muito inconsistente, então queimo a cabeça pensando em outra forma de pressioná-lo. Só que ele prossegue:

– Não escrevi aquele roteiro pra ser produzido. Não contei isso pra ninguém, mas talvez você entenda. A Summer estava numa clínica de reabilitação. Foi naquela vez em que ela ia se casar, lembra? E eu só fiquei... preocupado. Você deve ter sentido algo parecido.

Summer vai ouvir isso, e não quero magoá-la, mas preciso que Noah continue, então assinto.

– Fiquei preocupado. E escrever esse roteiro me ajudou. Foi como se eu tivesse que despejar tudo, ou não conseguiria dormir. Era pra ser uma coisa só minha. A gente criou a história juntos, e a Summer era o pássaro, e, pelo menos no roteiro, eu ia dar um final feliz pra ela. – Noah morde o lábio. – Mas acabou ficando muito bom.

– Então você decidiu... – eu o instigo.

– Bom, a Cassie sabia que eu estava escrevendo alguma coisa... Quero dizer, fiquei obcecado com aquilo... E deixei aberto no meu computador um dia. Ela leu e falou que eu seria um idiota se não deixasse ela entregar o roteiro pro pai dela dirigir. E eu não queria que o texto ficasse pra sempre em um disco rígido. Acho... – Ele para e dá um sorriso melancólico. – Tem o cara que consegue tirar 10 em matemática no ensino médio e tem o *Gênio indomável*, sabe? Sempre fui o aluno que tirava 10, e *Silvestres* foi a primeira vez que senti que eu podia ser muito mais. Então quis que as pessoas vissem. Talvez tenha sido puro egoísmo. Sei lá.

– O que a Summer falou quando você a procurou pra conversar sobre isso?

Ele franze a testa, e finjo surpresa. Estou atuando em uma cena com ele, como já fiz tantas vezes antes. É só isso.

– Você não procurou a Summer?

– Bom, não. Ela estava em reabilitação. Eu não quis... atrapalhar. Achei que, se eu entrasse em contato do nada pra dizer que tinha escrito um roteiro sobre nós dois... Eu não sabia contra o que ela estava lutando, mas não achei que isso fosse ajudar.

– Mas pelo menos você avisou a ela quando o filme saiu.

Ele fica meio atrapalhado.

– Àquela altura, ela estava na clínica de novo. Falei com uma pessoa de confiança: meu agente. Ele tinha entes queridos que foram e voltaram pra reabilitação e disse que não é pra incomodar quando eles estão lá.

– Ué, seu agente não quis que você entrasse em contato com alguém que tinha que receber esse crédito? Estou chocada. – Isso sai com mais rispidez do que eu pretendia.

– Eu... – começa ele, a tequila agora batendo de verdade. – Achei que colocar o nome dela talvez fosse violar sua privacidade.

– E eu acho que foi bem egoísta nem ter dado essa escolha a ela.

Ele tem um milhão de desculpas, não? E cada uma me deixa com mais raiva, prestes a estourar.

– Mas ela falou... Ela me disse que assistiu e achou lindo. Ela está de boa com isso.

– Ah, para de ser escroto e olhar só pro próprio umbigo! Como é que alguém vai ficar de boa com isso? E como alguém pode ser tão egocêntrico a ponto de...

Eu me interrompo. Já consegui exatamente o que queria, então paro, salvo a gravação e, em seguida, abro um aplicativo para pedir um carro.

– Desculpa. Preciso ir.

– Kat, espera – pede ele, e segura meu braço.

Esse é o momento em que ele vai tentar me beijar, se perder no encontro dos nossos corpos, ou confirmar, apesar da minha raiva, que eu ainda o desejo.

E, assim que ele me toca, percebo com absoluta clareza que não o desejo. Ele é meu passado e, sem dúvida, causou algumas... perturbações nas últimas semanas. Mas elas não foram nada além de tremores secundários. Meu futuro é um homem do outro lado do país, se ele ainda me quiser. Caramba, como eu torço para que ele ainda me queira.

Porém Noah não tenta me beijar. Em vez disso, pede:

– Posso te contar umas coisas?

E então ele descarrega seu fardo em mim.

39
......

SOLILÓQUIO DO NOAH

Eu não queria me apaixonar por Summer Wright. Eu tinha 19 anos, estava começando a me tornar um astro e, pela primeira vez, me sentia livre pra ficar com quem quisesse.

Quando eu estava no ensino médio, disse para os meus irmãos mais velhos que fazia teatro só porque as meninas ficavam tão desesperadas por héteros lá que era o melhor lugar para conseguir pegar alguém. Mas só falei isso para eles pararem de me dar apelidos homofóbicos. Na verdade, depois que você sai com uma das garotas do teatro, não pode sair com nenhuma amiga dela, senão elas acabam tentando arrancar os olhos uma da outra em cena.

Aí, de repente, eu estava morando em Hollywood e cercado por um monte de garotas lindas para sair um dia e nunca mais dar sinal de vida, e me empolguei um pouquinho. Tinha um grupo de caras que sempre aparecia nos mesmos testes que eu. Eles me deram o apelido de Carimba-Pomba. Não precisa comentar: também me odeio por isso.

A última coisa que eu queria era ficar sofrendo por alguém que tinha namorado e, talvez, para piorar ainda mais, se guardasse para o casamento.

Mas aí eu conheci Summer na sala de espera do teste para ver nossa química. Estávamos conversando quando um dos caras com quem eu andava saiu do teste.

– CP! – disse ele, me dando um tapinha nas costas. – Boa sorte lá dentro!

Quando ele foi embora, Summer se virou para mim, piscando com inocência.

– O que é CP?

– Hã – falei. – Controle de Paternidade.

– Ah – disse ela.

Eu me recostei, tranquilo por saber que ela era só mais uma atriz doce e meio tapada sobre quem eu tinha vantagem intelectual. (Acho que a gente precisa estabelecer logo de cara que eu era um merdinha arrogante aos 19 anos.) Então ela apontou para a minha blusa horrorosa.

– Porque essa blusa que você está usando é um ótimo método contraceptivo?

Eu a encarei. Ela levou as mãos à boca e ficou corada, como se não acreditasse na própria audácia.

– Me desculpa! Isso foi muito grosseiro.

– Não, você tem razão. Onde é que eu estava com a cabeça pra usar isso?

Eu só tinha pegado uma blusa qualquer da pilha de roupas naquela manhã, sem dar importância. Porque, sim, trabalho é trabalho, então eu queria conseguir entrar para o programa. Mas, ao mesmo tempo, trabalhar para a Atlas não era *maneiro*. Eu preferia interpretar um sujeito solitário atormentado em alguma adaptação literária ou, sei lá, um surfista na Warner Bros. Mas, sentando ali ao lado da Summer, nós dois gargalhando, percebi que eu faria qualquer coisa para ser contratado – dar cambalhota, fazer um juramento de sangue – se ela atuasse comigo.

Eu entendia Summer, ou ao menos achava que sim. Ela era do tipo que se esforçava para agradar, sempre tentava se apresentar do jeito que as pessoas queriam que ela fosse. Mas, comigo, ela podia baixar a guarda e ser ela mesma: bobona, meio nerd (o amor dela por musicais é coisa de outro mundo, ela sabia a letra de qualquer música que eu dissesse), criativa e inteligente. É, tudo bem, eu me sentia especial por ser quem conseguia deixar Summer ser quem era de verdade. Mas eu também gostava muito da Summer de verdade. Não. Gostava, não: amava. Eu a amava tanto que acordava às seis da manhã sempre que a gente filmava, mesmo que eu não precisasse sair até as oito. Era como se o meu corpo tivesse um alarme interno que disparava: *Hoje você vai encontrar com ela de novo.*

E aí apareceu a merda daquele diário.

A Summer que eu conhecia não ia mentir para mim. Eu ia subir naquele palco e beijá-la na frente do mundo todo. Que eles achassem o que quisessem, mas *eu* acreditava nela.

Eu estava assistindo ao solo de Summer dos bastidores quando aquele namorado idiota dela apareceu com um crachá de VIP pendurado no pescoço. Lucas. Sério, eu odiava aquele cara. Não olhei para ele, só fiquei com o olhar fixo à frente, torcendo para que ele passasse direto, porque, se tentasse algo comigo, eu ia arrebentar a cara dele ali mesmo, nos bastidores, e o Michael ia ficar transtornado.

— Ela enganou a gente direitinho, hein? — disse ele, como se fôssemos companheiros de guerra.

— Ela não escreveu o diário, cara. Eu sei.

— Como?

— Porque eu conheço ela. — Não tinha mais por que tentar evitar controvérsias. — Porque a gente se ama e vai ficar junto, então é melhor você se acostumar com a ideia.

Achei que ele fosse me dar um soco, mas, em vez disso, ele me olhou com pena. Pelo menos, eu achei que era pena. Era difícil dizer qual emoção ele queria demonstrar naquele rosto imbecil. (Eita, beleza. Parece que ainda odeio o cara.)

— Ela falou que quer ficar com você? Que coisa! Faz meses que ela vem dizendo que não tenho motivo pra me preocupar com você. — Eu já sabia disso. Ela precisava fazer isso por causa do contrato com o filme. — Ela mentiu pra nós dois, mentiu pra todo mundo sobre ser virgem e...

O voto de castidade de Summer era algo importante para ela. Eu não ia deixar Lucas jogar o nome dela na lama. Meus punhos se fecharam.

— Eu já falei, o diário não é verdade.

— Não sei do lance do beco, mas sei que ela não é virgem. Por experiência.

Fico paralisado. Então me livro do sentimento. E daí se ela não fosse mais virgem? Eu estava tentando apoiar as escolhas dela, mas, ei, se ela não quisesse esperar até o casamento, eu podia dar *muito* apoio a isso. Ela provavelmente tinha transado com Lucas meses atrás, até anos, antes de saber o que eu sentia por ela e de sentir o mesmo por mim.

Lucas teve a audácia de colocar a mão no me ombro.

– Acho que nós dois fomos enganados por uma ótima atriz.

Empurrei a mão dele para longe.

– Fale por você. Comigo, é de verdade.

Ele assentiu como se estivesse montando um quebra-cabeça (provavelmente um destinado a crianças com menos de 10 anos).

– Ah. Ela me contou que você tinha uma obsessão bizarra por ela. Semana passada, antes de dar pra mim no meu carro.

A expressão chula não saiu com naturalidade. Fez Lucas contorcer o rosto de um jeito meio estranho, como se ele soubesse que era algo que as pessoas diziam, mas nunca tivesse descido tanto o nível. Ele esfregou a testa.

– Olha, estou falando pro seu bem. Ela ia esperar o contrato do filme sair pra deixar você na mão. – Lucas se virou para ir embora. – Mas, se quiser viver no mundo da fantasia, ela é toda sua. – E então foi embora.

O que me matou foi que eu sabia que Lucas não estava mentindo. Porque ele não era esperto o bastante para ser manipulador. Não era inteligente como a Summer.

O contrato do filme. Ela tinha usado exatamente a mesma desculpa para nós dois. Então ela me enxergava como um fardo, como se fosse só mais um Lucas? Por que ela me enganaria? Nossa química, foi a única coisa em que consegui pensar. Éramos bons atores, mas era nossa química que nos tornava especiais. Talvez ela não quisesse destruir isso antes do contrato do filme.

Alguém do meu lado me cutucou.

– É a sua deixa!

Entrei no palco correndo para a última cena, dúvidas e mais dúvidas se amontoando na minha cabeça. Desde que soube da morte do pai dela, eu não tinha beijado mais ninguém. Eu tinha sido leal a ela, e o que ela andava fazendo?

Eu acreditava que, de todas as pessoas do mundo, era para mim que ela mostrava seu verdadeiro eu. Mas todo mundo acreditava que estava vendo seu verdadeiro eu. O que me tornava tão diferente? Ela virou seus olhos lindos e doces para mim e chegou mais perto. Se eu a beijasse, ia começar a chorar, bem ali no palco, na frente de todo mundo. Eu não ia conseguir cantar a última música. Ia desmoronar. E naquela hora só consegui pensar: "Carimba-Pomba, nada." Eu era só um covarde.

Então, quando ela deu um passo à frente, eu desviei.

Michael me deu bons conselhos. Ele me disse aonde eu deveria ir para ser visto, os lugares onde desaparecer, que pessoas bajular e que pessoas evitar. Ele acreditava no meu potencial. E conhecia a gente muito bem. Quando acordei no dia seguinte depois do programa ao vivo, cheio de ressaca, confuso e tentando entender as coisas, fui à casa dele.

Michael me levou até a cozinha e fez um café para mim. Havia uma edição do *Los Angeles Times* no balcão, perto de uma pilha de louça suja, aberto em uma manchete sobre nós. Ele vasculhou um armário, pegou uma garrafa de uísque e colocou um pouco no café dele, depois me ofereceu também.

– Pra curar a ressaca? – perguntou ele. Aceitei. – E aí, o que está havendo?

– Você acha que tem alguma chance de... – comecei, sem saber como explicar com palavras a minha inquietação.

Eu estava completamente perdido depois do que Summer tinha feito na noite anterior. Mas talvez tivesse algo que eu estivesse deixando passar.

– Quero dizer, eu nem sei se a Summer teria arranjado tempo para encontrar todos esses caras que estão dizendo que... – Minha voz foi morrendo.

Pelo rosto de Michael, deu pra perceber como eu estava sendo patético. Ele suspirou.

– Olha, se quer meu conselho... vai se divertir com as atrizes, mas não se apaixone por elas. Confia em mim, já passei por isso. – Michael estava falando da ex-mulher. Ele a mencionava às vezes, dizia que ela tinha se tornado uma pessoa horrível. – Aposto que você ia se dar bem com supermodelos. E elas mentem muito mal.

– Mas talvez fosse melhor eu ver se a Summer está bem e...

– E deixar que ela te arraste pro drama dela? – Ele balançou a cabeça. – Você precisa fazer o que tem que ser feito. Do meu ponto de vista... daqui a dez anos, você pode olhar pra trás e pensar: "Caramba, fui tão dominado por essa maluca que deixei ela acabar com o meu potencial." Ou você pode encarar como um aprendizado... todo mundo passa por isso... e sair melhor e maior dessa situação. – Ele me segurou pelo ombro. – Quero que você seja o cara que olha pra trás e pensa: "Sabe, a Summer ter mostrado quem era de verdade foi a melhor coisa que me aconteceu." Consegue fazer isso?

Acho que, desde então, eu tenho tentado.

Não quero bancar um James Bond sofrido, um cara fechadão que se abriu para uma mulher uma vez, ficou arrasado e nunca mais amou de novo.

Eu amei a Cassie. Não da mesma forma, mas eu também não era mais adolescente quando a conheci. Não havia joguinhos entre nós. Transamos depois de dois encontros e ficamos juntos de vez depois de dois meses. Eu a respeitava muito. Mas, de alguma forma, sempre que a gente começava a falar sobre casamento, eu dava para trás. Porque eu estava ficando mais famoso e queria minha liberdade? O retorno do Carimba-Pomba? Não mesmo. Quem dera nunca mais ouvir esse apelido. Talvez eu fosse o tipo de pessoa que nunca ia ter certeza em relação a essas coisas. Uma vez eu achei que tinha certeza, mas meu radar estava desregulado.

Um dia eu estava na academia, tentando ficar o mais sarado possível para o meu segundo teste para *Leopardo da Neve*, e esbarrei com um cara no rack de pesos.

— E aí, Noah Gideon! — disse ele. — Sou um grande fã.

Tinha algo de familiar nele, embora fosse igual a todos os outros caras que estavam levantando peso. Ah, sim, ele era um dos homens que tinham contado para a imprensa como tinha ido para cama com Summer durante a segunda temporada de *Os sonhadores*. Eu não culpava o sujeito por dormir com ela. Teria feito o mesmo, sem pensar duas vezes. Mas as entrevistas reveladoras eram uma merda. Talvez elas me irritassem especificamente porque eu tinha insinuado algumas coisas ou tinha rido junto com as pessoas que insinuavam coisas naquela época, um ou dois anos depois do programa ao vivo. E, quando penso nisso, eu... Bom, se pudesse, lidaria com tudo de um jeito diferente hoje em dia.

Quando aquele cara viu que o reconheci, ele teve a decência de parecer envergonhado.

— Pois é, aquele lance da Summer. Cara, eu nunca roubei ela de você — falou ele. — Quero dizer, se é que vocês tinham mesmo alguma coisa rolando nos bastidores.

— Como é?

Assim que perguntei, eu já sabia o que ele ia dizer, e parte de mim quis tampar a boca dele, fazer o cara engolir as palavras e me deixar em paz.

Porque tinha sido muito *conveniente* pensar o pior da Summer. Significava que eu podia pensar o melhor de mim.

– Eu só queria sair no jornal. – O cara deu de ombros. – E aí, posso tirar uma foto com você?

∙ ∙ ∙ ∙ ∙ ∙ ∙

Não consegui parar de pensar no cara da academia, nem mesmo durante mais testes para o *Leopardo da Neve*, nem mesmo depois de finalmente dizer para Cassie que achava que não éramos feitos um para o outro e ela ter me xingado até cansar. Acho que suas palavras exatas foram "criancinha emocionalmente limitada que não sabe o que é amor de verdade". Aliás, ainda gosto muito da Cassie, mesmo que ela não sinta o mesmo por mim. Ela vai ficar noiva de algum cara bacana em um ano e ele vai idolatrar o chão em que ela pisa, e sinto muito que algo tenha impedido que esse cara bacana fosse eu.

Não muito depois, eu tinha uma entrevista marcada para falar sobre *Gênio* (fiz esse filme só pelo dinheiro, não perde seu tempo assistindo), e, na manhã anterior a ela, o Sr. Atlas me ligou.

– Você fez um trabalho de altíssima qualidade nos testes para *Leopardo da Neve* – começou ele. – Tenho a honra de oficialmente oferecer o papel a você.

E ali estava eu, melhor e maior, como tinha me esforçado tanto para conseguir. E, quando abri a boca, precisei me conter para não responder: "Não, obrigado."

– Noah? A ligação está ruim? – perguntou ele. – Você ouviu o que...

– Sim – respondi. – Isso é... Nossa! Não acredito. Estou ansioso para trabalharmos juntos de novo.

– Vai ser bom trabalhar assim, sem ter que depender das oscilações de humor de uma adolescente – disse o Sr. Atlas.

Ele falou isso de um jeito jovial, num tom de *olha só para nós, bons e velhos amigos*, rindo como se estivéssemos no mesmo time, no time dos *sensatos*, o tempo todo. E acho que eu tinha escolhido aquele time. Eu fui na direção do poder: as noites na boate com Michael, ouvindo-o se gabar de ter levado garotas do coro para a cama. Jantares com o Sr. Atlas, seguindo regras de vestimenta para parecer profissional e casual (por que eu tinha que usar camisa social para comer um hambúrguer?) em algum restaurante de Los Angeles, onde ele me apresentava a figurões que esperavam que eu agisse de determinada forma. Eu ria de suas piadas batidas, embora qualquer coisa que Summer, Liana e você tivessem criado fosse muito mais divertido. Na época, os jantares pareceram importantes, mas os melhores momentos de *Os sonhadores* foram aqueles em que nós quatro estávamos juntos, dirigindo a toda um carrinho de golfe pelo estacionamento, com uma garrafa de vodca que Liana tinha arranjado, e a gente se acabando de rir.

Estou tentando explicar por que eu estava tão esquisito quando entrei no estúdio de TV naquela manhã.

– Toc, toc – disse a entrevistadora, toda animada, ao enfiar a cabeça pela porta do camarim antes do programa. – Só queria repassar as perguntas que vou te fazer!

Essa é a forma que os entrevistadores têm de dizer: "Sei que você é ator, então gostaria de ensaiar suas falas, meu bem?"

– Vamos falar sobre a história por trás de *Gênio*, o que você fez para dar vida ao personagem. Talvez a gente fale por alto de *Os sonhadores*, porque qualquer um que me conheceu no ensino médio ficaria pasmo se eu não perguntasse algo sobre isso. – Ela me deu um sorrisinho. – Mas não se preocupa: sua equipe já me avisou para não falar do último episódio, da Summer Wright ou se você um dia voltaria para *Os sonhadores*.

Em geral, os jornalistas não querem se queimar com você fazendo perguntas constrangedoras. Mas eu também tinha começado a impor limites rígidos nos últimos anos conforme fui ganhando poder, justamente pensando em algumas coisas que eu tinha dito no passado ao ser pego de surpresa.

Mas, naquela manhã, enquanto a entrevistadora tagarelava, eu abri a boca e falei, sem pensar muito:

– Me pergunta isso.

– Como é?

– Me pergunta se eu faria um reencontro. Porque eu acho que faria.

Não importava como ou por que Summer tinha me enrolado: eu deveria ter dado aquele beijo nela, como o roteiro mandava. Eu deveria ter sido profissional. Foi naquela hora que percebi. Talvez um reencontro fosse uma forma de reparar as coisas para ela. Para todas vocês. Se ela quisesse uma nova chance na TV, era só aceitar. Se não quisesse ter mais nada a ver com isso, era só recusar.

E, beleza, tudo bem. Também me ocorreu que poderia ser... revelador encontrá-la outra vez, me ajudaria a dar fim a algumas dúvidas.

Os olhos da entrevistadora brilharam. Ela era toda animada, sim, mas perspicaz.

– Você me daria esse furo?

– Você quer?

Ela sorriu.

– Óbvio.

40

2018

O vídeo volta à minha mente, claro como se eu o tivesse visto ontem: na câmera, o pé de Noah batendo no chão, cheio de ansiedade. Achei que ele estivesse nervoso por ter sido encurralado pela entrevistadora, mas, na verdade, era porque tinha colocado algo imenso em andamento.

Ele afunda de novo em seu sofá, o cabelo todo desgrenhado porque ficou remexendo nele, e tenho vontade de lhe dar um tapa na cara por fazer isso com todos nós, embora, em parte, eu também esteja grata. Passei por mais emoções no último mês do que senti em anos, tanto boas quanto ruins, como se uma parte adormecida e fraca de mim voltasse a brilhar.

– Droga, Noah.

– Eu sei. Desculpa. Achei que pudesse ser uma boa oportunidade pra ela. Um presente. Mas, com o rumo que o programa está tomando... talvez eu esteja colocando a Summer em uma situação humilhante outra vez. E talvez tenha sido mesmo por causa dos meus motivos egoístas. – Seu olhar perde o foco, até que, de repente, se volta para mim. Ele engole em seco. – Me diz a verdade: eu sou um cara ruim?

Quero dizer a verdade. Só que já não sei qual é.

– Não sei – respondo, por fim. – Mas acho... acho que você não é um cara bom.

Ele pisca algumas vezes e baixa a cabeça.

– Vou nessa. – Pego minhas coisas e o deixo largado no sofá. Então, com a mão já na maçaneta, eu me viro para ele. – Sabe, você me magoou também. Depois do programa ao vivo, quando me beijou.

– Como assim?

– Você sabia que eu sentia algo por você, não sabia? Eu fiquei na merda por causa daquilo, por entender que você só me queria porque outra pessoa tinha te magoado.

– Não sei o que dizer. Achei que nós dois estivéssemos tentando nos divertir em uma noite muito, muito ruim.

Balanço a cabeça.

– E o que mais me magoou foi que, depois que eu não dormi com você, você descartou a nossa amizade como se ela não tivesse importância nenhuma.

– Tinha, sim, tinha – diz ele, com os olhos vermelhos. – Tem importância. Eu sinto muito mesmo.

Passei tanto tempo esperando ser perdoada que acabei esquecendo que eu também podia perdoar. Mas não digo nada, apenas saio noite afora, mais confusa do que nunca, com tudo de que preciso no telefone no meu bolso.

41

2018

No dia seguinte, no ensaio, parece que todos nós tomamos algum remédio para insônia. Acertamos nossas posições e recitamos nossas falas, mas é tudo sem alma. Cada vez que precisa fazer uma de suas "piadas" sobre o marido incrível, Liana não consegue deixar de fazer uma careta. Ela olha para baixo enquanto Summer canta uma versão nada inspiradora de "Borboleta". Noah está pálido, talvez em boa parte por causa da ressaca, mas também porque ele sente que algo ruim está prestes a acontecer. Seu sorrisinho charmoso sumiu. Seu beijo com Summer (Michael manteve pelo menos o beijo, como prometido) é rápido e sofrido. Summer agora desistiu totalmente de reconquistar Noah, e a química deles é esquisita, azeda.

Depois do primeiro ensaio, enquanto Michael passa algumas orientações para o coro, Summer se aproxima.

– Como foi ontem à noite?

– Consegui o áudio.

Ela se vira para mim, as sobrancelhas arqueadas e a respiração ofegante, como se tivesse levado um soco no estômago.

– Tem tudo de que a gente precisa?

Faço que sim.

– Você precisa escutar. E... como você está?

Ela cruza os braços, rígida.

– Estou bem. – Então ela descruza os braços e, muito rapidamente, aperta minha mão. – Mas obrigada. Por estar comigo.

Durante a pausa para o almoço, enquanto Liana sai para malhar, Summer e eu vamos de fininho para o camarim. Coloco minha bolsa no chão e pego meu telefone e os fones de ouvido, mas Harriet entra com nossos vestidos de couro sintético, aqueles que quase nos fizeram surtar há algumas semanas.

– Finjam que não estou aqui – diz ela, e se põe a pendurá-los com todo o cuidado nos cabideiros dos nossos figurinos.

Os vestidos ainda são burlescos e apertados, mas, milagrosamente, ela se livrou dos recortes na cintura.

Summer e eu erguemos as sobrancelhas uma para a outra e entramos no banheiro. Nós nos apoiamos na pia, e plugo os fones no aparelho, depois os entrego pra Summer. Ela começa a colocar os fones no ouvido e então para.

– É estranho eu ficar nervosa? – pergunta. – Depois de todo esse tempo pensando...

– Posso te dar privacidade. Algumas coisas que ele disse podem ser mais difíceis de ouvir.

Ela assente.

– É, acho melhor assim.

Então volto para o camarim e a deixo sozinha. Encontro Harriet mexendo na minha bolsa, que tombou, espalhando tudo o que tinha dentro no chão. Sem o menor respeito pelo meu espaço pessoal ou minha privacidade, ela pega meus absorventes e meu carregador e os coloca de volta na bolsa. Harriet sempre foi obsessiva. Ficava irritada porque bagunçávamos seu território com nossas maquiagens e nossas tralhas.

Pigarreio, e ela se vira.

– Está bem, está bem – diz ela, erguendo as mãos no ar. – Se quer suas coisas bagunçadas, vou deixar que fiquem bagunçadas.

Sou tomada pela desconfiança. Seria tão bom ter mais alguém, além de mim, para culpar. O comportamento de Harriet quando o diário foi divulgado... Todos nós ficamos em vários estágios de estupefação, Michael não soube o que fazer, e ela calmamente assumiu o controle. Quase como se já estivesse preparada, como se soubesse que o vazamento aconteceria.

– Você vivia arrumando nossas coisas – digo, sem parar para pensar direito. – Foi assim que encontrou o diário da Summer?

Ela me encara, boquiaberta.

– Como é?

– Ele desapareceu do camarim.

Harriet solta uma risada pasma.

– E você acha que eu...? Por que raios eu faria isso?

– Porque o dinheiro era bom. Além do mais, você não gostava muito da gente. Todos os comentários maldosos, sempre que a gente não estava magra o bastante pra você e...

– Você tem ideia de quantas garotas eu vi serem demitidas porque tinham ganhado peso? – Harriet contrai os lábios. – Você provavelmente não lembra, mas eu tenho uma filha, e vocês, meninas, eram as heroínas dela. Principalmente a Summer. Eu a trouxe pra conhecer vocês todas.

Na verdade, eu lembro bem: a menina guinchou e perdeu o fôlego ao segurar a mão de Summer. Ficou olhando admirada para ela e mal conseguiu falar.

– Por que eu iria querer destruir a heroína da minha filha? – pergunta Harriet, e então a sede de justiça que me instigou se transforma em algo enjoativo. Talvez vergonha.

– Harriet... – digo.

– Mas é bom saber o que pensa de mim. – Ela para. – Acredite se quiser, sempre tentei proteger você e as outras meninas.

– Desculpa – começo a falar, mas ela já foi embora.

Fico olhando para onde Harriet estava, me punindo, quando a porta do banheiro se abre. Summer, com o rosto pálido, tira os fones.

– Mandei pra repórter que eu conheço – diz ela, mas não soa triunfante, apenas exausta, como se compartilhar o áudio não fosse só apertar um botão, mas correr uma maratona. A vingança cura mesmo ou só corrói a pessoa por dentro? – Você conseguiu exatamente o que eu precisava.

42

......

2018

Já faz um tempo que não nos jogam na cova da imprensa feito carne fresca, então, no dia anterior ao show ao vivo, eles marcam uma entrevista com todos nós em um programa noturno que tem um apresentador simpático chamado Jimmy. (E eles não são todos simpáticos?) As pessoas importantes da empresa já aprovaram os assuntos aceitáveis para debatermos. Jimmy não é o tipo de apresentador que coloca os convidados em situações difíceis, então ele vai nos fazer perguntas bem tranquilas. Nada relacionado aos problemas de Liana com Javier, ou aos relatos de tensão no set. Vamos focar em como estamos indo em frente, cheios de coragem, apesar da doença de Michael, e mais. Nossa função é fingir que somos grandes amigos e que estamos animadíssimos por estarmos sob as asas da Atlas mais uma vez. Um último desafio de atuação antes do grande show.

A equipe de Jimmy também faz filmagens no estúdio da Atlas, e ele aparece logo pela manhã. Filmamos um esquete em que ele interpreta "o quinto dos sonhadores", o Esquecido, e a piada é que ele sempre esteve lá, ao fundo, tentando desesperadamente atrair a atenção de alguém. Interpretamos nossos papéis com a quantidade necessária de empolgação.

Então, depois do nosso último ensaio deprimente, tomamos banho e vamos para o estúdio dele. Todos nós nos arrumamos, cada um no seu estilo. Liana usa um macacão dourado lindíssimo que me parece muito um "estou de volta ao mercado" chique, embora também passe a sensação de "ele vai perceber como é sortudo e nunca mais vai me ferrar". Eu escolhi uma blusa creme e uma saia de couro justa. Noah vestiu uma blusa de botão, uma calça bonita e um blazer marrom. E Summer optou por seu vestido leve e virginal amarelo-claro que esvoaça quando ela anda, mas não convence totalmente.

Assim que a banda do talk show entra em ação para nossa entrada, os saxofones em um ritmo constante, nos apertamos no sofá comprido de Jimmy: Summer e Noah no meio, Liana e eu nas pontas. Acenamos e sorrimos para a plateia empolgada do estúdio, umas cem pessoas no total, com muito mais mulheres na casa dos 20 anos, algo que não me parece tão comum nesse programa. Elas aplaudem e gritam por tanto tempo que um assistente da produção acaba tendo que aparecer e gesticular para que se acalmem e a gente possa começar a falar. Nossa entrevista não é bem ao vivo – o programa só vai ao ar mais tarde –, mas vai ficar, em sua maior parte, sem edição, com talvez alguns poucos cortes (se errarmos uma palavra, ou um bipe de censura para algum palavrão, embora a gente tenha prometido que não vai falar nenhum).

Não quero fazer pouco da empolgação e da estranheza que é estar aqui. Nunca participei de um talk show. Summer foi a um na primeira temporada, e ela e Noah participaram de outro, juntos, na segunda, mas Liana e eu nunca fomos convidadas. Agora, o holofote aquece meu rosto, mas o resto de mim congela. (Por que faz tanto frio neste estúdio?) Eu me sinto brilhar, mas não sei se estou transpirando de entusiasmo ou nervosismo, ou as duas coisas.

Meus pais conhecem Jimmy. Acham que ele é "um sujeito legal". Recebi mensagens dos dois desejando boa sorte hoje. Agora que eu "dei certo", minha mãe adora contar para os amigos sobre meu breve período como estrela mirim, meus dois anos de rebeldia e fama. Ela e meu pai vão assistir ao programa hoje à noite: ele com a segunda esposa e dois filhos adolescentes, ela com o grupo de amigos do clube do livro.

Fico na dúvida se Miheer vai assistir também. Enviei uma mensagem para ele mais cedo:

Sei que estamos esperando pra conversar, então não responda, mas vou estar no Jimmy esta noite, o que meio que faz parte da lista de coisas pra se fazer antes de morrer, então seria muito importante pra mim se você assistisse.

– Então, contem pra gente o que podemos esperar – começa Jimmy, e é dada a largada.

Enfatizamos nossa dinâmica: Summer e Noah flertam um com o outro, ergo minha sobrancelha devastadora quando Jimmy faz uma piadinha ruim, Liana é perfeitamente simpática.

– Foi esquisito voltar? – pergunta ele. – Pra muitos de vocês, já faz um bom tempo desde a última vez na TV! E, você, Noah, agora que tem uma indicação ao Oscar, bom, deve ser legal se divertir um pouco.

– É, a gente se diverte – diz Noah, sorrindo para Summer.

Ela devolve o sorriso.

– Com certeza.

– Para algumas coisas, é como se o tempo não tivesse passado – diz Liana. – Eu voltei e foi tipo: "É isso aí! Meus melhores amigos e eu vamos atuar juntos de novo!"

– E, para outras coisas, é bem esquisito – falo. – Meu corpo está penando bem mais pra fazer todos os passos de dança.

Jimmy ri.

– É mesmo, agora você é advogada em Washington! Acho que você não sai cantando e dançando pelo escritório... ou sai? Porque, se sair, quero que seja *minha* advogada.

– Eu adoraria cuidar dos seus negócios, Jimmy.

– Espero que seus clientes não fiquem muito fanáticos quando você voltar.

Ele sorri para mim, e sei que devo fazer uma piadinha, mas nada me vem à mente.

Porque, nesse momento, não me imagino voltando para o escritório e a minha vida de antes. A ideia de retornar para uma vida superficial é tão provável quanto brotarem asas nas minhas costas. Ao tentar fugir de *Os sonhadores*, foi isso que eu construí para mim. Treze anos atrás, as três pessoas sentadas neste sofá comigo me ensinaram uma nova maneira de sentir, me mostraram que a vida podia ter paixão e criatividade, então os sentimentos cresceram demais e transbordaram. Aí eu fugi de sentir muita coisa, construí uma vida onde não havia baixos, mas também não havia altos. Eu não tinha percebido isso até agora, porque tinha um elemento naquela vida que estava certo. Uma pessoa que valia por todo o resto.

– Pois é – digo. – O engraçado é que, depois que o programa acabou, acho que segui na direção mais oposta a ele possível. E voltar aqui me fez questionar se é isso que eu quero de verdade.

Os outros estão sorrindo para mim, mas sei que não compreendem o que estou fazendo. Jimmy deveria seguir em frente e perguntar algo para outra pessoa, mas, de alguma forma, continuo falando, direto para a câmera, para Miheer, mesmo sem ter a menor ideia de que ele vai assistir.

– A única coisa que não foi apenas uma reação, a única coisa sobre a qual não tenho dúvida nenhuma, é o meu relacionamento. Sei que as pessoas no Twitter adoram comentar os boatos ou tentar formar casais improváveis, mas sou apaixonada por um homem maravilhoso de Washington. E entendo se ele não quiser amar alguém que vive sob os holofotes. Mas espero que, não importa o rumo que a vida tome depois deste reencontro, ele esteja comigo.

Ai, meu Deus, estou chorando? Além do mais, acho que acabei de largar meu emprego de verdade em rede nacional. Desculpa, Irene. Liana me dá um olhar de *se recomponha*, então pigarreio.

– Que amor – fala Jimmy. Os produtores gesticulam freneticamente para ele, indicando que desviamos completamente do roteiro. – E agora está na hora de jogar!

Ele nos conduz em um jogo rápido chamado "Mais Provável", em que ele lê uma frase tipo "no reencontro do ensino médio, é mais provável que quem...". Cada um de nós tem cartões na mão com nossos nomes enquanto a banda toca a bateria ao fundo. Não vimos as perguntas de antemão – para haver "surpresa de verdade" em nossas reações –, mas alguém da Atlas as leu para garantir que evitariam quaisquer tópicos sensíveis.

– É mais provável que quem passe a noite toda na pista de dança? – pergunta Jimmy e todos nós levantamos os cartões como o nome de Summer, inclusive a própria.

– Ela é, de longe, a que dança melhor entre a gente – digo.

– É mais provável que quem pegue o microfone e cante com a banda? – pergunta Jimmy.

Essa é Liana, por unanimidade.

– É mais provável que quem assuma o comando do comitê de planejamento?

Todos votam em mim.

– É mais provável que quem passe o tempo todo falando de trabalho?

Levanto o nome de Liana, pensando em toda aquela autopromoção que ela fazia no Instagram, embora eu perceba que foi uma escolha meio esquisita assim que vejo quem os outros escolheram. Noah me escolheu e Liana e Summer escolheram Noah.

– Beleza, um voto pra Kat e Liana, nenhum pra Summer, dois pro Noah. Parece que essa é do Noah!

Summer mantém um sorriso no rosto, mas a pergunta inofensiva claramente machuca: ninguém escolheu o nome dela, porque ela não tem trabalho nenhum.

– Não fica sem graça, Noah – diz Jimmy, e percebo que Noah reparou no sorriso desconfortável de Summer. – Se eu criasse algo como *Silvestres*, também passaria a noite falando do meu trabalho.

– Ah, obrigado.

Noah dá um sorriso que as mulheres da plateia vão encarar como acanhado, mas, conhecendo-o como eu conheço, vejo que ele está tenso.

Summer mantém o rosto plácido, mas sei que está se esforçando para isso.

– Sem querer sair muito do assunto – diz Jimmy –, mas eu amei aquele filme. Minha mulher diria que eu chorei no ombro dela o tempo todo, e eu nego!

Risadas indulgentes vêm da plateia.

– Ora – diz Noah, coçando a nuca, olhando para qualquer lugar, menos para a mulher a seu lado. – Não precisa ter vergonha de chorar.

Que tortura para Summer, ficar sentada ao lado do homem que roubou sua ideia enquanto ele recebe todos os elogios. Pelo menos, em breve, ela vai concluir sua vingança.

– E a rola-carpideira que não entende de onde vem seu nome? – Jimmy leva a mão ao coração. – Bom demais. – A plateia reage com "aaahs" e assente. – Acho que muitos de nós te subestimamos, mas, desde o início, você era um cara inteligente!

Summer engole em seco e senta em cima das mãos, como se quisesse se impedir de revelar tudo aqui e agora. Bato com o joelho no dela, tentando distraí-la, lembrando que esperar sua amiga repórter publicar a história é mais seguro. Acusar Noah de roubar sua ideia no meio desta entrevista vai pegar muito mal para ela. *Não seja impulsiva*, penso, tentando influenciá-la.

– Enfim, chega disso! – diz Jimmy, e volta ao jogo. Respiro fundo, aliviada. – Última: é mais provável que quem saia do reencontro direto para uma festa daquelas? – Ele ergue a sobrancelha para Summer, com um sorrisinho de "tudo pela piada" no rosto, e logo assume um semblante de simpatia: – Não, sem brincadeira, sei que as coisas saíram... um pouco dos trilhos, vamos colocar assim? Mas estou feliz por te ver tão bem.

– Na verdade, eu queria dizer algo sobre *Silvestres*.

As palavras penetram em mim. Droga, respirei fundo cedo demais. Mas meu cérebro trava e leva um instante para entender. Porque a pessoa que está se inclinando para a frente e falando em um tom de voz tenso não é Summer.

É Noah.

– Ótimo, posso passar o dia falando disso! – responde Jimmy.

Um produtor gesticula para indicar que, na verdade, ele não pode, porque precisamos começar a nos despedir em um minuto.

Noah bate o pé no chão preto reluzente. Ele abre e fecha a boca, esfrega a nuca, nós três olhando para ele, e a pausa se prolonga demais. Com certeza ele vai soltar algo protocolar como *Que bom que você gostou!*, mas por que tanta hesitação? Ao meu lado, Summer prende a respiração. Seu corpo inteiro fica arrepiado ou pelo frio do estúdio ou por uma premonição do que vai acontecer. Jimmy começa a fazer uma piada ("Extrovertido por dois segundos, é?"), e Noah se joga na fogueira.

– A rola-carpideira que você mencionou... A ideia foi da Summer.

O rosto de Jimmy congela. Liana arregala os olhos de forma dramática. Summer agarra a borda do sofá com força, segurando-se como se o mundo todo estivesse aos poucos pendendo para um lado, a pele dos dedos tão esticada que tenho medo de que se rompa. No canto, o baterista deixa uma das baquetas cair, causando um estrondo.

– Foi mal – sussurra ele ao se abaixar para pegá-la.

– Ah, nossa – gagueja Jimmy. – Sério? Eu não fazia ideia de que vocês dois tinham mantido contato.

Noah parece aterrorizado, pasmo com a própria honestidade, mas prossegue:

– Os pássaros menina e menino foram personagens que a gente criou juntos no set de *Os sonhadores*. – Suas mãos se remexem ao lado do corpo, sem jeito. – Eu não poderia ter escrito esse filme se não fosse pela Summer.

E, sabe aquela frase que todo mundo repete: "estupidamente otimista, apesar dos pesares"? Foi a Summer que criou.

– É a minha favorita – diz Jimmy, meio atordoado.

– Você disse que as pessoas me subestimavam, mas muito mais gente subestima a Summer, e em parte por culpa minha.

Noah se vira para falar direto com ela. Summer não pisca. O sofá é pequeno demais para quatro pessoas, então eles estão bem próximos e apertados um contra o outro. Os dois estão no olho do furacão, estranhamente imóveis, ainda que o ar ao redor esteja crepitando. Ouvem-se sussurros, e as câmeras dão um close neles, enquanto o resto do estúdio fica em polvorosa.

– Desculpa por não ter te dado mais crédito antes. Eu deveria ter feito isso.

O assistente de produção volta a gesticular para que todos fiquem quietos, enquanto Summer mantém uma postura calma, um sorrisinho tímido no rosto. Mas eu a conheço. Aquele sorriso é enrolação. Ela recebeu o crédito que queria, mas, ainda assim, tem algo muito errado. Noah a conhece também, mesmo depois de todo esse tempo, e seus olhos se enchem de preocupação, questionando a sensatez desse pedido de desculpas público sem falar com ela primeiro.

Ela não diz nada, então Jimmy se inclina para a frente.

– Summer, você tem algo pra dizer ao Noah?

Há um momento de silêncio enquanto ela e Noah se olham. Talvez ela esteja bolando uma rejeição devastadora e perfeita para ele ou a melhor maneira de dizer "O que acham de mim agora, seus desgraçados?". Sua voz sai aguda e esquisita, quase tão inadequada quanto a resposta que ela escolhe:

– Obrigada.

O produtor de Jimmy gesticula – o tempo acabou –, ainda que sua expressão deixe bem claro que ele sabe que seria muito melhor para os índices de audiência deixar a coisa rolar.

– Bom – diz Jimmy –, acho que preciso te agradecer também pelo meu filme favorito! E obrigado a todos vocês por virem ao show! Quando e onde os fãs devem sintonizar?

Summer, Noah e eu ficamos calados. Liana assume o controle enquanto a banda começa a tocar.

– Amanhã, na Atlas, ao vivo, às oito da noite. Esperamos por vocês.

43

2018

Depois da entrevista, há um caos generalizado. Noah se vira para Summer, mas Jimmy o segura pelo braço e Summer começa a sair do palco, comigo e Liana em seu encalço. Um produtor vai atrás dela.

— Espera! A gente queria que você ficasse pra filmarmos um segmento extra com vocês dois falando sobre a origem de *Silvestres*. Não se preocupa, a gente pode cortar alguma coisa do resto do programa ou lançar como uma exclusiva on-line...

— Não — responde ela, sucinta, e arranca da roupa o microfone, que entrega ao técnico de áudio.

— Mas os espectadores iam adorar...

— Os espectadores iam adorar se você sumisse da minha frente — diz ela, então desaparece no camarim para pegar suas coisas.

— Credo — ralha o produtor para ninguém em específico. — Ela é mesmo caótica, hein?

— Você não sabe do que está falando — respondo, e arranco meu microfone enquanto Liana faz o mesmo.

Seguimos Summer até a área externa e ensolarada do estúdio. Atrás de nós, ouço Noah chamar seu nome.

— Summer, vai devagar — peço, mas ela segue em frente.

Summer passa por um grupo de turistas confusos que estão ali para um passeio. Vai direto até seu trailer, sobe os degraus com estrépito e deixa a gente entrar. A porta se fecha atrás de nós.

– Eu só respondi "obrigada". – Sua voz está trêmula e confusa. – Não consegui raciocinar. Não era pra acontecer assim.

– Eu *sabia* que já tinha ouvido falar dessa coisa dos pássaros! – comenta Liana, alheia ao que está de fato acontecendo. – Isso é uma maluquice. Mas aposto que vai dar audiência à beça.

Summer esfrega o rosto, borrando a maquiagem.

– Como ele ousa? Depois de tudo, ele admite por conta própria e tira isso de mim também?

– Acho que ele estava tentando ser gentil – falo e estico a mão para segurar seu ombro trêmulo.

– Primeiro ele não me dá crédito, agora não deixa eu me vingar. Ele me encurralou na frente de todo mundo, e eu não estava preparada, aí ficou parecendo que eu o perdoei. – Ela se vira para mim e afasta minha mão. – Ele sabia o que ia acontecer? E aí decidiu se adiantar pra poder controlar a narrativa?

– Acho que não, não sei como ele poderia ter...

– Espera aí, o que ia acontecer? – pergunta Liana, tentando acompanhar, mas Summer a ignora.

– Você contou pra ele – me acusa ela, com raiva, e vejo como isso a deixa arrasada, quanto ela esperava pelo alívio que destruí-lo poderia trazer.

– Do que você está falando? – indago.

– Estava tudo bem até você falar com ele.

– Espera aí, você acha que eu alertei o Noah pra ele se proteger depois que parei de gravar? Foi mal, mas isso é ridículo e...

– Acho que você deu uma de sabe-tudo e passou um sermão nele, dizendo o quanto errou comigo.

– Eu... – Penso desesperadamente no que falei para Noah em sua sala de estar. – Claro, eu te defendi, mas...

– E isso foi o mesmo que avisar! Porque não bastava fazer o Noah admitir, você precisava se sentir especial, assim como da primeira vez e...

– Gente, para – pede Liana. – Vamos....

Mas Summer não para.

– Porque você ainda tem inveja e...

As semanas que passei tentando fazer qualquer coisa que Summer quisesse, sacrificando minhas necessidades para consertar as coisas para ela, tudo isso me atinge, e eu perco o controle.

– Fala sério, não tenho inveja de você há anos! Eu tenho *pena* de você e... – Eu me detenho ao ver o semblante dela, o jeito como suas feições desabam, como um prédio em demolição. – Eu só queria ajudar.

– Não preciso da sua ajuda. Eu sabia que não era pra confiar em você de novo depois do que fez com o diário.

Liana olha de mim para ela, sem saber o que fazer. E, se eu não estivesse tão absurdamente magoada com tudo isso, acharia engraçado: nós aqui, superarrumadas, com delineados de gatinho e salto alto, emperiquitadas para acabar com nossa amizade.

– Você precisa acreditar que eu não tinha intenção de... – digo, me aproximando, mas Summer dá um pulo para trás.

– Fica longe de mim. Você acabou com a minha vida uma vez, e eu fui burra o bastante pra deixar você voltar. Achei que talvez a gente pudesse ficar bem. – Seu tom fica mais triste. – Que a gente pudesse voltar a ser importante uma pra outra.

– A gente *pode*.

– Não, isso foi um erro.

Meus olhos ficam cheios de lágrimas, mesmo que eu tente evitá-las. Aí está. Algumas feridas são profundas demais e não têm cura. Algumas coisas e algumas pessoas não podem ser perdoadas. Fazer tudo a meu alcance para ajudar não colocou a vida de Summer de volta nos trilhos. Eu a reergui mal e porcamente, até ela cair de novo e se machucar ainda mais.

Os olhos dela também estão ficando vermelhos, mas ela não amolece. Vai até a porta, abre com força e aponta para fora.

– Sai. Vou fazer o programa com você porque preciso. Fora isso, não quero te ver nunca mais.

– Summer, para – pede Liana.

– Você não sabe o que ela fez. O diário foi culpa dela. – Ela se vira para mim. – Sai.

– Para! – repete Liana, com tanta urgência que Summer e eu só conseguimos olhar para ela. – A Kat não pegou o seu diário.

Seu rosto é tomado por uma expressão de tristeza e cansaço profundos. É a aparência de uma mulher que vem tentando fugir de algo que finalmente a alcançou. Ela ergue as mãos, suplicante, como se tentasse nos fazer entender.

– O Michael ia me cortar do filme.

44

······

SOLILÓQUIO DA LIANA

Tudo bem, adoro um drama, mas não sou xereta nem dedo-duro. Teve só uma vez que me rebaixei a esse ponto.

Em minha defesa, eu estava tendo um dia muito ruim. Michael me chamou no escritório dele, logo depois que Trevor foi parado por dirigir embriagado e eu estava no banco do carona. Ele me mandou sentar diante dele, cruzou os braços no outro lado da mesa e falou que estava farto das minhas palhaçadas.

– Ainda preciso da aprovação dos superiores pra te cortar do filme, mas, conhecendo o Sr. Atlas, acho que isso não será problema.

Meus pais não me pressionaram a ser famosa, tampouco me desencorajaram. Quando falei para eles que eu simplesmente morreria de tristeza se não pudesse seguir meus sonhos, eles suspiraram e fizeram tudo ao alcance para me ajudar. O investimento em aulas de canto e dança, o mês que minha mãe e eu passávamos em Los Angeles todo ano, quando chegava a época de gravarem os pilotos – tudo isso os levou à beira da falência e do divórcio. *Os sonhadores* era para ser o começo de algo incrível, para que, algum dia, quando eu fosse uma estrela, nós nos reuníssemos na mansão que eu compraria para eles e agradecêssemos por não termos desistido quando as coisas ficaram ruins.

Vamos falar sério: eu não tinha nada de interessante mesmo para fazer no filme. Tem hora que não dá mais para repetir alguma versão de "Summer, você é a melhor!". Mas ser cortada pegaria muitíssimo mal. Todo mundo ia querer saber o motivo, depois ia comprar a versão do Michael. Haveria fofocas e mais fofocas, até que a rádio corredor de Hollywood estivesse em polvorosa com o boato de que eu era "difícil". Não existia mercado para mulheres negras difíceis, a menos que eu quisesse entrar em algum reality show, o que eu *não* queria. Eu adorava ver a confusão que as pessoas faziam nesses programas, mas eu era talentosa demais para deixar minha carreira girar em torno de com quem eu transei em uma banheira.

– O que posso fazer pra você mudar de ideia? – perguntei para Michael. – Eu paro de beber. Vou virar um anjo. Está vendo, nem falei palavrão.

– Esta conversa está encerrada. Eu te avisei várias vezes e você continuou se metendo em confusão. E pra quê? Pra dar pra um aspirante a Ashton Kutcher?

Tive vontade de gritar para Michael que, primeiro, Trevor era, na verdade, bem talentoso e, segundo, era gay. Ele se abriu comigo depois de uma tentativa toda atrapalhada de sexo ("Não é você! Você é incrível!") e me implorou para não contar para ninguém, porque ia acabar com a carreira dele. (Só estou contando isso para vocês duas agora porque ele desistiu deste ramo e está noivo de um cara.) Quanto a dar... Olha, naquela época, eu gostava de sexo como qualquer outra garota. Mais, eu acho, comparada a vocês duas, puritanas. E, para sua informação, curtir seu corpo precioso e fantástico não te torna *meio piranha*. Mas eu estava disposta a ajudar Trevor ao "ficar com ele" durante alguns meses. Nós, que não nos encaixávamos nos moldes da Atlas, tínhamos que cuidar uns dos outros.

Então fiquei transtornada ao ver Michael sentado em sua cadeira, com as mãos atrás da cabeça. Aquela pose de homem tranquilo, que sentia prazer com a situação. Aquilo no rosto dele era um *sorrisinho* quando ele indicou a porta com a cabeça? Que cara desprezível!

– É que nem beisebol, sabe? Três erros e você está fora.

Eu me levantei, meu tom de voz tão ácido quanto eu sabia fazer.

– É, eu entendo de beisebol.

Na porta, eu me virei. Ele já estava fazendo outra coisa, digitando algo no computador. Aquele babaca nunca tinha me dado uma chance de verdade.

– Por que é que você me contratou?

Ele nem teve a decência de me olhar enquanto respondia.

– O estúdio achou que seria bom ter uma personagem negra.

"Não deixe que te vejam chorando", minha mãe tinha me falado quando conquistei meu primeiro papel em Hollywood, então eu nunca chorava no set, diferente de outras garotas. E, mesmo arrasada, mesmo sem entender por que o que eu tinha feito era tão ruim assim (o contrato não era pra eu abrir mão da minha vida! Eu tinha 22 anos! Claro, eu me divertia muito, mas trabalhava mais ainda!), mantive a postura durante todo o caminho até o camarim, onde vi um lindo diário verde no chão e pensei: *Aleluia, uma distração*.

Mas, à medida que fui lendo, a injustiça foi me fazendo querer gritar. Todo aquele tempo, a perfeitinha da Summer estava sendo tão "ruim" quanto eu, até pior, já que ela era hipócrita. E lá estava eu, vendo minha carreira ir pelo ralo, enquanto ela saía ilesa? Eu teria que voltar para casa e fazer as propagandas para a concessionária de carros usados do meu pai em Atlanta, enquanto ela ia se tornar uma estrela internacional do cinema? Não se eu pudesse evitar.

* * * * *

O Sr. Atlas tinha uma foto da família no escritório. Aliás, duas: uma dele com o pai, que tinha fundado o estúdio, e uma dele e da esposa (quinze anos mais nova, pois é) com seus dois filhos pequenos, a família toda Loura com L maiúsculo. Fiquei imaginando se algum dia um dos filhos ia assumir o estúdio. Talvez os dois acabassem brigando pelo controle, saindo no braço e cortando relações porque, no mundo da Atlas, apenas uma pessoa podia ser a melhor. Eu observava as fotos enquanto, sobre a superfície de mogno, o Sr. Atlas folheava em silêncio o diário.

Sim!, eu tinha repetido para mim mesma enquanto marchava até aquela parte do estúdio e solicitava uma reunião com ele. *Você é CORAJOSA. Você está lutando pelo que precisa!* Mas, depois que fui atendida por ele, minha certeza começou a vacilar. O Sr. Atlas não era cruel como a gente ouvia dizer que outros donos de estúdio eram. Ele não jogava as coisas na parede ou na cabeça dos assistentes. Nunca vi o homem levantar a voz. Mas, se você o desagradasse, ele simplesmente extirpava você, e aí, puf, era como se você não existisse. Talvez eu não existisse mais depois daquilo. Mas, se Michael me tirasse do filme, eu deixaria de existir de qualquer forma.

Ele terminou de ler a última página, fechou o diário e o deixou em cima da mesa, unindo as pontas dos dedos em cima dele.

– O que espera que eu faça com isto? Demita a Srta. Wright?

– Não, é claro que não!

Endireitei a postura e cruzei as mãos em cima do colo, como se eu estivesse em uma reunião de negócios normal. Uma profissional de verdade. Eu deveria ter colocado um terninho ou algo assim. Parecia que o Sr. Atlas vivia de acordo com um código moral, então eu ia apelar para seu senso de justiça.

– Só queria saber como o senhor vai deixar o Michael *me* demitir se não sou a única a fazer esse tipo de coisa. Ou vocês demitem nós duas ou nenhuma de nós, mas se livrar apenas de mim é extremamente injusto. O senhor não percebe?

Ele ficou em silêncio por um longo momento, me olhando.

– O que percebo é que não é muito legal da sua parte tratar sua amiga desse jeito.

Eu não estava nem aí para ser legal. "Legal" era sinônimo de "chato", e qualquer um podia desempenhar esse papel, como eu bem sabia, já que meu papel não exigia quase nada de mim. Mas eu esperava ser alguém gentil. Na vida real, eu não ficava elogiando minha melhor amiga o dia inteiro, mas, quando dava merda, ficava ao lado dela. Ou, pelo menos, costumava ficar. Meu Deus, Summer, quando eu te conheci, eu quis te abraçar para sempre. Você era a coisinha mais fofa e doce do mundo e eu estava pronta pra te proteger. Mas esse programa, a reação descomunal a ele e toda a máquina da Atlas, tudo isso pegou algo puro e o corrompeu. Os homens que comandavam nossas vidas não nos deixavam crescer e foram nos enchendo de ressentimento umas pelas outras. No final, foi como se a minha pele ficasse apertada demais para tudo o que havia dentro de mim.

Então talvez eu explodisse. Os pedacinhos que sobrassem de mim se espalhariam entre as fibras do carpete do Sr. Atlas. (*Ah, isto aqui?*, diria ele a algum visitante curioso. *Estes pedacinhos eram de uma jovem chamada Liana, cheia de sonhos e ambições, e ela se considerava uma boa pessoa, mas então, um dia, descobriu que estava errada.*) Em vez disso, baixei a cabeça na mesa dele, a superfície fria e lisa contra minha testa, e comecei a chorar. A que ponto eu tinha chegado? Desabar na frente de um dos homens mais importantes de Hollywood? Eu não tinha mais nada a perder.

– Desculpe. Não quero ser esse tipo de pessoa – falei, de cara para a mesa.

Quando ergui o rosto, vi que ele estava me oferecendo um lenço! Mas não mesmo, aquela atitude de cavalheiro sulista não ia me convencer. Como ele ousava agir com tanta cortesia quando fora ele a criar o ambiente que tinha desencadeado tudo aquilo? Ah, além de triste, eu estava furiosa.

– Eu *não era* esse tipo de pessoa quando o programa começou. Mas o senhor fez isso com a gente, com sua competitividade e seu código moralista e essa noção constante de que poderia... acabar com a gente.

Uma ruga na testa dele ficou mais marcada enquanto eu cavava minha cova ainda mais fundo. Mas e daí? Todo mundo já me achava difícil mesmo. Eu ia me enterrar no centro da porcaria do planeta Terra.

– A gente só está crescendo! E só quer fazer aquilo em que a gente é bom e deixar as pessoas felizes, mas, de alguma forma, isso não basta pro senhor.

– Muitas crianças admiram todos vocês – disse ele, muito sensato e muito calmo. – Ser um exemplo a ser seguido também é uma parte crucial do trabalho.

– A Atlas está ganhando certa reputação: fria e impiedosa. "A empresa que arruína suas jovens." Já leu esse artigo?

Ele inclinou a cabeça muito de leve. Provavelmente aquele homem nunca tinha tomado uma chamada na vida. Estava na hora de encarar a realidade.

– Os fãs têm comentado comigo sobre o que o senhor fez com a Amber Nielson, o jeito como se livrou dela, e agora ela está pior do que nunca.

– Amber tem os próprios problemas.

Ele estava unindo as pontas dos dedos de novo, dessa vez com tanta força que elas perdiam a cor.

– Eu assisti àquele vídeo dela umas cem vezes, aquele em que a Amber fala que o senhor fez dela o que ela é. Já viu? Pois deveria ver. Porque aí saberia que, um dia, o mundo vai olhar para trás e nos perdoar por mostrar o dedo do meio para os paparazzi. Mas continue assim, e eles nunca vão te perdoar.

Enquanto eu falava, me senti uma deusa da justiça dizendo a verdade diante do poder, o tipo de mulher que seria homenageada com estátuas um dia. No momento em que me calei, não tive certeza de que conseguiria falar outra frase sequer na vida.

Eu me recostei enquanto o Sr. Atlas dobrava o lenço de novo até virar um quadradinho, que ele guardou no bolso. Então ele pigarreou.

– Bem, você me deu muito em que pensar.

– Por favor, não deixa o Michael me demitir.

– Vamos discutir a questão, mas me reservo o direito de tomar a melhor decisão para a franquia. Agora, você deveria descansar para o programa de amanhã. Não quero que isso afete seu desempenho.

Eu me levantei e fui pegar o diário.

– Vou devolver isso pra Summer.

Ele colocou a mão em cima da capa.

– Neste momento, não confio em você com isto. Um dos meus assistentes vai devolvê-lo para a Srta. Wright, com um aviso para que ela seja mais cuidadosa e não o deixe em qualquer lugar.

– E eles vão contar pra ela que eu...?

Ele me encarou, então me deu a mais ínfima das clemências.

– Eles não vão dizer a ela como conseguiram isso.

45

2018

– Mas então... não foi você que entregou o diário pra imprensa – digo, quando Liana termina seu relato e murcha.

– Não. Não sou uma sociopata. – Liana se vira para Summer. – Mas você não sabe quanto eu queria ter devolvido o diário pra você quando o encontrei. Aí, o assistente do Sr. Atlas nunca teria...

Esse tempo todo, eu não tinha enxergado Liana direito. Presumi que a situação com Javier explicasse por que ela vinha agindo de forma tão esquisita, tão reservada. Mas ela também carregava tanta culpa quanto eu. Ela balança a mão, os olhos vermelhos.

– Bem, eu entendo. O cara podia continuar a servir café e entregar diários para aquele homem, que sempre me deixou apavorada, ou podia ganhar uma grana alta.

Que jogada audaciosa do assistente. Teria ficado óbvio para o Sr. Atlas quem era a fonte de vazamento. Imagino que a pessoa tenha aceitado pegar o dinheiro e deixar Hollywood para sempre. Ainda assim, algo não está encaixando.

Summer está muito calada. Bom, é claro que está. Esse reencontro mostrou para ela que não tem ninguém em quem possa confiar de verdade, e é o tipo de coisa que faz qualquer um prometer que nunca mais vai falar com outro ser humano. Mas ela fala agora, e sua voz é rouca.

– Por que o Sr. Atlas entregaria algo tão sigiloso para outra pessoa se ele ia estar comigo naquela noite?

– Oi?

– Isso não foi na noite antes do programa ao vivo? Tínhamos uma reunião marcada, eu, ele e Noah, pra falar do "futuro". Ele cancelou em cima da hora, disse que tinha surgido um imprevisto.

Nós três ficamos imóveis, sem chão.

– Não – falo. – Não. Por que ele iria querer arruinar seu programa mais popular?

– Ele não queria arruinar. Queria me perdoar. É exatamente o que a Liana falou. – Summer se vira para ela. – Você deu a ele muito em que pensar. Estávamos crescendo. As pessoas começavam a mudar. – Ela olha para mim. – E o que você escreveu no diário foi ruim, claro, mas não *tão* ruim.

– O que a Kat...? – pergunta Liana.

– As últimas anotações eram minhas – falo. – Eu também estraguei tudo.

– Então a Summer nem fez aquelas merdas todas? – Liana me olha boquiaberta. – Caramba, agora eu me odeio mais do que nunca.

Summer anda pelo trailer enquanto coloca as peças no lugar.

– Ele podia deixar a imprensa saber do diário e fazer com que eu fosse punida. Eu ia ser alvo de todo o ódio e julgamento que ele achava que eu merecia por não ser a garota perfeita que eu deveria ser. Ele queria que eu me humilhasse e me desculpasse, chorasse em uma coletiva dizendo que eu tinha decepcionado todas as garotinhas, mas que tinha aprendido a lição e nunca mais faria aquilo. E aí, quando estivesse satisfeito por eu ter sofrido bastante, ele contrariaria todas as expectativas e seria misericordioso. Ele me aceitaria de volta, e as pessoas pensariam: "Nossa, talvez a Atlas não esteja tão presa ao passado. Talvez a Atlas seja o futuro."

– É como aqueles vestidos que a Harriet fez – comento. – A quantidade certa de controvérsia.

– Ele teria me *salvado*. Eu teria uma dívida de gratidão com ele para sempre.

– Mas aí você tirou a roupa na TV, e esse era um limite extremo demais pra ele – diz Liana.

– Exatamente.

– Mas por que deixar isso vir à tona logo antes do programa ao vivo? – pergunto.

Summer balança a cabeça.

– Talvez o Lamapop tenha se precipitado e publicado mais cedo do que disseram. Ou ele supôs que isso faria mais pessoas verem o último episódio.

Sob muitos aspectos, eu achava que o Sr. Atlas nos protegia. Administrava uma empresa onde homens mal-intencionados nunca entravam em nossos camarins. Tinha um comportamento gracioso. Uma força pacata. Mas, o tempo todo, acima de tudo, ele era um homem de negócios.

– O que a gente faz? A gente devia só... ir embora? Não fazer o programa? – pergunto.

– Temos contratos assinados – diz Liana. – E nenhuma evidência concreta.

– Mas como vamos subir naquele palco amanhã sabendo tudo o que a gente sabe?

Summer enterra o rosto nas mãos por um momento, apertando os olhos com os dedos como se tentasse deter as lágrimas prestes a cair. Então ela ergue a cabeça e a balança em um movimento conciso.

– Vamos só fazer e pronto. E, depois, nunca mais vamos ceder nem um pedacinho de nós pra Atlas. Estão de acordo? Mesmo que o programa supere as expectativas e eles nos ofereçam um reboot ou um filme, nunca mais vamos nos envolver em nada de *Os sonhadores*.

– De acordo – Liana e eu respondemos juntas.

– E isso deixa a gente em que pé? – pergunto.

Summer abre a porta do trailer. Nós duas olhamos para ela, desesperadas por qualquer migalha de perdão. Logo antes de sair, ela diz:

– Depois de amanhã à noite, não tem mais "a gente".

TWITTER

@GOSSIPGILLIAN: Hummm, tem mais alguém vendo essa entrevista do Jimmy com o elenco de *Os sonhadores*? O Noah acabou de dizer que roubou *Silvestres* da Summer, é isso mesmo???

@SONHADORA23: É CLARO QUE ROUBOU. Eu falo isso há anos! O Noah é um Lixo com L maiúsculo!

@EUSOUSEB: Calma aí, ele não roubou dela. Ele escreveu o roteiro sozinho. Não é porque você conversa uma coisa com alguém que você não pode escrever nada sobre o assunto. Acontece o tempo todo.

@EUSOUSEB: E ela com certeza não ia escrever.

@GOSSIPGILLIAN: Mas nem pra falar com ela?? Vocês viram o artigo que saiu com mais detalhes???

@SONHADORA23: Foi ela que escreveu a fala. Tenho as palavras dela tatuadas em mim esse tempo todo e EU NEM SABIA.

@CAROLINETWEETS88: Ele é mais um homem que lucra em cima do trabalho não remunerado de uma mulher e, para ser sincera, acho que nós, como cultura, já superamos essa coisa de precisar dele.

@GOSSIPGILLIAN: Tomara que durante o programa ao vivo amanhã ela pise na cara dele.

@SONHADORA23: SIM, QUE MATE ELE!

46

......

2018

O dia do programa amanhece quente e com muito vento. E sei disso porque acordei às cinco e meia da manhã e não consegui mais voltar a dormir.

A manhã é toda nossa para fazermos quaisquer rituais necessários. Dirijo até uma trilha e subo uma colina. Uso um chapéu para proteger meu rosto, bebo água e ando mais rápido que o ritmo dos meus pensamentos, até que o telefone toca com uma mensagem de Irene:

Devo entender que você não vai se candidatar à vaga de sócia, então.

Eu me sento no topo da colina para digitar uma resposta.

Desculpa te decepcionar. E sei que é egoísmo desistir da chance de ajudar as pessoas.

Logo chega mais uma mensagem dela:

Bom, dizem que a arte também ajuda.

Decido falar o que tenho pensado sobre isso:

Meu medo é que as únicas pessoas que dizem isso sejam artistas que querem se sentir nobres ao brincar de faz de conta.

Três pontinhos e então:

Qual é! Você é mais esperta que isso.

Sinto a garganta formigar enquanto olho o horizonte que se estende diante de mim. Todo mundo tem alguma fase da vida que precisa deixar pra trás e depois sente falta. Talvez algumas pessoas tenham saudade da faculdade. (Eu, não – eu era dois anos mais velha que a minha turma e me mantive bem longe do teatro do campus, onde poderia ter encontrado minha galera. A faculdade foi horrível.) Outros sentem falta dos seus 20 e poucos anos, quando bebiam vinho barato e pegavam o metrô pra voltar para casa às duas da madrugada, ou da época em que corriam por quilômetros toda manhã, até que estouraram o joelho, ou do tempo em que os filhos eram pequenos e dependentes e cheios de amor.

Sem ter ciência total disso, nos últimos 13 anos senti falta da fase chamada Criatividade. Cara, a tristeza é uma cretina sorrateira. Ela se esconde por longos períodos, depois aparece mais forte do que nunca. E agora, sentada no chão de terra no topo desta colina, eu choro, esmagada pela falta que senti de fazer coisas com as pessoas de quem eu gostava, percebendo finalmente quantos anos perdi. Não quero encerrar esta fase. Não quero mesmo que seja apenas uma fase.

Tenho um mau pressentimento. Sei que eu deveria me lembrar que um coração disparado é uma resposta normal ao fato de se apresentar na frente de milhões de pessoas e que o pior cenário raramente se concretiza. Mas é difícil me lembrar disso quando, da última vez, o pior aconteceu.

À tarde, nos encontramos no estúdio: Summer, Liana e eu de um lado para o outro do nosso camarim para fazer cabelo e maquiagem. O maquiador briga com a gente por estarmos com olheiras. Pelo jeito, não fui a única que não conseguiu dormir direito.

Summer mal olha para nós duas enquanto, furtivamente, lançamos olhares desesperados para ela. E responde com monossílabos sempre que Liana tenta puxar conversa. Que indício animador para a nossa química da noite! Os minutos vão passando, e meus batimentos cardíacos vão aumentando.

– Querem repassar a harmonia da última música? – pergunto, mesmo que a gente já tenha ensaiado um milhão de vezes, como se um ensaio a mais fosse fazer a diferença entre o sucesso e o fracasso.

Liana assente com vigor, e Summer inclina muito de leve a cabeça.

– Chamo o Noah? – pergunto a Summer, porque não sei se ela consegue ficar no mesmo cômodo que ele e tenho certeza de que mal está aguentando ficar com a gente.

O que ela vai fazer hoje à noite, depois que o programa terminar? Para onde ela vai?

– É melhor – diz ela, ainda sem nos encarar.

Então vou até o camarim dele e dou de cara com a maquiadora e um assistente de produção sussurrando. Não vejo Noah em lugar algum.

– Ah – digo. – Sabem onde o Noah está?

Eles me olham com expressões apavoradas.

– Hum – diz o assistente. – Estamos tentando... A gente acha que ele deve chegar logo, logo.

Mas como assim? Saio de lá direto para o nosso camarim.

– O Noah ainda não chegou – falo. – E falta meia hora pro começo do programa.

Provavelmente ele está fazendo alguma coisa de última hora para *Leopardo da Neve*. Mesmo assim, imagens de acidentes de carro ou fãs malucos sequestrando Noah passam pela minha cabeça. Malucos de amor por ele? Ou malucos querendo se vingar por Summer? No Twitter, as reações à revelação que ele fez no programa de Jimmy não foram boas, principalmente depois que a amiga repórter de Summer publicou um artigo hoje, aproveitando o ensejo da notícia, e confirmou que Noah nunca falou com Summer sobre dar crédito a ela – além de a jornalista ter comentado, casualmente, que *fontes revelaram que ele está prestes a ser anunciado como o Leopardo da Neve*.

– Quê? Isso não tem graça. Ele precisa chegar logo! – diz Liana.

Ela já está pronta, cabelo e maquiagem finalizados. Enquanto ela pega seu telefone correndo para ligar para ele e perguntar o motivo do atraso, Summer permanece sentada, com toda a calma do mundo, ainda de roupão. Por fim, ela olha direto para mim, um sorriso estranho rondando seus lábios.

Eu olho duas vezes para seu rosto.

– Espera aí – digo. – O que você fez?

47

SOLILÓQUIO DA SUMMER (REPRISE)

Noite passada, após descobrir que todos em quem eu já tinha confiado na vida haviam me traído, voltei para meu quarto no hotel e encontrei Noah sentado no corredor.

A princípio, não tinha conseguido ver quem era. Ele estava com um boné e tinha puxado a aba para baixo. Normalmente, quando me deparo com um desconhecido esparramado à minha porta, é um péssimo sinal. Mais um stalker que decidiu que enviar cartas já não é suficiente. Hoje em dia, isso não acontece tanto quanto acontecia quando eu era jovem e fofa. Mas às vezes ainda aparece algum sujeito que se sente injustiçado pelo mundo e pensa que entendemos um ao outro. O melhor a fazer é ter empatia. Ajuda a sentir menos medo. Se eu pensasse em todos eles como homens que querem me fazer mal, nunca mais sairia de casa.

Comecei a recuar até o elevador. E então notei o boné do Red Sox, que não combinava com o terno elegante que a emissora tinha aprovado. Vi o jeito como a pessoa abraçava os joelhos e batia o pé no chão, então percebi que o tipo de perigo que eu corria era outro.

– Por que você está aqui? – perguntei.

Ele ficou de pé num salto. Na adolescência, Noah conseguia dançar, correr e se lançar montanha acima, mas agora ele tem um jeito diferente de se mexer, parece disciplinado. O adestramento do Leopardo da Neve, imagino.

– A gente pode conversar? – pediu ele.

Eu estava com muita raiva dele e de todo mundo. Mas também estava curiosa.

Para onde mais poderíamos ir além do meu quarto? Entramos, acendi o abajur da mesa de cabeceira e olhei em volta para ver o que eu tinha deixado fora do lugar que ele pudesse julgar. Pouca coisa, graças ao serviço de quarto, que havia arrumado minha cama e toda a bagunça da minha vida.

Eu não ia oferecer nada para ele. Nada de bebida nem gentileza. Eu me sentei na poltrona sob a luz fraca do abajur e o deixei de pé a poucos metros de mim, como se eu fosse uma rainha em meu trono e ele tivesse vindo implorar misericórdia. Noah tirou o boné e o segurou, o que tornou a metáfora ainda mais completa. Ótimo.

– Veio pegar outra ideia para um roteiro? – perguntei. – Não conseguiu escrever mais nada desde *Silvestres* porque não tinha mais de quem roubar?

– Eu não escrevi nada desde *Silvestres* porque aquela era a única história que eu tinha vontade de contar – respondeu. Ele sabia exatamente o que dizer até decidir que não precisava mais da pessoa, não é? – Vim pedir desculpas por ter te deixado constrangida durante a entrevista pro Jimmy. Ele estava te tratando de um jeito tão humilhante e...

– Seu hipócrita. – Eu queria me manter fria e impiedosa, mas ele conseguiu me deixar com muita raiva. – Você não vai conseguir dar uma de príncipe encantado que veio salvar a minha honra agora, depois de ter me atirado aos leões quando eu te amava.

Ele se endireitou.

– Você me amava mesmo, então?

– Claro que sim. Eu falei que te amava!

– Mas o Lucas disse... – ele começou a falar, e, finalmente, uma peça do quebra-cabeça se encaixou.

– Você ficou chateado por eu ter dormido com ele.

– Fiquei chateado porque você mentiu para mim. – Seus olhos azuis pareciam sinceros, buscando os meus. – E, sim, talvez eu tenha ficado chateado porque você transou com ele uma semana antes de...

– Você acha que eu queria? – Não consegui mais continuar imóvel na poltrona. – Você tinha deixado o Lucas muito desconfiado, e ele ia falar para todo mundo que eu não era virgem se eu não o acalmasse e... – A expressão dele ficou insuportavelmente triste e, de repente, comecei a sentir muito frio. – Além disso, não preciso justificar a minha vida sexual para você!

Vasculhei a cômoda atrás de um suéter, algo quente para me envolver e abraçar. Agora, tantos anos depois, parece ridículo não ter contado ao Noah que eu tinha dormido com o Lucas. Passei a acreditar em um Deus que perdoa, que não se importa com o que faço com o meu corpo. Mas, naquela época, a virgindade era sagrada. Eu achava que meu erro tinha sido entregá-la para alguém que não era o Noah, mas, na verdade, meu erro foi pensar que eu não tinha valor nenhum sem ela.

– Eu queria que você tivesse confiado nos meus sentimentos por você – falei. Não olhei para ele enquanto vestia o suéter, depois fiquei segurando firme o tecido dos pulsos. Se eu me concentrasse em algo concreto, não precisaria pensar em arrependimento. – Mas agora não tem mais jeito. Você já se desculpou. Pode ir embora.

– Espera. – Ele segurou a minha mão, a palma dele tão quente, a minha gelada. Eu me afastei. – Também sinto muito que o programa que vai ao ar amanhã à noite não seja a nossa versão. Eu não queria desdenhar disso no bar. Eu queria voltar e consertar as coisas.

Eu precisava me afastar mais, então fui chegando até a parede oposta e me apoiei nela. Eu sabia que seria melhor pedir que ele fosse embora, mas, em vez disso, perguntei:

– O que isso quer dizer? Como você acha que a minha vida vai ficar depois desse programa?

Ele passou a mão no rosto.

– Você vai poder ter a carreira que deveria ter tido. Talvez consiga entrar em uma sitcom, ser engraçada como você sempre disse que...

Nós dois sabíamos que não havia chance disso agora.

– Mesmo que tudo corra bem amanhã à noite – comecei –, acho que a fama arruinou a minha vontade de atuar. Eu gostava de me perder na personagem, mas não sou mais capaz de fazer isso. A vigilância constante, a pressão... – Parei, lutando para articular as palavras. Ele esperou, dando o tempo de que eu precisava. – Eu costumava achar a câmera gentil, como se ela capturasse o melhor de mim. Agora ela parece implacável.

– Eu entendo.

– Beleza, Leopardo da Neve.

– Não, eu não... – Ele se sentou no chão. – Não dá para recusar uma oferta como essa. Eu sei que tenho sorte de estar nessa posição. Mas parece que estou numa esteira que acelera cada vez mais e alguém arrancou o botão que controla a velocidade, então eu tenho que continuar. Entende o que quero dizer?

– Foi assim que me senti durante a segunda temporada. – Também deslizei até o chão. – Às vezes eu queria que *Os sonhadores* nunca tivesse surgido e que eu levasse uma vida em que tivesse formado uma boa família e, sei lá, fizesse teatro amador. As pessoas viriam pra me ver em *Vendedor de ilusões* e depois comentariam: "Sabe quem se saiu muito bem? Marian, a bibliotecária." Mas nem se lembrariam do meu nome ou do meu rosto, só lembrariam que fiz com que elas se sentissem bem por duas horas e meia. Acho que a vida assim teria sido muito boa.

E ali estávamos de novo, conversando como fazíamos quando éramos adolescentes ao telefone, tudo tão fácil, mas ao mesmo tempo extremamente difícil. Enrolei o cabelo ao redor do dedo com força para não precisar olhar para ele.

– É uma pena que eu fosse tão gata.

Eu o fiz rir ao dizer isso.

– Uma pena mesmo.

Ficamos em silêncio. Mais uma vez, eu sabia que deveria pedir que ele fosse embora. Era hora de acabar com aquele perigo, com a dança, de deixar que alguém que me machucou ficasse.

Mas, dessa vez, foi ele que falou.

– Se servir de consolo, meu agente me ligou... Parece que vai sair uma matéria sobre como eu te sacaneei por causa de *Silvestres*. – Ele já tinha se adiantado, não ia ser atingido por isso. – Acho que a Kat conversou com uma repórter.

– Não – falei. Acabou saindo mais agressivo do que eu pretendia, e ele franziu a testa. Balancei a cabeça, lhe lançando um olhar desafiador. – *Eu* conversei com a repórter. Fui eu quem fez a Kat perguntar a você sobre isso.

Ele me encarou. Em seguida apoiou a cabeça nas mãos:

– Você... – Então Noah fez um barulho, e seus ombros tremeram. Quando ele voltou a olhar para cima, pensei que veria mágoa em seu rosto, mas havia apenas admiração. Como se eu o tivesse surpreendido, mas, ao mesmo tempo, por algum motivo, ele não estivesse nem um pouco surpreso. – Claro que foi você.

– Cansei de não receber crédito pelas coisas que faço.

Ele assentiu e abriu a boca para dizer algo, mas tornou a fechá-la.

– Que foi? – perguntei.

– É engraçado que a gente acreditasse que era o amor da vida um do outro sem nunca nem ter saído juntos.

– Hilário.

Olhando para o próprio sapato, ele disse:

– A gente bem que podia, sabe?

Foi a minha vez de rir.

– O quê? Sair?

– Por que não?

– Porque você partiu o meu coração e roubou a nossa ideia. Porque você vai ser o Leopardo da Neve e eu sou uma piada.

– Você não é uma piada.

– Você precisa assistir a alguns programas humorísticos que passaram tarde da noite nos últimos 13 anos.

– Você não é uma piada pra mim – disse ele, com uma voz suave, uma hesitação que não era natural num homem tão acostumado a ser amado. – Você não sentiu nada desde que a gente voltou?

– Mal fui eu mesma. Passei o tempo todo atuando.

– Não enquanto a gente deixava o programa do nosso jeito. Não quando você gritou comigo no bar aquela noite.

– Ah, e foi nessa hora que reconquistei seu coração?

– Mais ou menos. Foi.

– Para de graça. – Estreitei os olhos. Mas que audácia. Depois de tudo, ele ainda achava que poderia conseguir o que quisesse. Os homens sempre acham isso. Um mero pedido de desculpas não ia consertar todo aquele estrago. Fiquei de pé. – Já tenho muito em que pensar sem me humilhar por completo amanhã à noite e encarar o Sr. Atlas, agora que sei que foi ele quem passou o diário pra imprensa...

– O quê?

Então contei a tudo a ele. No fim, Noah também tinha se levantado e andava de um lado para o outro, com os punhos cerrados.

– E eu vou ser o rosto de uma franquia pra esse homem? E você precisa subir no palco e *dançar* para ele?

Fiquei sentada na beira da cama, mexendo no edredom.

– Eu queria poder viajar pra longe e deixar que ele juntasse os cacos.

– É – concordou Noah, sentando-se ao meu lado, a poucos centímetros de mim. Ele colocou a mão sobre a minha, um gesto de conforto. – Não ia ser bom?

Nós só estávamos concordando por um momento, nada mais do que isso. Mas, de repente, eu entendi o que poderia fazer para ferir Noah. Ele tinha me dado as costas e pegado nossa ideia para si, e então tivera a audácia de pedir desculpas antes que eu pudesse culpá-lo por tudo. Mas ainda havia uma coisa que eu podia tentar. Lentamente, como se estivesse sendo tomada pela inspiração, sugeri:

– Então por que a gente não faz isso?

– O quê?

Virei a mão para que nossas palmas se tocassem, causando um arrepio.

– Não aparecer amanhã. A gente pode simplesmente... ir pro aeroporto e pegar um avião para longe de Atlas.

Ele ficou me encarando, talvez com admiração ou talvez como se eu falasse numa língua que ele não conhecia.

Passei muitos anos lutando contra minha impulsividade. No entanto, por mais que ela tenha me feito mal em vários momentos, também me ajudou em outros. Foi ela que me impediu de seguir em frente num casamento malfadado – eu estava no carro, a caminho do local onde ia me arrumar, com o vestido de noiva embalado ao meu lado, e tudo em que conseguia pensar era que eu mal tinha passado um tempo sóbria com aquele homem. Na verdade, mal tinha feito qualquer coisa sóbria nos meses anteriores e, em vez de casar, decidi ir para uma clínica de reabilitação, a melhor decisão que poderia ter tomado. Agora eu tinha fama de impulsiva o suficiente para que Noah me levasse a sério.

– Você quer deixar a Kat e a Liana na mão?

– Depois do que elas fizeram com o diário, não vou perder o sono por causa disso.

– Sabe o que isso representaria para as nossas carreiras?

– Eu não tenho carreira. Mas, sim, você não ia mais ser o rosto da franquia do Sr. Atlas. Eu entendo se, mesmo assim, você não quiser abrir mão disso.

Ele puxou a mão e passou pelo cabelo. Eu o fitei, um homem iluminado pela luz do abajur.

– Não dá pra consertar as coisas pela metade – falei. – Então, se estiver falando mesmo sério, pode comprar duas passagens para onde quiser, e a gente foge dessa empresa tóxica.

Noah hesitou. Ele queria me ajudar a me reerguer, mas será que não sabia que era impossível? Eu tinha me tornado um peso grande demais. Minha satisfação teria que vir de arrastar os outros para baixo comigo.

– Participar do programa para o Sr. Atlas amanhã à noite... vai me destruir. Se viajar sozinha, vou ser um desastre ambulante. Se fugirmos juntos, vai ser o mesmo que dar uma declaração que o mundo não pode ignorar. – Estava sendo a minha melhor atuação em anos, tão emocionante que eu mesma quase acreditei. – E aí, claro, depois de descer do avião, podemos finalmente sair juntos.

Ele olhou para baixo, o peito subindo e descendo com a respiração. O silêncio se estendeu, tão longo e absoluto que dava para ouvir o zumbido do ar-condicionado, o ruído baixo da TV no quarto vizinho. Dava até para ouvir a fraca batida do coração de Noah, pensei. É claro que ele não iria topar. É claro que eu não tinha esse poder sobre ele.

– Beleza – disse ele.

– Oi? – Senti uma onda de eletricidade percorrer meu corpo, da cabeça até a ponta dos dedos dos pés.

– Não vamos fazer o programa. Aeroporto internacional, amanhã à noite.

De repente, senti dificuldade de respirar, porque tudo o que eu respirava era ele. Noah estava brincando, só podia estar. Segurei seu rosto e virei sua cabeça. Eu precisava olhá-lo nos olhos.

– Está falando sério? – perguntei.

Teve uma época em que eu conhecia Noah todo de cor, como se fossem as letras das nossas músicas antigas. Agora, ele estava voltando para mim com novos versos: linhas finas na testa, uma serenidade contida no lugar da empolgação juvenil.

Ele sustentou meu olhar, as pupilas se dilatando. Na época em que ficamos famosos, descobri que as revistas às vezes aumentavam nossas pupilas com Photoshop. Assim, qualquer um que olhasse a imagem imaginaria que estava sendo desejado. Naquele momento, as pupilas de Noah quase cobriam o azul de sua íris. Ali estava ele, desarrumado, arruinando meus planos, enquanto eu segurava seu rosto lindo e bronzeado. Seu maxilar se mexeu sob meus dedos.

– Estou falando sério – disse ele, a voz pouco mais que um sussurro.

Noah era um bom ator. Ele ia mudar de ideia. Então, o que fiz em seguida eu quis fazer logo, naquele instante breve e inebriante em que ainda conseguia acreditar que ele desistiria de tudo por mim. Puxei seu rosto e o beijei.

Talvez tenha sido uma atitude estúpida. Mas eu havia me negado isso quando era mais jovem. Durante anos, falei para mim mesma que nunca o teria, que nem o queria, mas bastava ver fotos dele com uma namorada que, antes que pudesse me conter, eu pensava: *Mas ele é meu.*

Para Noah, talvez aquilo fosse o começo de alguma coisa, enquanto ele me puxava com força contra o peito, enquanto eu tirava sua camisa e nós caíamos na cama, mas eu sabia que seria nossa única vez juntos. Eu ia me concentrar em cada instante ali.

Eu não era mais uma garota de 18 anos, corada, cheia de potencial, fingindo que era a minha primeira vez. Tanta coisa havia acontecido desde o tempo em que ele me amava. Seu corpo tinha ficado mais forte, e eu não queria que ele se decepcionasse com o meu. Achei que eu não fosse aguentar se isso acontecesse, então estiquei a mão para apagar a luz, mas ele segurou meu braço na cama.

– Não – disse ele com uma voz rouca e baixa, uma voz secreta que ninguém mais tinha a oportunidade de ouvir.

Ele me segurou e estudou cada pedacinho de mim. Minha respiração ficou presa na garganta. O tempo parecia livre de todas as suas regras habituais. Então ele baixou a cabeça com urgência e me beijou outra vez.

Agarrei seus ombros fortes e macios e pensei: *É o Noah, em cima de mim.* E então, embora quisesse me concentrar, memorizar tudo, parei de pensar. Eu me perdi nas sensações, a princípio fragmentadas, depois devastadoras. Quando terminamos, senti um gosto salgado e pensei que fosse suor, mas Noah passou o polegar pela minha bochecha, os olhos tensos de preocupação.

– Eu te machuquei?

Foi só então que reparei que eu tinha começado a chorar.

48

2018

– Puta merda – diz Liana. – Então ele está a caminho do aeroporto?

Summer assente e começa a vestir o figurino para o número de abertura.

– E você não vai? – pergunto.

– Ele nem vai chegar lá. Vai pensar melhor, dar meia-volta, correr para cá e aparecer dez minutos antes de começarmos. Mas, pelo menos, vai ter tomado um belo susto e, ao menos uma vez, as pessoas vão ficar comentando que *ele* é uma pessoa difícil.

– Meu Deus. – Liana olha para cima por um momento, apertando as têmporas. – E o que a gente vai fazer se ele ficar preso no trânsito?

– Sei lá, jogar o roteiro no lixo e cantar as músicas – diz Summer. – Mas ele vai chegar. Ele é o Noah Gideon, e nós todas sabemos que, no fim das contas, só se preocupa com ele mesmo. Além do mais, ele já conseguiu transar comigo, então não é como se...

O telefone de Liana vibra. Ela olha para a tela e clica num link.

– Um amigo acabou de me enviar isso.

Ela segura a tela para Summer e para mim, e nós três inclinamos a cabeça enquanto passa um vídeo do Twitter.

Está tremido, feito com o celular por uma jovem andando e se filmando com a câmera frontal.

– Estou vendo coisas ou o Noah Gideon está no aeroporto internacional neste instante? – A câmera vira e revela um sujeito sentado numa fileira de assentos desconfortáveis no aeroporto. Ele está com um café gelado do

Dunkin' Donuts na mão, a perna balançando. – Ele não deveria estar fazendo *Os sonhadores* agora? Vou lá falar alguma coisa ou vou me sentir uma idiota se não for ele?

E o vídeo acaba aí.

– Ele foi para lá. – Estou desnorteada. – Quero dizer, *era* ele, não era?

– Ah. Bom, que ótimo – diz Summer.

Seu corpo está rígido ao meu lado, sua respiração fica superficial conforme ela percebe a enrascada em que nos meteu. Como vamos refazer todo o programa em meia hora? Aquilo é demais para a minha cabeça. É oficial: Summer Wright não é mais a maior encrenqueira do grupo. Noah acabou de colocar esse manto pesado sobre seus ombros largos que ele tanto malhou para ser um super-herói que nunca vai interpretar. Depois de tantos anos construindo uma imagem de galã confiável, passando por cima de tudo e de todos, ele jogou tudo no lixo. E nos arranjou um belo de um problema.

– Beleza, ele ainda consegue voltar, né? – indaga Liana. – Se sair de lá imediatamente?

– A tempo do início do programa? No trânsito de Los Angeles? – pergunto. – Não.

– Ah, que ótimo, ainda tem mais – diz Liana, lançando um olhar acusatório para Summer enquanto abre o vídeo seguinte, postado um minuto atrás.

– Estou tão nervosa – diz a jovem ao se aproximar do homem. Ela vira a câmera. – Noah Gideon?

Noah olha para cima. Definitivamente é ele. Liana agarra minha mão e a aperta tanto que eu temo que ela vá quebrar meus dedos.

– O que está fazendo aqui? – pergunta a fã. Noah começa a cobrir o rosto e se vira, mas a fã insiste. – O que está acontecendo?

Então Noah parece tomar uma decisão. Ele para de encolher os ombros e tira o boné.

– Pode chamar de surto. Pode dizer que estou indo para uma clínica de reabilitação.

Ele sorri, mas não com seu sorriso encantador de astro de cinema, nem aquele sorriso desmedido que ele às vezes não conseguia conter e que se espalhava por todo o rosto quando ele estava com Summer. É o sorriso trêmulo de um homem que sabe que está sendo insensato, mas que decide seguir em frente mesmo assim.

– O quê? – pergunta a garota. – Você está indo para a reabilitação?

– Na verdade, espera – responde Noah. – Você vai postar isso? Porque, se for, eu quero dizer... – Ele olha diretamente para a câmera, a voz embargada. – Eu sei que vou esperar, esperar, e você provavelmente não vem. Eu entendo. Mas vou continuar aqui. Como você disse, não dá pra consertar as coisas pela metade. – A garota começa a mover a câmera, mas ele ergue a mão. – Ah, e se você acabar fazendo o programa, merda pra você.

– Que loucura – comenta a garota, e então, como se tivesse acabado de se lembrar de algo: – E é verdade que você vai ser o Leopardo da Neve?

– Que se exploda a Atlas – responde Noah. – Nunca mais trabalho com eles.

O vídeo acaba. Encaramos a tela em estado de choque.

– Merda – digo, tentando me situar nessa nova realidade. – Então vamos transformar o programa num show e cantar as partes dele?

– Porra, Summer! – explode Liana. – Grande vingança, mas você estragou tudo para nós três.

Summer fica encarando a bancada de maquiagem.

– Eu sou uma idiota – diz ela.

– Não – começo a falar, mas Liana interrompe:

– É, sim.

Por fim, Summer se ergue, pronta para assumir o controle da situação que criou. Seu olhar vaga pelo camarim, perdido, como se na verdade visse algo dentro da própria cabeça – ideias do que precisamos fazer, de como explicaremos isso para Michael e para o público. Ela se abaixa para pegar algo na bolsa.

Não, ela pega a bolsa inteira e a coloca no ombro.

– Esqueci que sempre acabo me voltando pra esperança – diz Summer, se virando para nós com um olhar assustado. Ela está reluzente, as bochechas coradas, iluminada por dentro. – Sinto muito, mas preciso pegar um avião.

Fico sem palavras por um momento. Mas Liana avança para tentar bloquear o caminho de Summer.

– Como vamos fazer o programa sem você?

– Você sempre foi a mais talentosa mesmo. Vai até lá e mostra pra todo mundo.

– Mas... – Liana gagueja, erguendo o braço para que Summer não consiga passar.

– Depois do que me contou ontem, você não tem o direito de ficar irritada.

Summer dá um passo à frente, beija Liana no rosto, passa por ela e vem até mim. Então me abraça forte e passa a mão no meu cabelo. Ela parece tão frágil nos meus braços.

– A propósito, eu perdoo vocês duas – diz e sai correndo pela porta.

49

2018

– O que a gente faz? Ai, meu Deus, o que a gente faz? – pergunta Liana enquanto afunda em uma cadeira.

Ela coloca a cabeça entre as pernas, alternando entre respirações profundas e gemidos trêmulos. Eu me belisco. Isto é um sonho. Com certeza os astros do nosso programa não fugiram juntos em uma tentativa insensata de dizer *dane-se* para a emissora.

Os dois sempre foram bons em contar histórias. Noah escreveu um filme inteiro para dar a si e a Summer um final feliz. Talvez ele esteja construindo uma narrativa para si mesmo agora também, fazendo a própria vida ser sua história mais emocionante, concluindo o arco da redenção – ele se posiciona a favor do que é certo e acaba ficando com a mulher dos seus sonhos! E Summer está se autodestruindo mais uma vez. Eles vão implodir em uma semana.

Ou talvez um gesto grandioso assim seja o necessário para ajeitar tudo e esses dois jovens imprudentes tenham sido feitos um para o outro. A obsessão dela em acabar com ele... ninguém fica tão obcecado assim, a menos que haja um pouquinho de amor.

Eu poderia encher um semestre inteiro de faculdade com aulas sobre todos os motivos pelos quais eles vão se arrepender disso. Mas não tenho tempo no momento, porque o programa começa em vinte minutos e estamos diante de uma crise.

Não sou de desmaiar, mas de repente fico tão zonza que preciso me segurar na bancada onde estão nossas maquiagens, escovas, meu telefone.

Então pego o telefone e ligo para Miheer.

– Está tudo dando errado – falo assim que ele atende. – E não posso ir lá pra fora e eu te amo e quero me casar com você mais do que tudo, mas primeiro preciso te contar as coisas ruins que eu fiz na época em... – Eu paro, porque está muito *barulhento* onde ele está. – Espera aí, o que está acontecendo? O que você está fazendo?

– Hum, eu estou aqui.

– Onde?

– Na plateia. Cercado por um monte de mulheres de 20 e poucos anos bem empolgadas. Estou me sentindo meio estranho.

– Você veio?

– Vim. Eu vi sua entrevista no Jimmy ontem à noite e... Espera um pouco...

Meus olhos se enchem de lágrimas. Meu telefone vibra com uma mensagem dele. Ele me enviou uma foto que acabou de tirar de si mesmo em meio a uma multidão, com o polegar para cima e sorrindo acanhado para a câmera. Ai, meu coração: ele está com uma blusa que diz TIME KAT.

– Você está lindo – falo.

– Valeu. Espera, o que você quis dizer com não poder vir aqui fora?

– Summer e Noah fugiram.

– Achei que... Estavam falando disso por aqui. Minhas novas amigas ao meu lado disseram que tinha alguém igualzinho ao Noah no aeroporto, mas elas não acreditaram na história.

– É verdade. E a Summer foi se encontrar com ele.

– Eles estão mesmo apaixonados? Que empolgante!

Ele está agindo como um fã da série. Eu acharia fofo se não estivesse em pânico total.

– Então vamos ter que cancelar o programa.

– Não – diz ele. – Você não vai fazer isso. Você é Kat Whitley e faz as coisas acontecerem. A plateia veio só pra isso.

– Eles não vieram me ver.

– Bom, se não vieram, *deveriam* ter vindo! Você é tão engraçada nesse papel... aquele episódio em que você para a roda-gigante... mas você é fofa também, tipo no seu dueto com a Summer e...

– Espera aí, você assistiu aos episódios antigos?

– Depois da última vez que nos falamos, comecei a pensar: esse programa é uma parte importante de você e eu não tinha percebido quanto. E, é claro, eu podia ter ficado chateado com você por não ter me falado mais sobre isso, mas eu também nunca perguntei.

– Você viu o programa – digo em pouco mais do que um sussurro.

– Todos os episódios.

Tenho dificuldade em articular as palavras, mas de algum jeito encontrei um porto seguro em meio à tempestade – ou ele que me encontrou.

– Se nada mais contar, *eu* vim ver a Kat, então faz o programa pra mim.

– Se for um fracasso, a imprensa vai acabar com a gente.

– Você já sobreviveu uma vez. Vai sobreviver de novo.

– Eu te amo – digo. – Preciso ir.

– Te vejo logo, logo.

Quando tiro o telefone do ouvido, Liana está me observando, uma parada temporária em sua hiperventilação.

– Ligar pro Javi em busca de conforto nem passou pela minha cabeça – diz ela, bem baixinho.

Dou um passo à frente para dar um abraço nela quando meu telefone toca de novo. Uma mensagem de Summer:

Espero que você também se perdoe. E posso pedir mais uma coisinha?

Liana e eu esperamos. Bem na hora em que chega a mensagem seguinte de Summer, há uma comoção, e a voz de Michael ecoa da coxia.

– Então vai atrás dela! E chama o Sr. Atlas. É, estou falando com você.

Um enxame de gente se espalha pelo corredor e pela coxia, com sussurros ansiosos. Forço passagem entre a massa apavorada e chego até Michael, que anda de um lado para o outro enquanto seus assistentes saem do caminho.

– Aqueles *idiotas* – diz Michael ao me ver e se apoia na parede. – Onde eles estão com a cabeça? Você sabia disso?

– Até agora, não – respondo.

– Vamos cancelar o programa – diz ele, não para mim, mas para si mesmo. – Vamos ter que passar a reprise de alguma coisa. – Ele pressiona a cabeça contra a parede. – Merda, os patrocinadores.

– E os fãs.

– É, eles também.

O Sr. Atlas entra apressado nos bastidores, o paletó levemente desalinhado, o rosto pálido, enquanto um assistente o atualiza de tudo o que está acontecendo. Ele leva um lenço aos lábios.

– Michael, qual é o seu plano?

Michael olha para além de mim, e eu me viro para ver que um grupo grande – o elenco inteiro, todos os assistentes e a equipe dos bastidores – se juntou, conversando e choramingando.

– Michael? – insiste o Sr. Atlas.

– Eu não sei, não consigo pensar, não consigo... Eles estão tentando me matar. Não posso me estressar desse jeito!

Michael afunda no sofá, inútil.

Então eu me apresento.

– Podemos fazer no estilo de um show – digo para o Sr. Atlas.

Ele semicerra os olhos, cético. Não quer que eu tome as rédeas. Mas que escolha ele tem?

– Explique – diz.

Eu me viro para o pessoal.

– Alguém tem um pedaço de papel?

Uma assistente traz correndo um bloco de notas amarelo, e começo a escrever a lista de músicas na ordem em que devemos apresentá-las. Logo de cara, passo "Borboleta" para Liana. Para os números com o grupo todo – em que Summer e Noah fariam pequenos solos –, pergunto ao pessoal do coro se algum deles quer substituí-los e escolho entre quem ergue a mão. Todos me observam apreensivos.

– Fita adesiva?

A assistente volta correndo, e colo o setlist na parede.

– Muito bem, time, esqueçam o roteiro. Em vez disso, vamos cantar e dançar até dizer chega. Vamos chamar alguns fãs no palco pra fazer as músicas da Summer e do Noah daquela época. Eles sabem todas as letras e todo mundo adora quando a plateia participa, não é? – Olho para Liana, que ainda está com a respiração ofegante, os olhos fixos nos meus. – Você está bem pra entrar comigo e preencher a sequência, brincar com o público e coisas assim?

Ela assente com um breve aceno de cabeça.

– Isso não vai usar o tempo total reservado pra apresentação – diz o Sr. Atlas.

– Então bota o seu pessoal pra editar alguma montagem ou coisa assim pra passar no final.

Liana se pronuncia.

– Kat e eu podemos contar algumas histórias dos bastidores se vocês quiserem que a gente ganhe tempo...

– Apenas as que forem adequadas às famílias – alerta ele.

Liana ergue o queixo para ele, o homem que se aproveitou de um lapso momentâneo da sensatez de uma adolescente e arruinou completamente o nosso programa.

– Não se preocupa, sabemos quanto a Atlas se importa em proteger sua marca.

Depois de um instante, ele desvia o olhar e se volta para mim.

– Não tenho certeza quanto a esse plano. Vai ser uma bagunça.

– Mas, pelo menos, vai ser alguma coisa.

Ele pensa um pouco, então assente. Temos a aprovação. Eu me viro de novo para o pessoal. Na verdade, é estranhamente empolgante.

– Vão terminar de se arrumar e vamos botar pra quebrar, beleza? Espera aí. – Puxo um dos assistentes de produção. – Preciso falar com um cinegrafista.

Todo mundo se dispersa, e ficamos apenas o Sr. Atlas e eu.

– Obrigado por assumir o controle. – Ele olha fixamente para o setlist com minhas anotações, o nariz se enrugando. – E lamento que eles tenham deixado vocês sozinhas para se apresentarem em uma situação desconfortável. Vou enviar minha equipe jurídica atrás deles, não se preocupe.

– Não é uma boa ideia.

Eu também cravo os olhos no setlist, meu tom de voz é baixo.

– O que quer dizer?

Respiro fundo e entro no modo advogada.

– Da minha vasta experiência trabalhando com contratos, imagino que haja uma cláusula que diz que os signatários têm direito de desistência caso informações prejudiciais venham à tona. E o presidente da emissora ter entregado à imprensa o diário particular de uma funcionária é algo bastante prejudicial, não acha?

Ele pisca para mim, surpreso. Mas não nega. Não diz nada. Summer me contou que, nos bastidores, durante o último episódio, ele mal olhou pra ela, o rosto tomado por aversão. Ela acreditou que a aversão fosse por ela, e eu concordo. Mas talvez, em parte, fosse por si mesmo. Espero que isso tenha assombrado esse homem do jeito que assombrou a todos nós. Espero que ele também goste de consertar as coisas.

– Você já causou estrago demais – falo. – Deixe os dois em paz.

Ele remexe nos óculos, então engole em seco e dá batidinhas no setlist.

– Estou ansioso para assistir ao programa.

50

2018

A multidão ecoa a palavra "sonhadores" sem parar, enquanto Liana e eu, nos bastidores, pingando de suor, aguardamos nossa deixa. Liana está tremendo enquanto murmura algo bem baixinho: "Ela ferrou a gente. Ela ferrou a gente."

Recebemos a deixa, e ela joga a cabeça para trás, sempre profissional, e entra no palco para o número de abertura, comigo logo atrás. Cantamos e dançamos com o coro, substituindo Noah na coreografia, e a multidão grita quando terminamos a apresentação.

Vejo pessoas nas primeiras fileiras esticando o pescoço, querendo saber onde raios estão Summer e Noah. Dou um passo à frente com Liana e me dirijo a todos.

— Esta noite, vamos fazer as coisas um tantinho diferente do planejado. Mas não seria um programa ao vivo de *Os sonhadores* se a gente não saísse um pouco dos eixos, seria?

A perplexidade do público se transforma em murmúrios caóticos. Liana ergue a mão.

— Summer e Noah tiveram uma... emergência de última hora, então vamos ser suas guias esta noite.

A expressão das pessoas murcha, gritos de raiva e preocupação cruzam o ar. Lanço mão da minha sobrancelha devastadora em todos eles.

— Com *licença*! Quero ser uma estrela desde que nasci. Este momento é meu, então nem ousem vaiar.

Há uma onda de risadas. As pessoas não entendem direito o que é realidade e o que é roteiro.

– E esperamos que eles dois se juntem a nós no final – diz Liana.

– Nesse meio-tempo, por mais que eu ache que devo cantar todos os números do mundo sozinha, preciso ser gentil com meu belíssimo instrumento – digo, acariciando meu pescoço de um jeito bem exagerado. – Então, algum fã gostaria de vir até aqui nos ajudar?

Escolho algumas pessoas da plateia: duas que estão de mãos erguidas com tanto entusiasmo que correm o risco de deslocar os braços e um cara que esconde o rosto de constrangimento (será?) quando os amigos apontam para ele.

Enquanto passam os comerciais, digo a cada um deles onde ficar e qual parte cantar e os acalmo. E então estamos de volta e, puta merda, estamos presos em uma montanha-russa sem saída.

A adrenalina é diferente de tudo que já senti. O que estamos fazendo é estanho e confuso, mas, aos poucos, as pessoas vão se envolvendo. Elas se *divertem*, aplaudem os fãs que, corajosamente, se apresentaram. Liana e eu contamos algumas histórias inéditas dos bastidores (com classificação livre) e fazemos graça com maestria. E, claro, é bom atuar. Mas o que realmente me faz flutuar a três metros do chão é o quadro geral aqui, a sensação de que dei a outras pessoas aquilo de que precisavam para brilhar.

Então chega a hora de "Borboleta". Liana dá um passo à frente, sob os holofotes, e a multidão fica em silêncio enquanto ela canta. É ainda mais visceral, sua voz ainda mais cheia, do que a vez que ela cantou no ensaio. Ela é uma jogadora em dia de campeonato e, além disso, está sentindo *muitas* coisas no momento. Quando ela termina, um rugido enorme emana da plateia. Esta noite vai ser o começo de algo para ela, eu aposto minha vida nisso. Ela se vira para mim, lágrimas rolando pelo rosto enquanto a multidão ecoa seu nome, e eu a abraço.

– Você é maravilhosa – sussurro em seu ouvido.

– Eu sou, não sou? – diz ela, e dá um passo atrás, radiante.

Ela olha bem dentro dos meus olhos por um instante, e o estalo de coragem finalmente acontece. Ela leva o microfone aos lábios e se vira para a plateia.

– E, Javier, se estiver assistindo, eu quero o divórcio.

Isso provoca uma nova rodada de clamor da multidão. Mas sempre tem algum pessimista, sempre tem algum troll. E, enquanto o aplauso vai diminuindo, uma mulher na frente da plateia começa a gritar:

– Cadê a Summer?

– Ela deve entrar a qualquer momento – respondo, olhando para os bastidores.

A assistente de produção que está ali balança a cabeça e sinaliza sem som: *Nada ainda*. O Sr. Atlas está ao lado dela de braços cruzados. Parece muitíssimo satisfeito com o que está acontecendo no programa. De certa forma, é até melhor para os índices de audiência, não? Se executássemos aquele programa medíocre, teríamos cobertura por um ou dois dias, alguns artigos aqui e ali. Mas isto aqui? As pessoas vão comentar por semanas.

A mulher que perguntou sobre Summer vaia. Essa é uma das coisas que a gente esquece em relação aos fãs, quando de repente há tantos deles. Eles não são uma massa de pessoas que se sentem da mesma forma em relação a tudo. Cada um tem a própria história de vida, as próprias razões para se sentir atraído pelo que você faz. Essa mulher em particular sente algo diferente dos outros e, quando ela cria um tumulto, outros vão atrás, aqueles que pagaram uma boa grana por algo específico que lhes foi negado.

– Ela continua sendo o caos em pessoa! – grita a mulher.

Outros fazem coro. Coisas como "típico" e "desastre" se destacam em meio aos gritos. Estamos perdendo o controle, e as pessoas começam a discutir entre si na multidão.

– Beleza, eu tenho uma história dos bastidores pra todo mundo – grito – sobre o que realmente aconteceu com o diário da Summer.

Isso atrai a atenção deles. Minha garganta fica seca enquanto o silêncio se espalha e todos me observam. Tem um momento, em vários filmes, em que o vilão fica sob os holofotes e ganha um monólogo sobre seus atos de covardia. Agora é a minha vez.

Liana me lança um olhar de alerta: *Tem certeza? Não seja estúpida.* Mas eu me obrigo a começar a falar. Estou fazendo isso para acalmar as pessoas que estão vaiando, mas talvez eu também deva isso às pessoas que se dedicaram tanto a nós.

– Tudo o que tinha lá, todas as opiniões sobre todo mundo, o homem no beco, tudo pelo que o mundo a condenou... Ela não escreveu nada daquilo.

Miheer está em algum lugar ali, no escuro, me vendo, e, por mais que eu esteja com medo, sei que é hora de ele saber disso. Preciso acreditar que ele ainda vai me amar depois disso.

– Fui eu que escrevi.

Da multidão, sobe um ressoar de confusão e choque.

– Eu usava o diário dela. E, quando ele foi parar na imprensa, deixei que Summer levasse a culpa. Porque eu tinha pavor do que a Atlas faria comigo. Do que *todo mundo* faria comigo!

Dos bastidores, o Sr. Atlas grita:

– Katherine, pare com isso agora mesmo!

Ele faz um gesto para que eu pare de falar, mas não dou ouvidos, porque meu nome é Kat.

– Ah, que se dane – diz Liana, atrás de mim, e dá um passo à frente. – Foi minha culpa também. Eu encontrei o diário e o entreguei a alguém em quem eu não deveria ter confiado, porque eu queria salvar meu emprego. O ambiente de trabalho tinha ficado muito acirrado por causa de toda a competição que os homens no poder geravam entre nós.

O Sr. Atlas vai até a assistente de produção, toma seu walkie-talkie e faz contato com a sala de controle.

– Cortem a programação – ordena ele. – Vão para os comerciais, passem a montagem, façam o que for preciso.

Não sei se obedeceram ou não. Seja como for, vou em frente, e Liana agarra minha mão. Talvez o resto do país não veja, mas este lugar está lotado de fãs e eles vão ouvir. Esqueça o monólogo do vilão. Eu sou mais do que só A Escrota. Eu sou humana e erro feio na vida. Algum dia, vou cometer outro erro. Sempre cometemos. O que nos torna boas pessoas não é o fato de fazermos besteira ou não, mas se as ignoramos ou tentamos consertá-las.

– Deixei que Summer levasse a culpa por mim. E sempre vou me arrepender disso. Mas por que é que tínhamos que puni-la tanto, afinal? Destruímos uma jovem em prol do nosso entretenimento, mas podemos encontrar formas melhores de nos divertirmos. *Precisamos* encontrar.

A multidão está em completo silêncio. Vejo pontinhos de luz na plateia. Telefones filmando. Mesmo que a Atlas tenha interrompido a transmissão, a filmagem vai sair.

Dos bastidores, a assistente de produção chama meu nome. Olho para ela, que levanta o polegar para mim.

– E agora, com vocês, o *grand finale* – digo para a multidão. – Summer e Noah.

Uma tela no palco que vinha projetando closes dos nossos rostos começa a exibir um novo cenário: o aeroporto. Nele, o cinegrafista que mandei atrás de Summer a segue pelo terminal. De repente, Noah também surge na tela, largado em um banco, as pernas esticadas enquanto outros passageiros apontam para ele e ficam olhando.

Summer se vira, joga os ombros para trás e diz, olhando direto para a câmera:

– Eu escrevi esta cena. – Então ela grita para Noah: – Você estava lá, dentro da minha cabeça.

É uma das falas que ela escreveu num papel timbrado do hotel para eles dois. Falas que eles decoraram e recitaram tão bem em uma sala de ensaio, até que mandaram os dois pararem, porque era visceral demais, exagerado.

Noah ergue a cabeça ao ouvir a voz dela. Um milhão de pensamentos parecem atingi-lo. Alívio e alegria por ela estar ali. A consciência do câmera atrás dela. A súbita compreensão do que ela está fazendo. Ele se põe de pé, tira o boné e diz a fala seguinte da cena.

– Você esteve na minha nos últimos 13 anos.

Eles vão na direção um do outro enquanto recitam o restante. Não é muita coisa, apenas um ou dois minutos, mas é grandioso. Seus olhos brilham. Todos no terminal param o que estão fazendo para assistir.

Summer diz sua última fala. E então corre para os braços de Noah, que a ergue do chão. Se isso fosse um filme, o jeito como eles se unem agora valeria uma indicação sem mais concorrentes para a categoria de melhor beijo do prêmio MTV Movie Awards. Esse beijo vale as cinco indicações: ninguém mais ousaria competir.

Eles se separam devagar, ele a coloca de volta no chão, e as pessoas ao redor no terminal vibram, enquanto nossa plateia aplaude também – não que Summer e Noah possam ouvir. Não sei nem se eles estão ouvindo as pessoas à sua volta.

Então Summer desvia o olhar. Ela se vira e fala diretamente com a câmera.

– Aí está o beijo que vocês queriam. – Ela pega a mão de Noah e diz uma última coisa antes de a tela ficar preta. – Agora, por favor, deixem a gente em paz.

EPÍLOGO

......

2019

OITO MESES DEPOIS

Miheer e eu estacionamos em uma entrada de carros com chão de terra. Um chalezinho branco surge entre as árvores à nossa frente.

– Tem certeza de que é para eu entrar? – pergunta ele ao desligar o carro. – Posso ir até a cidade, dar uma olhada no antiquário ou algo assim, deixar vocês a sós.

– Não. Vai ser bom ter sua ajuda, já que podemos confiar em você pra não divulgar nada. Além do mais, quero que eles conheçam meu marido.

A palavra ainda soa um pouco esquisita, no melhor sentido possível. Sorrio para ele, explodindo de felicidade.

Ele me dá um sorriso igualmente feliz enquanto saímos do carro.

– Então tá, esposa.

Quando Summer abre a porta, quase não a reconheço. Quem é essa morena saudável diante de mim?

– Oi – diz ela, e nos dá um abraço rápido e distraído. – Entrem. Liana já está aqui. – Ela olha para trás enquanto nos conduz por uma aconchegante cozinha à moda antiga. – Querem um chá ou algo assim? Temos chá pra caramba.

– Hum – diz Miheer. – Camomila?

Summer começa a preparar o chá e nos indica as portas duplas.

– Podem ir pra sala de estar.

Do outro lado das portas, Liana está sentada no sofá. Ela guincha ao nos ver e tenta se levantar, mas antes tem que tirar umas cinco mantas da frente.

– Desculpa, estou sendo sufocada – diz ela, então grita para a cozinha. – Summer, você compra uma manta nova toda vez que fica entediada?

– Não! – grita Summer em resposta. – Aqui faz muito frio.

– Eles estão *se aninhando* – diz Liana para nós, em tom confidencial, e abre os braços para nos receber. – Parabéns! Quero que saibam que estou feliz por vocês, mesmo que eu seja uma mulher divorciada amargurada e vocês não tenham me convidado pro casamento.

Miheer ri.

– A gente não convidou ninguém, sério mesmo. Em Washington, as pessoas podem celebrar os próprios casamentos, então só colocamos umas roupas legais e fomos ao parque.

– Tudo bem, estão perdoados.

Quando Summer chega da cozinha com o chá de Miheer, Noah vem atrás dela trazendo uma pilha de folhas impressas. Seu corpo está mais delicado, de novo como o de um ser humano. Há algo de confortável entre ele e Summer, algo feliz. O primeiro encontro deles virou outro e mais outro. Nos últimos meses, enquanto lidavam com a derrocada de suas carreiras, eles vieram morar neste chalé no norte do estado de Nova York. A imprensa não os deixou em paz por completo, mas ninguém acampa do lado de fora da casa deles.

Noah nos abraça e depois entrega um bolinho de páginas a cada um. Nós nos sentamos em nossos lugares, e Summer atribui os papéis que vamos ler, suas mãos trêmulas. Noah aperta seu ombro, e ela se acalma.

O problema de romper drasticamente com seu empregador é que outros empregadores passam a confiar pouco em você. As pessoas têm interesse em nós, sim, mas ficam inseguras. De todos nós, Liana é a que está se dando melhor, como deveria ser: acabou de filmar um longa e está no processo de gravar um álbum. Ainda assim, para cada produtor que ficou obcecado por sua interpretação de "Borboleta", tem alguém ao lado dizendo que ela chamou a Atlas de "ambiente tóxico" em cima de um palco. Tenho colado em alguns diretores para aprender mais sobre o trabalho deles e comecei a produção de um curta de baixíssimo orçamento, mas tenho a sensação de que o Sr. Atlas deve ter elaborado uma lista sutil de pessoas indesejáveis e espalhado por aí que não é boa ideia confiar um set a mim. Summer e

Noah? Eles receberam inúmeros convites para reality shows tenebrosos e entrevistas reveladoras, mas nada além disso.

Pelo menos a carreira de Michael também está na merda. A notícia do surto dele nos bastidores quando ficou sob pressão se espalhou, junto com relatos de que já é difícil lidar com ele no trabalho há anos. Outra pessoa vai assumir a direção da quarta temporada de *Desastre no mar*.

Nossa única grande oportunidade veio do lugar mais inesperado de todos: a Atlas, que nos convidou para fazer uma minissérie, como uma oferta de paz. Porque eles também foram afetados. O grandioso gesto de Noah e Summer inspirou uma horda de jornalistas a começar a vasculhar, o que gerou um sem-fim de artigos de opinião e retrospectivas sobre os fracassos da empresa. Além do mais, rendemos uma audiência excelente para a emissora. O novo programa proposto por eles seria gravado, *não* ao vivo, mas daria maior controle criativo a nós quatro. Poderíamos voltar, ganhar uma boa grana e mostrar para o público que era tempo de perdoar e ser perdoado.

Talvez tenha sido burrice, mas recusamos a oferta.

E então Summer nos chamou para dizer que escreveu o rascunho de um roteiro. Liana seria perfeita para o papel da protagonista. Talvez eu fosse uma boa escolha para dirigir. Noah tinha sido de grande ajuda dando ideias aqui e ali e podia executar um papel menor e cuidar da produção. Será que a gente não queria se reunir para ler em voz alta e ver se era bom?

Então, aqui estamos, metendo a cara, confiando uns nos outros e dando um gigantesco salto no escuro.

Porque talvez o roteiro *não seja* nem um pouco bom. Ou talvez seja e não dê em nada por falta de financiamento. Talvez Liana receba a oferta para o papel mais importante da sua vida e precise nos deixar. Talvez Summer e Noah terminem no meio da filmagem e se recusem a estar no mesmo cômodo, ou ela tenha uma recaída, ou ele comece a se ressentir por tudo de que abriu mão quando a publicidade de *Leopardo da Neve* (agora estrelado por um Chris qualquer) começar. Talvez algum desastre – natural ou artificial – se abata sobre o mundo logo antes da estreia e as pessoas só consigam pensar nisso. Tem um milhão de "talvez".

Ainda assim, viramos a primeira página. O ar estala de eletricidade. Olho ao redor, para as pessoas que me ensinaram uma nova forma de sentir. Então, estupidamente otimistas, começamos a ler.

AGRADECIMENTOS

De certa forma, este livro é uma carta de amor para bons colaboradores criativos: pessoas que te entendem, apoiam e engrandecem. Tive a sorte de trabalhar com alguns dos melhores colaboradores da área. Jen Monroe, minha editora, me pressiona do jeito mais gentil possível. Sem sua perspicácia, esses personagens provavelmente seriam totens de papelão de si mesmos e eu estaria dando com a cabeça na parede, me perguntando por que o livro não alcançou seu potencial. Stefanie Lieberman, Molly Steinblatt e Adam Hobbins são uma baita equipe de agentes: determinados, inteligentes e divertidos. Seu entusiasmo com minha ideia desde o início tornou tudo possível. Dá para acreditar que já trabalhamos em TRÊS livros juntos? E que venham mais!

    Sou muito grata a toda a equipe da Berkley, a começar pelo meu time de estrelas de publicidade e marketing: Jessica Mangicaro, Danielle Keir e Tara O'Connor. Sou a pessoa mais sortuda do mundo por ter vocês do meu lado. Candice Coote forneceu maravilhosamente um novo olhar editorial; Angelina Krahn pegou meus erros na preparação de originais (e estava certa em apontar que talvez eu não devesse usar tantas vezes a expressão "amigos do peito"); Liz Gluck foi uma produtora editorial incrível; e Craig Burke, Jeanne-Marie Hudson, Claire Zion, Ivan Held e Christine Ball são todos excelentes defensores dos livros que publicam. Agradeço também a Jin Yu, Emily Osborne e a todos os outros funcionários da Berkley e da Janklow & Nesbit que apoiaram este livro de inúmeras formas.

Também sou muito grata aos amigos escritores que fiz pelo caminho. Sei que, se eu tentar listar todos aqui, vou acordar suando frio no meio da noite depois que o livro estiver na gráfica, me lembrando de todos os nomes que deixei passar, então vou só dizer: se tivemos a chance de nos conectar e nos apoiar nessa indústria tão louca, muito obrigada. Na verdade, não temos "colegas de trabalho" como as outras pessoas costumam ter, mas às vezes encaro vocês dessa forma (só que, tipo, bons colegas de trabalho, com quem eu gostaria de passar mais tempo na copa). Um agradecimento especial a todos que tiraram um tempo para enviar elogios tão generosos sobre meus livros.

Sempre fico surpresa diante da paixão e do talento da comunidade Bookstagram e da hashtag BookTok, dos livreiros e bibliotecários e de todo mundo que se dedica a falar dos livros que ama. Gente que ama livro é o melhor tipo de gente que existe.

Sash Bischoff, Lovell Holder, Blair Hurley e Daria Lavelle me deram feedbacks animadores e perspicazes desde o primeiro rascunho. Kate Emswiler, Becca Roth e Celey Schumer: é uma honra fazer parte do universo cinematográfico do Lamapop com vocês. Obrigada a Paavana Lepard, por me dar aulas sobre advogados; Will Wagner, por me dizer qual carro as riquinhas do ensino médio dele tinham; e Becca Mohr, por tantas anotações úteis.

Como bem sabem os personagens deste livro, o mundo de Hollywood pode ser confuso e avassalador, mas Olivia Blaustein me ajudou a transitar por ele com seu entusiasmo, seu trabalho árduo e seu bom senso fantástico.

Também quero manifestar meu apreço pelas mulheres que estavam sob os holofotes e atingiram a maioridade no começo dos anos 2000. Nas pesquisas para este livro, li artigos e entrevistas daquela época e assisti a muitos vídeos antigos que me deixaram desolada. Espero que o mundo reconsidere seu valor e que todas elas consigam o reconhecimento que merecem. Se este romance abriu seu apetite pela cultura pop dos anos 2000, indico uma obra que amei ler, *Open Book*, de Jessica Simpson, no qual ela pôde contar sua história nas próprias palavras.

Para todos os amigos que me incentivaram com tanta gentileza durante a escrita deste livro e me disseram que estavam ansiosos para ler: aqui está, espero que gostem! Sou grata à minha família, que fico feliz por ter se expandido ao receber o clã Christie/Handelsman. Meu pai, Mark, e meu irmão, Matt, estiveram ao meu lado, me dando amor e apoio, durante a escrita de tantas obras. Minha mãe me ensinou muito do que sei, mesmo que ela não esteja aqui para ler este livro. E, por fim, meu marido, Dave: ainda bem que a gente não levou 13 anos para perceber que deveria ficar juntos.

Para saber mais sobre os títulos e autores da Editora Arqueiro,
visite o nosso site e siga as nossas redes sociais.
Além de informações sobre os próximos lançamentos,
você terá acesso a conteúdos exclusivos
e poderá participar de promoções e sorteios.

editoraarqueiro.com.br